U0062213

eye.

守望者

——

到灯塔去

〔法〕克洛德·西蒙 著　于昕悦　唐淑文　译

Claude Simon

历史

Histoire

南京大学出版社

Histoire by Claude Simon

@ 1967 by Les Editions de Minuit

Simplified Chinese Edition Copyright @ 2023 by NJUP

All rights reserved.

江苏省版权局著作权合同登记　图字:10 - 2009 - 258 号

图书在版编目(CIP)数据

历史／(法)克洛德·西蒙著;于昕悦,唐淑文译.
—南京:南京大学出版社,2024.1
　ISBN 978 - 7 - 305 - 26716 - 1

　Ⅰ.①历…　Ⅱ.①克…②于…③唐…　Ⅲ.①长篇小
说—法国—现代　Ⅳ.①I565.45

　中国国家版本馆 CIP 数据核字(2023)第 029675 号

出版发行　南京大学出版社
社　　址　南京市汉口路 22 号　　　　邮　编 210093
　　　　　LISHI
书　　名　历史
著　　者　〔法〕克洛德·西蒙
译　　者　于昕悦　唐淑文
责任编辑　甘欢欢
照　　排　南京紫藤制版印务中心
印　　刷　江苏苏中印刷有限公司
开　　本　880mm×1230mm　1/32　印张 14.5　字数 234 千
版　　次　2024 年 1 月第 1 版　2024 年 1 月第 1 次印刷
ISBN 978 - 7 - 305 - 26716 - 1
定　　价　82.00 元

网　　址:http://www.njupco.com
官方微博:http://weibo.com/njupco
官方微信:njupress
销售咨询:(025)83594756

它将我们淹没。我们将它规整。它化为碎片。

我们重新将它规整，而我们自己也化为碎片。

——里尔克

刺槐树有一根枝丫几乎触碰到老屋。夏日里，当我伏案于窗前工作至深夜，我可以看见那棵刺槐树，至少能看到最近的几根树枝被灯光照亮，树叶如同羽毛一般，在昏暗背景的衬托下轻轻颤动。那些椭圆形的树叶受灯光照射，染上一层不太真实的翠绿色，时不时像被鸟儿抖动的冠毛一般轻颤。（在这些枝丫后面，可以觉察到一种神秘轻柔的喃喃私语，往交错的晦暗枝影里蔓延开去。）这好比整棵树突然醒转过来，震颤，摇动，旋即沉静下来，而所有的枝叶也随之静默下来。最前面的几丛枝丫因受灯光直射而凸显出来，后面的树枝则在逐渐淡去的灯光里趋于模糊，进而若隐若现，直至彻底混沌不见，尽管我们仍能感觉到枝叶繁密交错，在厚重的夜色里前后上下堆叠，从中传出微弱的摩擦声，如同沉睡的鸟儿在梦中颤动，兴奋，呢喃，发出低低的叫声。

这些枝丫带着它们的神秘感和低喃声,似乎一直存在于老屋的某处。老屋破败不堪,屋子现如今都半空着。旧时常常飘散着来访的老妇人们涂抹的淡香水味儿,现下倒是闻不到了。现在因地下室或者说墓室发霉而弥漫着一股刺鼻的味道,就像是哪儿死了个小动物,地板下或者柱石后死了个老鼠,不断腐烂,因而散发出混合着碎石膏和干尸腐肉的呛人味道和伤感气息。

这些无形的震颤,这些无从寻觅的呻吟,这种充斥于幽暗的窸窸窣窣,不像只是鸟儿翅膀抖动或唧唧咕咕,而像是幽魂试图发出的哀怨与抗议。它们被流逝的时光和凝固的死亡堵住了嘴,但不折不挠,依旧窃窃私语,双目在黑暗中圆睁,周旋于此,围绕着外祖母嘀嘀咕咕。它们尚且被允许发出的声线,比寂静还要低沉,偶尔听得一阵大笑,一阵窃喜,一阵愤慨或一阵惊惧,在黑暗中炸裂开来。

可以想象,这些阴郁凄凉的声息,栖居在错综的枝丫间,就像是历史课本上那幅奥尔良派讽刺漫画所呈现的皇室成员家族图。在树形家族图上,每位皇室成员长着人脸却带着鸟身栖息枝头。头戴钻石王冠,又配以可怕的鹰钩鼻(或者说鸟嘴)。女性成员眼睛浑圆而空洞,终日在短面纱后面流泪不止。她们的眼皮乌青,与其说是打了眼影,不如说是因为岁月不饶人,而且上下打架,就像是爬行类动物打满褶皱的眼皮在一动不动的眼珠上耷拉下来。她们深色反光的窄边软帽扎满了鸟嘴般尖锐的羽毛。她们戴着鹰爪纹章，缀着暗色的珠宝，这些名叫黑琥珀的珠宝都让人联想到一种鸟的名字。她们打着缎带，挂着狗链，遮盖着脖子上的褶子。在我童年的记忆里，贵族头衔是跟发黄苍老的肉体、沙哑疲惫的嗓音分不开的。同样，他们高贵的姓氏也是跟权威、鲜花、古城墙分不开的，听上去野蛮而可笑。就好像某个爱开玩笑又任性可怕的神灵迫使远方西哥特穿金盔铁甲、配大刀重剑的征服者们，永远只能靠乌木拐杖支撑着，由乔其纱包裹着，活在苍老羸弱的躯壳里。

在这寂静中，时而听见年迈的女佣步履蹒跚地穿过空荡荡的屋子，敲敲客厅的门，打开门，探出她美杜莎般的头颅，憋着一股怒气般地用粗哑的嗓音通报来客。来客的名字含有中古时期刺耳的辅音，诸如阿马尔里克[①]、维里约姆、古阿尔比亚，还搭配着诸如将军夫人或侯爵夫人之类的头衔。通报完，女佣就消失不见了，鱼贯而入的人物都自带闪耀的光晕，让人联想到日耳曼的男爵、铁戟、意大利古城、栀子花之类的画面。这一个个皮毛布料

---

① 起源于哥特日耳曼，其中"阿马尔"意为"工作"，"里克"意为"领导者、国王"，后成为法国南方奥克语中通用的姓氏。（本书脚注均为译者注。）

3

包裹着的人物,我们常常在温泉疗养地的花园里看见他们,忙着喝草药茶,试泥敷疗法,解决血液循环问题。

　　来访的女宾们一本正经地坐在豪华的扶手椅上,身后是镶金大框油画,画面悲剧色彩浓重。尽管(或者说,正因为)她们看上去脆弱不堪却又滑稽可笑,在我们这些孩童的眼中,她们是令人望而生畏的。譬如这位莱克萨叙姨母,人称樱桃男爵夫人,年轻的时候可是美艳动人地出现在赛马场上。因她青春时代强势勇猛,或者更因她富可敌国,至今保留着一种我行我素的态度举止,跟我外祖母或者她那些差不多都破了产的老姐妹形成了鲜明对比。她的名字对我来说混杂着好多意象,特别是她古怪滑稽的妆容:脂粉堆在起皱的脸上;口红的颜色本该让人联想起鲜嫩的樱桃,却是抹在干裂的嘴唇上,显得十分可笑;那樱桃色还混杂在其他艳俗的色彩中(绿色的上衣配以樱桃色的袖子和窄边软帽),这让我想起外祖母和母亲第一次带我去波城看赛马,那儿的马夫也是这样穿红戴绿。"窄边软帽"这个词本身因其发音(连带着她的妆容、她尖细的嗓音、她引以为豪的羽毛发饰以及女骑士般的传奇往事)让我联想到"疯魔"这个形容词。① 我觉得,

---

① "窄边软帽"在法语中为 toque,"疯魔"为 toqué,两者发音相似。

"疯魔"这个词出其不意地给她笼罩了一层迷幻的光环。她的举手投足,她那有点儿随心所欲的言谈举止,可以说构成了一种特质。这种特质不仅符合她的财产地位,也符合她的年纪。因为如果像我查理舅舅那样用"疯魔"来形容一位年轻女士,总是含有鄙视或同情的意味。但是如果用来形容一位上了年纪的女人,在我眼中,反而是给她增添了一丝尊贵和神秘的味道,披上了威望的光环。在座的女宾都披着这样一层光环,走出寂寞豪门的她们,多少有点儿怪异,多少有点儿不真实。大家都说她们将不久于人世,因而她们一方面威严肃穆,另一方面却又弱不禁风,这种特质,连同她们怪异的妆容,都给她们披上一层神秘魔幻的色彩,半人半仙,超于自然,像是地下的判官或圣灵,掌握着通往常人到不了的空灵幻境的钥匙。

　　这些老妇人倒也并不像干尸木乃伊。跟我外祖母一样,她们都圆滚滚、胖乎乎的,甚至有些过度肥胖。但她们松软无力的肉体包裹在同样软塌塌的衣料里,行将就木,或者说已经毫无生气了。(她们的声音哀伤凄凉,面庞沮丧痛苦,顶着黑色的、发着暗光的珠宝和缀满光鲜羽毛的软帽,脖子上挂着亮晶晶的项链,手指上戴着亮闪闪的戒指。)整个人像极了她们吞咽的软塌塌的甜膏。她们戴着的面纱也总是透着一种痛苦、忧伤而木讷的气息。

5

她们的嘴唇发青，嘴边还挂着一点儿甜膏的粉末。有时候可以瞥见她们伸出粗糙的灰色舌头快速一舔，可以说像是食虫类动物镇定而精准地伸出黏糊糊的舌头，迅速咬住苍蝇、蚂蚁那样的猎物。

我看到神父像一个有抓卷能力的器官似的跪在外祖母身边。外祖母跪在祷告椅上，前臂支撑在深红色的扶手上。我则跪在地毯上，盯着神父身上艳丽的祭袍。祭袍上用铜线绣着花儿，被闪烁的烛光照得神秘而炽热。外祖母在我旁边，老态龙钟的头向前伸着，眼睛闭着。她尽力撑起耷拉的眼皮，半张开嘴，不雅地伸出疙疙瘩瘩的厚舌头，像吃糖一般迅速地含住一块白色的圣饼，面部皱缩，既像是受苦又像是享福。神父转过身张开双臂，我试图看清祭袍前面的纹饰。可他又转过背去了，我就又只能看到绣着的玫瑰了。我知道满屋的味道不是这些玫瑰散发出的。我继续找寻着。水里长着海芋之类的花儿。这些白色的花儿卷成一个个大喇叭，不那么新鲜的花儿边沿则有点儿发黄，卷曲起来，裂开一些小缝……

这些花儿繁密茂盛，吐出毛茸茸的黄色花蕊，花蕊上满是橘黄色的花粉。我之前触摸过那些花粉，还留在手指上呢。但我闻到的气味也不是这些花儿带来的，因为那味道闻起来像是胡椒。客厅壁炉上的两只花瓶里也插满了玫瑰花。两个巨大的角①也画满了花儿。瓷天鹅翘着尾巴浮游在瓷浪花儿上。我看到浪花镶着金边，倒映着蜡烛跳动的火苗。我倒是看不见火苗本身，除了右边的火苗偶尔没被打开的书挡住。我看到书页上画着的玫瑰丛里有镶金的大写字母。后来，神父又转过半个身子，打开胳膊。说是打开胳膊，实际上就是夹着双肘，只有双手连同上了浆的刺绣袖子里的前臂往两边打开。这让我想起之前见过的三明治广告人。这些人夹在两块板当中，板上画着餐馆的广告，因此他们的双臂只能抬到肚子的高度，看上去又短又僵硬，就像是布袋木偶一样。玫瑰向当中攀爬，更确切地说，是两株玫瑰树交错生长，交错出带刺的8字。这让我想起有一次我摔倒在这样的荆棘中，还擦伤了。外祖母吓坏了，絮絮叨叨说家里有一个朋友，只是在花园里修修剪剪的时候给擦伤了，结果三天后就死于破伤风……

斑斑血迹散布在祭袍上的刺绣十字架上，十字架被带尖刺儿的深色小片叶子所环绕着。那些叶子相互缠绕起来，在红心周边围绕成花环的样子，然后沿着十字的横杠分别向左和向右延伸，就像是我们称作绒球蔷薇或者

---

① 即后文提到的丰裕之角。

茶树玫瑰的花儿那样顺着藤架攀缘。无疑,有时候设计师为了卖个俏,心血来潮地让花枝钻出了棚架,蔓延到闪闪发光的祭袍淡紫色的底子上,我的目光所到之处,皆是深深浅浅、曲曲折折的反光褶皱。祭袍下方,细密的花纹描绘出一连串的惊涛拍岸。祭袍底部是一条金色的饰带,下方露出一点儿神父的白色法衣。法衣下边是神父穿着打蜡黑色皮鞋的双脚,在地毯上踱着步。随着他的脚步,我看到那些玫瑰花饰也跟着动起来,突然地向我转过来。但我还是没来得及看清祭袍正面十字架当中写的是什么。我只看到三四个也带着尖刺儿的哥特式字母,大约是 INRI,交错的 P 和 X,还有 XPIΣTOΣ 这样的希腊文字。上帝是用画的鱼代表的。神父很快就转过身去了。有那么一瞬间,我看到了其中一支蜡烛小小的烛火几乎横倒,无疑是神父转身时的气流所致。但很快烛火消失在祭袍上紫色的波浪纹、血迹和叶子之后了。又一瞬间,在绣花衣袖和床沿之间,我看到了,或者说是瞥见了枕头上母亲的脸。她的脸掩藏在斜搭的手臂、细木镶花床头板和右侧床板柱所形成的三角形后面。床板柱的顶端像是一顶中式帽子,顶端是颗小小的乌木珠子,下面是桃花心木的圆锥,圆锥底边乌木和桃花心木层层相间。她打开的手与那颗乌木珠子齐平,手下面白色花边枕头上突出一张瘦削如刀片的脸。正面瞧过去,那鼻子亦如刀片一般。鼻子上边两侧是乌黑发亮的眼睛。一瞬间,一切又归于原位。神父又一次走向那本书时,她的脸消失不见了,取而代之的是黯淡的丁香花色的波浪条纹从左涌向右边。随后我又看到了他们的脸正对着我。血滴。耶稣之血,他说。真是传奇。那些血滴洒落在祭袍上淡色的花朵上,花朵沿着花枝,随着我的目光,升至十字架、皇冠、花心,直至他头顶灰色的月状圆片上。所有人都问我要多久能走去……然后我又见不到她了。他突然垂下了头,就像掉了脑袋一样。我看不到他,他似乎沉浸在某种神秘的使命中了(或许他正像那位主教、那位殉教者一样,双手抱着鲜血淋漓的她奔跑,而她说,噢,这种情况下,跑十米还是五十米还有区别吗?只有第一步才是最难的……),而在他的左肩上方,我看到了她命人放大的画像,挂在她床右侧与床齐平的墙上。如此,她只需略略侧过头就能瞻仰。画像上,他有着乌黑的短髯,黑得发蓝的眼睛,浓密的眉毛,中分的黑发,带着一种坚定的态度,无忧无虑又略带嘲讽的神色。这幅半身像画到肩章以下,环绕着一圈模糊的光晕,背景色是由乌黑至洁白的渐变色,显得他如同高悬空中俯视世间。这幅画像跟其他画像一样,光晕环绕,花果拥簇,如圣人似的,卷发丝

9

滑,笑容坚定,略显嘲讽,又恒久乐观,超越生死。他穿着高雅时髦的细翻领黑色短上衣,留着潇洒的浅褐色胡须,眼睛由彩釉绘成,应该是二十年前她眼中的样子。这飘然神圣的形象,在他们漫长无尽的婚约期间,想必是始终浮现在她脑海中、不可磨灭的。她与他曾度过一段短暂的欢乐时光,她曾真切地拥有过他,而他们的婚约却预示着从今往后,等待她的只是这个轻柔模糊、遥不可及的影像,她拥有的只是一个既炽烈又平静的信念,这个信念便是他存在于天涯海角的某一处,她终有一天会与他团聚,团聚在某个东方的极乐世界,某个伊甸园,这个乐园里满是奇珍异果,棕榈叶窸窣作响。棕榈叶,她在他寄来的明信片贴着的邮票上见过。他在明信片背面留言的地方常常只是写上一个城市名字,一个日期,下方一个简单的签名,譬如:

"科伦坡 08 年 7 月 7 日

亨利"

而明信片正面[当她——彼时还是年轻少女的她——读毕城市名、日期和签名,她反转了明信片。那时,她和外祖母面对面地坐在装着西班牙热巧克力的迷你杯子前。

10

这种损害着她们的肝脏的热巧克力(她们还推荐给侍从们)浓厚得竖插一把银勺进去都不会倒向杯壁。抑或,那时是夏天(那张日期为八月的科伦坡明信片还是送到她手里了,而当时她已经如往年那样出发去花园府邸安居了),在明媚的花园里,她穿着一件简单松软的晨衣,领圈上的扣子严密地扣到脖子,下摆像一个大花冠似的摇曳拖地,梳着仿日式版画的发髻,加上她略圆的褐色处女面庞,看上去就像是倒扣的留声机喇叭上安了一个精致的黑白瓷像]……明信片正面,有一个海港,一座总督府,一间远洋轮船的餐厅,波光凌凌的湖面,躺倒的棕榈树,一条独木舟,还有如同标题的一句"科伦坡湖,月下渔舟"①……

这片广袤土地上剥落的碎片式的印象:长方形的天窗框裱了一个一个画面,诸如定格的狂风暴雨,枝繁叶茂的植被,无垠的沙漠,皮包骨头的饥民,骆驼群,还有刚达婚龄的土著少女,袒胸露乳,或是顶着水罐,或是击打手鼓,眼神狂野,在来自中国或者开罗的摄影师镜头前搔首弄姿,这些照片会以《提水聊天的僧伽罗少女》的标题为英国商号所用。这个世界鱼龙混杂,熙熙攘攘,无休无

_____

① 原文为英语。

11

止,光怪陆离,纸醉金迷,唯利是图,粗鄙狂野,试图渗透或者说侵入这座端庄体面、不受侵犯的堡垒中。而她……

〔她也如同——她的身体紧紧地挤在鲸骨胸衣里,包裹在窸窣作响的裙子里,平静的面颊上抹着高级的面霜、扑着珍贵的蜜粉——如同沿街而建的高墙。这些高墙高傲凛然,不可穿越,唯有几束冷艳的月桂或山茶,在茂密繁杂的绿植中挺立,越过了墙头。在高墙之后,可以听见(或者隐约可闻)潺潺流水,莺歌燕舞。〕

……她并不像囚犯,也不像居民,在某种程度上,她既像城堡主塔,又如城墙,更似壕沟,也就是说,她并不是受困于此或囚禁于此,相反,她坚如磐石,稳如高墙,没有什么特别的防备(没有架在枪眼上的长炮,没有驻军,没有弓箭手,没有高贵的父亲,没有严肃的兄长),只有终生坚守,无惧等待,从未不耐烦。这种特质让她(曾经)迎接爱情,或者说,拥抱爱情,沉浸于爱情,融入爱情。她也是这样对待始终属于她的事物(对母亲、兄弟和表亲的情感),或者在她人生轨迹上收获的事物(她结下的友谊)。她以同样的方式,带着一如既往安宁的神色,等待出游的父母或者女友们,抑或是新雇的保姆从亚洲或非洲寄来的明信片(把它们不加区分地收纳放置在写字台或衣柜的同一个抽屉里)。如此,从集市归家的老挝女子,湖边小镇的景色,跟冰海①风光或布尔日②大教堂一起乱七八糟地混合堆积在抽屉里,年份颠倒错乱,有些明信片上写有会计员般小心谨慎的书法签名,背后是热带风景,人种志文献中乔装打扮的风尘女子照片,另一些明信片上写着尖细浮夸的字体,是某些避暑的、远足的或参观博物馆的人寄来的,上面写着"米兰纪念",或者"太太,我正香给您写信的时候,邮差给我松来了您的信,但我觉着还有时间给您写。所以好嘞,我十月一号就回太太您那儿。我九点四十五分从索尔出发,晚上七点差十分到。我希望太太能派个人去火车站接我,因为我对那个城市不太熟悉。期待与您再次相见。谨致问候。安吉拉·罗维斯(上比利牛斯省索尔市)",明信片正面是一个村庄里的一条阶梯小路,小路两旁是石墙。一个女人站在一座房子的门槛上,身体左侧被门梃遮住了。她看向摄影师的镜头,一个拳头顶着腰,脚边放着一个水桶,看上去就好似她刚放下桶直起身。一只白猫在石头门槛边蜷成一团。在小路略往下正中的地方站着一个小姑娘,穿着一件学

---

① 位于法国上萨瓦省阿尔卑斯山区的冰川。

② 法国城市,位于法国谢尔省。

13

生罩衫，长得盖过膝盖，双臂支开，两手握在下腹前，头略略侧向一边，眼睛在阳光的照耀下微微眯起。在屋顶后面便是近乎直立的陡峭山坡，荒凉，险峻。在一片寂静中，我们能听到沿着小街中央的明沟奔流而下的冰水，因为撞击而发出沉沉低语。沿着右墙，挡雨板下堆放着木柴。我们也能闻到这些木柴的气味。这些黄色木柴裸露着它们的剖面，展示着肌理的裂痕，一圈深黄一圈浅黄的同心圆。柴堆底部最后剩下的一点儿雪即将融化。这些微型的雪堆形成了一系列锯齿形的山峰，积雪舔舐着柴堆，散发出紫罗兰的气味，带着冰冷刺骨的味道。紫灰色的邮票上是一个壁炉座钟，座钟雕像是两个半裸的人物，分别是一个拿着一株枝丫的女子和一个持着一根神杖的男子，神杖上两条蛇从两边交错缠绕。这两个人物雕像一左一右对称地抵住了十点钟指针方向，遮住了一部分地球雕像。地球上雕刻着繁复的大陆和海洋。两个人物雕像各自空着的那只手在地球上方相接紧握。

（他所处之处并不是树木，而是某种不可名状的东西，像是一大片苔藓，又如茎叶缠绕，分不开，理不清。这些茎叶不是绿色的，而是浅灰色的。湿漉漉的。一切都湿漉漉的：叶子、枝干、发黏的皮肤。汗水沿着四肢流淌，枝叶因汗水而打结缠绕，藤蔓结成了低垂的网。在定格的潟湖上是定格的蚊群。明信片的标题写的是"河景"①，或是"热带小河一隅"，抑或是"湖畔小村"。潮湿、混沌、无形、沉闷的。）

然后写着："我们昨天下午去了海边。虽然天气还很不错，海边的换衣小屋却越来越少了。这是孩子们的新乐园，他们在水里跑来跑去。但科里娜没下水，她又觉得有点儿累。我希望今早给她用的一剂甘汞能让她恢复体力。现在她可高兴了，正在外头院子里跟里维埃家的孩子玩儿呢。我收到了德·卡雷尔夫人给她寄来的一幅精巧的刺绣。吻你。妈妈。"

广阔的大地，奇异的世界，奢靡豪华，鱼龙混杂，无休无止。原先的沼泽地上用来自圣彼得堡的大理石建起的俱乐部里，留着黄胡须的英国人，坐在风扇缓缓旋转的叶片下，平静地读着报纸。闷热的空气里，远洋货轮和大型客轮拖着长长的烟迹，在广阔的海面上静止不前。蚊群依旧在咸涩的河水上方盘旋。南方海滨游泳的季节也快结束了。离沙滩几米远的地方还有那么几个孩子，在温柔的浪花里踩水。他们的泳衣太大，湿漉漉地粘在纤细的身子上，垂叠在两腿之间。外祖母戴着帽子，穿着高帮

----

① 原文为英语。

靴,裙子在身上堆起了褶皱。她远远儿地坐在沙滩上,躲在印有小黑圆点的棕褐色小阳伞下,写道:科里娜肚子有点不舒服,没被允许下水,所以有点赌气。其他孩子都在开心地戏水。海滩上人迹罕至,已经没什么人来度假了。只有很少的几个人还在游泳,明晃晃的阳光下,看上去挺不寻常的。附近别墅宅邸的一两位老妇人,也跟着她们的孙辈来到海边,坐在折叠椅上,一本正经得就像是坐在庄严肃穆的客厅里似的。她们深色的裙子,在风中呼啦啦作响的围巾,显得那么不真实。一切(九月的落日,白色的沙滩,清脆的海浪,孩子的叫声和泼水声)都那么不真实。她们的窃窃私语向我飘来,声音伤感而不真实,就好像她们从未停止也从不会停止这些呢喃和呻吟。这些低语飘荡在墙壁间,墙纸现如今因受潮而有些脱落,原先挂着画框,都是忧伤的风景画或者过世已久的祖先的画像,现已取下,留下淡淡的长方形或椭圆形的印子。听到这种哀歌般的声音透过门板,还是孩童的我,闻声而去,在我尚未推门时,已经因我的介入戛然而止。未说完的那句话,带着最后一个片段,似乎混杂在老年肉体和上光蜡的淡淡怪味中,继续飘浮在静止的空气里。随着我穿越在这个由静止的影子构成的世界,这个严肃刻板、唉声叹气的贵族老太太圈子,这个坐在黄水仙缎面扶手椅上、珠光宝气的黑色影像的聚会,我看到她们的帽子上别着饰针,饰针底部沉重的磨光宝石的黑色切割面、眼镜的镜片或咧嘴冲我微笑时露出的金牙,在她们一个个把头转向我的同时,都在闪闪发光。随着我的嘴唇贴在她们松弛的脸颊上,我眼前轮番滑过了灰色的发绺、耳坠、镶金的画框、祖先暮年的画像。一个个发黄的额头、布满神经的鬓角、苍老疲惫又肃穆庄严的面容,带着同样忧伤、专横又落寞的神色,来问候我,靠近我,在我的视野里放大,直至挡住了我所有的视线,完全遮住了画像。我的嘴唇触碰过她们的面颊之后,这些面容褪去,淡出视野,又露出了那一幅幅画像。这些包金的画像,恒久不动,仿佛也具有同样阴郁肃穆的特质。

只是在这些压抑克制、转瞬即逝的叹息声和窸窣声中,刺槐树的叶子突然间颤抖,悸动,仿佛整棵树醒转过来,自我拍击,无数可见的和隐形的叶子,如同动物的羽毛抽动收缩,随即又舒散开去。而她们在黑暗中的某个角落继续低声交谈着。我机械地回答着她们的问题,诸如我的年龄、我的玩具或我的学业,她们则交换着眼神,话中含沙射影。她们满脸颓丧,印刻着同样的恒久的伤感和肃穆,那是长年的苦难——不管是真实的还是假想的——所留下的印记,就好像整个喧嚣的世界行将就木,消失殆尽，失去意义。这一切也都混杂在同样的无序而单调的牢骚中。这些牢骚中，开心的事儿、不开心的事儿、不痛不痒的事儿、母亲的病、坏收成、孙女们的订婚、旅行、对总管的怀疑、生孩子、死亡、门不当户不对的婚约、孩子的过错、破产，都无一例外地被压缩成酸楚的片言只语，飘荡在静止的空气里，好比钟声在停止敲打后依然长久地飘扬着，旋转着，重复着，仿佛那些褪色的金饰、烛台的水晶坠子和窗间墙上的花环一起把这些牢骚传送成难以听见又烦扰人心的回声，在裸露的墙壁和斑驳的天花板间，在空旷、漆黑、声音回荡的房子里，继续不断重复着：同样单调乏味、没完没了的哀叹，同样满脸皱纹纵横交错的面容，"……可怜的马尔特，真苦啊——苦啊——苦啊——您爬呀——爬呀——爬呀……"，同样浅灰的鬓角上同样浅灰、稀疏的毛发，"……一切——一切——一切——就在您旁边，您知道……"，布满了同样暴起的青筋，如同蜿蜒的河流，"……在花园里摘了花儿给仁慈修女会的临时祭坛——祭坛——祭坛……"，还有暗蓝色或是芦笋尖儿那样紫绿色的支流，"……试着帮她们布置祭坛的周边，但我即刻就乏了，我太老啦——太老啦——太老啦……"，油画池塘，金属色的水，水里种着几丛灯芯草微微颤动，灯芯草间的水面倒映着天空和缓缓

18

飘过的云朵,天空下是塘边弯曲凄凉的树木;同样苍老的颈脖,同样下垂的皮肤,"……她那么年轻就那么突然地过世了,而现在——过世了——过世了——这两个孩子您得……因为与其他一个人——一个人——一个人——这至少是个安慰——安慰——安慰——现在您所有的孙辈都在这儿陪着……",用同样的暗色缎带拙劣地遮掩着,或是挂着一串串同样的——"……祭坛两边是大朵大朵天蓝色的绣球花,园丁帮了我,但是……",镶嵌在同样的浮雕玉石上、闪耀着炭黑色光芒的宝石,抑或是同样的金边椭圆形微型肖像画,同样的乌龟一般的打褶眼皮;这幅被称为荷兰画派的小画,在一片沥青涂抹出的漆黑中,勉强辨认出一个半隐半现的人物提着一盏暗黄的灯笼,面部由从下往上的灯光打亮,用朱砂赭石以浓厚的笔触画出,看上去就像是飘浮在黑暗中,右侧是一头野兽(是牛?)的模糊形象;同样挂着一滴微微发抖的泪珠,"……疯狂地想骑上马去。我跟他说,'把它留给马夫!你父亲也只有在赛马的时候才骑马!你最好……'",停留在眼角红色凸起的部分,如同一颗微小的宝石,"……那么小,金发,天啊! ……那天,天啊,您不让她穿黑色是对的——对的——对的——她还是个孩子,何必呢! 现在她去……",好似长久粘在那里,被遗忘在那里,"……也

19

许很快给您找到曾祖母，天啊，曾祖母……"，如同无尽悠长的痛苦所残存、固化的印记，可以说是痛苦被安抚了，以一种程式化、规范化的形式表现出来，就像是写在那些绚丽风光、著名景点明信片背后的客套话。

"亲爱的朋友，您因为生病而不能来跟我们聚齐真是太郁闷了！我真心希望您的病不是很严重。看看这美丽的湖景，等可以的时候，是不是能让您下定决心来到此地呢？"一个头发有点儿太卷曲、脸颊又有点儿太胖乎乎的小男孩，一只手握着一个被箭穿过的苹果，另一只手拿着一根弩弦，弩竖放在地上，比他人还高。这淘气的中世纪小人儿在青绿色的湖水中倒映成两个人影。湖中央有个小岛，小岛上种着一圈白杨树，围绕着一栋带露台和护栏的房子，房子安着浅绿色的百叶窗。湖边群山环绕，山底呈紫褐色，随着目光指向苍穹，冰雪覆盖的白色山顶迎向绿色的天空。

后面写着（这是一年后还是两年后？邮戳日期模糊不清）："我们参观山洞①已经有三天了。我们为您向圣母祷告了。"圣母仁慈地微笑着，头部围绕着一圈像是大

---

① 此处山洞是指位于法国比利牛斯山区的玛色比尔山洞（la Grotte de Massabielle），即下文提到的圣母向圣女贝尔纳黛特·苏毕胡显现的地方。

众舞会上挂着的环状灯泡，头上披着头巾，周身裹在纯白色和灰蓝色的袍子里，垂直的手臂微微张开，双手打开，道一句"我是始孕无玷①者"。玛丽·贝尔纳修女，即圣女贝尔纳黛特·苏毕胡，以两种方式表现：上方的椭圆形画像中，她胸前交叉披着一块方巾，头发裹在一块比利牛斯山区典型的条纹围巾里，这是我们在走私的各种版画里常见到的形象；下方的雕像，她穿着修女服，双手合十，跪倒在圣母石膏像前，圣母就是这样在这个潮湿的山洞里脚踩玫瑰向她显现，成千上万的黄色小火苗跳动着，空气里飘浮着蜡烛的腐尸臭味。

　　她蕾丝花边袖口里伸出的手搁在淡黄色的脸上，头靠在枕头上，一个十字架链子绕过拇指搭在前额。她闭着眼睛，许是又回到了或者说躲藏在出神的状态，无法探究，就像是那些掩藏着秘密花园的高墙一般，重新隐匿在她一成不变、天真无邪的消遣生活中。她的身边都是出身高贵、举止优雅的表亲和朋友、表亲的朋友及朋友的表亲。他们不知疲倦地组织着马车出游、舞会、纯真无邪的

<hr>

① "始孕无玷"，又称圣母无原罪始胎，是天主教有关圣母玛利亚的（备受争议的）教义之一。根据此教义，天主教相信耶稣的母亲玛利亚，在灵魂注入肉身的时候，即蒙受天主的特恩，使其免于原罪的玷染。

化装晚会,同样纯真无邪地模仿着戏剧场景。当欢声笑语消失在临别的台阶上,握别了(或者偷偷地吻别了)姑娘们白嫩的手,年轻人(少年们)带着他们故作成熟的小胡子,持着手杖,穿着窄窄的短上衣,纽扣眼儿里插着花,穿着紧紧的短靴,溜达在城里昏暗的小街上,溜进妓院里,在那里,饥饿悲伤的穆尔西亚①女子躺着,顺从地向他们张开了双腿。而她(或许是因为夜晚太闷热,或许只是因为游戏和欢笑让她太兴奋,又或许只是因为星空下寂静的夜里,一段华尔兹舞曲在脑中挥之不去)解开了黑色的盘发,穿着浴衣,坐在梳妆台上煤油灯黄色的灯光里(灯罩和梳妆台都用打着花结的绣花呢绒罩着),读着简洁的书信,这些书信来自名字听上去就很潮热的城市:马任加、海防、曼德勒②。她眼神安宁温柔,迷离蒙眬,凝视着那些金字塔、维多利亚式的赤道城市和浓密的森林。她头发如扇子一般披散在肩背,长长的浴衣拖到玫瑰花环地毯上,看上去像是戏剧里更或是歌剧里的某个德鲁伊教③女主角,或是某个游侠骑士的未婚妻,跟那些女歌唱家一样既有点儿壮实又很纯真,就像是那个时代的发膜

---

① 西班牙东南部城市。

② 分别为马达加斯加、越南和缅甸城市。

③ 凯尔特人信仰。

或者是东方美容秘诀的广告上的女子,这些广告出现在头发饰针的蓝色包装纸上或者女性时尚报纸上。她坐着(以一种略显慵懒的姿势,这样的姿势也是她在看戏剧的时候从女演员的表演中学来的,或者是从杂志上某个叫"信函"或者叫"时事述评"的展会招牌上学来的),从文件夹里她收藏着的、几乎用不完的明信片里抽出一张,背后是比利牛斯山区的风景,诸如穿着当地服饰的老牧羊人、公园里的雕像之类的。她用淡紫色的墨水、以细长规整的字体回复着(怎么遣词造句才能显得自己庄严得体又暗暗地欢喜呢?)。这封回函会在三四个星期以后到达某个沙漠,某个沼泽,或者某个东方清教徒豪华旅馆。然后……

也许她直起了腰板,左手斜斜地拿着那张明信片,跟梳妆台的表面形成了一个四十五度的角,重新读了一遍,然后丢落在桌面上,静静地坐着,眼神专注而又迷离。

也许没有,也许她并未改变坐姿,而是随即拿起了另一张明信片写起来,回复一位西班牙女友,确认她下一次的拜访。这位女友寄来的明信片也都跟其他明信片收在一起。她的明信片都贴着红龙虾色的肖像邮票(圆形的肖像画框边上印着 SELLO POSTAL①),肖像上是一位

---

① 即西班牙语中的"邮票"。

学生模样、长着娃娃脸的少年国王，卷卷的玫瑰色头发，深粉色的制服领子紧紧地裹着脖子，大大的眼睛看向右边，盯着修道院或者石屋小镇的花市。他整个人沉浸在这种温柔的朱红色调中，束着庄严的军服，脸颊丰润，稚气未脱，无处不在地统治着这个散发着香气的灰色世界，这个由临时祭坛、修士、穿短背心的卖花姑娘、晦暗的人影及干燥的矿石风景构成的世界。

这位女友的来函充斥着浓郁香艳的性感风情，就像是她使用的语言、使用的名字、使用的词汇，加上它们放荡直率的发音，混杂着石竹和焚香的辛辣味道，散发出慵懒而略带潮湿的气息，那是处女洁白的肉体和乌黑浓密、原始隐秘的毛发的气息：

　　我刚刚见到了罗莎。她告诉我说她下周六两点等我们俩一起去剧院。她完全不会介意给你安排一个睡觉的房间。但如果你偏向下午来，那你就来我家。如果你不想带着你的白色紧身衣出门，你可以用纸包起来然后放在这里。

　　我拥抱你，期待周六下午见面。你的朋友

妮妮塔[1]

---

[1] 信函内容原文为西班牙语。

她从火车上下来——或者是从一辆布满灰尘的马车上下来，这种布满灰尘、刷着黄漆的公共马车连接着那些铁路尚未通达的城镇。她见到了罗莎、妮妮塔、康茜塔和卡尔梅拉，相互贴面亲吻，大笑，从纸包装里拿出来穿上的紧身衣胸前解开插着花。晚上（由某个戴着黑色珠宝的老妇人陪同着）在林荫大道的梧桐树下来回于各种社交活动。周日她与女友们坐在斗兽场的包厢里，观赏着尘土飞扬、血腥暴力、哗众取宠的表演，这类表演跟那厚厚的热巧克力一样令她心驰神往（大概这种凄惨严酷的场面让人心生敬畏，让她后来从中找到了某种令人忧伤的宽慰）。她带回了这些拍得很拙劣的发黄照片作为纪念，照片上穿着制服的斗兽士与猛兽对峙，在无尽的下午炙热的阳光下投下渺小的身影，看上去如同铅制玩偶（开膛破肚的马匹，挂着绒球的骡子，光彩四射的小人儿）。阳光一点一点地侵蚀，那些奢华动人的装扮渐渐褪色，变得半透明，直到最后完全发黄，就像挖掘出的尸体裹着的烂衣服，在他们的黑色身影上定格，永恒地保持着残暴的身姿、戏剧化的体态。或许（在她的包里，或者在她某个衣兜里，抑或，谁知道呢，在她的紧身衣里贴着她纯洁的肉体）这一张或几张她最后收到的明信片，这些最后收到的消息，冷静简洁，循规蹈矩，所以显得有些生硬粗暴。

这片言只语,对她来说,不过是静止不动的时间标杆,时光恒久不变,循环往复,在她安宁恒定的世界里,小时、日子、星期不是接连过去,而是相互更替的;这三言两语,对他而言,是他游历、征服、攻克的方位标杆,他所在的地方或远离或靠近她所在的地方。

同样:

> "科伦坡 08 年 8 月 13 日
> 亨利"

然后是:

> "亚丁①08 年 9 月 3 日
> 亨利"

亚丁——骆驼集市

> "亚丁 08 年 9 月 4 日
> 亨利"

亚丁——水库

---

① 也门城市。

　　　　　　　"亚丁08年9月5日

　　　　　　亨利"

　　　　　　　　　　　　亚丁——新月船港

　　一张绿色的五十生丁①的"播种者"邮票横贴在明信片上半部分,以至邮票上的女子打褶的裙裾向右飘扬,双脚赤裸,如同神话中的信使在苍穹飞过一般。明信片上,两座赭石色金字塔上方布满了长春花和玫瑰花。近景中,一排大树投下斑驳的树影,光斑中露出粉红色的大地,在天际凸显出树叶和枝干的黑影。淡黄色的沙漠,金字塔遮掩着许是有轨电车的终点站,停着一个电车车头和挂车,其中一扇玻璃窗上皮影戏那样倒映着一位游客的脑袋和上身。

　　与此同时,也许读到的是:"我刚吃了一整只小山鹑。我正抽着烟斗,祝祷您身体健康,因为任何精神上的娱乐活动都无法让我停止想念您。饱含热泪地亲吻您。"这字体龙飞凤舞,漫不经心,放肆不羁,全部倒向右侧,跟那个庄重严肃、惜字如金地写下远东港口和中转站名字的书

----

① 一生丁相当于百分之一法郎。

法字体完全不同。这些字围绕着巴黎林荫大道①的街景，街景周边以艺术表现手法逐渐淡化。街上有一个莫里斯广告塔，小小的圆顶上装饰着一个牛眼窗，铺着大概漆成绿色的锌制的假瓦片，就像是鱼鳞片。一个时钟指向十点二十五分，两个鬼影正好在那一天的那一刻出现在那个街头，他们戴着亮灰色的高帽，穿着旧式的礼服，双手在背后握着，正读着广告塔上的海报：JOB② 是巨大的白色字体，LANGUES ÉTRANGÈRES③ 是从左到右的斜体字，另一张海报上面则是一个女子肖像，胸脯丰满，梳着盘发，颈部和肩头围着一条鸢尾花纹的围巾。两辆四轮出租马车和一辆手拉车沿着人行道停靠着。路中央的安全岛上站着一个戴两角帽的收银员，一只手插在裤兜里，另一只手兜着他的大皮钱包。两匹白马拉着一辆公共马车从一栋楼前经过，这栋楼二楼的窗子上清晰可见DANSE COURS de D④ 中的 OURS 这几个字母，小写的字母 d 和 e 有点儿褪色，而最后那个大写的字母 D 是半透明的，在照片刻意淡化的周边显得模糊不清。每扇窗

---

① 巴黎第二区歌剧院附近的著名商业街区。
② 意为"招工"。
③ 意为"外语"。
④ 意为"德某某的舞蹈课"。

28

之间写着所教的舞步名称，每一列有三排字：

苏格兰舞　　　　　四对舞

华尔兹　　　　　　波尔卡

骑士方块舞　　　　玛祖卡

第一行字和最后一行字排列成了弧形波浪，如同一个个横倒的括号，围绕着中间一排字，看上去就好像那些字母也在跳着欢乐的舞步。

那艘平坦细长的海船烟囱里喷出厚厚的煤烟，确切地说，从那两根高耸黑亮的烟筒里（一根直立着，另一根好似受自身的重量所使略微倾斜着）飘出两坨云。云烟先是笔直的，随后打着转膨胀卷曲起来，渐渐堆积，层层叠起，自己推着自己，自己飞快地绕着自己，像线圈一样缠绕，铺开，延伸。云烟的顶端圆圆的，像一棵枝叶茂密层叠的大树。最后，云烟终于飘散，分离成两条烟迹，一条继续在安静的天空中延伸直至透明，另一条滑落在平静的、闪闪发光的海面，淡化成赤褐色的影子，如同幽灵一般。微波粼粼的海面，像褪了色的锡盘，倒映着烟筒和烟迹所构成的两朵褐色的蘑菇。这许是海船起航的清晨，天色晦暗不明，海面上倒映着难以形容的玫瑰色、杏仁色和橙红色,如同一个微微发亮的盘子,上面像是放置着而不是漂浮着大批的细桅杆小船,聚集在远洋海轮的侧面。突然间,第一根烟囱前出现了一株白烟,翻滚了几秒钟的时间,随即就停止了,白烟的底端急剧地分离,消散,不留痕迹,只有声音(唉声叹气的轰鸣声)传过来。那艘大海船在起航的第一阶段介于动静之间,以不易察觉的方式抖动着(也就是说你以为它还静止着,实际上它已经开始移动了,而当你知道它在移动所以试图追寻它的轨迹,它看上去又静止不动了),慢慢地绕着自身开始旋转。彼时,桅杆小船船队离散开来,在倒映着温柔的晨曦的海面上嬉戏,船帆既像翅膀又像手帕一样扑棱抖动,越来越近,沿着海港的桥排开。而那艘大海船依然在无比慢条斯理地、庄严肃穆地旋转,波光粼粼的水面上倒映着褐色的煤烟。这时,小船已经都完全分散开来了,急切地冲向海港,距离近得我们可以看到船上的船员。当我们把目光再次投向大海船,发现它好像突然变小了,尽管看上去依然静止不动。它远远地出现在我们视野上方,船尾对着我们,顶着翻滚的煤烟形成的蘑菇云,由此可知,它已经加速远去了,孤独悲壮又毫不留情地驶向那条模糊梦幻的水天分割线。一座笨重的茶褐色狮身人面像,细长的、抹着脂粉的眼睛带着空洞的眼神,盯着金字塔之外看不见的沙丘。背景中的金字塔线条暗淡，下方写着标题"埃及邮政"：

> "塞得港①10 年 9 月 1 日
> 我明天将登上'阿尔芒–贝伊克'号②。亨利"

---

① 埃及东北部港口城市。
② 法国远洋轮船，航行目的地为澳大利亚和新喀里多尼亚。

我在睁开双眼之前就听到了那些叫声。第一声是试探性的、略带迟疑的、空旷低沉的叫唤，接着来了第二声，再之后是相互回应，接下来越来越大胆，很快就变成了一场混乱嘈杂、声嘶力竭、震耳欲聋的音乐会，像是一辆老旧的双轮运货马车摇摇晃晃哐啷作响，又好似一个愤怒抗争的、气喘吁吁的旧世界踩着生锈的车轴吱嘎前行。而当我睁开双眼，在晦暗不明的天色衬托下，它从屋顶的一角凸显出剪影。刺槐树几株小小的、椭圆的枝叶完全静止不动，在一片昏暗中露出灰色的身影，就好像是在最后的几抹夜色下半遮半掩，而那夜色也在渐渐褪去、慢慢消散。我说不出来它是什么颜色的，也并不是灰不溜秋的。只见它细细的爪子扭曲着，身体则弯向另外一侧。每当它以一种顽强激烈的方式发出单调乏味却能撕裂鼓膜的声音，它的身体都不易察觉地颤抖着……我脑子里思索着那个湖的名字,那个湖是希腊神话中那种长着尖锐的爪子、尖利的鸟喙、锋利的羽毛并以人为食的怪鸟的栖息地……不是 tympanon①,那是乐器的名字……噢,是 Stymphale②……羽毛应该是黑色的或者是钢铁金属色的,布满了尖刺。眼睛像是那些老妇人戴着的窄边软帽上插着的细长饰针上的磨光宝石。这些煤黑色的宝石经过打磨,无数刻面闪闪发光,如同以噬腐肉为生的苍蝇的眼睛,这些苍蝇朝着我嗡嗡叫,要撕裂我,以死亡作为它们的盛宴……她们像鸟一样的眼睛用悲伤而空洞的眼神看着我,泪滴安宁地挂在眼眶上,一直微微颤抖着,而我试图动一动身子,转过身。后来我又被吞没了,迷失了。然后只剩下了她和我。火车头在站台的那一头喘着气,喷出的蒸汽规律地发出嘶嘶声,一强一弱,像是根据调压器之类的在吸气呼气。她睁大了眼睛盯着我,但没有泪水,只有两汪微波荡漾的湖水。我们退了几步,让堆满了行李的小货车开过去。司机不停地按着喇叭警告行人,声音振聋发聩。随后我又听到了火车蒸汽机跟秒数同步的喘息声。那面时钟的指针突然地跳过了两分钟。

---

① 扬琴。
② 斯廷法利斯湖(该湖位于阿尔卡狄亚地区)。

她和我依然一前一后地站立着。蒸汽机一喷一停，让我觉得我的耳朵也轮番一通一塞，就好像一瞬间所有的声息都停止了，只有我们两个人伫立在死寂中，整个世界都死去了，被吞没了，除了她的脸，一切都不复存在，甚至连她身后暗绿色的车厢也隐没了，连同她的大衣、头发、额头甚至嘴巴都一起消失了，只剩下那双眼睛。而下一瞬间，不带任何过渡地，我突然就见不到她了，虽然我并没有转过头，而与此同时，所有的嘈杂声都回归了，火车头的喘息，来来往往的人流，小货车的滚滚车轮……又一瞬间，万籁俱寂，就好像整个世界被堵住了嘴……

我再次睁开眼的时候，阳光抚摸着枝丫的顶端，给屋脊抹上了一层温柔的淡玫瑰色或淡褐色。那只鸟已经不在那儿了。上层的砖瓦呈现出一种橘红色，而下面阳光还没触及的地方则是淡淡的紫丁香色。砖瓦规整地排列着，随着透视线聚合起来，穿过对面的墙，穿过那些阴影中的深蓝色的常春藤，指向看不见的聚点。而它们在看不见的地方依然鸣叫着，只是声音比之前小，发出低低的啾啾声。我试图动弹，感觉自己躺在一堆瓦砾下面被重量压垮，蛆虫蚕食着这堆房梁的瓦砾，也吞噬着我……我动弹不得，只模模糊糊地感受到一些东西，或者说一些虚无缥缈的、并非实质存在的、平面单一的影子，在我们身边移动,好似我们被罩在一个玻璃钟罩下面,被压在水底,被沉寂与空旷包围,只剩下她的眼睛。这种现象叫什么来着,这种不让液体……

泪湖。

无数黑色的蛆虫在我的腐尸上攒动,吞食。慢慢地,我感觉它们放弃了我的胳膊,一路叮咬退向别处。当我终于能摇动胳膊的时候,突然发觉已经日上三竿了(就像是破损的老电影,把胶卷胡乱地剪接一番,大段大段的情节都丢失了,以至从上一帧画面到下一帧画面,不知怎的刚才还耀武扬威的强盗突然就倒在了地上,不是死了就是被俘了,要不然就是之前还骄矜傲慢的女主角突然就出现在情场老手的怀抱里意乱情迷——总之一把破剪刀加一瓶胶水,把导演枯燥乏味的冗长叙事重新构造成让人应接不暇的跳跃画面)。成百上千的椭圆形小叶子在阳光下愉快地闪动,交替呈现出柠檬黄和淡蓝色。最高处的树枝在微风的推动下轻轻摇摆。现在整面墙都笼罩在阳光下。光斑和阴影交叉,时不时地形成一张扭动的网,洒在墙砖上。那些一排排的墙砖沿着透视线聚合,越过转角的墙,越过周边其他房子,越过郊野,越过山丘,一直向前,令人眩晕,奔向一个看不见摸不着的焦点。

有那么一段时间，能感受到的只有这些：蓝天冷峻地不动声色，阳光如五彩纸屑一般自顾自地欢乐飞舞，无数三角形、梯形和方形自得其乐，时而相互聚合，时而相互分开，时而相互撕扯，循环往复。零碎的光线穿过枝叶投射到室内，投下一个个月牙般的光斑，时隐时现，时明时暗，时聚时散，时而呈椭圆形，时而呈圆形，时而长出触角，时而四分五裂，时而张牙舞爪，时而消失殆尽。

我站着，被阳光照得晕晕乎乎的，疑惑怎么已经开始做祷告了。"主啊，我来到您面前"这样的低语在一排一排的长凳间穿梭。神父敲了两下响板，所有人在一片鞋子、长凳的碰撞声中跪倒。"主啊，求您宽恕。"在彩绘大玻璃窗上，我看到教皇侍卫冲锋的定格画面，挥舞的旗子在风中呼啦作响，炮火冲天，枪林弹雨下硝烟四起，这幅画面镶嵌在一个蔷薇花饰中。旁边的蔷薇花饰（两个蔷薇花饰之间是花叶绶带饰，宝石红，宝石蓝，祖母绿，加上黄玉色，色彩绚丽）呈现的是杜·盖克兰①临终时躺在一棵树下，裹着无袖长袍的摩西②用手杖击打石头，清泉从

---

① 英法百年战争时期（1337 年至 1453 年）的法国军事领袖及民族英雄。
② 《旧约》中所记载的公元前 13 世纪时犹太人的民族领袖，被认为是极为重要的先知。

石头中涌出,还有圣路易①在伸张正义。大家唱诵着"让小鸟到我跟前来"还是什么……窗子和窗子之间的柱子都刷上了颜色,是淡紫色和赭石色相互交替的凹凸方格饰,赭色的菱形格子里都画着一条鱼和一只鸽子,紫色的菱形格子里则都是一模一样的、字母交叉的纹章。神父长着鹰一样的脑袋、扁扁的下巴,坐在他哥特式的木制教座上,用恼怒的眼光在我们身上扫视。祷告词"我卑微地在您面前祷告"在长凳之间回响。大蜡烛的烛火闪烁着。钟响起清脆的铃声。神父又一次敲打了响板,高声说出《圣经》的页数,然后立刻用高亢的嗓音唱诵起来,眼睛一刻不停地用恼怒的目光瞅着我们。他们跟着他唱了起来,那些初一或初二的初学者。这儿好臭。神父一边唱一边监督着我。他缩在或者说陷在他的教座里,光秃秃的脑袋上端正地戴着一顶四角黑帽,那双鼠目紧紧地盯着我。我的嘴巴跟着其他人同时一张一合,只是没发出一点儿声音。在我旁边的朗贝尔声嘶力竭地吼着,一句也不错过:该唱"上主,求您垂怜"②的时候他唱"双乳,让你垂涎",或者该唱"圣灵与你同在"①的时候他唱"剩下一条裤带",该唱"上到祭坛"②的时候他唱"上到妓院"。应答轮唱的颂歌,他每一句都能大声唱成这样。他特别自豪在给半聋的学监协助弥撒仪式的时候他能诵完整一圈念珠的经文,他也特别自豪……

一个人形的、穿着皱皱的睡衣的灰暗幽灵在镜子里摇摇晃晃地前进,拖着两条腿,肚脐那儿松松垮垮地挂着一条棉的白色编绳,提溜着他的裤子。那条惨白的带子剪得乱七八糟、毛毛糙糙,就好像还连着内脏,挂在黑夜的灰白肚子上,被黑暗褪去了颜色。"哦,主啊,每天早上在您面前……"把"日常洗身礼"叫作"日常清肠礼"。这样一套一套的戏谑双关语和文字游戏,应该能有魔力把他从动词课、母亲的信仰和天主教理课程中解放出来吧。所以我猜现在是"上到洗脸盆",摩西的石头现在成了珐琅瓷器,而他的魔杖则变成了王冠状的、失去光泽的黄铜龙头开关。水喷涌而出,溅了我一身,我急匆匆地把水龙头关上。只剩下一滴水慢慢积聚成梨状的水滴,膨胀,脱落,在钙化的水槽里摔了个粉碎,在此之前无数次无数滴

---

① 原文为拉丁文。
② 原文为拉丁文。

同样的水珠也是在同样的地方摔落。我用手旋开了一点儿水龙头，水又一次毫无征兆地带着打喷嚏一样的声音喷涌而出，汹涌狂奔，我手忙脚乱地转着水龙头，上半身完全被溅湿了。水越喷越猛，直到我终于转对了方向，才戛然而止。我呆在那儿，一动不动。然后，万分小心地再一次打开水龙头。这次，一条细细的水流流出来，温顺听话，开心地唱着歌儿。我注视了一会儿，才低下头，瞅着我睡衣的前襟，慢慢地解开扣子，但眼睛还是一刻不离地盯着水龙头，然后用双手捧水。这约旦河水以立方米计费，欢乐地低语着，在水管里奔跑。"愿你被洒净。阿门。"①这水温温的、黏黏的，并不能让人感到清爽，但还是让人想到清晨山林水泽的仙女们珠光灵动地泼水嬉戏，森林树丛间、潮湿的岩洞里、奔流的瀑布下，回荡着她们的笑声。真的。

我看着水从没有并拢的指间流走，直到只剩下几滴微小的水珠贴在皮肤上，就像是挂在鸭子的淡粉色羽毛上。手心像个杯子一边装水一边让水流走。更像个漏斗。噢，我的罪孽②。请宽恕我可耻的行为……

---

① 原文为拉丁文。
② 原文为西班牙语。

我闭着眼，低下头，往脸上又泼了两三捧水，依旧闭着眼，弯着腰，垂下胳膊上下左右胡乱摸索，僵直地伸向旁边，终于摸到了毛茸茸的布料，一把抓住，擦拭了一下额头和脸颊，睁开了眼（视线一开始因为睫毛上的水滴而看出去雾蒙蒙的，后来一点一点清晰起来）看着条形棕叶装饰的框缘，看到洗手台上方到青绿色玻璃台面的水平隔线之间的墙面上涂了浅绿色的瓷漆，绿色的尼罗河在上面奔腾，接着看到可以说是以水为主题的装饰在镜中倒映成双，而镜子当中是我自己略略颤抖的影子，像刚离开幽暗的母体一般疲惫不堪，邋里邋遢，倔强又可怜。周边的玻璃、珐琅、瓷器和镀铬金属都倒映着这个影像，不是将其拉长就是加以膨胀，使之变成了狂欢节里滑稽可笑的国王，眼皮还在拼命打着架。"父啊，把这杯撤去①……"这圣餐杯，是加洛林王朝或者蛮族②的有盖高脚杯，镶嵌着宝石，被神父用双手小拇指和无名指端着，大拇指和食指像一对钳子掰断了无酵饼。我拿起一个圣水壶，倒了点儿淡黄色的酒。以圣尿、圣屎、圣屁的名义……说"请天父保佑我，因为我有很多罪"；不是"情场

---

① 《路加福音》第22章第42节。
② 指古希腊、古罗马以及稍后的基督世界以外的文化。

浪子我,把她舔了很多回"……朗贝尔无休无止地吐出这么些淫词秽语,自然得就好像他为了让我们惊讶不已,从口袋里无穷无尽地掏出弹珠啊、双连邮票啊、自动铅笔啊、钢笔啊、打火机啊等各式各样的破烂货,在课间休息的时候叫嚷着卖给寄宿生或者跟他们换取其他东西。后来他卖起了黄色小报,再后来就是一些说教式的宣传单,上面用居高临下的口吻介绍着大脑的生物化学构造或者关于人类情感的经济规律,总是以自然而然的口吻陈述这些最新的结论。他总是第一个拥有我们都还不知道是什么的东西,或者第一个做一件或说出一件我们都还不知情的事情,第一个穿着长裤来学校①,第一个抽烟,第一个声称自己要刮胡子了。所以不是来自塞舌尔或毛里求斯的邮票上棕榈树间钻石皇冠下面的秃头皇室成员,而是一张穿着衬衫活硬领、梳着光亮卷发、大权在握的面容,这个形象以数十亿计的数量在世界上传播,他如神灵一般,每天早晨用威严深邃的、征服者的目光盯着无数个穿着裹尸布刚被复活的拉撒路②,盯着刀片滑过无数紧张焦虑的喉结,滑过毛毛糙糙的皮肤,滑过东罗马帝国皇

---

① "二战"以后,法国中小学男生穿短长裤上学。
② 《圣经》中的人物,死后被耶稣复活,从坟墓中走出来,还穿着裹尸布。

帝宁愿让人烧了也不愿把脖子伸在剃须匠面前让他给剃了的胡子，就像是那个故事里讲的……

我手里拿着草稿本，在进门之前就闻到了那股味道，略微有点儿甜，有些使人发晕，加上某种腐尸分解的时候散发出的气味，仿佛是坟墓里的味道，仿佛不仅仅是植物发酵的味道混合着火焰舔舐着铜水壶的酒精灯的怪味，而是这恒久充斥着书房的幽暗光线的味道。灯泡一直都亮着，上面布满了蝇粪。百叶窗一直关着，外面炫目的阳光只钻了一丝进来。而我站在那儿，结结巴巴地试图让人相信我认真读了些什么，而不只是我从词典里马马虎虎地找了几个词，把它们勉勉强强拼凑起来的东西。查理舅舅摘下眼镜，把书放在书桌上，声音并未提高："你不觉得你在跑来跟我说你什么都看不懂之前，至少可以假装自己努力看过了吗？"然后他闭口不语，听我嘟嘟哝哝地抗议申辩，直到我自己闭了嘴。他要么一动不动，要么俯身看一看试管里面的液体到哪儿了，然后又挺直了身："我可能没表达清楚。你倒说说，你装模作样已经有多久了？"十月里刺目的阳光像是在百叶窗的缝隙里沸腾，如同酸一般强行渗入，咬噬、腐蚀着接缝的边缘，那些边缘线条只有在晚上当阳光变得柔和以后才能清楚地看到。即使在这个时候，他也不打开百叶窗。只有在黄昏，几乎是暮色降临的时候,他才勉为其难地把它们收起来,收的时候因为风而积起来的灰尘颗粒发出吱吱嘎嘎的声音,这些尘粒卡在窗扉和窗台之间,随着百叶窗的开合,日积月累最终在窗台的灰石板上刻下一圈圈的白色同心圆划痕。灯泡依然亮着。在把黄昏和夜色区分开来的一小段时间内,我们可以辨认出炽热的淡黄灯丝,并不觉得耀眼刺目。但那段时间一过,灯丝立刻显得闪亮起来。也就是说,在短暂模糊的一段时光之内,自然光和人造光这两种光像是被允许相互对峙。白昼之光,虽然猛烈,却短暂易逝,几乎即刻就奄奄一息,就像是它猛烈喷发,粗暴地侵入这个抵抗的世界,它急剧的胜利在瞬间耗尽了所有的能量;而那另一种光,坚定,冷漠,不紧不慢地夺回它的领地。在半小时内,仿佛是自然光向某种原则或者某种习俗做出了让步,这种原则或习俗要求在二十四小时的周期内一部分时光是贡献给白昼的,而另一部分时光是贡献给黑夜的。这半小时一过,黄色的人造光便独领风骚,熠熠生辉,恒定不变。这小小的房间糊着淡绿色的墙纸,被那张没什么特别风格的书桌几乎占据了所有的空间。书桌并不是乌木的,只是普通的木头上了黑漆,上面放着一个文件夹,堆积着的文件倒向他,形成了一个参差不齐的斜面,混杂着一堆旧发票、账单、批发商的信件、酒精比重尺或比重计的校正表、书信、发票和数据表，那些数据表上无一例外地印着湿漉漉的淡紫色圆圈或半圆圈，那是他随处放置的试管的底座所留下的痕迹。试管里装着半管蒸馏残留物，那股混合着酒精、糖和酿酒用的热葡萄汁的味道在葡萄收获季节之后留存许久。我寻思着，这儿从没着火还真是个奇迹啊！看看这蒸馏器就摆在桌上乱七八糟的纸堆中间，蒸馏器下面也一直烧着火，就像那些教堂里面神像或圣人画像下面点着的虔诚的蜡烛，那些细小的灯芯。蒸馏器的小灯芯盘绕在淡黄的酒精里，当有人进入书房，火焰随着空气的流动而懒洋洋地摇动。进入这个房间，就好像同时（离开那个光线强烈到令人头晕目眩的外部世界）进入一个恒定的世界，在这个世界里，时间不是以同样的速度流逝的——假定时间是流动的——因为在这里，没有办法或者说几乎没有办法区分日和夜，空气也从没有流通过，就像是香水的基底，在这个构造复杂、满是灰尘的仪器里，加上布满水垢的蛇形管、酿酒桶、灰绿色霉点斑斑的铜钉，始终保存着物质分解（成简单的化学成分）过程中挥发的或清淡或浓重的气味，保存着夏天所慢慢结出的果实又重新被分离的味道……

"他特别讨厌乡下。他以前从巴黎过去总是正好卡

44

在葡萄收获季节的时候……"那说话声向我飘过来的时候仿佛是穿过了一面玻璃墙,话语好似来自远方,可能是因为说话的人看上去也不太真实:没有实体,年代错乱,像是从那些人物老旧的明信片上走出来的(可能是那张林荫大道街景中的人物,也可能是得意扬扬地吹嘘着自己刚吃了小山鹑、正抽着烟斗的那个人)。现在光天化日之下,他突然出现在一个报刊亭前面,说话的时候嘴里喷出一股腐臭味儿,对我说:"啊,你又回来了呀?我听说……"我嘟哝了几句没人听见的话,试图把我的手从他的手里抽出来。他握着我的手摇晃着,后来忘了摇晃,但还是带着老年人特有的那种既强硬又胆怯的专制,握住不放。他把我堵在梧桐树树干和河岸栏杆之间,假装眼泪汪汪地瞅着我,说:"我听说……"然后闭了嘴,定在那儿,继续用他那双假装友好的眼睛使劲儿盯着我,眼神里流露出一种温情,而更多的是一种害怕,害怕我走了留下他又一个人孤零零的,或者把他丢给某个跟他一样的老叟,他们每天就相伴沿着运河在梧桐树下面蹒跚而行。尽管月桂树正花团锦簇,短暂的花期里洁白、浅红、紫红的花朵甜美可爱,他们却视而不见。他拄着手杖圆头的手焦躁不安地摸索着,把报纸塞到口袋里去。另一只手还是没有放过我,拉扯着我,跟我说"来,陪我这个老人走几步……",依旧带着他那样的人所特有的粗俗蛮横,恬不知耻地享用着他所拥有的最后一点儿特权。我呢,努力回想着他是哪位年老贵妇的丈夫:他是那些怪诞可笑、分不清谁是谁的人物中的一个,有点儿像偶尔陪着老太太们的家仆,都戴着一样的硬领子,惯常打桥牌的手上有着一样的斑斑点点,留着一样的小胡子,能整天待在半圆形阳台上轻咬着雪茄,看着来来往往的路人。而那时,年老贵妇们则小声地哀叹着,又伤感又庄重,同时还不停地吞食着刚出炉的小甜食,嘴边满是糕饼残渣。

就好似她们把他托付给了我。这个人无足轻重,自视甚高,脸色灰灰的,闪烁的阳光下,他瘦削的身子在过大的西装里打晃。而她们,无处不在,无所不能,不动声色,隐秘不见,戴着她们黑色的珠宝、黑色的短面纱,在晦暗的妆容下显得威严庄重,配饰着羽毛、鞘翅、鸟爪这类奇形怪状的东西,硬生生地把那些并不好看的食尸动物的某一部分佩戴在身上,躲藏在浓重的夜色里,虚无,隐秘,只用细小的声线、叹息和窸窣声去填充寂静的空间,仿佛从未停止,哪怕是在大白天,哪怕……

然后我想到,他不是谁的丈夫,而是谁的儿子。那时我还在听他絮絮叨叨谈着我母亲、外祖母和查理舅舅。他边说边用胆怯的眼神鬼鬼祟祟地一下一下刺探着我,神情既自大又自卑。那张瘦削的脸,混合着自负和焦虑的痕迹,在报刊亭花花绿绿的陈列架前面凸显出来,悬空飘浮在我眼前。陈列架上放着各种杂志,封面上昙花一现的模特们袒胸露乳,各种报纸,稍纵即逝的头号新闻用大标题展示着,还有各种好景不长的时装模特穿着果糖色的娇俏裙子。他还在那儿跟我叨咕:"你知道,那时候,我可钟情于你母亲呢……"真是个蠢货!他或许也是寄来署名为库内贡德或"猜猜我是谁"的明信片的人之一,写道:"……受到一个疯狂追求速度的朋友影响,我那时也成了一个汽车发烧友。我妈妈跟我说你去拜访了她,唤起了我对你的美好回忆。"他当时也许正在某个闹哄哄的餐厅里,很可能还是个什么大学生,据说时不时地以自杀要挟父母,骗取他们的汇票,一个处处留情的花花公子,躺在天鹅绒的软垫长椅上消化着那只小山鹑,大拇指插在背心袖孔里,另一只手拿着德国弯嘴烟斗,试图找一些文艺的语句写在明信片上,譬如"在这个回廊的白色柱子之间,只缺一位眸子乌黑的年轻姑娘……",这类的话涂抹在"风景如画的比利牛斯山区"这样的标题下面。圣贝尔特朗·德·科曼日修道院里长满了野草,环绕着逐渐消逝的遗迹风光。他也许真的在梦中见到她在这里无精打采地漫步,打着白色小阳伞,穿着剪裁雅致的花瓣形的曳地长裙。他想着"那些不能跟年轻姑娘说的东西"，就像他婉转地写下的话，很可能是指(哪个家伙所说的生命中最重要的东西都是靠)"不同的管道"。现如今，这"不同的管道"因他的雄性气概早已消逝而变得皱皱巴巴，耷拉着，无力地躲藏在他皱巴巴的黄色羊驼呢裤子门襟后面。裤子太大，两个背带扣子之间松松垮垮地形成了一个大漏斗。他那用两个骨质纽扣扣起来的布衬裤也张着大口，以至他向我靠过来的时候我可以瞥见里面已经失去雄风。机会来了，我可以逃脱了。结果他这无力的身子猛地一挺，紧紧地抓住我的手，继续跟我说着"你美丽的母亲"和"可怜的查理"，同时依然不停地抬眼偷偷摸摸地检视着我。月桂树一簇簇的粉色花朵上下轻摆，左右摇晃，跳着波浪舞。而我面前，正对着我的是他黄黄的牙齿、留着尼古丁残渍的小胡子、干瘪起皱的脸颊，嘴一张一合胡说八道着什么。真是个突如其来的幽灵，在阳光底下现了身，继续窥察着我，或者说掂量着我，带着老年人所有的那种既胆怯又贪婪的愤愤之情，也许正算计着，做着内心斗争，自问以他这半个身子入了土的身份，有没有权利直截了当地向我打听伊莲娜的消息，而不是假装深情回忆着亲爱的查理舅舅，一直话里有话、小心翼翼、含含糊糊地说着"就这么下葬了……"，说着"最后他都几乎不出门了，他这么一个……我是说，他临终前……我想说，他那么喜欢大城市的一个人，居然连这儿都不来了，这可是巴黎啊！在这里以前我们可还是大学同学呢……"所以那时甜腻的空气里或许飘扬着优美的玛祖卡和华尔兹，美丽的树叶被蒂罗尔·李桑斯基餐厅的灯光由下往上照得发亮。也许他也在那里，不是像现在这样被时光摧残，半人半鬼地在早晨强烈的阳光下跟跟跄跄，在一堆印着光鲜亮丽的女人胸脯的杂志前逗留，就像是站在纸质的香艳后宫前面。那个晚上的他把自己收拾得风度翩翩，把学生时代的烟斗和天鹅绒外套收了起来。而她，在桌布的一角，推开了盘子，在一张明信片背面写着"我们继续采购，希望能尽快买完，打算周二的白天可以离开巴黎。今天有点儿凉"。她在枝叶底下微微打战。当她抬起头，头顶上玉色的枝叶在夜色中凸显出来。"查理和我还有 L 都在这里。我们一起吃了晚饭。我收到了你的信。亲吻你。"这张明信片后来可能被丢在了包里，跟一堆闪闪发光的粉盒，还有女人和年轻女孩的私密小物混杂在一起。明信片在第二天给寄了出去，上面贴着播种者邮票，在茶褐色的背景衬托下，她长长的头发钻出弗里吉亚无边软帽飘扬着。她这个被固定住的形象既有伊奥利亚[①]

---

① 古希腊在小亚细亚西北沿海地区的殖民地。

风情，又带有乡土气息。一只胳膊甩到身后，另一只则紧紧地抱着谷物袋顶着腰。她半个身子被一个神奇的圆圈给遮挡住了，这个圆圈是盖得难以辨认的粗体字"二十一点三十分意大利林荫大道 1-6 号"。跟那些从废墟里半出土的雕像一样，她是带来孕育和奇迹的使者。她的裙子像是银色的水流缠在腿上，银色的脚上还带着一点儿肥沃的红色的矿物质泥土。布洛涅森林的蒂罗尔餐厅位于湖塔路，以其装饰、服务和正宗的蒂罗尔式烹饪而闻名。加上它的国家级管弦乐队，这个餐厅在巴黎的同行中是独一无二的。拉菲尔·塔克父子有限公司巴黎分公司，法国城市，L. L. M. M.的供应商。英国国王与王后，印度皇帝与皇后。科伦坡。新加坡。

> "锡兰①07 年 9 月 25 日
>
> 亨利"

月光下的康提②

另一个纨绔子弟穿着红色的马甲、珍珠灰的长裤，拄

---

① 斯里兰卡的旧称。
② 斯里兰卡中部城市。

着手杖,滔滔不绝,废话连篇,夸夸其谈,混杂在苏格兰舞蹈轻浮而短暂的余韵中。女士们穿着花裙子。窗玻璃被烛光映红。一轮柠檬黄的假月亮挂在左上方角落的一堆枝叶间。桌布雪白发亮。光影浮动在夜间纹丝不动的树叶中,浮动在树丛间,浮动在寂静的夜色下,像失去了控制的海船的灯光,有一种奇特而忧伤的嘈杂感。他说,他在梦中见到了她,黑眸少女的身影忧郁地徜徉在回廊柱子间。她似听非听,仿佛只是听见一种背景声,就像那些音乐旋律,那些杯盏交错。她的包里也许放着她刚收进去的明信片,上面是亚丁城的骆驼集市,长长的连拱廊,炙烤成赤褐色的褶皱岩石,一张醋栗色的一安那①邮票,上面是一个戴着皇冠的秃顶人像,横贴在一群五颜六色、无法分辨的跪倒的动物之间。然后她说:"查理,太凉了,我们回去吧。这音乐让我头疼。我们明天早上还得帮妈妈购物呢。我一定得要给她找到。"

　　一张同样的杏绿色弗里吉亚式播种者邮票,从水平细线条纹的背景上有点儿脱落下来。在抓满种子的那只手下方,正好是从地平线上露出的半个太阳,发出扇形的

---

① 斯里兰卡辅币。

51

光芒。明信片的文字围绕着当中的图片,填满了白色的天空。天空下方有铜质的缪斯之神,铜翅看上去轻轻扇动,额枋下面是斑岩柱子,铜裸女打着高脚灯。"一个月以后歌剧院前的露天广场将呈现出快乐而喧闹的景象。而我,我总是忧伤地望着它。生活如常,习惯照旧。尽管这好心的伊利德试图让我散散心,我也感觉提不起劲儿来。我向特雷莫里哀医生转达了你热情的夸赞,他也让我向你转达他的致意。请允许我向你致以诚挚的问候。"阿波罗在青铜圆顶上方高举着里亚琴,诗神骑坐的有翼天马向上腾起,信息女神吹响了号角。剧院沿幕上的悲剧面具。棕叶饰。石刻的树叶花环。喷泉承水盘。圆雕饰。阳台。高高的窗子后面灯火辉煌的夜。分枝吊灯熠熠生辉,而观众们,尤其是穿着窸窸窣窣的裙子的女人们,无比优雅地走上台阶,消失在火焰式的顶端,被隐匿,被消融,就好像那些光线,那些天鹅绒,那些颜色娇艳的裙装,统统都融合成单一的金色晶体,嚓嚓作响,填满了一个个血色加黄色的深邃岩洞,岩洞里仿佛有食肉的牛怪,把他们慢慢地消化掉。喧哗声渐渐沉淀下来,吊灯坠饰发出的钻石光芒也一点一点熄灭,最后只剩下些许星星点点的晦暗光点,在女人们裸露的胸脯上和金色的女像柱丰腴隆起的腹部上微微闪烁。绛红色的包厢里,黑暗中还有一些低语声。也许是他在她的肩头絮叨着,讲述那些回廊柱子。这样的轻声细语持续了很久,两千双涂脂抹粉或皱皱巴巴的眼睛等待着,两千张涂脂抹粉或皱皱巴巴的嘴在深红色的黑暗包厢里屏住呼吸,彼时,画着立体装饰画的绛红色幕布拉开了。女主角以提水女子的形象出现在布景前,布景上是俗套的布满灰尘的棕榈树和同样布满灰尘的蔚蓝大海。她穿着那个叫什么名字来着的阿拉伯带风帽杏色条纹长袍,胸脯上遮盖着巴亚德阔条绸围巾,一只手搭在腰间,另一条手臂顶端沿着身体挂着一只纸板做的水壶,额前挂着铁皮做的古代威尼斯金币,下方细长的描黑眼睛透露出雏妓的神色,加上她狮身人面女像般的鼻子和嘴巴,显得镇定淡然。她厚实的下巴上方,嘴保持着微笑,尽管伤痕累累,却神秘莫测,略显无奈,冷酷坚定。交响乐团拉开了序幕。女主角叫阿依达或者阿伊莎,一个受过割礼的女人,胴体如豹子一般,在沙漠里沉睡了数千年。她装饰着那些藏红花色或者尼罗河绿色的邮票,上面印着"阿拉伯女孩,利晨斯特恩和哈拉尔①,开罗 177 号"。女主角向前走了一步,离水井远了一些,在沉重的手环的叮咚声中继续向前。她把

———————————

① 明信片发行商。

53

面纱往身后一甩,开始唱起来。

"开罗 07 年 9 月 13 日

亨利"

这张之前收到的明信片还是从亚丁寄出的,上面印着"栈桥与 S. S. 波斯"。图片上并不是一个热闹的海港、喧闹的来往船只、成排的木桶货箱、在吊货杆底部晃悠的货包、咸湿的海风、汩汩的海浪,而是水泥般的天空,水泥般的浪涛和三盏奇形怪状、废弃不用的带反射镜的路灯,这些路灯如同话剧道具一般插在海岸边。海岸线略微斜斜地穿过明信片,当中被一个小凹槽截断,那个凹槽或许是通往阴影中斜坡的码头楼梯。这个楼梯与一个黑色长方形分开(两者之间有十来米的距离),那是一个铁皮棚子投下的影子。这段距离,需要游客们弯着腰、耸着肩、缩着头跑过来,才能在水泥般的炽热空气里开辟一条路,直到他们(但哪儿有游客呢? 一个也见不到啊。那些被固定的海船没有一根烟囱冒出烟来。海船本身也像是镶嵌在雪青色的水泥般的大海中)跑到铁皮棚子下面,站在那个棚顶投射在地面上的、令人压抑的墨色矩形里,气喘吁吁、口干舌燥。他们气喘不止又满腹怀疑地看着延伸出去的、平坦的海岸线，空无一物，就好像人们构想、绘图、建造和安置了那些街灯和那个铁棚子以后受了惊吓而逃跑了。在震耳欲聋的混凝土浇注机的轰鸣声和各种喊叫着传达的命令之后，一切恢复到原始的平静中，只有大地和大海被拉扯着，或许只是为了有一个地方，废弃无用，笔直、有棱有角、不带毛边，配上中国水墨般的影子、滚烫的钢板、滑稽过时的街灯，以便一艘一艘的海船可以来到这里静候死亡，让铁锈一点一点腐蚀它们。最初，船体上层还是白色的，烟囱还是黑色的，后来都渐渐地被这层淡蓝的水泥、这层水锈给吸收了（那些铁棚子的钢板、大海和天空亦如此），封存了，覆盖了（在第一艘船的后面还能看到另外一艘），船体，桅杆，烟囱（这个过程可能跟沼气缓慢固化的现象有点儿相似），最后，分不清海和天，只剩下一张图样，一个墓地，两个没什么作用的守卫在那儿大步走着，这两个包着头巾的国王（或者说是两个斑点或棍子），又可笑又矮小，在那片水泥上漂泊着（也许他们也在慢慢固化），影子与身躯垂直。他们所处的那一大片水泥，想必是为了跟海船所占的那片水泥区分开来，所以约定俗成地、统一地呈现出淡淡的粉色。

也没有一点儿颤动（除了偶尔像是过热的空气微微轻颤，幕布软软地鼓起来，像是受了谁的推动，并不是来自拱架下钻出来的穿堂风,而是来自长号和短号狂风暴雨般的咆哮,那时,男高音歌手正打开双臂,裹着头巾的脑袋向后仰去,在亚述式的假胡子的黑色卷毛中大张着嘴),没有一点儿风吹动纸板做的棕榈叶。年轻的阿拉伯女子现在躺在水罐散乱的残片中,保持着两个奴隶把她扔在地上时的姿势,也就是说,优雅地侧卧着,面对着观众,身体由一个臂肘支撑,然后一点一点地撑起,直到伸直了手臂,另一条手臂慢慢地张开,抬起手向可怕的国王作乞求状,接着拖着身体匍匐而行。昏暗的乐池里铜乐器时不时反射出黯淡的光芒,当她向她套着颈环的脖子送上了刀,所有小提琴手的脑袋都平行地偏向一边,倒映在桃心木上,琴弓也都平行地上上下下,越来越快。然后,她发出了一声叫喊,那种令人难以置信的声带震动,仿佛不是由人体器官发出的,而是像是某种机械,那种安装在洋娃娃或者机器鸟的身体里的,抑或在火车头上的,被藏在了女歌唱家华丽俗气的衣服底下。现在,交响乐团的所有乐器在一种情感的高潮中同时演奏起来(就像是棱镜中颜色的混合会带来白色的错觉一样),这种高潮好像在自我否定,自我毁灭。而那种像哨声般极其尖锐的转调还继续从那堆巴亚德阔条绸布下无休无止地喷涌而出,令人无法承受。

可以看到她，涂脂抹粉，形容枯槁，披着鲁尔德①买来的比利牛斯紫色羊毛披巾，遮掩着骨瘦如柴的小腿，居中端坐在客厅里一片不和谐的混乱杂音中。钢琴和走调的小提琴绷紧的弦上持续不断地排练着刺耳的基调。她坐在扶手椅上。当人们还能把她扶起来的时候，那些举办室内音乐会的晚上，就把她安置在那里，等待着女客们的到来（跟她一样的老妇人们，只要那些个晚上她们的老伴们因为他们圈子的活动脱不开身。他们跟这些威严的年老贵妇正好相反，他们都驼着背，戴着单片眼镜，手上斑斑点点，穿着薄薄的深色西装，留着稀疏的山羊胡子）。每位来客都向她弯腰致意，夸赞着她的气色，假装没看到她颧骨处的红晕是假的。一天一天地，她的脸颊不是变瘦削了，而是变成了某种锋利的东西（就像她鼻梁骨两侧一点一点被刨光，被往后推，以至看上去到最后只剩下一张纸那样单薄的轮廓了，没有厚度，没有质感）。她还极度地爱俏，极度地骄傲不服输，颧骨上醒目地抹着红色，已经像是没有知觉的物体般坚硬，或许更是因为长久的痛楚而失去了知觉：像是某种皮具，或者是狂欢节里硬纸板做的面具，是假面喜剧中的驼背丑角受了不可承受的

---

① 法国西南部比利牛斯省的一个市镇。

57

侮辱、无法挽回的伤害所流露的可怕又可笑的模样，而她——或者说她所剩的那点儿躯壳——躲在后面，像是……

　　后来我见到的那个人，被两个黑人用绳子牵着，从一个破囚牢拖往另一个破囚牢，胸口用铁丝挂着一块砖，上面贴着告示"我偷了同伴的面包"。那不是一张人脸，而是一件东西：一张同样的奇形怪状的面具，上面挂着拳打脚踢所留下的触目惊心的色彩，沾着唾沫黏糊糊的，面无表情，对所有的痛苦、所有的羞辱都无动于衷。可以说，他走在人群中全靠这张脸的保护，这张脸好像已经不属于他自身了。他也不像红脸的小丑或者醉鬼那样显得很惊愕，而是像梦游似的完全凝固住了，被掏空了，或者说，失了魂了。最初感受到的恐惧、耻辱和羞愧，从第一口唾沫和第一记耳光开始，一点一点地减少了，直到一个临界点，在那个点他得选择要么逃，要么疯。所以表面看来他（的脸）跟木头一样没有知觉（或许那些挥手搂他脸的人是很失望的），而他事实上是暂时地（或者永久地）死了，疯了。

　　所以，她坐在那里，并没有退缩在某个阴暗的角落，让柔和的光线缓和、掩饰她的瘦削，而是在分枝吊灯闪闪发光的水晶吊坠正下方。这好像也是她的一种挑战，一种对抗(她看着来客一个接一个地走进来,带着一种痛苦的满足感,观察和窥伺着他们在见到她时惊惧的表情和惊跳的身子,然后看着他们走向她,亲切微笑着做出为她的好气色所倾倒的样子)。她颧骨上抹着胭脂,梳着矫揉造作的发型,就好像是从发廊橱窗里直接拿出来的假发摆在她惨不忍睹的脸上方,滑稽可笑。这套装束让她看起来像是一个模特假人,不是填满了炸药,而是灌满了吗啡,作为一种死亡警告,恶作剧般地摆放在那里,像是亮堂堂的黄水仙客厅里举行着什么巡演,而她就是华丽而惊悚的中心。客厅里走调的钢琴和小提琴的拨弦在调音,在一片混乱中摸索,好像在相互找寻:那些片段,像是结结巴巴、颠三倒四说出来的片言只语,又像是一个傻子试图说出完整的句子,可是没有成功。好似那些宾客、那些阴郁的老贵妇、那些手臂光洁如玉的年轻姑娘、那些乐师,甚至那些挂在墙上的人物画像,都在一个不真实的世界里分解,变成碎片,一片片地在这个活死人周围飞舞着。这个涂脂抹粉、精心打扮的活死人,亲切愉快地咧着嘴,一劳永逸地端坐不动。也许她只剩下了这张表皮,这层外壳对一切事物都无动于衷,漠不关心,除了对一些名字听上去香喷喷的城市和港口,一些模糊而遥远的音乐旋律,一些朦胧的影子:新加坡,莱芒湖,科雷兹的河岸,布洛涅森林的树叶下餐馆里透出的橘色灯光和飘出的喧哗声，塞得港，赛马场上称量体重的骑师。这一系列明信片（巴黎——钟表堤岸，巴黎——杜伊勒花园，巴黎——花市）的背后连续写着一封书信，从第一张开始写，后来因为地方不够了就接着写到第二张，再接着写下去。那张（尚蒂伊：狄安娜赛马奖那天的观礼台）可能是这一系列明信片中的最后一张，因为背后写道：

"……保罗明天会带我们去尚蒂伊观看德比马赛，据说我们在那儿还能看到时髦的服装。亲爱的妈妈，我很快就能见到你啦。替我亲吻大家。我希望扎扎能很快从感冒中康复。"上面贴着虾红色的播种者邮票，日期是08年5月28日，地点是旅馆林荫大道。这三个人，少尉表兄穿着骑兵服饰，有时候为了拍照，征得他的同意，她依偎在他身旁，站在洒满阳光的花园里；他的嘴唇上方长着细密的小胡子，脸有点儿胖胖的，穿着肋状盘花纽短上衣的身子也有点胖胖的；她打着一把花边小阳伞，象牙的伞柄搭在肩头；第三个人就是查理。他们三个站在一群华丽丽、香喷喷又死气沉沉的男男女女当中。女士们穿着明艳的、花边层叠的裙子，从照片看上去，在阳光下亮丽得好似发出磷光一般，周边围绕着一圈模糊的光晕，端正严肃，挺胸收腹，混杂在乌压压、黑沉沉的男士们当中。

后者的双腿紧紧地裹在裤子或者靴子里，像某种昆虫、某种鞘翅目甲虫一般攒动。女士们通过双筒望远镜盯着远处小小的奔跑而过的马队（那时山崩地裂似的看不清它们的腿），马匹好似用彩色的铁皮焊接在了一起，极速滑过，看上去一点一点陷进了土里，就好似土地在马蹄下渐渐地裂开，吞噬了它们，只露出赛马骑师颜色鲜艳的绸上衣和马鬃，后来只看到骑师们的帽子与地面齐平（就好像一群神秘的骑士被大地活活吞没，但在地表下依然顽强地疯狂前进着），再后来连帽子也被吞没了，那串彩色的小圆珠子消失了。接下来的那段时间，人们可以想象，在世界末日般的景象中，在安静幽暗的地下疆域，马队依然奔跑着，不知疲倦地甩动着它们的四肢和钢马蹄。突然，远远地，它们出现在了右方，先只是那些帽子，随着越来越大的喧闹声，奔跑着，离那堆小阳伞、花裙子和雄性昆虫越来越近，混杂着尘土飞扬的踩踏声。现在那些与草地齐平的小帽子（小圆球）的顺序已经变了，好像它们穿越地狱的时候，某个爱捉弄人的神把它们抓到手里摇晃，开开心心地捣乱，以至本来木樨草色帽子（圆球）所在的第一位现在被一个黄水仙色的圆点给替代了，接着是一个小黑球，然后是一个樱桃小球，木樨草小圆球只排在了第四位。骑师们艳丽的上衣，马头，马鬃横向飞扬的颈脖,也像是用铁皮剪裁出来的,逐渐地从地表褶皱里冒出来,整个马队一直完美地焊接在一起,直至马腿(或者说迅速来回交叉的圆规的两条腿)也清晰可见。现在那串五颜六色的小珠子正全速前进,尽管在那些紧盯着它们的小型望远镜的圆框内,它们是静止不动的。在那串珠子背后逐次闪过郁郁葱葱的树林、浅色的城堡、层层的主塔、左侧被它们很快越过的护城河。这时,在阳光照耀下,那些骑士的艳色上衣在树林枝叶衬托下凸显出来。(但也许她已经看不到了:不是橡树、白蜡树、山毛榉或千金榆,而是一片黏糊糊、绿油油的藤蔓枝叶混合物,下面是黏糊糊又绿莹莹的水、泡沫、灯芯草和蚊虫的混合物,两者当中,好像这两种混合物的混合体,既是植物性的——因为是树干、叶子或割断的灯芯草所形成的东西,又是水性的——因为是安置在涉禽的爪子上的。它们在这些影像上面,仿佛也既是植物性又是水性的,因为它们周身覆盖着纤维,看上去还忙着捕食鱼类:

"科伦坡 08 年 8 月 12 日

亨利"

科伦坡——湖边小镇)

那时，人群中又一次涌起一阵长长的细语声。那位青年军官许是冒了一句粗话，笑着道歉，笑着把手里输了的赛马彩票撕了个粉碎，潇洒而优雅地开着无伤大雅的玩笑，就像是这张三年前寄来的、措辞活泼的明信片："我们的头顶上导弹呼啸而过，我被一个花盆给送进了医院。"这些字迹的墨水现在已经变成了灰色，写在一片天空里，下面是标题：

混乱的利摩日

街垒——游行过后，富尔工厂对面的莫文迪埃尔街——

1905 年 4 月 17 日

浅灰色的、平坦的街道尽头有一些房屋和屋顶从同样灰色的天空中凸显出来。整个画面是一层一层的灰色：墙面，地面，散乱的铺路砖——最大的那块被人用一张翻倒的长凳推到了车行道的一边，一辆手推车，还有一些无法辨认的碎片。那些残骸原本构成的东西，仿佛本来就是为地震、骚乱、轰炸和洪水之类的灾难所造的，也就是说，它们像是被设计成双重功用，即在常用的功能上多加了一项（四脚朝天的桌子，四分五裂的柜子，轮子向上的推车）：这第二项功能就是把它们顺着水平线简简单单地旋转一百八十度,使它们变成一堆触目惊心的废铜烂铁,以便警示人们一个刚刚还井然有序、安定平和的世界瞬间即可覆灭,好似一个年老色衰的妓女撩起裙子,转身躺倒,翻转出本初混乱的面貌,揭开被遮住的那一面,展露出这世界的背面不过是混杂的各种气味儿和堆积到排水沟里的碎片垃圾。这一切被几个女人凝视着,仿佛她们是收了钱来监视那些死人的。这一切也被几个留着小胡子、戴着鸭舌帽的男人凝视着,仿佛他们是收了钱来把尸体搬运到灵车上。这一切还被那几个着装讲究的人凝视着,脸上的表情跟葬礼队伍上的人一样,或惊愕或漠然。还有一些穿着工作罩衫或衬衫的人,一时停下手里的工作,脱下帽子看着搬运工走过。他们都挤在右侧,就像是等着自行车赛车手经过的观众一般,带着期望的神情把头转向摄影师的相机。排在最后、最远的那几个人身体前倾,以便更好地看清前面,不是为了看在飞扬散落的砖石、桌椅和花盆下缩着肩膀的龙骑兵团,而只是为了看着幕布下的镜头,面无表情,因为在他们面前只不过是一些铺路石、一个手推车、一个破长凳和一堵砂岩石墙,墙上贴着海报,广告上夸耀着开胃酒、芥末酱和食盐。

而那个人一直还在,那个站在裸女海报前的糟老头子。他的衣服领子也太大了,豁开了起码两公分。从这个上了浆的硬圆圈里,伸出了他的乌龟脖子,灰不溜秋,沟壑纵横,垂在甲壳外面。这甲壳里面的身体不过是一团软趴趴的肌腱和一堆皱巴巴的皮肤,全靠衣服支撑起来。他那布满眼屎的老眼不停地窥伺着我,狡诈地掂量着我,既胆怯又凶狠,好似他的眼睛和嘴巴在同时说话,或者说,好似他的嘴巴脱离了那张脸在单独讲话。他的嘴唇在恶心兮兮、粘着尼古丁的小胡子下面喃喃道:"可怜的查理!跟女人打交道,他可真是太天真了!……"然后又停住了话语,等待着,一边继续用他的眼睛阴险诡诈地审视着我。接着,又发出了一些声音:"这个姑娘,她背着他跟所有人乱搞,这……"

　　我问道:"哪个姑娘?"

他说:"怎么？哪个？你不……我还以为……"

我说:"啊,当然啦!得,我知道。"我又一次试图看一看十字路口时钟上的时间,但他逮住了我的目光,赶紧把头挡在我和钟面之间。那脸颊如同硬邦邦的羊皮纸。听说他们死了、埋了以后胡子也还会继续长呢。胡子和指甲都还会长。那他……我说道:"对,她很迷人。那个,马上就要十一点了,我得……"我拿起他的手想握一握,立刻感受到那把黏糊糊的老骨头抓住我,缠住不放。他现在用苍老黏人的声音跟我叨念着"科里娜当年可真是漂亮,我从没见过像她这么……怎么说呢……",而我一边试图挣脱出来一边说:"她现在不住在图卢兹了…对,尼斯,她现在住那儿……"我又说道:"对,这是我们家的家族病。我是说,丧偶。您知道,这是妇女病的一种。听说是先天性的。对,是通过泌尿系统传染给家族里的男人的……"他茫然而怀疑地盯着我,不知道是该笑还是干吗。

我说:"查理舅舅自然明白,比起男性特质来,他更具有女性的特质……"

此时他大笑起来,露出一口烂牙:"是啊!是啊!这可怜的查理。他……"

我说:"听着:我没时间啦。我今天早上得去趟银行。

我……"

他惊跳起来,满脸恐惧,生怕又沦落成孤身一人,慌乱地说:"那一起走吧!我正要去……"

我说:"再见。过两天再见。再见。回头见。再见!"我终于成功抽离了我的手,向后退了一步,然后转了个身,赶紧离开,心里想着:"这老不死的!这老不死的!这老不死的!"走得足够远了,我转回头,略略摆了摆手;他还留在那儿,杵在人行道上,看上去又孤单又苍老又凄惨。阳光透过悬铃木的树叶投在他的帽子上和他太过肥大的西装上,一个个椭圆的光斑跳跃着。他身后的背景还是那些簇拥着的年轻肉体,透着水果香糖般的色泽,与他自己形成讽刺对比。他的脸又凝固了,既沮丧又愤怒又惊愕……

而后这边:越过了那道门,就是从酸臭的汗味、嘈杂的声音和刺目的阳光中猛然穿越到了一个清凉、安宁、昏暗的所在。这是一个整齐匀称的世界,一个由矿石构成的光滑世界。尽管这里也有绿色的植物,但跟其余的物品一样,都是由人工打造和供应的。也就是说,并没有水、空气和阳光进行光合作用,在绿色的血液中发出静谧而潮湿的声音;这并不是人们洒在土壤里、浇灌了水而生长出来的。这些植物只是从某个商店花钱买来(或者交

67

换来)的。银行纸币和债券上，在丰裕之角①、里拉琴、数字符号、墨丘利②和丰乳肥臀的女神之间，用铜版画印着颜色黯淡的编织月桂枝叶和水果堆。而这些植物跟那些月桂枝叶和水果堆相比，不见得更新鲜、更能入口。看它们的外表，更像是某种矿物，或者不管怎么说，它们都是人造加工出来的，像硫化橡胶。每天早上，清洁女工都会用抹布在擦洗大理石的柱石和铜板的同时，粗暴地擦亮这些植物。

过了一段时间，能发觉一些声响。尽管跟外面市井的熙熙攘攘相比，这里的声响一开始听上去不过是些轻微的颤动，几乎不可觉察，但同时又不可忽略，如同从遥远的山洞、岩穴深处传出的神秘冰冷、令人不安的窃窃私语。最后，确定那种声音是人们从一个柜台到另一个柜

---

① 希腊神话中食物和丰饶的象征，由母山羊阿玛尔忒娅的角而闻名。当宙斯还在幼年时期，克里特岛上的宁芙女仙们养育着他，还用母山羊阿玛尔忒娅的奶和蜂蜜喂养他。有一次，母山羊的一只角被树枝给勾断了，一个女仙捡起了这只羊角，用鲜花和树叶将羊角包裹起来，并在角里装满了各种新鲜水果，把它送给了宙斯。宙斯为了感谢女仙的照顾，又把它转赠给了养育他的女仙们，并对她们许诺说，她们可以从这只羊角里倾倒出她们希望得到的任何东西，而且可以永远取之不尽、用之不竭。

② 罗马神话中为众神传递信息的使者。

台、从一间办公室到另一间办公室打印、打字、签字所发出的声响，或者至少是类似的声响，那种窸窸窣窣声持续不断、隐秘无踪又纠缠不休，像是咀嚼时所发出的，或像是……

我想着是不是某个怪兽潜伏在大理石走廊深处的某个隐蔽的角落（或者是在地下室，就像暖气锅炉那样）：许是某种肥胖而笨重的反刍动物（但头上并没有犄角，没有卷曲的毛发，也没有可以撕裂喉咙的利爪；更该像是暖气锅炉那样，有管道、铸铁底座和压力表——我想到的是，如果忒修斯①突然闯入劫持了它，那应该是以抹着发膏、扛着冲锋枪的瘦弱男子形象出现的。等把它那满是油井、锡矿证券的财产洗劫一空，他不会把它扔在沙滩上，而是扔在一条大路边，必要时，会扔在一间带家具的旅馆房间里）。这怪物肥胖，所以嗜吃素食，得像喂食菜叶沙拉一样不断地给它喂食用纸张、支票和清单所制成的菜泥。

听上去像是细小的啃食声：那些机器发出层层叠叠的、金属般清脆的敲击声，那是它们用手臂、触须、关节、不计其数的细黑虫脚和齿轮在清点和记录。柜台后面的人

---

① 传说中的雅典国王。他曾劫持海伦，还试图劫持冥王哈得斯的妻子珀耳塞福涅。

如同一排尺寸整齐划一的正面胸像，就像是摆放在那里的无腿人体模型。这些男男女女的躯干每隔两三米就有一个，姿势一致，即头部微微向左肩倾斜，一边写着、填着、撕着收据和清单，一边在他们的假领子里流着汗。汗酸味一直持续与外界流通着，消散在压抑了的汽车和卡车声中。有时候也会是一辆双轮马车，褪了色的粉色轮子沾满泥土，陈旧不堪，在一片闪闪发亮的汽车车身当中缓慢前行，好似某种金属渣块，而这个城市（它的主要器官是银行，带着冰冷的石柱、雕着灰色纹饰的大理石、铸铁的栅栏和硫化处理过的植物，如同圣庙一般）还没来得及把它成功分解、消化、转化，也就是让它经受一道工序，从凹凸、粗糙的材料转变成某种光滑、防腐、可清洗的东西（像汽车、柜台大理石和橡胶植物那样），方便存储和购买。下一道工序就是把这一切再一次转化，变成饰有财政、商业女神的水纹纸张，以便到了最后，无须通过某个粗制滥造、脏兮兮的货物作为媒介，银行家即可以钱换钱……

然后我坐在了一张沙发上（也不是一张真的沙发：不是木头，不是马鬃，不是布料。这张沙发的材质跟一张真沙发的材质的区别，好比是硫化处理过的植物跟货真价实的植物之间的区别。它也是用一些不会腐烂、不会生锈亦不可食用的材料做的，诸如仿皮漆布、橡胶和镀铬管子）。眼下我完全是在阴暗隐秘的大理石走廊内部了（可以说是在五脏六腑里了），能看见用细细的镀铬链条悬挂着的玻璃指示牌，上面写着：

短期及长期贷款业务

这些字是用一种荧光绿写着的。这里纸张的细碎摩擦声更多了，隐约可闻远处的机器（打字机，还有那些机器在计算、记录、誊写、换算、清算和汇总着橡胶、镀铬、仿皮漆布和纸币的流通信息）的噼里啪啦声。只有一个几乎难以觉察的细语声。

毛玻璃隔板前交错着两个模糊的皮影。一个露出上半身的轮廓，大概是背部（也可能是正面，因为没有什么线条或者凸起的部分可以让人辨别出他是背对着还是正对着隔板）。他的身形看上去如同一个七歪八扭的土豆袋子（正是他的衣服褶裥扭扭曲曲的），上面顶着一个小圆团（像个小球，或更像是一个圆角的方块），圆团上镶着两个凸起的部分，像是两个把手（实际上是耳朵）。这两个凸起部分随着他的动作，也就是随着他的脸时不时转向光源，时而清晰时而模糊。

这第一个身影完全被另一个侧脸的魁梧身影给挡住

了(可能是因为办公桌前的那另一个身影处在离第二道光源更近的地方)。

由于这两个身影是交叠的,所以那个半身的影子(土豆袋子)虽然颜色更深,但被大头影子给吞没了。

可以看到随着那个大头影子摇晃着变动位置,嘴唇也在上下翻动,他的轮廓时而清晰可辨,时而模糊不清,隆起的部分(鼻子和下巴)收进的时候其他部分(眉弓和颧骨)则凸显了出来。时不时地,一只手(应该说是一只手的皮影,那只手很可能是属于坐得离两道光源之一更近的那个人的,因为那手的影子也相当大,是正常的手大小的十倍,而且颜色也比那半身的影子要淡)突然出现在毛玻璃隔板底部上方,抬起来,打开来,又收起来,在那个侧影之前描绘出一些模糊的动作,(随着那只真正的手离光源或远或近)时而缩小,时而大得骇人,手指的影子有时候超出了毛玻璃隔板的某个边界(右边的或上边的)而被整个截断。难以察觉的低语声相互应答着、重叠着(声音提升了几个高度,各自激烈地争辩着,然后其中一个声音停了下来,另一个则继续说着,慢慢回到了正常的高度,随后也停了下来,而第一个声音就继续说下去)。那三个皮影(侧影、挥动着的手和半身像)呈现出一系列轻微的变形和移动,从某种角度来说,这种变动的大小是直接跟声音高低变化成正比的,也就是说,手影的来来回回、侧身影和半身影轮廓的变幻以及它们起伏摆动的频率和幅度,都是随着声线的提高而增加的;而当讨论的声线重又回落到难以听闻的低声细语时,那些影子也变得几乎静止不动。声音的提高和相应的影子变动却从未相互逾越。提高的声音,不过是一时的误会引起的,这误会也很快出于对彼此的礼貌而消除了;变动的影子(由投射在隔板上的轮廓变幻幅度的猛烈增加而看出来),也不过是或多或少下意识伴随着话语的手势,事实上极其微小。

不同的光源方位很奇妙,把说话人中的一个半身影子投射在了另一个人的脑袋影子轮廓内,使得那个半身影子像是占据了另一个人思维的中心。而后者说话的时候,仿佛不是对着坐在他对面的人,而是对着那个人投射在他视网膜上的小影,或者是通过视觉系统在他的大脑里所成的像,以至他好似在跟一个侵入他体内的小矮人对话,抑或,与此相反,好似那个外来人在探究某个神谕,在询问某个神秘庞大的神灵,这个神灵闭着眼做沉思状,长着青铜的嘴和狗身或狮身。

想着,今日只是关乎钱而已。想着,发出的不会是什么长篇阔论,听上去既前程似锦又凶险未知的模棱两可的宣言,发出的应该只是简简单单的纸张摩擦的声音。

就像这些机器,你根据你填写的数字把一百法郎塞到那个口子里,它就会在一片吱吱嘎嘎的金属齿轮转动声中吐露关于你未来的秘密。你的未来是用印有主教、将军或国王人像的纸张来宣判的,就跟宣判人类的命运一般,就像炮声轰鸣的战场和将死之人的喘息,就像浑身血污躺倒在战壕里的雷谢克①……

　　我本该跟她说的。对,你也知道,跟她那些先辈一样,她自己安排处理掉了。跟往常一样,只是一个技术问题。她十五岁就跟一个剃头小伙子好上了。你想想。又因为后来这个人,她才经历了那场战争。不过这倒是一个挺实际的解决办法,因为他除了能在那些刷着白石灰的木栅栏或者纸板墙上跳来跳去,就是在战场上送死,可看不出来他还有啥好的。不管怎么说,他就是活到现在,年纪也大了,没法再骑马出行啦。另外,据我所知,他最后死得还挺壮烈的,他把眼泪汪汪的姑娘一个人丢在一边,镇定地骑着小马,由那些德国人像杀鸽子一样把他们赶到一条路上……特别凄美。嗯,甚至不只是凄美。该专门为这发明个词……对,黑色很衬她。这也是家族传统。我是听着哀叹、听着资不抵债的故事和闻着可丽饼

---

①　作者另一部小说《弗兰德公路》中的人物,是一名骑兵队长。

的味道长大的。那种味道很特别，怎么说呢，你甚至可以用手指去感触那种味道，你知道吗？就用指尖最敏感的那部分，去感受那种粗糙不平、皱巴巴的感觉。绕着她没有一丝皱纹的、迷人的脸……

那老不死的戴着一副狡猾伪善的面具窥伺着我，就好像我不知道妈妈的故事、查理舅舅或科里娜不幸的恋情只不过是起着挡箭牌的作用。他有很多问题在灼烧着他的嘴，他费力地忍住那些问题，或者说，他费力管住自己的嘴。我看着他在那些话冲出来之前又咽了回去，就好像看着漫画人物嘴里冒出来的对话泡泡，终于被他在最后一刻抓住又吸了回去，像一条狗吞咽自己的呕吐物一样用自己的烂牙重新咀嚼着。那口烂牙因为吸烟而黄渍斑斑。点点光斑依然摇曳投射在他身后那些大腿、大胸和色彩斑斓的封面上。或许，当年，他也去参加了那些弗兰克①五重奏和克鲁采奏鸣曲②音乐会。他也许谄媚地弯身靠向我那坐在扶手椅上的妈妈，跟她提起关于歌剧院或廊柱庭院的回忆。"你那迷人的母亲变得瘦削得跟刀锋似的，抹着天竺葵红的腮红，戴着一顶用铁钳烫卷

① 塞扎尔·弗兰克，比利时裔法国作曲家。
② 即贝多芬的第九小提琴奏鸣曲。

75

的假发……一回到嘈杂的人群中，我就听到有人说她模样吓人。"我想着讣告，想着要去寄那些黑边的卡片，上面写着，沉痛地告知您某某的母亲/女儿/姐妹/姨母/表亲安详地逝世了，享年四十五岁，也可能是四十六岁最多了。问题是，当一个人在骨头外面只裹了一层皮，里面包着的不是诸如肝啊、胃啊、肺啊之类的正常器官，而只是一团纸浆，那这个尚且活着的机体还能支撑多久？那团纸浆是由陈年的明信片和书信构成的，一捆一捆，打着娇艳但褪了色的缎带。她不过是一个破旧的邮差包，郑重地挂着锁，在炫目奢华的灯光下，被安置在一把路易十五软座圈椅上。他们好像都是团聚起来，围坐在她身边，以默想的姿势静坐不动，眼看她过世的……

但确实如此吗？

一层深一层浅的花枝图案画在水仙黄或者说淡柠檬黄的墙纸上。墙纸因为潮湿和发霉而裂开翘起。外祖母说，在他们到来之前还是要想办法把靠窗的那一块重新糊一下。查理舅舅叫我给他帮忙。他已经穿戴整齐了，打着深色的领结，穿着同样深色的全套西服。除了他平时所穿的那身好似永远穿不坏的天鹅绒西装，还有他在乡下所穿的那些丑不拉几的帆布衣服，这套西服好像是我见过的最体面的了。我端着满满一罐白里透黄的糯糊,跟他说,倘若我们不下定决心先整修一下墙,那以后还得全部重新来过。外祖母说,那还得全部重贴一下墙纸呢,上帝知道那得花掉多少钱了。舅舅耸耸肩,转过身对我说,把罐子拿近一些。外祖母则站在那里看着他,脸上的神情是亘古不变的惊愕悲戚,就好像她所处的那个世界不怀好意,向她展露的永远只有暴力可怕的一面,譬如那些钱财的问题、仆人们的家长里短、科里娜袒胸露肩的行为举止。过了会儿,科里娜走了进来,全身也穿戴好了,裸露的双臂晒得金黄,从刚刚裁改过的裙子里伸出来。这裙子改得把能露的都露出来了,有过之而无不及。她穿过客厅,也过来看我们正在干的活儿。她沉着脸查看墙纸上的裂缝,什么话也没说。外祖母转过头看到她,泪汪汪的眼睛立刻惊惶不安,嘴张了张又闭上了,过了会儿又张开了,说:"亲爱的,你……你这条裙子可怎么了啊?怎么会……"科里娜继续盯着墙纸,外祖母说:"亲爱的,你……"科里娜回话的时候,既没看着外祖母,也没看着查理舅舅,也没看着我,她好像是在跟墙说话,或者是在跟空气说话,又或者是跟某个无形的、敌对的、不可名状的对话者说话。她并没有提高声音,但带着一种冷淡的怒气:"你们是怎么想的?你们以为他们会看不到吗?这就跟白纸上的黑字一样明显,好吗!"查理舅舅既没回答也没转身，继续试着用糨糊把翘起来的墙纸在墙上抹平。那糨糊在烂石灰上抹不好，一团结块的石灰粘在了刷子上，掉在了柱基板和镶木地板上，发出了沙泥般的声音。此时，外祖母和科里娜在我们身后吵着嘴，一开始声音低低的，后来越来越大声。外祖母说："还是找一找，本来一定能找到别的人的。"科里娜问："谁呢？"外祖母说："还是再找找……"科里娜说："你是不是想让那个老女人去演奏？她拉小提琴难听得像……"外祖母说："但不管怎么说……"科里娜说："不管怎么样？你以为你在哪个年代啊？你以为身为一个剃头师傅的儿子就拉不好小提琴了吗？整个城里没有一个……"外祖母说："不管怎么说，我还是觉得……"科里娜说："你就只会说'不管怎么说'了吗？""不管怎么说，一个理发的……""你是怎么想的？如果你那些客人现在就看到爸爸跪在地板上贴这些墙纸，你以为他们……什么？现在又关我裙子什么事儿了？"保姆端着一个托盘走了进来，托盘上面的水晶香槟杯子摇摇晃晃、叮叮当当。科里娜和外祖母猛地闭上了嘴。等保姆把托盘放在了独脚小圆桌上退了出去，门一关上，她们又立刻吵了起来。"不管怎么说，你今晚不会是要穿着这条裙子吧？""干吗？你……""亲爱的，这裙子也太……""太怎么样？""亲爱的，这不……我……"她把

78

头转向查理舅舅求助,浮肿肥胖的脸就像是融化了的、灰色的蜡,确切地说,像是大蜡烛底部堆积着的、结块的烛泪。许是一时的静默让查理舅舅回过了头。他还蹲在那里,手里举着刷子,抬起头,用平静而疲乏的眼神看了看科里娜,然后又把头转了回去,继续他手里的活儿。外祖母再一次把头转向科里娜的时候,她脸上的皮肤下沉得更厉害了:“到底是谁给你改的裙子啊?”“改什么改啊?我还以为我们是在说理发的呢。我还以为这会妨碍你……”“就那里。这裙子本来没有开得这么低。谁……”“没有谁! 它一直就是这个样子的。你现在以为自己是谁啊? 别人还以为你是第一次见到这样的裙子呢。今年所有的裙子都是这个样式的。莉莉安有一条比这个更……”“但不管怎么说,”外祖母抬起满是皱纹,也像蜡一般的手,指尖都失了血色,“我觉得,你要是能抬高一点儿垫肩,特雷丝可以给你在那里用夹子夹起来,那就……”“噢! 你给我听着!”科里娜弯着上身闪开了,那只苍老的手没能碰到她就垂了下来。外祖母还继续带着灾祸临头的绝望神情,盯着那条裙子的上半身。科里娜说:“所以,一个理发的就没权利拉小提琴咯?”门又重新打开了,波卢走了进来。外祖母惊跳了一下,就像是突然从梦中醒来:“我可从来没说……”“不,你说了‘一个理发的’,”波卢的声音冒了出来，"我认识他。我透过橱窗看过他……"
"波卢，闭上你的嘴。已经跟你说了，小孩子别乱发表意见。问你的时候你再说，知道吗？""你干吗这么跟你弟弟说话啊？他没做错什么呀。他……""好啊，那你们一起来说。来，波卢，你来告诉外祖母那天晚上我撞见你的时候你在哪里。你也许可以……""你这个大嘴巴！""好啦，孩子们！你要是愿意，我肯定特雷丝今天晚上之前能给你改好，都用不上五分……""你明不明白这是一场音乐晚会啊?! 如果像你所说的，要是她们觉得跟一个理发的同处一室会刺激到她们，那你就去跟你这些姐妹解释，跟你这些老皮囊……"此时，查理舅舅尽管依然没有转过头，依然试着把破损的那块三角贴在墙上，他终究发话了："科里娜，够了！"她说："什么够了？我又做错什么了？说到底，是不是我不……"他说："我跟你说了闭嘴。"她说："可是……"他说："去向你外祖母道歉。"他的手指滑腻腻的，破损的墙纸也湿漉漉、滑腻腻的。他猛地站了起来，说："马上道歉！"外祖母连忙说："没事，查理，这没啥。她……"他说："你听到没有？"科里娜说："但说到底……"他说："你听见我说的了吗？"她说："好吧，好吧。外祖母，我请你原谅我。"外祖母说："啊，当然，这没什么……"科里娜说："哈，这很好笑，是不是，波卢？特别滑稽，嗯？你就尽情地笑破肚皮吧。你的事儿我没说,我建议你再来问问我封口费是多少。现在是不是没那么好笑了?"波卢说:"你个大嘴巴!"外祖母说:"噢,孩子们……"查理舅舅说:"够了。你现在给我回房间去换一条裙子。"她说:"换一条? 可是,爸爸,我没有……"他说:"我说了,换一条裙子,就这样! 是不是还要我重复?"

鳏夫的话断断续续的,常常只说了一半就以不合常规的方式给切断了,剩下的部分悬而未决,就像说英语的时候,从嘴里突然缺失的东西上面 half 切 cut of 下来,嘴唇发出 VF 的声音,继续发着 fff[1],好似有一把闪着寒光的锋利刀片迅速切断了空气摩擦所发出的声音。

后来晚些时候,在晚会上,我看了看重新粘合起来的地方,但那里只有一块颜色略深的斑点。要是玻璃橱柜再推过一点,就能把它给遮住了。但外祖母说,橱柜一直放在那里,这就是它该放的位置。钢琴弹奏出的某些音会使得橱柜的某一扇玻璃门颤动起来。在它凸起的表面,倒映着乐师们的影子和大提琴的光影,拉伸成细长的竖条,呈现出黑色、柠檬色和桃花心木色。钢琴上面放着烛台的托盘,托盘里摆着假蜡烛,用粉色的灯罩罩着,带

---

[1] 作者在原文中使用了带有摩擦音的英文单词 half 及词组 cut of,译者在此保留。

着细弱轻微的爆裂声颤动着。音乐喷涌而出。钢琴的弹奏突然加速，提琴的乐声一泻千里，你追我赶，又激烈又痛苦。这音乐因过度而不合时宜，超出了极限而无礼野蛮，与令人眼花缭乱的灯光相呼应。那灯光倾泻在一动不动的观众群身上。琴弦在琴弓下震颤，打破了人群的沉寂。在那片寂静中，人们却还以为听得见不易察觉的白蚁或蠕虫的咀嚼声，就好像那些乐师的手是在真空当中热烈地演奏着，而在其他物体的表层之下，在那些镶框肖像之后，在老妇人们绣着珍珠的炭黑色上衣下面、她们沮丧颓唐的面容下面、年轻姑娘光滑柔嫩的肉体之内，某种贪吃的东西跳动着、啃食着，以至到最后，那些宾客、家具及整个客厅都只剩下一层薄薄的表皮，随时可能化为细屑，跟支撑着乐谱的、昆虫脚一般的乐谱架一样，跟那些油画涂层或者地毯上磨损的水果、枝叶一样，薄薄的，没有质感也没有厚度。地毯上那些水果和枝叶由涡形饰纹环绕着，饰纹的颜色本该绚烂多彩，现在也失去光泽，显出一片淡绿、淡黄、淡红、淡粉。在这片涡形饰纹当中，在软座圈椅的脚边，散落着从丝绸靠枕上掉落下来的一片颇具艺术气息的风光（如同斑驳剥落的岩层，或是倒塌的纸牌屋），这些风景贴着国王肖像邮票、瓦尔基丽①邮

---

① 北欧神话中的战争女神。

票或者播种者邮票:科伦坡,巴涅尔-德比戈尔[①],纽伦堡风光,开罗的阿拉伯女孩,克勒兹[②]岸边风景,植物园,风景如画的佩尔什[③],加瓦尔涅[④]大瀑布,新加坡,亚丁……

　　墙上贴着的那张画报以透视法逼真地展示着一个打开的保险箱,里面叠放着几堆硬币,高低不同,歪歪扭扭。其中一堆如切片的香肠一般倒塌在钢盘上,就像是收银员拆开清点的硬币卷。有些硬币三三两两地滚落到纸币上。那些散放着的纸币也是以透视法印着一些立体图案,上面可以辨认出留着尖尖的山羊胡子的主教,眼神冷漠、狡诈又无力,戴着的红色的无边圆帽从鲑肉色的天空中突显出来。他站在一群建筑之前,建筑的石板屋顶排列成三角形、梯形和拦腰截断的金字塔形。最后一张纸币有三分之一超出了钢盘的边缘,悬伸出来的那部分略略下垂,使得主教本来就瘦削的脸走了形,变得更细更尖,就像是那些特别的油画,得通过镜子才能重构正常的尺寸和辨认出所呈现的人物。着红色的主教,那个造假

---

① 位于法国南部比利牛斯大区上比利牛斯省的一个市镇。

② 法国省份。

③ 法国诺曼底地区的自然公园。

④ 法国上比利牛斯省的一个市镇。

币、把每个埃居①都切了边的国王,那个拥有快船的银行家(他的船只速度如此之快,以至他总能第一个收到胜利或失败的消息),还有代表团,游行队列,浅灰色中楣上的皇帝、征服者和财政官,他们都带着同样阴郁而具有穿透力的目光,审视着那些爬满同样皱纹的来客。就好似同一个模特,带着深思熟虑、冷酷无情又看破一切的面具,先后由一位戏剧服装师给他穿上各种奇装异服,在同一位画家面前摆着造型,作为同一个人物穿越不同的世纪,时而转世,时而复生,带着同样的冷静、阴险又疲乏的神情,出现在那些充满寓意的背景前面。背景中有战争、战利品、武装商船、麦穗和天平。根据这个人物所穿戴的盔甲、貂皮、假发或维多利亚式领带,在石膏上叮叮当当、尘土飞扬地凿出一个个可相互替换的名字:恺撒,弗拉科斯②,查理,罗兰,腓力,罗③,罗斯柴尔德④,矮子丕平⑤,

---

① 法国古钱币。

② 古罗马奥古斯都时期的学者。

③ 即约翰·罗,17—18 世纪苏格兰经济学家。路易十四去世后,罗被任命为法国的财政大臣。

④ 即迈尔·阿姆谢尔·罗斯柴尔德,犹太银行家,著名的罗斯柴尔德家族创始人。

⑤ 即丕平三世,是 751—768 年在位的法兰克国王。

秃头查理①,美男子腓力②,恢宏者罗贝尔③。然后它们被乱七八糟地摆放在美术教室的柜子上,跟那些女神头像、解剖图和脚模型放在一起,就像这只……

截下来挂在墙上作为这幅肖像画背景之一的手。肖像画是具有浮雕感的灰色单色画,挂在玻璃窗和钢琴之间,以至可以说我看到了两次同一幅肖像。第一次看到的有血有肉(穿着全套西服,尽管只是深色而不是黑色,但于我而言——许是因为跟他平时马马虎虎的着装相比这身衣服颇为讲究——是他鳏居生活的特别制服),坐在那张缩在最后的沙发上。那是他平时爱待的位置,在客厅最深处,躲在那些阴郁的老贵妇身后。第二次看到的是以曾外祖父的形象出现的,站在一个画架前面,右手拿着一支木炭画棒,放在身体稍微靠前的地方,差不多在腰部的高度。另一只手搭在胯骨上,撑开浪漫主义式灰色礼服的下摆,露出一件绣花的背心和一条黄灰色的裤子。眼睛盯着正在给他画像的画家(或许就是他镜中的自己),眼神严肃、深思。他顶着一头浪漫主义式的发型,

---

① 即查理二世,加洛林王朝的法兰克国王(843—877 年在位)。

② 即腓力四世,纳瓦尔国王(1285—1314 年在位)。

③ 即罗贝尔一世,法国第六代诺曼底公爵(1028—1035 年在位)。

头发垂到了衣领上。而在他身后（在他身体和画架倾斜的顶端之间的那部分墙上）可以看到那些石膏头像中的一个，雾蒙蒙的眼睛凸起，没有眼珠，下巴厚实。与之为邻的就是那只截断的手。它那解剖体的面貌，加上石灰的血管、石灰的肌肉、石灰的指甲，赋予了那尊被画的人物一些矛盾的特质，就好像他半弯曲的手臂底端拿着的不是无害的木炭画棒，而是某种科学工具，像手术刀或解剖刀那样冰冷、残酷。

很多年间，自他一离开巴黎，这幅肖像就在我脑海中成了代替他的形象。以至就好像每次他度完假回到巴黎，我所认识的那个人经历了某种变形，在某种程度上再生了。他的外表带着一种有点儿陌生又有点儿高傲的严肃庄重，与他所游历的地方相一致。那些地方于我而言，就像是我通过明信片见过的广场啊、桥梁啊、古迹啊、柱廊啊、比例夸大又庄严的皇宫啊，都不具什么真实感。我隐隐约约知道他去那些地方参加一些活动，那些活动对我而言也是没有什么真实感的，譬如写作和去拜访一些艺术家。那些艺术家就像是他的一个朋友，在某个夏夜突然造访我们府邸，骑在一辆自行车上，惊慌失措，风尘仆仆，胡子拉碴，所有的行李不过是一只蒂罗尔样式的包。那些人，像是某个宗教团体，或者某种贵族阶级，只是他们的家族纹章不再是塔楼啊、老鹰啊,也不是那些西哥特的老侯爵夫人或老男爵夫人,用制椅工人那种哀怨的嗓音所制造出的可笑的唇枪舌剑。他们的纹章,如同那只截断的手、三角尺或木炭画棒,是一个半真半假的奇异世界中既严肃又迷人的各种符号。

灯火辉煌,流光溢彩。吊灯上闪闪发光的水晶坠饰相互轻打,散射出火光。那些老贵妇像甲壳类动物,蓝黑色的螯虾,内部已经掏空了,继续苟延残喘的只有外壳、灰色的假发、黄色的脸皮和绣花的紧身上衣,略微倾斜地安置在镶金的扶手椅上。她们不易觉察地轻轻晃动,才能把死尸或废墟跟活着的机体(肉体的或者石头的)区分开来。阴郁的喧闹声震耳欲聋。五种乐器一直激烈地演奏着,像是乱哄哄的野兽或马群相互追逐,在被灯光照亮的墙壁间奔腾着,毛色发亮,呈现一片桃花心木色、栗色、黑色、紫红色、古铜色和火红色,相互交错,相互纠缠,相互离散。小提琴编织着一张看不见的网,每根线都紧绷着,相互扯断,相互交织,相互靠拢,相互混杂,相互远离,如同从铁路岔道口全速前进的火车一样,再次发散出去。

但确实如此吗?确实如此吗?

桃花心木色的琴弓倾斜着,由左及右慢慢地划着一道线,然后(眼神随之下滑)可以看到一条浅色的裙子(科里娜坐在钢琴师旁边,双颊被灯罩的反光衬得绯红,上半身微微向前倾斜;眼珠慢慢地、不易察觉地从右往左移动着,随后飞快地回到右边,接着又慢慢地从右往左紧随着琴谱线;她的嘴半张着,胸脯温柔地起伏着,当她把腰略略前倾,一条金黄光滑的手臂猛然水平伸出,迅速地翻过一页琴谱,然后又坐回最初的姿势)。第二小提琴手的琴弓(他本人只能看到侧脸,面容冷峻,长得像伊达尔戈①,双颊平坦发灰,佯装看不见她,而她也佯装看不见他)此时从右往左爬升,并没有刚才那么倾斜,然后又一次猛地下划。对面的另一张琴弓(也就是说,小提琴边沿所画出的一根深色涡卷线条之外、之上,有一只扭曲的手,向内勾起,手指向外拨动琴弦,琴弦振动着,琴头则呈螺旋状卷曲着)往相反的方向划去(因为两位乐师是面对面演奏着)。两张琴弓(近景处在我面前的小提琴师的那张,还有远景处大提琴师的那张)移动着,时而慢慢腾腾,时而猛烈摇晃,时而激烈跳动,当它们到达尽头时,又往对方相反的方向离去,可以说没有半点停歇,慢吞吞地从琴弦上滑过,带着慢悠悠的波动、慢悠悠的转调,轻微地变换着斜度,发出喧闹热烈的声音,相互追逐,相互交错,继续

①　墨西哥民族英雄。

编造着一张喧嚣的网,如同一场狂怒无礼的抗议,但并不是这些乐器、这些哀号的琴弦发出的,而是由静止不动的画中人物、涂脂抹粉的死尸和哀怨的老妇人们发出的。琴弓继续由左及右、从右及左地来来回回、上上下下、相互交错。看不见的白蚁大军继续着它们看不见的工程,现在开始向最后的残留物进军,向那些甲壳和织物进攻。一切都呈片状剥落,变为碎屑,化为灰烬,直至整个客厅,包括宾客、乐师、油画、灯光,全都朦胧淡去,消失殆尽。

想着:不是解体毁灭,消散而去。

在哪里?怎么会?回顾一下:镀镍的钢质座椅,仿皮漆布,我背后是大理石隔板,地上铺着仿大理石的橡胶地毡,橡胶材质的绿叶植物,我面前是毛玻璃隔板,沿着走廊纵向切割出一个拉长的平面,透视线向右边延伸,在无限远处汇聚成一个点,这个点位于尽头墙壁以外,在与视线高度齐平的地平线上。人影交错。窃窃私语。忏悔室里头一位告解者正与穿着全套西装的斯芬克斯交谈着,倾诉着他的弱点,他羞于启齿的疾病,还有他自认为坦荡、实际上充满铜臭味的欲望。那位神使则酝酿着他的神谕。我的右边是一张钢管小桌子,跟在牙科诊所里的一样,上面放着让等候者阅览的画报,也跟在牙科诊所里的一样。封面上写着"土地与进步",画着正在犁田耕作的拖拉机,田里的泥块布满了茎秆,就像是巨大的轮胎上人字形条纹凸出部分之间,粘住又卡住的柴泥碎块。那些泥土也是仿制的,被转化成有光纸材质的,不会腐烂也不会弄脏。在打着空调、大理石般的幽暗室内,一切,包括灰尘、汗水和泥土,都被吞食、消化、重塑成主教和皇帝的头像。而在桌子的另一头,也等着两个人——也像是黏土做的,烧制得不好,放置在(而不是坐在)镀铬钢管和仿皮漆布制成的东西上,那漆布还杀过菌、消过毒。这两个人半城市化、半农村化,也就是说还没有被完全消化重塑。大块头的那个戴着玳瑁眼镜,长着双下巴,头发黑黑的、油油的,穿着蓝色的套装,上衣外面的小口袋里别着一支自动铅笔,脚上穿着一双栗红色的皮鞋。另一个人年纪更大点儿,头发灰灰的,戴着一顶鸭舌帽,鼻子上斑斑点点,架着一副铁框眼镜。淡紫色的格子衬衫扣子扣到脖子那儿,没打领带,也没别着自动铅笔。但衬衫小袋里露出一本绿色封面的记事本,边角都已经折损了,本子内页里夹着一支铅笔。他看上去像是代理人或者工头。大块头扣起的食指(胖胖的像根香肠,指甲脏脏的)在一份报纸的头版标题上敲打着,发出连续的击打声。那份报纸皱皱的,被他一折为二拿在另一只手里。他说话语气傲慢愤恨,已经有好一会儿了,继续说着:

"……最后都还是做了啊！他们最后都签字了。你难道不认为我们可以——"灰发男人说："这个政策啊！"胖男人说："想想那些钱！你知不知道花掉的那么多钱，谁付的？你能不能告诉我是谁——"灰发男人说："对不住啊——"胖男人说："这么热的天你还把自个儿给弄感冒了。这是最严重的感冒——"灰发男人那双黝黑龟裂的手小心翼翼地折起一块灰色的手帕，说着："实际上我一直有点儿鼻窦炎。这毛病从——"胖男人说："这什么乱七八糟的事儿！你就不该这么掉以轻心、这么拖着！别到了最后……"

分枝吊灯。熠熠灯光。飞舞琴弓。黄水仙丝绸。黑色珠宝。震颤的烛台托盘。有一瞬间，我试图把一切记在脑海里，把它们定格住：从左到右分别是一排扶手椅的椅背，老妇人们背面灰色的发髻；上面的池塘风景，下面的桃子、苹果、枝叶、欧比松①地毯上的螺旋状花纹，一片淡淡的粉色、黄色和绿色；淡紫色的比利牛斯羊毛披肩的流苏，披肩裹着一双老腿，正面是西哥特男爵夫人；穿着旧式礼服的查理舅舅的形象，眼镜片上反着光，画架，木炭画棒，三角尺，手形石膏像；第一小提琴手，美丽动人的

---

① 法国克勒兹省的一个市镇，以织毯业而闻名。

科里娜微微前倾,中提琴,小小的、荷兰式的沥青马厩,钢琴,樱桃色的灯罩,架在一块小木板上的大提琴支架,小木板淹没在欧比松织毯上一片褪了色的玫瑰和花环中,梳着伊达尔戈发型的第二小提琴手,灰灰的面颊。

"……不能拖!最后会……你应该去看医生,应该去看。但不是来这儿叫某个庸医给你看!有一个……"

音乐猛烈而充满情欲,不可遏制地宣泄出来,但一瞬间,一切(镀金镶银的首饰,老贵妇们,涂脂抹粉的可怕面容,油画,肖像画)分崩离析,急速消散,模糊不见,好似被电视屏幕上灰色的横线吸收了,吞噬了。

"……我不想告诉你给我老婆治了三年的那个混蛋叫啥。这群人都是些混蛋。你应该去找个大教授给你看看。我现在要是有个头疼脑热的,我可不含糊,立刻叫辆车就去找——"灰发男人说:"嗯,我也是想这么着。自从天气——"胖男人说:"听我的,找大教授。别找这边的庸医。只有在有医学院的城里才能找到人给你好好儿地治——"灰发男人说:"我会去看的。只要我一有——"胖男人又弯着食指猛烈地敲打着报纸:"你不认为他们本可以早点儿这么做吗?你难道不认为既然最终都是这样,不就本该——"灰发男人说:"这个政策——"胖男人说:"政策,我管你什么政策!钱,就只是钱。"他停止了敲打报纸,猛地伸出手,拇指摩擦着食指,做出数钱的手势。灰发男人说:"我跟你说,有人跟我们说了些事儿。这些话说出来,就是为了让有些人信这个,有些人信那个。就只是为了这样,让站这队的人跟站另一队的人一样多。假如没有这个政策——"胖男人说:"就是为了钱嘛!不用多想了,你也不用费什么脑筋了。只要想想这能给谁带来好处……"

如此美丽动人,身体微微前倾。她的夏日洋装领口敞着,裙子淡粉色的边缘像脓包,又像是肿块的红晕,起起伏伏。我嗅着那捧常春藤,一股混合着腐尸、胡椒和泥土的味道,弥漫在过热的空气里。她嘴里说着:"现在够了,只要把它们放在水龙头下面冲就可以了。你好好看着。"她的手停止搅动水池里的水,水池里的倒影也就不再混杂无序,慢慢地形成了一方天空,还有一丛倒挂的黑色常春藤,常春藤的边缘呈锯齿状,把水池差不多一截为二。在一边我可以看到朵朵白云飘过,而在另一边(倒映着那一大簇深色常春藤)可以看到斑斑点点的小长方形,像是用乌贼墨画的,呈落叶般的颜色,如同已经流逝的夏日里那些细碎的时光,而我们的影像(有些模糊,有些还在移动,就好像我们在镜头前走过,眼睛在阳光下眨巴着,速度之快令人头晕目眩)定格在彼时。她转动着水龙头，直至只流出一条细细的水流。水流触及水面的地方，欢跃出细密的银色同心圆，一圈圈地变大。下面地上是地毯，还有焦黄色的照片堆积在一起，微微颤动。她直起身，看了看手腕上的手表，说："我得走了。我正好可以去赶四点钟的那班电车……"

"……给谁带来好处。不需要费什么脑筋，问那些问题。没有什么——"灰发男人说："当然，当然。但这条政策把什么都给毁了。你知道，有了这条政策，把他们什么事儿都安排妥帖了——"胖男人说："要不要我告诉您真相？真相只有一个，而且一直就是这一个！（再次边说边用拇指和食指打着手势）只需要立刻给他们送上他们想要的东西。您想要这个？给！拿去！您要是想用来擦屁股也可以！之后，他们就会对我们百依百顺了！百依百顺！您听到我说的没有？他们会又亲切又开心！您说啥？不用再给我讲什么故事了——"灰发男人说："有了这条政策，他们把一切都给搅得乱成一锅粥。他们——"胖男人说："乱成一锅粥！太好笑了！那就让他们去搅嘛！他们会百依百顺的，听我说！百依百顺！这个世道没有那么多规则！只有一条！而且也不是今天才编出来的！您只需要……"

但到底是怎样？

那郁郁葱葱的一丛常春藤从矮墙上垂下来。

铜水龙头已经失去了光泽。浅黄色的螺纹水龙头口接着喷水水管。

此时，水流已经不是弯曲而下了，而像是一条细细的钟乳石，看上去静止不动，但在底部有一连串的小气泡翻腾着，沉下去，浮上来，又聚拢起来，在常春藤黑色的倒影中泛着水银般的点点光泽。水管嘶嘶作响。我们听到他在防蚊窗后面看不见的地方打开了百叶窗，好似肖像画中的人物站在那里，顶着他那浪漫主义风格的发型，穿着旧式的男子礼服，眼神又悲伤又严肃，沉浸在酒精和糖挥发出的浓重味道里，蒸馏器的圆柱铜管上两处倒映着那盏永不熄灭的小灯，而他的声音从那个遥远而神秘的世界里传出来，并未发怒，只是疲惫地说道："你们能不能把水龙头要么完全关上，要么完全打开？你们难道听不到水流在管子里发出的这个声音吗？你们两个难道耳朵都聋了……"他话没说完就停住不说了。没听到我们的回答，他又重新关上了百叶窗，跟其中的一扇纠缠了一会儿，因为有沙粒卡在木窗和石头凹槽里嘎吱作响。科里娜不再看向窗那边，而是转向我："你听到了吗？那就把水开大点儿，傻瓜。"我就转动着水龙头，一开始发出了尖锐的声音，随后就只有水流在水槽里清脆的响声了。那捧常春藤星星点点地开着黄色的小花,形状像是男爵的桂冠,在水流下汩汩作响,散发出阵阵芬芳。星状的光斑最后都变成一个个小点。"你要走了吗?"

这会儿,毛玻璃板后面的人影以不同的方式变化着。办公室内的说话声同时提高(尽管一直都听不清他们在说什么),此时,又都降低了,可以猜测到那两个对话者应该是在交换着无趣的表格,以此结束他们的面谈。这时的话语可以说是为了活跃一下气氛,舒缓一下情绪,调侃一下对方。随着推动椅子所发出的橡胶的吱吱嘎嘎声,那个壮观的脑袋影子摇摇晃晃向前探出,然后突然往上越过了毛玻璃隔板的边缘,消失无踪,取而代之的是一块巨大的影子,包在两条略微呈波浪状的竖线内,那两条线差不多平行(是那个人的身体躯干)。这两条竖线包起来的影子内,那个小小的半身影子还持续了一会儿,然后也前倾站起,慢慢变大(许是随着那个人越来越靠近第一个光源),最后也变成一条简单的竖块影子,跟另一条影子交叠着。有那么一刹那,影子又都几乎静止不动了,而此时说话声似乎上下起伏,左右旋转,漫不经心。现在,毛玻璃上只剩下三条平行的影子,一条浅,一条深,最后一条又是浅色的。或者,要是换个角度看,也可以说是一大块浅色的影子,中间(两个影子交叠的地方)颜色稍微深一点儿。随着那两条浅色影子变细,这条深色影子会变宽,相反,也会随着浅色影子变宽而变细。随后,突然间,那一大片影子缩小了,脑袋的影子又出现了。此时,两个清楚完整的半身影子(脑袋,躯干,手臂)随着身体移动而缩进去,直到变得跟真人大小差不多。这时,门终于打开了,就好像堵住的嘴终于被放开了,说话声终于得到了解放。有一个瘦瘦的男人穿着栗色的西装,拿着一个陈旧的公文皮包,出现在视野中。他依然背对着我,继续激动地说着话,先是面朝着办公室里面,随后转过身子,露出了侧身。他长方形的皮包挂在水平支起的手臂肘弯,贴着大腿。然后他侧着身半退着出了门,随后完全转过了身,面无表情地瞅了一眼在外面等着的三个人,然后一边戴上帽子,一边大步流星地往左边离开了。门还开着,刚才跟他说话的那个人,这会儿还在门口站着,也盯着这三个坐在金属扶手椅子上的人看了一会儿,没等其中任何一个人有所表示,就说了句"稍等",关上了门。门框上面的小红灯泡依旧亮着,投在毛玻璃上的影子又慢慢变大,直至有一瞬间完全填满,随后又从右往左快速移过,消失了,就像是窗帘被拉开了一样。而此时可以听到另一扇门(许是在办公室另一边)打开又关上了,然后便寂静无声。在这个半明半暗的、冷冰冰的大理石房间里,穿过这寂静,又一次浮现了(实际上从未停歇过)那遥远而勤勉的叮叮当当声,那是那些小机子一直忙着计算、登记、入账,好似昆虫耐心地细嚼慢咽,上颚发出重重叠叠、噼噼啪啪又干脆的响声。这些机子带着它们细黑的虫脚、油亮的关节,无情单调地运作,毫无预兆地停顿,无休无止地碾碎、咀嚼和吞噬收获的粮食和作物、野兽群、家畜群、船舶的货物,甚至安宁的土地中的石头也被挖出,跟一包包麦子和一捆捆树木堆成的小山一起,管它好坏,全都被分解成可以用来相加的收益和复利。

"你要走了?"

"是。小心别让它们漂走了! 看着!"她弯下身去,捡起那些随着水流越过了水槽边缘漂走的常春藤。它们在泥土里软塌塌的。她把它们一片片地在水龙头下面冲洗干净,嘴里说着:"你还是要注意着点儿。"她的裙子又一次在胸口敞开了。她直起身。

"你去哪儿?"

"你待在这里看着,别让它们漂走。你再待个半个……"

"你去哪儿?"

"上城里去。"

"去理发店吗?"

"什么?"

"你是去理发店吗?"

她盯着我看了会儿,亮晶晶的眼睛里冒着怒火。她突然转过身去离开了,消失在屋子里。

我又抬起了头,但还是看不到他。只能看到长方形的窗栅栏,还有一条条棕色的锈痕。窗下面长着一株嫩嫩的石榴树,树枝还不及窗户底部那么高。她穿过客厅的时候想必是在钢琴前停留了下来,打开琴盖,弹奏了几个音,然后开始弹第二乐章的几个小节。悠扬的音符从窗口飘了出来,与桉树叶间低低的、嘶嘶的风声混杂在一起。风只是逗弄着桉树顶端越过屋顶的那些枝叶。她弹错了一个音,重弹了两个小节,又弹错了一个音,于是停了下来。我听到她愤怒地把琴盖翻了下来盖上。有几个冬天,树顶都结了冰。但被屋檐遮挡住的部分都被保护得很好。

我嘴里说着"都在这儿了，我的公证人都确认过了"，一边在办公室里面坐下（那个毛玻璃的笼子里）。桌子的另一边坐着的是穿着深灰色西装的斯芬克斯。他戴着金丝边眼镜，镜片的反光遮住了他的眼睛。他一边露着金牙，看似亲切实则冷淡地微笑着，一边一张一张地检查着堆在他面前的各种破烂文件。或许他并不会问哪种动物早上四条腿、中午两条腿、晚上三条腿，而是会问，哪种动物倘若不以钱财作为交换，就没得吃、没得穿、没房子住、没车子开，抑或，哪种动物倘若不具备支票形式的第六感官，那它的五种基本感官也就毫无用处，再或者……但他并没有发问，只是继续一张一张地检查文件。而我发觉之前听到的声音并不是打字机发出的，而是某种玩意儿自动记录着股市行情或最新的通信急报。这些信息记录在一卷卷纸上，一点一点地展开。这玩意儿叫电传打字机之类的吧,以至现如今都不需要那种蓄势待发的护卫舰了。彼时,护卫舰等着最后一排的最后一个投弹手倒下,等着最后一通齐发的炮火在平原上阵阵回响。平原上满是死去的马匹,或是四脚朝天,或是倒向一边。在最后的时日最后的战火中,死去的骑兵穿着钢铁护甲,还骑在马上,倒向马脖子,伸直的手臂还挥舞着军刀。雷谢克男爵家族这位高贵的后裔觉得这种死法毫无光彩可言:不是英勇地带领着他的骑兵队,死在冲锋陷阵的炮火硝烟中,而是可怜兮兮地死在战败后撤退的路上。他骑在后撤的公路上,身边所剩的军队全部加起来只有一个年轻的少尉和两个骑兵。他像一只家养兔子一样被击中(而科里娜每天还在小路尽头的栅栏边等候着邮差,或许只是为了表现得跟那些丈夫都上了战场的女人一样,但等待着什么呢?期许着什么呢?一封信?或许不是信,只是一张简单的通知函,上面甚至连上校表达的慰问都没有,因为上校他自己,连同上将,甚至连同师长,都已经死了——但这些她都还一无所知……),一个躲在篱笆后面的敌方狙击手几乎贴着他把他打死了,尽管他举着军刀、骑着马,还有忠实的随从跟着:在拉艾圣农场,在拉贝雷平,在弗兰德①单调的平原上,他们的冲锋队嘶吼着去

---

① 法国北方地区。

送死,被打得落花流水,覆灭在平淡无奇的灌溉沟渠里。装备齐全用于竞赛的护卫舰或轻巡洋舰轻轻摇晃着,锚泊在汩汩作声的灰色水面上等待着,随后船身两侧水花四溅驶向英国,留下筋疲力尽的邮船停靠在海岸边,淹没在灰色的泡沫中。马脖子上套着的缰绳勒着鬃毛和马腿:彼时尚没有电报,所以是他散播了红衫军①战败的消息。红衫军躺倒在山楂树篱间和泥泞而血迹斑斑的路上,一点一点被夜色笼罩,没入黑暗。他出售的时候极尽夸耀,私底下却叫他的手下重又买了回去,计算着他能以什么价格再卖给我,计算着他的利润,也就是说我重新购置的价格,单利,复利,他的钱,或者出钱让他做代表的人的钱,全权代表那些人的利益。他穿着深灰色细羊毛西装,洁白无瑕的袖口里伸出一双手,指甲修剪得干干净净,一张张分拣着文件堆里的每一张纸,抓起来,斜斜地拿在手里端详一阵,然后翻转过去往左合上,就像是小心翼翼地翻转书页。有一瞬间我看到他动了动(把手臂前端压在办公桌上,让袖子往后退去一点),略微露出了腕表的表面,悄悄地瞅了一眼。他或许是在想马上就要中午十二点了,而那两个人还在走廊里等着。他或许想着,

---

① 18 世纪时英国军队别名。

自打眼前这个人和其他人雇用了他,他们收到的复利足够邀请整个滑铁卢军队——包括马匹和骡子——好好吃顿饭了,可以观看到投弹手一排接一排地倒下,而装备齐全用于竞赛的快船扬起了所有的帆前行,去散播虚假的战败消息。最后的一个投弹手,最后一个重骑兵,最后一匹咧着嘴露出又长又黄的牙齿的马,都倒下了。第一批倒在了沟渠里,紧接的那批倒在他们上面,一批一批接踵而至,直到整个沟渠都被尸体填满,与地面齐平。后面的骑兵从上面越过,继续他们的冲锋,以至到了夜晚可以看到马匹的尸体堆成小山,满是僵直的马蹄,在血色的夕阳下凸显出来。落日余晖中,最后的炮火留下的硝烟蜿蜒四起,如同风中一条条弯曲的围巾,慢慢消散。而他戴着优雅冰冷的眼镜,面无表情,嘴唇嚅动起来,并不是向我提议吃一块死马的肉排,也不是问我我用几条腿走路,而只是说(食指翻翘着,轻轻敲打着摆在他面前的那张纸):“我们来看看。您三年前已经贷了一笔款子,作为担保的是……我们来看看在哪里……啊,一片三公顷二十二公亩的葡萄园,叫……”

中午,外面的汽车保险杠顶着保险杠那样停滞不前。汽车散热器和护板上面的空气里飘散着阵阵热气。就好像它们被堵不是因为车流量太多且路面太窄,而是因为某种跟冰块相反,但又跟冰块一样坚固紧实的东西,你试图穿透进去,而这种东西也试图穿透你,进入你的嘴、你的肺。倒也不是滚烫的,只是热热的、厚厚的。而我依然能感受到那些大理石的房间吐出的冷气钻入我的背部,似乎还能看到他在那个岩穴里面,蜷缩在那大堆大堆令人作呕的钞票、钱币和被啃噬的马骨头上面,戴着他的金丝边眼镜,眼神冰冷,双手小心翼翼。

(就好像几米之内,本来透明的、可穿透的空气,突然获得了一种能力,并非热量,而是一种活力,扑向我们,压制着我们。在万里无云的天空和岩石嶙峋的裸露山丘之间,没有一丝缝隙。伊莲娜说整个希腊让她联想到一具古老的骨架,半躺在海里,受阳光灼烧;在它的膝盖和肩头留存着一些城市或庙宇的小小骨骼。国王墓在我们身后的山坡上张开大口,巨石堆成的城墙的过道穿入地底,支撑起用巨大石板建成的天花板,那些石板得一百人甚至两百人……但实在太热了,读不下去这旅游指南了;我的手指在书页上留下了湿漉漉的指纹,使得页脚都翘起了:山丘的轮廓和沟渠是以扇形的线条来呈现的,弯弯曲曲的线条围绕着台地,台地上依然可见的、打着墙基的古迹用黑色粗线条标示着,这些线条用虚线延伸出去,标示着考古学家假设存在的建筑体。我看着稀稀拉拉的树丛、稀稀拉拉的草丛和碎石堆,试着想象在瓦砾、碎石和废墟底下曾经的模样,曾经……)

而这里:大约有二十张明信片,用一根陈旧的缎带扎着。但这些明信片没贴邮票,既没写着地址也没写着文字[这些可能是成册售卖的,是某个地区或城市的纪念品系列(就像"尼斯-城堡""尼斯-英国人大道""尼斯-港口景色""尼斯-马塞纳广场和花园"这样一个系列),但有所不同的是上面既看不到棕榈树,也看不到闻名遐迩的蔚蓝天空;这些明信片不是彩色的,除非非说上面单一的灰色调就是这些地方本来的颜色,这天空跟很可能应该称为"大地"的地方(因为是在下方)都被抹上了这样一层灰色]。这些明信片虽然细节有所不同,但重复呈现着石堆和残骸(更多的是垃圾的特质而不是瓦砾的特质,因为混杂着石块、罐头、椽子、折叠床、拆卸工具、碎石和破瓦),并没有像阿特柔斯①古城的那些过梁、石板或柱廊那样,在那什么的表面堆积在一起或散落四处,而是某种程度上跟土地混合在了一起,要么整个覆盖了地面,要么土地本身也被打碎撕裂了,以至表面上这[碎石和轧碎的垃圾堆,有一条路或一条河从中穿越而过,好似人类和灰色的

---

① 希腊神话中的家族。

河水穿过这条垃圾构成的地平线,把它们碾平或挖空,开辟出一条通道(但通向哪里呢?)]就是土地的构成物。由一种地理现象慢慢推动,由缓慢的涡流形成一些废墟,一些仍然竖立着的、不像是遗迹而像是自然赘生物的墙面,泡沫,山脊。这种地理现象既是新近发生的(因为还能看到一些人造物品上拆卸下来的碎片——折叠床、窗户、栅栏),又是非常悠久的(因为同样灰不溜秋的植被已经把它们都覆盖住了),就好似尽管每次旅游说明文字都有所不同(跟介绍僧伽罗提水女子和柏柏尔妓女装扮成的《圣经》女英雄一样,这些说明都是用双语写成的:凡尔登——美丽圣母街,凡尔登——马斯河边的房子,斯坦奈①——棱堡桥——于1914年8月26日被法军炸断,后由德军重建,并在他们撤退时再次被炸断,之后由美军重建),这些都只是同样单一的风景,呈现出统一的垃圾堆填画面,林立的不是死马的蹄子,而是断梁、废铁和碎木,一片狼藉。

又出现了这张从飞机上俯拍的战场画面(不是田地,不是棋盘状的牧场,不是耕地,不是木林,只是一大片伤痕累累、疮痍弥目的土地,就好像土地本身得了病,比如

---

① 法国默兹省市镇。

麻风病,以至丘陵和沟壑以及以前的建筑体的轮廓直线都像是被某种酸、某种脓包的水给抹去了、侵蚀了、吞没了)。这张照片出现在历史教科书的最后几页里,就好像这(历史)就停留在那里了,就好像一章又一章的课文,加上要背的黑体字摘要部分,一幅又一幅的插图照片(那个浅浮雕上穿着长袍、戴着几何图形的帽子、留着大胡子的国王,神情小心翼翼,用矛刺破了跪着的奴隶的眼睛;古罗马三层桨战船的复原图;《贝里公爵的豪华时祷书》;那幅肖像画中疑心病重、疯疯癫癫的国王,在两道帷幕之间,戴着水獭皮的帽子,长着下垂的鼻子、秃眉毛,还有带着一圈粉色的、鸽子般的眼睛;穿着黑色丝质长筒袜、戴着假发正在宣誓的侯爵们;在土伦岸边的沙皇,男士们戴着折叠式大礼帽,彩旗飘飘,黄色和红色的礼炮齐鸣)被撰写出来、雕刻出来、绘制出来,不过是为了引出这样一个结局,这样一个尾声,这样一个压轴:无垠的土地灰蒙蒙的,暗沉沉的,不成形,没有人类的踪迹(连尸体也没有,连武器撞击、马蹄阵阵、冲锋陷阵、枪炮火光和金盔铁甲的回响都没有)。盯着这样的画面,我内心有一种痴迷,这种痴迷是带有模糊的耻辱感和朦胧的负罪感的,好似这样的画面,如同我偷偷查找的露骨的解剖学词,在词典里,在地下的、令人失望的禁书中,掌握着某个重要的秘密。

而彼时（现在是中午十二点过一点：我看着他们在汽车的保险杠之间穿梭着，而汽车还堵在那里不动。小一点儿的孩子嬉笑、尖叫、打闹着，试图相互扯下书包或者绊倒对方。大一点儿的孩子骑在他们哐当作响的自行车上，打扮得花里胡哨，冲姑娘们吹着口哨，他们的作业本用一根皮带绑在后座上。门房正在关上大门。有两个孩子站着，双腿夹着书包，正在私底下做着交易；走过去一个大孩子，拍了一下他们的手，于是那些邮票，那些花花绿绿的小方块在炫目的阳光下散落一地）一切都重现了：那些食堂、粉笔和课桌黑漆的古怪气味，还有粗糙的灰色地板的特别气味，地板每天都被打湿，散发出一股霉味。兴奋的状态，狂热的头脑，生硬粗暴的拉丁语词，它们新奇的意境，或者说异国的情调，模糊的语义，带给它们一种含糊、复杂的力量。教科书上最后几页的最后几张图片，那种原始、直接的粗粝感，也是有点异域感觉的，加上那些粗暴的人物，仿佛来自一个遥远的世界，好似从那片虚无中，那片无垠的断梁、碎石和废铁构成的灰色世界中，自发地物化、生成，就这么穿着破烂的制服、皱巴巴的短上衣、布满泥点的靴子出现在这个世界：

首先是一个矮个子男人，丹凤眼，凸下巴，留着山羊胡子,戴着一顶司机的鸭舌帽,站在一个讲台后(或者说是从讲台上探出身子),只露出上半身,穿着一件深色短上衣和一件深色背心,露出领子和打得马马虎虎的领带。讲台盖着一块黑布(在照片上是黑色的,而事实上是红色的)。他身边是一张张相似的脸,也就是说,同样地留着山羊胡子,戴着教授那样的近视夹鼻眼镜,也戴着鸭舌帽或者亚述风格的卷毛羔皮帽子,这使得他们看上去既神秘,又老旧,还有点儿野蛮,跟飘扬的黑色横幅上(事实上也是红色的)费解的西里尔文字(好像是我们熟知的字母给颠倒翻转了)相呼应。那些横幅从讲台上方一根又一根的杆子上垂下来。讲台左侧是一大片杂乱的深色旗帜,看不到持着它们的人,只看到旗帜以不同的角度从旗杆上略微倾斜下来,看上去就好像是从照片下方斜斜地冒出了一排单薄阴郁的三角形——

他身子靠在讲台边缘,小小的眼睛眨巴着扫视台下的听众,表面上对人群热烈的欢呼无动于衷。欢呼声持续了好几分钟。人群终于安静下来的时候,他只说了一句"我们现在要建立社会秩序"。大厅里的人再次爆发出热烈的喝彩声。

呼吸着尘埃和书页褪了色的词典的味道，我的根、我的底，甚至我的 inguinum（腹股沟、下腹）①都被挑动了。书页的边角因为有人常用舔湿的手指翻阅而翻翘起来，毛毛糙糙的。我查找着，脸颊火辣辣地烧着（句子里的现在分词一个接着一个，推挤着，积压着，看得我呼吸急促，气喘吁吁，喉咙冒火，透过蕾丝花边的边缘、我母亲的不耐烦②；掀起我衣服的下摆，我撩起衣服，给她揭示，向她展示，说着"现在你凑近了仔细看"③，因为我，驴鞭，直立着，痛苦的，盲目的，难以忍受的，非常漂亮，否定词，神经④），手指在发黄的书页上一栏一栏的词表间从上往下奔跑着：

cubile⑤

flora⑥

formosus（完成的、形状漂亮的）

_____

① 原文中有多处是同时有拉丁文和法语译文。在中译本中，我们保留拉丁文原文，将法语译为汉语。

② 原文为拉丁文。

③ 原文为拉丁文。

④ 原文为拉丁文，非完整句子，译文为大致意思。

⑤ 原文为拉丁文，意为"床"。

⑥ 原文为拉丁文，意为"植物"。

nympha①

numides②（骑士）

nuditas③

Nausicaa④

Nero⑤

recingo⑥（in veste recincta：袍子解开了）

rostrum⑦

sicera（醉人的佳酿）

这些词读起来像金属般生硬[整个古老的世界——刻着
骑士的檐壁，三层桨战船，涌动的海浪，女神的腰腹，城
市——用坚硬的材料（青铜和大理石）浇铸和雕刻出来，
譬如浅浮雕和勋章上的人物，还有这根黑色的青铜柱子，

---

① 原文为拉丁文，意为"希腊神话中山林水泽的仙女"。
② 原文为拉丁文，意为"努米底亚（北非古国名，今阿尔及利亚北
   部）的"。
③ 原文为拉丁文，意为"裸体"。
④ 原文为拉丁文，意为"诺西卡"，希腊史诗《奥德赛》中的人物，是费
   阿科斯岛上的公主，曾经帮助奥德修斯从海难中获救。
⑤ 原文为拉丁文，意为"尼禄"，古罗马皇帝，以暴政和虐待而闻名。
⑥ 原文为拉丁文，意为"环绕"。
⑦ 原文为拉丁文，意为"讲坛"。

这根柱子反射过军团的步履声,还有盾牌、船桨和金属器具相互敲击发出的哐啷声],这些词像那些青铜的或者生了铜绿的杯子、梳子、发针、手镯,有点儿腐蚀了,但周边还可以清晰地看到精心的雕饰,这些东西陈列在博物馆的橱窗里,博物馆则建在两三株柏树的树荫下,就建在发掘文物的原址上,一个看门的在炎热的午后打着盹儿……

（现在只有我和她在这些发出回响的展厅里。我本想把旅游导览给她,但她拒绝了。我们俩都很不开心,不是因为旅馆里那场无谓的争吵,而是因为没法沟通。我们被墙壁围绕着,灰心丧气。各自站在展厅两端不同的橱窗前。我偷偷地盯着她。她欣赏着,或者说假装被破旧的文物吸引了。那些残片因为氧化呈现出淡红色或者苔藓的颜色,各自配上一个小小的、写着希腊文的长方形标牌,一排排地陈列在柜台里。我只能看到她背后金色的头发。她的背就像是一道神秘的墙,锁住了、掩藏了悲剧的、忧郁的内心。她身上本来就有一种黑暗的东西,像是死亡的内核,一种毒药,一把匕首,藏在她印花裙子轻飘飘的衣料底下,藏在她的肉体、她柔软的乳房深处。我好想握着她的乳房,用我的太阳穴去挤压淡淡的、脆弱的乳尖。）

(这些词)看上去马上会散落成褐色铁锈般的粉末灰烬,就像一阵难以捉摸的、细微的烟灰,从词典的书页中逃离出来,就像是那些古城未被摧毁的废墟残骸,这些古城在地震、火山喷发后的火雨中毁灭,留下恋人们的尸体相互缠绕着,僵化不动,依然炽热、无忧无虑、青春永驻,像普里阿普斯①那样情欲勃勃,而他们身处在一片由三脚架、翻倒的杯子、衣服搭扣、腰带扣和从凌乱的头发上散落下来的珠宝所构成的狼藉之中——我的手指,我的指尖,停留在黑体字下面,神经,肌肉,韧带,男性器官,筋腱,僵硬得就快要断了②,即将爆发,芽,紧绷得要断了……

另一张也是从高处(从一扇窗?从屋顶上?)拍摄的(照片)上面,呈现的是一个广场,一个十字路口,两条比例巨大的马路在那里交叉。路口中央是一堆混杂堆放在一起的黑色小棍,都倒在地上,扇形一般指向同一个方向〔也就是说每个棍子都指向某个看不见的点(在超出照片范围的左边,那里——根据解说——有一顶机关枪正在发射),死伤的人倒在地上,还有些人在队伍——或许就

---

① 希腊神话中的生育之神。
② 原文为拉丁文。

像是另一张照片上的那些人，举着旗帜、标语牌和横幅，上面写着神秘的西里尔文字——涌入路口的时候受了惊吓，自发地趴倒在地以躲避子弹]，还有一些黑色的小点散开逃向各处，像是一把小球给撒向了右边的高楼之间。这时，在近处有枪声响起。广场上的人要么四处奔逃，要么趴倒在地。原先停在街角的马车①也往各处逃窜。楼里头人们立刻涌动起来，一边往各个方向跑，一边急急地抓起枪，嘴里喊着"他们来了！他们来了！"过了几分钟，一切又回归寂静。马车又回到了它们原先的位置。人也站了起来。

展开的横幅上有些字母像是希腊字母。我可以……

"你们去哪儿？"

"看上去让你吃惊了？要知道我成年也有段日子了，我也到了结婚的年龄了。"

她看着我。她现在已经不跟我们住在一起了。她只是在两段火车旅程之间挤出点时间，或者在两场赛马之间抽个空儿（她很快就受够了那些赛马比赛，受够了那些戴着圆顶礼帽、拿着玫瑰花的老上校，受够了那些喷着哥塔香水的、男性化的老女骑士，受够了屎味……她对此已

————————

① 原文为俄语。

经没了兴致。就像是她曾痴迷于小提琴，现在也已经没了兴致。她让雷谢克给她买了一个赛马马厩，所以她现在有自己的马匹和马主标识颜色，以绿色的赛马场为背景，在骑师们的背上跳跃），在她现在绚烂的，或者说是疯狂的生活中抽个空档，来看看查理舅舅和外祖母。有时候像是一道突如其来的闪电，我们会收到一封草草写就的信，有时候会是画报或者报纸上的一张照片，照片上她穿着只有她才知道怎么穿出风姿的裙子，她袒胸露肩，光着膀子，暴露得几乎就是低俗的。但她同时戴着直达臂肘的长手套，手里牵着一匹纯种马的缰绳。她抚摸着马，充血的马鼻子还胀大着。

"你聋了吗？还是我长了个牛头？脸上冒出了鳞片还是怎么的？"

她还是继续看着我："所以你要结婚了？"

"对。很奇怪吗？"

"切，我有什么觉得奇怪的？我知道你什么傻事儿干不出来啊！比如你当时去了西班牙，假装自己是个革命分子，学也上不了了，现在又要结婚。什么玩意儿！"

"你这么说还真是客气啊！"

"别生气。我是真替你高兴的。你跟谁结婚啊？"

"你不认识的。"

"她叫什么呢?"

"伊莲娜。"

"我替你高兴,真的。说到底,也许这才是你所需要的,也许能让你安定下来。"

"我不知道。但也许你可以告诉我。"

"告诉你什么?"

"你对婚姻比我了解得更久。你说,这让人安定吗?"

她又一次皱起了眉头,充满戒备地看着我。

"比如说你自己,结婚让你安定了吗?你找到你想要的东西了吗?"

"约瑟夫有没有去取我明天晚上卧车的车票?"她说,"我……"

"你找到了吗?"

"你以为你是谁啊?你问这些干什么?"

"没什么。我只是想知道你有没有找到你想要的东西。"

她不回答,一脸怀疑地看着我。

"那你呢?"她问。

"我什么?"

"你又在找什么呢?"

有那么一段时间,我们相互盯着对方。后来她转过身,撂下一句:"你跟你那些问题都给我滚一边去!"她走进了玻璃走廊，打开一扇落地窗门，探进去喊："约瑟夫！"

"你至少祝我好运吧！"

她转过身。"你这傻子！"她微笑着说，"我当然会祝你好运！你们之后会上哪儿去？"

"可能会去希腊，"我说，"伊莲娜梦想着可以徒步走遍伯罗奔尼撒半岛。"

欢悦的玫瑰跑近了，花环和头发散了开来①，她欢快地奔跑着，头上戴着玫瑰花环，浓密的、散开的头发下面是她赤裸的胴体。我可以用手去感受她的毛发，既丝滑又粗糙。她的头发从我手中溜走，像金属波浪一般弯曲着、飘动着⋯⋯

我戒备地放慢步子，从停滞不前的汽车微微颤动的车顶上面审视着对面的马路。我刺探着他那瘦削的身影是不是还一直杵在那里，像是稻草人一样，半脱了水，半死不活，又唠唠叨叨，掌握着什么神谕秘密，靠在手里的棍子上，随时准备扑向他的猎物。他像是希腊神话里的某个老祭司，专门堵在胜利队伍途径的路上，给人家送上不吉利的预言。只是有一点不同，他没有碰到什么凯旋的将军，除非他认为人家年轻一点儿，或者只是没他那么

---

① 原文为拉丁文。

老,也算得上是一种胜利,又除非他对这一点也根本不在乎。对他来说,重要的只是抓住第一个经过他的人,只要能让他抓住机会开口说话,倒出一点儿苦水。所以他可以在我从银行返回的路上等着我,再次逮着我不放,跟我讲述他对我妈妈的浪漫回忆,要不就是一边窥伺着我的反应,一边兜着大圈子跟我讲述他对不幸生活的反思,更确切地说是对查理舅舅的不幸生活的反思:"您理解我说的吧,他命里注定要失去所有的女人啊,您理解我说的吧,不管是主动地失去还是被动地失去,直至最后他自己也迷失了,您理解我说的吧,这对科里娜来说是多么不幸,她没有母亲。""是,我知道,谢谢。"

不过幸好报刊亭旁边没人。而银行里的消息就是我本可以保住那些钱的,因为我在那个做金钱交易的斯芬克斯的办公室前厅里,听见他们带着惯常的愤怒和理性讨论过了。而等我进去,又会怎么说呢?

尼姆集市。小小的图画上接着讲那个侦探的奇遇。现在拳击手在打电话。第二张图画上面一个躺着的女人也在打电话。接下来又是拳击手。他说的话或许非常有刺激性,因为那些对白不是出现在平常从嘴边冒出的泡泡里,而是出现在有各种尖刺棱角的对话框里。**结果那个女人就从五楼跳了下来!** 有光纸的杂志上用柯达彩色胶片拍出来的模特们闪烁着光芒,她们以展示泳衣为借口,迎风展示着胸脯和大腿。其他模特则穿着夏日的印花裙子。

〔衣料轻薄,上面印着水果和叶子。她的腋下有一点汗渍。她停下来假装正在看橱窗。"参观时间:除了周一,每天从九点到十六点,周日从九点到十三点,周六从二十点到二十三点。"昆虫的翅膀。虫穴。听上去就好像这词本身就充满了拍打声和摩擦声,像一堆叶子一样窸窸窣窣作响,像羽毛从那什么下面飞出来……

内院里头:一个用河神雕像装饰着的喷泉。河神用一个老人的半身像来表现,半躺着身子,手臂弯曲着搁在一个翻倒的壶或者罐上面,石头雕刻出来的水从里面流出来,蜿蜒曲折得像是他垂到胸口的、同样弯弯曲曲的长胡子。走廊上:一尊弥涅尔瓦①的雕像,没有眼珠子,是瞎的,所以脸上有一种安详、超然的神情。这张脸用淡灰色的亚光石头刻成,上面布满了细密的、分叉的静脉血管。脸下面是用牛血般的红色大理石刻成的无袖长衣裹着的身体。展厅一:跟罗马的东方风俗有关的文物。一

---

① 罗马神话中的智慧女神和战神,也是艺术家和手工艺人的保护神。

座浅浮雕上面刻着密特拉①，戴着一顶弗里吉亚式的帽子，穿着一件短短的紧身上衣，一条膝盖压着一头猛兽的脊柱，他往那牛的脖子里深深地插入一把双刃短剑。牛被击倒了，头向前倾，额头触到地面，嘴里流着口水把鼻子也打湿了。鼻尖上布满一层薄薄的灰，本来是赭石色的，现在变成栗色了。那被口水浸湿的地方（靠近鼻孔和嘴唇），皮肤……

"你听，这好傻。"

她并没有把头转过来。眼睛干干的，定定的。也像是瞎眼的弥涅尔瓦。我在她腋窝下面一点的地方抓着她的手臂。她没反对，只是把身子往前倾了倾，以便看清浅浮雕上的细节。她这一动，就使得她的手臂从我的手里滑了出去，逃了出去。]

……粗壮扭曲的脖子上的皮肤布满了弯弯曲曲的褶子，伤口里冒出一排血滴，固定在那里。神话英雄的脸无动于衷，有着跟那位女神一样漠然冷淡、安详超然的神情。面部线条有点儿太规则了，面庞椭圆，下巴有点儿厚实。

[他正面盯着摄影师的镜头，脸上带着一种成功男人

---

① 印度-伊朗神祇。

(譬如男高音或男主角)常有的无知和无礼。明信片上的他神态自负冷酷，抹着发蜡，呈现出一种淡灰色（这是一张黑白照片，后来只是给背景加了点儿颜色），穿着一件浮夸的玩偶服装。那件衣服是用一块天蓝色的丝绸缝制出来的，镶了花边，还有闪着铜色和金褐色的小亮片，填充的肩章用银线缝制了花纹。黑色的假发是用一种厚厚的、毛茸茸的材料做的，像是用天鹅绒做的，粘贴在发光的纸板上。这个甜腻、浮夸又骄奢的人物长着一张小屠夫的脸，挺直了腰板。他身后的淡灰、淡橄榄色的背景慢慢模糊晕染开去。下方写着一个独一无二的姓，或者说是某个昵称，听上去又迷人又可爱，略微有些低俗，因为他的名气使得这个名字带有了一种姓氏般的独特价值：

马诺力多①

这个刻出来的名字涂了一层金色，（做作的装饰花体字）字体是我们在糖果袋上或者新年卡片上常见的，抑或是在其他卡片上，上面印着朦朦胧胧的、烫着卷发的一对夫妇，脸贴着脸微笑着。一张方形的邮票，上面印着一个面

———————————

① 西班牙人名"玛纽尔"的昵称。

色粉润的娃娃军官,贴在右上方,像是一个面颊鼓鼓的小天使悬在空中,在淡橄榄色的迷雾中俯瞰着,就好像他是从一个皇室包厢里凝视着那个甜腻俊俏的小屠夫。照片上的这个人脸色灰暗,令人害怕,他平静的脸看上去有一点愚蠢,而他逐渐淡去的闪光服饰让人想到那些早逝的人的照片,这些照片可以在墓地里看到,照片上的他们盛装打扮,矫揉造作,墓地被各种鲜花、珍珠、吊唁卡片所包围。明信片的背后,西班牙女友用紫色的、冒着尖刺的字体写道:

　　我没法跟你说我有多累。我想我是怀孕了。但我并没有感到幸福,反而觉得悲伤。啊,我亲爱的,我多想见到你、跟你聊天啊!我想我会在 8 月 12 号那个周一出发。我哥和他太太会来这里,然后我们一起出发。你那时候会在哪里呢?

　　拥抱你

　　　　　　　　　　　　　　　　　　妮妮塔]①

　　二号和三号展厅:石棺,公元 3 世纪的著名文物。四

---

① 　书信内容原文为西班牙语。

号展厅:碑文。

大理石上纵横着裂缝。两端轻微下沉,使得两张分开的地图形成了一个大开的二面角。这块大理石——或石头——因长年腐蚀而显出一种黏腻的质感,就好像有人耐心地摩擦,抹平尖角,以至从远处看,那些字母的几何棱角还很分明,而从近处看,凹口边的缺口和裂缝不过是柔软的嘴唇上面淡淡的细纹罢了。因此只能模模糊糊地看出来什么骄傲的胜利者马塞尔什么神什么的……

突然钻出了一只壁虎。它立刻谨慎地停止不动了。细弱的脚爪张开着,身子弓成一条圆弧,长尾巴的另一头还垂在它之前的藏身处。它小小的脑袋以不规律的节奏猛烈转动着,一左一右地审视着。毫无征兆地,它又消失在有缺口的石头裂缝里,那条裂缝把一排排的字母一切为二。

方块字,斜体字,横线,尖尖的三角形,记录了、诉说着什么胜利,什么神化与无止境的千禧之年①,大屠杀,什么灰色的黄昏下一堆堆垂死之人相互交叠,失去了血色,从那里可以看到广阔无垠的灰色平原像是无风的海面,只有汹涌翻滚的云朵,还可以看到皇城里无数人涌到

① 原文为英语。

了街上，淡红棕色的烟冒了出来，又低垂了下去，飘散开来，消失在天际。他想出了下面的一条计策：既然他吸引到敌人的注意是靠……

从远古开始，人们就知道从四面八方吹响号角，让整个军队发出嚎叫，以此来吓唬敌人和振奋士气，proptera quod est[①]，因为有：

> quædam animi incitatio：我不知道什么样的热情
>
> atque alacritas naturaliter：什么自然的活力
>
> innata omnibus：所有人生来就具有
>
> quae studio pugnaeincenditur：激烈的战斗把它们都激发出来了。发起进攻的赤卫队一阵阵的喊叫被连续发射的枪炮给压制了。
>
> dimisit：他派出了
>
> numidas equites，铜雕的大腿肌肉发达，紧紧地压着马匹湿漉漉的腰腹，马的鬃毛都粘在了一起。

成千上万的士兵和工人从窗子、门和墙上的缺口处

---

① 此处及以下几个段落短语原文皆为拉丁文，作者在每段之后给出法语翻译。

冲了过去。看不见的骑兵四周和上方飞扬翻腾着尘土，空气里混合着汗水的酸臭味和尘土的味道。他们点燃了四轮火车，车上还有那些人的行李和女眷。彼时，浑身是血、疲惫不堪但大获全胜的水手们和赤卫队冲进了器械室，撞见了那些聚集在一起的漂亮姑娘。他们停了下来，局促不安，脚好像在地上生了根……

深灰色的壁虎又冒了出来，这个小怪物又脆弱又胆怯，非常警觉。

……女孩子们因为害怕而四处躲藏。后来发现她们也并没有受到什么伤害……

听说，只要把手指放在它们的尾巴上，它们的尾巴就会像玻璃一样断掉，以便脱身逃掉。他们并没有把标枪掷向远处，而是用它们来揍敌人的眼睛和脸。这些漂亮得像花儿一样的舞者，最注重的就是保持他们美丽的外表。他们面对眼前挥舞着的铁棒毫无招架之力。当年恺撒对他的士兵只说了一句话：揍他们的脸。这正是貌美的罗马年轻人最害怕的。他们情愿被玷污侮辱，也不愿受伤毁容。他们极速逃窜。此时却暴露了几个容克①，这些人仓皇之中想从屋顶上逃命，或者是躲藏在屋顶架

---

① 泛指普鲁士贵族和大地主。

上。他们在街上奔窜。残垣断壁还在燃烧,女人披头散发地在废墟中四处奔跑着,寻找着她们的孩子,撕扯着她们的……

乳房掩藏在水蜜桃色的裙装下面,天鹅绒光泽的裙子一层绿色,一层粉色,一层红色,一层绿色,又一层红色,慢慢融入一层黄色。淡淡的乳尖……

也失去了血色。她的名字还没有刻到石板上。而他,他失去了所有的女人,站在那里,站在这新建的坟墓前,看着翻动过的泥已经慢慢变干,给泥土抹上了一层淡淡的、近乎白色的颜色,像是白垩灰岩。巴黎盆地主要是由沉积的石灰岩构成的土壤。这些沉积物是在最早的土地固化时期,从形成的地壳上通过侵蚀而残留下来的。大部分的钙质岩——其中白垩是最为熟知的——和很多的硅质岩主要是由动物组织构成的:带壳单细胞动物,海绵动物,珊瑚,棘皮动物,软体动物。比如我们现在看到的是细密层叠的石灰岩和泥灰岩,里面包含了小小的腹足纲带薄壳的动物:这里以前很可能是一个风平浪静的湖区,一锅贝壳汤,里面有扇贝、贻贝和腹足纲动物。我们现在看到的是海岸。泥灰岩沙中包含了海胆、菊石、箭石和酸浆贝:深度在增加……

墓地不远处有一个飞行基地。一架飞机很低地掠过,他抬头看了看。后来飞机飞高了,消失在……

稍微远一点儿的地方有几匹哥萨克马没有骑师,自顾自地转圈奔跑着,寻找着食物,因为平原上的草已经消失很久了。

……远处淡蓝色的山丘和几丛松树之上。几个放牧人看着几头山羊。山羊正在吃新近长出来的草。迷路的小羊羔咩咩哀叫着。他用手分开了那些荆棘,找到了大理石,擦拭着,把粘在泥土上的叶子清理掉。他挥舞着手臂叫来了其他人,他们的脸毛茸茸的,看上去有些蠢笨。他并不认识那些字,只是手指顺着那些没有意义的字母摸下来:神化与无止境的千禧之年①。这些字刻在这里让牧羊人,那些连大字都不……自我。大堆的尸体。火焰还在发出最后的噼噼啪啪声。各处还有最后的一些砰砰的枪声,荒谬而无规则。有人发出了命令。在浓重的夜色中,可以看到一大群人影在行进。只有他们的脚步声和武器的叮当声打破了寂静。多亏从冬宫的窗户中泄出来的光,我得以看出来那前两三百人是赤卫队,里面还分散着几个士兵。我们爬上了保卫宫殿的木柴路障,跳在了一堆容克逃跑时留下的一堆武器上,发出了胜利的喊叫。主要入口两侧的大门都大开着,巨大的建筑物里除了灯光没有一点声音泄出来。远处还回响着几处孤寂

---

① 原文为英语。

的枪声。从那座被轰炸过的城市里撤退出来没多久，他就被一个躲在篱笆后面孤身作战的狙击手给射杀了。他内心很骄傲，因为他跟她讲过，他祖上有一个雷谢克……

（可以看到它喉咙下面血流的脉动，那是它薄薄的金属灰色皮肤下的颈静脉之类的血管。这次它向下把身体扭成了一条水平的S线，小小的爪子飞快地移动着，随后突然改变了方向，向上爬过了石板的表面，穿过了斜斜的碑文，消失在上侧的边缘之外。）

……在西班牙革命期间，在败给了西班牙人之后，被打爆了脑浆。那我们把这些也记下来吧，用来教导下面几代的孩子。虽然这些孩子还不识字，但总是……

她假装对用希腊语刻出来的碑文感兴趣。

"伊莲娜，别看了，好吗？"

她还是没动，穿着印有水果和枝叶的裙子，身子往前倾。树枝摇晃时，我可以看到她裸露的小腿。但身体的其他部分就看不到了，消失在轻微晃动的树叶之中。她爬树的时候擦破了皮，顺着腿肚子有一道血印子，越往下越深，积聚了一个血滴……后来她们俩的身影就分开了。出现了她的头，头发凌乱。外祖母从高高的露台上大概已经是第十次在唤她了："科……里……娜……"她像是戴耳环那样在耳朵上挂着樱桃。波卢站在树底下说：

"给我扔一些!""你已经吃了很多了。再吃肚子就要痛了!""给我扔一些! 给我扔一些!"戴着珊瑚色耳环的科里娜说:"你太小了!""那你呢?""我? 我是大人了。""那也没准许你……""要是没得到同意,谁也不准摘樱桃的。""给我扔一些嘛!""那就只给你两个。"她从耳朵上取下樱桃。她的头发凌乱散开着。头发略微散乱,玫瑰色的手心出于羞涩略略掩住额头,但并未完全挡住①,遮不住也盖不住(剃了毛,光溜溜的——与其说是害臊不如说是爱俏)那朵玫瑰,那 rosea(玫瑰)花瓣颜色的细细的缝,在 feminal(女性生殖器官)和 palmula(手掌)之间好似有一道带色的光线(就像是用手给那些灯光、那些微弱的跳动的火焰挡住穿堂风,微微的光线从指间穿透,皮肉的边缘染上了一层透明温暖的红色)给它们都抹上了一层颜色。收成碗状的手掌放在前面,小心翼翼地保护着〔上面加了一圈朱红的油画颜色,好似火光,又好似画家笔下芦苇荡里嬉戏时受到惊吓的美女,画家用特别的技巧描绘她们珍珠色的、胖乎乎的手,用一层淡淡的透明颜料加在红色的底色上,那样透出的红色就像是打开的 palmula(手掌)、分开的手指里面神秘的血流脉动〕,只见

---

① 原文为拉丁文。

一种高超的用色技巧，一种精细的艺术。

她从浴室里出来的时候有点害羞，脸红红的，说："我弄好啦！"一只手遮在上面，一会儿移开，一会儿又遮住。她快速跑到了床上。"让我看看，"我说，"让我看看。"她把手拿开了。看上去像是小女孩尿尿时露出的那样，肥肥的，嫩嫩的，软软的。我把她搂在怀里，舌头伸进她的嘴里，然后顺着她的脖子、乳房、肚子往下移，把舌头伸进去。glabellum（前端）。我想到事先让她去做的这件事。过一段时间毛又重新长出来的时候，又短又硬，大腿根到腹股沟那里一片红红的，有点儿扎人。一边说一边点燃了一根小棍①，她快速地跑过来爬上了床，头发散开飞扬着，像是飞翔的人体。那一对圆环因身体的跑动而无力地晃动。这两道 C 形的弧线像两个脊背，或者说更像是同一个脊背重复了一次，像是照片上人动了一下留下的人体的灰色轮廓，或者说是动作的线条。她抬起一条腿，像是某个飞翔的人体打开了肢体，大腿的动作打开了那条缝，像是用铅笔画了一条线，那个味道咸咸的贝壳张开了。她腰腹和乳房往下挤压出蜿蜒波动的线条，她快乐地呻吟着，瘫软下来，又继续嬉戏……

---

① 原文为拉丁文。

在这个世界上没有什么可以让他放下那副高高在上的姿态。有一瞬间，有什么东西让他的眼睛亮了一下。他疑惑地扫了我一眼，略微有些窘迫。但他的眼神立刻又恢复了惯常的冷漠阴暗。他把书合上，但并不打算还给我："有意思。你上哪儿找到的？"

"在我舅舅的书房里。还——"

像是一个职业玩家用拇指洗牌那样，他用食指撑着封面，撩起书页，然后让它们滑落，发出纸扇合拢时的声音。"《金驴记》，"他说，"有意思。你要是被人逮到在看这个！"

"还给我。"

他快速地前后翻阅了一下，手里并不肯放下书，然后打开了他的公文包，在一堆册子、圆规盒之类杂七杂八的东西当中翻找着，打火机和美式香烟盒发出哐啷哐啷的声响，最后他掏出了一本杂志和一本书。杂志上面理所当然地印有穿着连体泳衣的娇女郎。他把杂志重新塞回了公文包，把书塞到我眼前："你看过这个吗？"

红白黑三色的封面上印着一个水手，穿着一件条纹海魂衫，戴着一顶贝雷帽，飘带垂到了后颈。他持着一把步枪，还有一把手枪插在腰带上。瘦削的脸转向左边，手臂也向左伸直，手打开着，仿佛在招呼和邀请看不见的人群集中起来向他靠拢。他伙伴中的一个已经站到了他的身边，因此水手伸直的手臂像是抱住了他，准备好相互推搡一番，兄弟般地搂住他的肩膀。这位伙伴穿着光亮的皮军大衣，上半身微微前倾，戴着皮鸭舌帽子的脑袋往前探出，面容坚定，神情专注，监视着他们右前方的某个敌人，他拿着一把步枪，枪微微倾向地面，手指扣在枪闩上，手臂和胸之间紧紧地夹着枪托……

（温柔地坐在我身上，频繁地上下震颤着，温柔地扭动着她的脊柱，用她维纳斯女神般悬挂着的鲜果带给我欢愉①，一点一点地坐在我身上，扭动着，快速晃动着，用温柔的动作刺激着我深深插入她的鸡巴。我直挺挺地躺着，死了一样。我可以想见自己像是那幅史前战士或猎人画上的样子，只有几笔简单的炭画线条，阴茎勃起着，好似整个人体是由绷直的线条构成的，黑色的四肢是僵直的，骨头是平行的。这画是好几个世纪以后，人们在岩壁上或者在一片灰烬中发现的。就像是那个戴着头盔或者长着鸟头的死人，浑身是血地躺在他的长枪旁边，生殖器还勃起着，听说那些被吊死的人还会可笑地从他们身上伸出另一个绞架，这榫头、这棍子是肉做的。鲜果②，

---

① 原文为拉丁文。
② 原文为拉丁文。

欢愉。鲜果。保佑你腹中果实①,垂下晃动的苹果,维纳斯的悬挂的②,我自问是不是应该翻译成臀部。那些坠子、项链、耳环之类的东西悬挂着,相互敲击着,在她每一次扭动臀部时,都发出叮叮当当的清脆响声,这细小的声音混杂在我们的喘息声中)。

……这两个人像是某个双头的神灵,从某场与巨人的辉煌战斗中归来的黑色英雄,像是神话中从大地的缺口里冒出半个身子的双生子,从笼罩在白雪皑皑的大地上的无尽黑夜中径直而来,带着他们深邃的眼睛、煤炭一般的身体以及极强的苦痛承受能力。他们在高空中直起身子,掌控着这个古老球体,海洋和神秘的大陆星罗棋布,球体在黑暗中慢慢地转动。

"这是啥?"

"这是啥? 哎呀妈呀! 这是啥?! 你从来没听说过——你这话说得跟个傻子似的。好了,还给我吧。"

"不。听着——"

"还给我。我不该给你看的。你——"

"不。听着——"

---

① 原文为拉丁文,是天主教经文。
② 原文为拉丁文。

他脸上又浮起了傲慢的神情。他穿着一件又是最新款的淡蓝色衬衫，上面带有同样材质的内置领结。他居高临下地审视了我一阵。后来他的神色慢慢缓和下来，摆出一副亲切的样子："你想不想交换？"

"我不能跟你换。这书不是我的。我——"

"老天爷！你就这么怕你舅舅吗？"

"我不是怕他。我只是——"

"星期一就换回来。"

"星期一，但是——"

"哎呀，你真是太蠢了！我从来不该相信——"

"行了，星期一就星期一，但不能更晚了。"

"那当然了。你不用担心。行了，星期一，不用怕。老天！你要是知道了我从我爸那里偷了些什么，那还不吓死啊！他都不知道——"

"说好了啊，星期一。"

"当然，当然！星期一嘛！哎呀妈呀我的天！真是个——"

室内天花板上只有悬挂着的一盏弧光灯微弱地照着整个大厅。厅里高高的柱子和一排排的窗子在半明半暗中隐约可见。沿着墙，一辆辆装甲车巨大的轮廓隐没在黑暗中。正当中停着孤零零的一辆装甲车。朦胧的光线下，两千来名士兵聚集起来，看上去像是迷失在了巨大的皇宫里。我从来没看见过人如此用力用心地去聆听和做决定。他们面对着演说者，一动不动，眼神专注得几乎让人害怕，眉头因为努力思考而紧锁着，汗水在宽阔的额头上聚成了小珠。他们的眼睛跟小孩子一样天真纯净，而面容跟战士一样坚毅。那位人民委员会军事委员在无数双手前前后后推动的帮助下爬上了车。他身形矮胖，腿短短的，没戴帽子，制服上也没佩戴任何徽章。"战友们，我不需要你们跟我说我是个战士。我不需要你们跟我说我想要和平。"

commemoravit[①]：他想起来

testibus se militibusuti posse：他可以让他的士兵做见证

quanto studio：以多大的热情

pacem petisset：他已经呼吁了和平

confestimque[②] confestimque...

---

① 此处及下面几段原文皆为拉丁文，作者在一些短句后面给出法语翻译。

② 拉丁文，意为"即刻、马上"。

"然后呢?"

我看着他。

"Confestimque,什么意思呢?"

"Confestim①:那时,所以……"

他把眼镜放低到鼻子上,眼睛盯着我。他面容疲倦。他并没有恼怒,也并不严肃,只是很疲倦。"你有没有花点儿精力去查查词典?"

他这个只会失去所有女人的人。

他推了一下眼镜。"'立即',"他说,"'马上。''立即'的意思。继续读。"

"Expeditas copias educit②:他让前进 。"

我可以想见他的眼睛正盯着我,审视着我。然后他收回了他的注视,说:"顺便说一句,等你看完了,麻烦你把书放回原处。"

我感到我的脸烧起来了。

"你听见没有?"他问。

"听见了,查理舅舅。"

"下次你要是想要看我书房里的什么书,我会很感激

① 拉丁文,意为"即刻、马上"。书中人物"我"在后面给出的法语翻译"那时,所以"是错误的,因此被舅舅责备。
② 拉丁文,意为"他让做好准备的部队前进"。

你能事先不嫌麻烦地跟我打声招呼。"

我没抬头。

"你不觉得这样做事情会简单很多吗?"

"是的。"我说。

"这样做也会更光明正大。好了,现在你回你的房间去吧,好好准备这篇翻译。我感觉你之前看都没有看过。我不想问你去了哪里,也不想问你做了些什么。但你是不是真的得花两个小时才能从学校回到这里?"

类似这样的一封信很有可能他也只能写给一个女人。对他来说,也不完全是一个女人,因为这个人同时也是他的妹妹,某种程度上来说是一个女性翻版的他自己。或许他甚至并不指望她读这封信,除了一些实际的指示("……我坚决反对让孩子们戴孝,甚至不该让科里娜戴孝,不能以她年纪比别的孩子大作为理由。如果需要的话,你可以把这一段给妈看。要不然必要的话,我可以专门给她写信说……")。他写这封信,很可能是因为他得摆脱这一切,不是说要抛给某个人,而是抛到某个地方。也就是说,他并不是那么需要得到她的回复,而是希望她能为了他,把信跟她保存的那些明信片一起尘封在抽屉里。那些明信片用一根细细的缎带扎起来,上面的照片是大片无垠的灰色废墟,一群群索马里女人,印度支那的茅屋,蒙多尔①或者卡尔斯巴德②的风景:"……注意到,凡是遮盖隐藏起来的,反而是颜色最鲜亮的:衣服下面白色的肌肤,还有皮肤下面因为有伤口而露出来的血和红色的肉,又或者山腰上的一片采石场,一片刚犁过的农田,路上刨开的一条沟,露出橘黄色的土和管道沟渠。这些东西的存在,最初并不是为了昭示于人,而是为了隐藏于幽静晦暗之中,现在却给人一种丑闻曝光、禁忌打破的感觉。或者说这些本身晦暗的东西向我们展示,它们并不是如我们想象的那样漆黑一片、没有色彩,而是(像我们用力地闭眼的时候)热烈的、炫目的、缭乱的:紫红,朱红,硫黄,珊瑚红,苋红,火红,铜黄,浅黄褐,土耳其蓝,绿玉,青铜——从金属和土地最隐秘的核心里提炼抽取出来的一片绚烂。这一块本来是赭石色的,或者更确切点儿是浅黄色的。现在已经(以让我惊讶的速度)长出了草和矮矮的野生植物,这种植物叶子扁平,呈散射状,周边有一圈锯齿,像是一圈矛头或者鱼叉,上面还覆盖着一层薄薄的绒毛。

"有人(我猜测着是谁:有可能是那个有点儿蠢笨的

---

① 法国多姆山省的一个市镇。
② 德国巴登-符腾堡的一个市镇。

女裁缝,她把自己当作她的宠物)之前拿来了一盆假花,好像是海芋,用一种光亮亮、没有生气的材质做出来的。我差点儿想弯腰把这盆赛璐珞叶子给扔掉。我手里捧着我自己买的新鲜花朵……"

(维也纳-史蒂芬大教堂:"我们已经在土耳其给您寄去了友好问候,现在是来自奥地利的。我们的旅行小队一切都好,一直都充满欢乐……"迪耶果-苏瓦雷斯,即安齐拉纳纳①,迪耶果海峡之景:"06 年 7 月 6 日,亨利"。开罗-城堡附近的开罗街:"06 年 7 月 20 日,亨利"。普瓦西-塞纳河边:"天气特别好,我们来到普瓦西吃午餐。待会儿会去坐小船钓鱼。明天我再给你详细写……")

"……我找了一下垃圾箱在哪里。每个墓园都有一个的。一般来说是在某个墙角里,在那些还没卖掉的墓地边。那里堆积着拆卸下来的花环——混杂着生锈的铁丝和穿在上面的几颗紫色珍珠,还有冲压铝纸制成的吊唁函,夹杂着凋零的花束,黏糊糊的,透着褐色和黑绿色。我去那里把假花给扔了。

"之后我又回到了坟墓前。这就是它现在真实的模样:泥土像砌方顶金字塔一样堆起来,堆得并不高。坟

---

① 马达加斯加北部城市。

墓是用小泥块砌成的,确切地说,泥块都结成硬块了,顶上那部分更透气,也因此干得更厉害,都开始褪色了,变成一种白里透黄的颜色。同时,这部分变得像是一碰就散。"

[这张灰不溜秋的明信片像是那些用中国墨水画成的水墨画,画上有连绵起伏的山丘和岩石,层层叠叠,慢慢淡去,直至变成一抹极浅的灰色消散开来。用水调配出的笔墨使整个景色浸润在一层既细腻又粗犷的迷雾中,再用黑色的笔墨勾勒出峭壁的顶端。层峦叠嶂笼罩在一片寂静之中,视野中一个人影也没有,好似一个堡垒看不见的强大防守正聚集在城墙后面,安静地监视着。而这一扇门(尽管后面并没有一座城,只有同样灰不溜秋、光秃秃的山坡和同样的山脊)本身也像是一座坚固的堡垒,那里也有看不见的守卫扛着红色的长矛,矛头锋利。他们穿着铁片鳞甲,戴着带铁面甲的有角头盔,在野马的马鬃后面,或许也从窄缝里、在尖顶下、在每个城堞后面严密监视着。城墙从门的两边顺着山谷的斜坡攀缘,绕成一个圈儿,水平延伸了一段,又向上爬升,然后向内弯曲,向下伸展,沿着起伏的座座山顶和层层山脉蜿蜒而去,直至消失在寂寞灰冷的连绵山丘、平原、峭壁和荒漠之中。那城墙(的城堞跟史前怪兽背部凸起的脊椎骨

一样)如同一头龙蜷曲着身子、趴在广袤的土地上抽搐时拱起的脊柱:东京①——同登市——南关中国长城门。]

"我听到了声音,抬起了眼。我看到它越飞越近,越飞越高,在视野中也变得越来越大。新的飞行基地就在不远处。它飞过我的头顶,在它转弯的时候我的头完全向后仰着。一瞬间,太阳在我的侧脸闪耀着。天空中有几朵云,蓬蓬的,静止不动。过了一会儿我意识到这些云朵一起慢慢地往前移动,就像是整个天空转了个向。我用眼睛搜寻着,但它已经消失不见了。然而我还可以听见它的声音。工厂烟囱里冒出的烟往同一个方向倾斜着。我不知道我在那里待了多久了:可能是一个小时,可能是五分钟。但没别的什么可看了:只有这黄色的、土块砌成的、削了顶的金字塔基座,顶上细小的泥块正变成白色,还有新长出来的草,鱼叉状毛茸茸的星形小叶子。我想着'应该还有什么我没看到的东西',试图去找哪里(就是说接触点、交会点,或者你觉得更合适的话,过渡点:我想说,就是在那里,那一碰就散的黄色泥土跟我也不知道是什么的东西——雨水和阳光之类的——结合以后变成了绿色的枝叶)冒出了这些植被:它们是从泥块的缝隙中

_____

① 位于越南。

141

钻出来的。因而我想要弯腰掰开那些泥块,去看看到底从哪里……"

(这里也像是某个怪兽,但是是在怪兽的内部,像是一头鲸鱼张开的下颌,露出灰白色的上颚,布满了如同拱顶和拱肋的经脉,还有牙齿、空洞、食道口和气管。几个小人国里头走出来的探险者正在跨过或者穿过此处,他们配备着棍子和绳子,在这个油腻的尸体里,前前后后跨过《格列佛游记》里那些微小的深坑,开辟出一条道路:上比利牛斯山——加瓦尔涅冰斗——雪地里的一条冰缝。)

"我从墓地回家以后给搬家公司打了个电话。他们星期三早上会来把东西都搬走。前天我见了一下房东,跟他商定了解除租房合约的事儿。如果星期三白天一切都能搞定,我就会坐晚上八点的火车走。但我怀疑这不太可能。如果真的弄不完,我就晚上去旅馆住一晚,第二天晚上再走。不管怎样,我会给你发电报,告诉你确切的时间……"

这座建筑有上下两排柱廊,顶上有三角楣。栏杆是大理石的。进门有阶梯式的走道。三角楣上嵌着一面钟,两侧各有一个裹着裙衫的女人雕像,一左一右地把臂肘支撑在钟面上。这建筑看上去像是一个火车站,或是一个赌场,又像是一座温泉疗养所。但不同的是,在大门栅栏两侧有两座岗亭,一个哨兵正在站岗:交趾支那——西贡——总督府。

这是一大片用于打板球的草坪。草坪当中有一座男子雕像,他穿着短裤、丝质长筒袜、搭扣皮鞋和旧式礼服,矗立在一排郁郁葱葱的英国橡树前。树丛中冒出一座长老会教堂哥特式的钟楼。整个草坪都刚刚修剪过,浇过水,绿油油的,显得又整洁又朴实:新加坡——圣安德鲁大教堂。

这一池塘的死水静止不动,发出阵阵臭味。栗色的池水满是泥浆,厚厚黏黏的,勉强倒映着杂乱丛生的棕榈树。这些棕榈树斜长在池塘后边,把阳光撕扯剪绞得七零八落。池塘边一片透着绿色的幽暗。池塘里冒出一个小男孩的脑袋,面无表情,像是被砍了下来搁在那里。下巴靠近泥水的表面,眼睛盯着摄影师。稍微远一点儿的地方漂着一个女人裸露的半截身子,水面截到乳房那里。那两个对称的半球倒映在水里,颜色更浅一些,正好把两个半圆补充完整,看上去像是既从上又从下打着光的完美圆球。那女人的头用印度马德拉斯头巾包着,脸上露出微笑 :东京①——涂山郡——海防市到涂山郡之路。

还有一家餐馆⋯⋯

_____

① 这里亦是越南的东京。

143

还有一家餐馆：就好似（连同餐馆里头的玻璃，装饰着镀金金属叶片、花朵状灯泡和弯弯曲曲的铜制茎叶的挂式分枝吊灯，洁白整齐的桌布，人造革的软垫长椅，戴着三角帽的猎人和尾巴翘起的猎犬们在上面奔跑的浅灰色挂毯，外壳上镶嵌着精巧蜿蜒的螺钿的玻璃挂钟，还有纤细的绿植）一股脑儿原封不动地让人从拉尼翁①或者阿让②给搬了过来：先把它安装或者说是镶入、嵌入大型客轮的船体一侧（有另外一张明信片上面是一模一样的图景："阿尔芒-贝伊克"号 —— 头等舱餐厅），一排排单调肃穆的阿让式餐桌，一排排单调的长颈大肚玻璃瓶和芥末罐，一同日复一日地在泛着泡沫的海面上、在鱼群跳

---

① 法国阿摩尔滨海省的一个市镇。

② 法国阿基坦大区洛特-加龙省的一个市镇。

跃的汪洋中、在中国水墨画上排山倒海的巨浪里、在翻滚着珍珠般水滴的浪头，颠簸前行；后来登了陆（像是一个箱子，一个巨大的柜子，里头装着绿植、收银员和秃顶的服务生，在起重机的铰链上悬挂了一阵，摇摇晃晃）；然后又给移到别处（里面带格状饰纹的镜子、花朵状的灯泡、打了蜡的地板和大腹便便的老板都毫发无损），套在牛车上，牛长着弯弯的角，拉着车穿过沼泽池塘、原始森林和荆棘树丛；最后终于给放置在温泉疗养地的赌场、鲁尔德①的大教堂和茹费理中学之间（后面这些建筑或许也是这样先把它们给缩小了，用远洋轮船运过来，然后再一片一片地组装起来），在一片黑鬼的茅草屋和巨大的椰枣树中涌现出来，构成一片文明开化、奢侈豪华的氛围。这些新建建筑的旁边是一棵棵装饰性的棕榈树，也是特意从本土运过去的，给精心地分布安置在荣誉之梯、收银员的临时住所和办公室旁边，在混合着焚香和苦艾的空气里艰难生长着。这些棕榈树耗资巨大，格格不入，苟延残喘，却又不甘死去，好似象征着白色人种打不死的优越感。

---

① 法国西南部上比利牛斯省的一个市镇，也是全法国最大的天主教朝圣地。

但他们是后来才到的。他们坐了下来，身子不是鼓鼓的全是脂肪，就是因为发烧而脱了水，胡子拉碴，肚子里灌满了酒精和奎宁。他们安置着软垫长椅，相互打着招呼。桌子上摆放着苏玳葡萄酒①酒瓶和甲壳类海鲜（菜单的背面只写着一条信息——"今日主菜，生鲜龙虾"，字迹像是收银员的手法）。那时候（拍下照片的时候），它们（软垫长椅）还是空空的。那两排洁白无瑕的桌布上面只放上了盘子和长颈大肚玻璃瓶，以规则的距离间隔开来（它们之间的间隔距离跟玻璃瓶的高度一样，遵循着透视法则，往远处规律地递减下去）：两排同样的透明球体略呈蛋形，上面是同样的圆柱形瓶颈，以至周边的物体被压缩以后在这两个几何体上出现了两次。首先出现在瓶颈上，物体的形状被上下拉伸变形，压缩成一道道交替的白色、灰色或黑色的薄片；随后是出现在下面鼓鼓的球体上，那些物体（窗户、椅背、人的剪影）的影像随着球体的弧线而变形，在球体边缘变成一道道细细的凹形括弧，然后又鼓起来，先是像新月，接着像半月，然后中间部分膨胀起来，而这个瓶子上：

　　下面是脑袋，一个金色混杂着亚麻色头发的小小圆

---

① 法国波尔多苏玳地区所产的甜白葡萄酒。

146

点,挂在一个橄榄形的身体下方。身体的上端变得越来越细,跟另一个人像对接(有点儿像纸牌上的画像那样,上面的国王、王后和仆从像是从腰部开始对称的双头人)。另一个人像则是直立的,纤细瘦长的深色人影,顶上的头发匀称地向上拉伸,也是淡黄色的。

我抬起眼,看到了她,这才意识到她跟我说了什么,或许已经在桌子另一边站了一会儿了,面容疲倦,染过的发绺也很疲倦,手里拿着一个记事本,把削得短短的铅笔头摁在上面,她带着一种等待的、不悦的、唯利是图的神情,这是世界上所有的服务员共有的态度。我读着菜单,但并不能理解那一排排用苋红色墨水写下的、褪了色的食物名称的意思,或者说,我看不懂也分不清那一排排堆在一起的胭脂红的斜杠、圆圈和竖线,不知怎么……我将遍地一切结种子的菜蔬和一切树上所结有核的果子,全赐给你们作食物。至于地上的走兽、空中的飞鸟,各样在地上爬、有生命的物,我将青草赐给它们作食物。我将它们赐给你们作食物,事就这样成了。这些草木、种子、飞鸟、一切在地上爬的和一切在海里游的,看上去都(经过收割、采集、挖掘、捕捞、生杀,随后售卖,而后运送,随后再次售卖,然后削皮、去毛、刮鳞、去骨、切块、烹饪)被压缩成某个独一无二的食品,配上不同的名字,但用同一种墨水书写下来。这种墨水可能就是从船形托盘的前菜里的某个甜菜色的东西里提取出来的。她又对我说了话，而我（或者可能只是我的腺体和肌肉）试着辨识出那些声音，回应着："好，就这个（声音代表的东西）。"她还在继续说着，疲惫的皱纹环绕着她一开一合的嘴，而我回应着"对，就这个，很好，对"，眼睛看着那条连接着小记事本和她腰带的小链子。她把记事本和铅笔一股脑儿地塞进围裙的口袋里，转过身，长颈大肚瓶子上的双头人影同时也滑向了右侧，下面那部分滑过球体中心部分之后就立刻变成了一个凹形，很快缩减成细细的一条线，在玻璃瓶鼓起的侧面拉伸成一个简单的括弧，最后消失了，露出门窗深色的梃子。那些梃子不是竖直的，而是圆圆的，像是地球平面球形图上的经线。我把报纸放在上面，插入⋯⋯

一警察局遭遇盗窃

⋯⋯这一面灰不溜秋、像是屏幕一样的东西，上面还东一搭西一搭地粘着（像是淘金的人往溪流河水里沉下去的网或者簸箕，捞上来以后，从淤泥沙床上带上来的不是金子⋯⋯

跳下

不是钻石,而是)一些凝块,颜色……

从五楼

是印刷墨水那样的,由黏糊糊的字母聚成,像是某些泥块或者黏土,讲述着……

严苛的课程

……某个灰色的时期灰色的空间里……

菜来了:汁水是淡紫色、淡红色的,跟写菜单的墨水颜色一模一样。主菜放在装前菜的船形托盘之间,一盘装着用橙汁调过味的熟青口,另一盘装着油浸苹果圆片,白里透黄,上面星星点点地撒着绿色的香芹碎末,如果凑近了看,可以看出小小的圆柱形和三角形。船形托盘的外侧是栗色的彩釉,内侧是白色的。当服务员俯身上菜的时候,她敞开的领子露出一排嶙峋的骨头,一滴汗水像珍珠一样挂了下来,滑向上衣的 V 领里面。这位金棕色头发、脸颊红扑扑的波摩娜①把地里的果实和海里的水产放在我面前。亲爱的天父,感谢你。

---

① 古罗马宗教与神话中执掌森林的女性神祇之一。

149

响板响第一声的时候，我们就该站到各自的盘子前。神父划了个十字，嘴里庄严地说着祝祷词，小小的鼠眼不断扫视着我们。把自己收拾得漂漂亮亮的朗贝尔在进来的时候成功偷了一段面包，在神父说祝祷词之前就塞满了一嘴咀嚼起来。神父继续背诵着，或者说是匆匆地把祝祷词给吐出来，一边像个发现了什么风吹草动的猎人一样盯着我们。他的话语声消失在桌子前众人的低语声中。响板又打了起来。在一片踢脚、踢鞋子、水泥地上拖椅子的声响中，我们跨坐在长凳上。"这是我的肉身。"①他打着嗝说："嗝——是我的臭身。"但这回神父听见了。也许听见的不是他说的话。但他什么时候都能打响嗝，不管是空腹的时候，还是吃饱饭了以后，只要吞下空气，收缩胃部，就能打出来。神父都没有从他的盘子里抬起头来，只说了句："朗贝尔！""神父大人？"他说："去走廊里跪着。"朗贝尔说："可我做错了什么呀，神父——"他又说："我说过了，去跪着！"朗贝尔说："那我能带上我的盘子吗？拜托？"他回答："不行！"朗贝尔说："但大人，这菜会凉啊。"他的声音现在听上去都带着哭腔了。神父说："要我说第三遍吗？"他站了起来，尽可能地发出最大的声

---

① 原文为拉丁文经文。

音,脚在地上拖着,恶狠狠地用拳头打在别人的背上把人推开,给自己在长凳之间开出一条路溜到走道上,然后跪了下去。在头一刻钟里,我们是不能说话的。只听得餐具敲打在盘子上的嘈杂声和读经修士的声音。读经修士声嘶力竭地喊着,试图盖过杯盘的声音。时间到了以后,神父抬起了手,读经修士就立刻停了下来。响板又打了一下,于是大家伙儿都说起了话。神父用手指示意朗贝尔可以坐回自己的座位。"你们这群混蛋!"他说,"你们就只给我留了这么一点儿?"——"他亲了你。"莫雷尔说。——"还真聪明啊! 你们要是不都这么看着我笑,或许会更难——你们这群狗腿子,马屁精!"——"噢,得了。"——"马屁精!"朗贝尔说,"我可以打赌,你明天还会协助他做弥撒,是不是?"——"那又怎样?"莫雷尔说。——"然后你就可以领圣体了。"——"然后呢?"——"你就拍我马屁吧!"朗贝尔说。"要把它含在舌头上,让口水使它变软,然后才咽下去。千万小心不能嚼,不然就是死罪了。"她看上去像是个年轻的新娘。要是她能忍住不抹口红的话,整个妆容就正好了。她正在镜子前已经不知道是多少次地试戴面纱了。"你只是去领圣体啊。"我说。她转过身看着我:"你怎么来了? 谁让你进来的? 我要是没穿衣服呢?"然后她又不管我了,不再盯着我,而是转头再次欣赏着自己被白纱遮着的面容。她脸上带着新娘所特有的严肃、冷淡、沉静的专注表情。透过她蕾丝紧身衣略微鼓起的部分就可以猜到那是她的胸脯了。"这还不是你结婚的日子。你……""女孩子十五岁就可以结婚了。"她说。然后她又不管我了。她说话的声音也没有抬高。她只是被镜子里自己的形象给迷住了，摆着不同的姿势，现在又试戴这个白色假玫瑰花花环。看上去一直冷静、专注而遥远，就好像她被封闭在这面冷酷高傲的玻璃镜子淡灰色的背景里，不可触及。她第一次穿上长筒袜的那天，她拿着那只大大的公文皮包去上钢琴课，包里装着……

　　彼时我还没有明白，音乐对她们来说，是一种获得她们所好奇的东西的方式，像是一种预演，一种替代品。主的小未婚妻。在主祭坛之后看不见的地方唱着独唱的部分。我认得出她的声音。我甚至可以在其他声音中认出她来。这些状如鱼叉、长矛和钉耙的黑色古怪声线挤在一起，密密麻麻，上上下下，层叠交错，难以辨认。而她的声音却在这片嘈杂声中像一条清亮透明的线，轻盈升起，在我看来就像是她能够进入我无法理解的奥秘之中。

　　"你胡说！她们感兴趣的只是下面的东西！她们光是想象一下就要晕过去了！""哪里下面的东西？""就那个

所有油画上都看得到的、那块缠腰破布下面的东西。实际上可不是这样把他钉上十字架的！那时都是光身子的。所以这才是她们看着他的时候真正幻想着的东西。这才是她们唱歌的动力。因为……""啥？""你两腿之间的那个东西，他也有啊。""啥东西？你以为自己有啥了不起的吗？我打赌你不敢说出口。""我不敢说啥？""哼，你可不敢说。""说啥？""就你脑子里想的那个。""我有啥不敢说的？""就因为你没这个胆。不然你说——""不就是大伙儿都有的玩意儿嘛！""你看，你就是没胆说出来。""我有啥不敢说的，不就是说他有个鸡鸡吗？""你亵渎——""我亵渎啥！不是你说的我没胆说出口吗？耶稣的鸡鸡。你以为我这就没胆说了？耶稣的鸡鸡！耶稣的鸡鸡！这下你高兴了？""你亵渎神，你可过分了啊！""就是耶稣的鸡鸡！"朗贝尔又重复道。他挑衅地看着我们所有人，隐隐约约有些心虚。"你们这些可怜虫！"他说，"你们这是有多傻逼！"塔维涅待在那儿盯着他的脚看了会儿，然后转过身走开了。"滚吧！"朗贝尔叫道。塔维涅没回头。"小傻逼！"朗贝尔叫道，"就一傻逼！"他突然转头跟我们对视。所有人都低下头看着地上。"操！"他说，"你们这群傻逼。""谁想玩儿球？我们玩儿一局？"米勒尔问道。他从口袋里拿出球，往地上一掷，球弹起来被他抓在手里,他扭着手腕又对着墙掷过去,球弹回来时又被他抓在手里。"每队三个人,"他说,"我要莫雷尔和杜法罗跟我一队。""那我呢?"朗贝尔问。"好啦,我们开始啦!"米勒尔说。"那我呢?"朗贝尔问。"人满了。"米勒尔说,"一、二、三! 一、二、三! 好啦,我们开始了! 我发球——""嘿!"朗贝尔叫道。"你走开!"米勒尔叫道,"你没看到你挡着我们了吗?""嘿!"朗贝尔叫道。"出局了!"米勒尔喊道,"到树后面就出局了! 我们得一分——""界线在哪儿啊?"皮诺问。"到那排树和院子边界。""应该早说啊!"皮诺说。"算零分,我们重来。""一群小傻逼。"朗贝尔说。"好,我们重新开始。注意啦! 我开球。你走开点,朗贝尔,你别碍手碍脚的。""你们这群傻逼!"朗贝尔说。他退到院子边界,然后待在那里,双手插在口袋里。身影幽暗,孤单,不知所措。有一瞬间,巴斯蒂安没接到球,球差点儿擦到他,但他……

已经俯着身子问我:"吃完了?"黑色的短上衣 V 领现在敞开着,露出同样瘦骨嶙峋、汗津津的前胸,眼神带着询问,闷闷不乐的脸上也是油光光的。脸上抹着粉,或者说是抹着粉和汗的混合物,像是刷了一层浆,一种油腻的膏,沿着皱纹布满细密的裂痕,汗水在那里聚积,填满细纹。她的大拇指摁在托盘的边缘,指甲上抹着天竺葵色的指甲油,已经有些剥落。为了端起托盘,她微微屈起了膝盖。她的左手臂臂弯里兜着一堆脏盘子,盘子上抹着砖红色的酱汁。她的上半身微微前倾,V领露出的略微晒黑的肌肤再往里面去就成了透着青色的白肤。她也穿着一身黑色套装。我的眼神追随着她离去的背影。她拿着的东西很沉,所以一路小跑。她没穿丝袜。可以看到她两个膝盖窝里淡蓝色的血管差不多平行地蜿蜒着。有人喊了她一声。她并未停下脚步,只是转头应了声"好,马上来"。她用脚踢开了厨房的门,消失在门后。门扇绕着合页继续来回转动着,还没来得及停下,另一个服务员已然冒了出来,手上和臂弯里也都是盘子,好似第一位服务员如同球撞到墙一样,从里面往反方向弹了回来,就好像她穿过门进去只是为了立刻从正面出来,带着同样疲惫不堪的神色,穿着同样的黑色裙子,系着同样的围兜,长着同样的厚身板,以同样的方式沿着水平方向、平稳地小跑移动着。唯一不同的是这回出来的这位服务员的头发是棕色的。就好像在门的另一边站着某个道具管理员,他的任务是趁服务员转身的时候帮她清理掉脏盘子和订餐单,给她换上装满菜肴的盘子,而与此同时,一位服装管理员给她头上换上另一项假发。这一去一回不曾有一分一秒的停顿。所有的操作都准确无误地衔接起来,就像是魔术师的花招。服务员的袖子都恰好卷到臂肘,让人觉得这只能是同一个人,在大众的视野中一次次以不同的形象出现,先是拿着记事簿上潦草涂抹着的一页,经过手腕灵活的变动,记事簿不见了,同时好似从虚无中变出了鱼儿、兔子和鸽子。而接下来的一个动作又灵巧地把这些菜也变没了,取而代之的是指间花花绿绿的钞票和钱币。在这波操作最后,兔子、鱼儿和鸽子以三种形式呈现。

第一种:一堆从记事簿上胡乱撕扯下来、某个页边狗啃似的纸张,上面记着一些文字符号,现在叠在一起,用一根长长的针竖直地钉在收款员前面。

第二种:已经被咀嚼、被咬碎,现在正经过幽暗的器官、囊和膜的收缩和搅拌,被液体和酸吸收和分解成各种化学物质。

第三种:被摆放在现金出纳机里,根据纸币和硬币不同的规格,分门别类地放进相应大小的小格子里。

食物,或者说是"吃喝"这一剧幕,被分解成了三个基本片段,即书写、生化和经济。但是小鸟们是不是就找不到食物了,要是没有……

他说,只有修道院、兵营和监狱:"因为只有在这些地方,人才可以吃东西不付钱。换句话说,作为交换,人不是给一定数额的金钱或者付出一定的劳动力,而是要付出他的一生:放下一切,跟随我。你说当时是怎样的来着? 你们在豪华旅馆的餐厅吃饭,坐在路易十六时期风格的椅子里,那些椅子此前都只有盎格鲁-撒克逊或者南美的男男女女亿万富翁的屁股坐过……"

我说:"不,是长凳。那些椅子……"

"很可能是被搬到什么学校或公园里去了。不管怎么说,革命和战争总得带来些改变。好吧。但我猜那些假镀金和洛可可的线脚还留着吧。我还记得呢。你母亲的一位女友的丈夫——等一下,那位女友的名字叫什么来着,我一直都不知道她娘家姓是什么,她叫妮妮塔,她丈夫有一次邀请我们去吃午饭。当时我们去巴塞罗那参加圣美尔塞节……不过那些假镀金和洛可可线脚也可能给拆了搬走了,比方说拿去装饰中央电站的天花板了?"

"没有。"

"她们就留在那里了。说到底,也没觉得有多背井离乡。反正她们接着一直听到的就是实际上各种各样的语言罢了。除了伊地语的比重可能稍微增加了些。还有不一样的就是入住登记册上那些新客所记录的之前待过的地方,此前,都是蒙特卡罗或者卡普里岛的某个豪华大旅馆,而现在变成了某个集中营的名字,或者是中欧的某个监狱。他们也不再是坐飞机或者卧铺火车，而是偷偷地钻进火车或者轮船货舱来到此地的。而你这个小狼狗，英勇的童子军，坐在一个意大利枪手和一个……"

我说："马上要超过了。"

"什么？"

我用手指指着试管颈上水平刻着的细线。那个试管底部的凹线慢慢鼓起，每次液体滴下来的时候都轻微摇晃一下，随即又静止不动。他不说话了，开始找眼镜，把散乱在办公桌上的纸张拿起来。那些纸张上面都不可避免地、滴滴答答地印上了淡紫色的圆圈或者半圆。听得到发酵的葡萄汁在铜质容器里翻滚，酒精灯的火焰安静地舔舐着容器，空气有一丁点儿波动火焰就弯弯地倾斜。整个房间里弥漫着一股混杂着糖和酒精的淡淡味道。什么都没有改变。我站起身走到窗边，把百叶窗打开了一点，听到卡在窗扇和石头窗台之间的小燧石发出吱吱嘎嘎的声响。上个冬天结冰结得很厉害，所以那些桉树虽然有房子的庇护，也还是差不多都冻死了。只剩下两棵之前给修剪得特别矮，现在冒出了一些细细的枝芽。树干上，树皮脱落成螺旋形干干的粉色长条。我看到水龙头下面的地是干的。肯定很久没人用过了。现在水龙头差不多消失在从矮墙上垂下来的那丛常春藤里了。我寻思着要是下去把水龙头打开,水管里会不会有水流动起来,唱着歌儿横冲直撞。蜜蜂一直在常春藤上方盘旋着,在秋天的阳光下变成来来往往的发光小点。我转过身。他已经把试管撤下来了,留下的那个小橡皮管子底部还有慢慢积聚的液滴,或者说,慢慢晃动的泡泡,然后散落飞溅。橡皮管子下方的办公桌皮面上,星星点点地都是深色污渍。他在火焰上盖上小帽,一边把水壶旋下来,一边被烫得直吹手指,然后把水壶放进了水槽里冷却。当他把酒精倒进大试管里面的时候,一团银色的泡沫往上涌起。他现在戴上了眼镜,微微倾斜身子试着读密度计上的数字:"……和这个美国西部来的神枪手。你是不是也跟我说起过一个奥地利人,他身后老是跟着一个胖女人,就是那种肥得像座山的西班牙女人,头上顶着一个黑色的发髻,身子裹在好几米长的……"他不说话了,把数字记在记事簿上,走到墙根前去查看校准表。那张校准表的纸已经变得又黄又硬,用一个图钉钉在墙上。那个图钉生锈生得倘若要把它拔下来,那恐怕一大片墙纸和后面的石膏都会跟着给扯下来。他又开始写字,做计算,然后回到桌前,把水壶从水槽里拿出来,上下摇晃了几下,再把里面的东西倒在另一根试管里。我这才意识到他又在说话了,可能已经说了好一会儿了:"……神气活现地穿着你那件登山夹克衫。不过我猜是那件旧的,就是五年前你觉得已经穿得太破了的那件,你好像又特意给它划了几道口子……"

我说:"那个水龙头是不是已经没人用了?"

他说:"……你为了尽可能地把它搞得更脏,在你买了座位票的火车车厢里,你还不忘把胳膊肘东擦西擦。好吧,这夹克衫就随你吧。当然,我敢确定你穿的不是那件新的。是不是……"

"我不懂为什么。"

"当然。旧的那件已经够破够脏的了。只是,你是不是跟他们说,你不是在头班地铁或者清晨五点的早班电车上,而是在两千米高的岩石上,你不是想偷渡过国境线,而是在猎杀比利牛斯臆羚……你都说什么了?"

"啥也没说。"

"但你可能有点儿兴奋过头了——因为你成功让自己相信,你真的相信——或者你是出于礼貌,抑或是为了蒙骗——因为我希望你心里还是很清楚你当时做的那些事近乎……我到底把香烟放到哪儿去啦?! 你没看见……谢谢。"

他瘦削的、长满斑点的手抓住了香烟,身子前倾凑近第二个水壶下面的火焰把它点燃。他的脸颊又凹陷了些许,布满了皱纹,剃得不太干净。他吸气的时候,火焰懒懒地往他那儿一歪,随后又回归原位,起初是蓝色的,后来又变成了粉黄色。试管里的液体还没到瓶颈上刻着的那个圈儿。"还得等上一会儿。"他站直身子,往身后拉过椅子,坐了下去。淡黄色灯泡所散发的灯光,加上阳光从百叶窗缝隙里打入的斜线,使得屋子里半明半暗,而他在其中显得很安宁,有些灵异,半真半假。透过水壶的铜壁可以听到液体沸腾时隐约的回响,那声音如同从地下传来的,持续不停,来势汹汹,就仿佛我是在跟某个幽灵交谈,或许是我自己的幽灵——因为也许他并不在讲话,他甚至并不需要讲话,他在静止不动的火焰旁边,同样静止不动,沉静无言。并不是两个人在说话,也许只有一个人在说话,又或者,一个说话的人也没有。也许这份寂静只是被那种单调、微弱的震颤声所填满了。这份震颤似乎从水壶传递到了桌子,再到地面。而他和我,在这阳光刺目的某个九月午后,坐在这光天白日下奇怪的黑暗里。窗外蜜蜂嗡嗡作响,整个世界炫目、多彩纷呈。"……而你在里面,有点错愕,有点惊惶,就像个小男婴对自己可爱的母亲充满了敬慕之情的样子,而他自己四仰八叉地来到了人世的样子也使得他的母亲惊喜万分。怎么?你之前不知道生孩子都是又是汗又是粪便吗?你的课本里没写吗？我想总有人早就跟你说过了吧，生孩子会流血，也可能会死人。只是……"

"不，没这么写。"

"……在书上读到或者在博物馆里头看到那些艺术化的表达，跟你真真切切地触碰到、感受到那些喷溅的血污相比，这里头的差别就好比你看到'炮弹'这个词被书写下来，跟你发现自己一瞬间被掀翻在地，抓着地皮，大地本身飞到了天上，而空气跟水泥碎块、玻璃碎片一样在你身边坠落，嘴里头是泥和草，你自己跟无数片云、石块、火焰、黑暗和寂静粉碎成碎片混杂在一起，这两者之间的差别。至此，'炮弹'这个词，或者'爆炸'这个词，跟'大地''天空''火焰'这些词一样，不复存在，以至无法讲述这类事物，在事情发生之后无法再重新体验一遍，然而你所有的只有一些词，而你所能试着做的……"

他一直安宁地坐在椅子上，至少是一包裹在衣服里头的、顺着办公桌歪斜着的骨头所能展现出的那种安宁。两根手指之间夹着一支香烟，香烟因为他忘了吸而自顾自地烧着。拿着香烟的手搁在膝盖上，一条小腿交叉搁在另一条上面，换句话说，也就是两根简简单单的骨头所能交叉搁在一起的样子。两条大腿骨周围什么也没有，或者说几乎一点肉也没有。搁在上面的那条小腿的胫骨,不像是一般人跷二郎腿的时候那样斜斜地垂下来,而是水平地垂着。我又能听见那声音了,那沸腾翻滚的声音。我听着由夏天、大地、阳光、雨水所一点一点混合出来的东西在慢慢分离,那小小的、安静的火焰正在把它们重新分解,就好似一切都只是在聚集、混合、再分离,就好似这过程从不停歇:这细弱、持续又漠然的隆隆声,就好像香烟螺旋状的烟雾涌起又渐渐消散。他又忘了摘下眼镜,镜片上映着下翻的百叶窗的两道缝隙,像是画了两条细细的、发光的横线;另外还有两道反光、两条横线,是粉色的,映在水壶的铜壁上,一阵炫目,一阵黯淡,又一阵炫目。石榴树的枝丫现在已经长到了窗户顶部那个高度,随着风摇晃着,不停地搅动着光线,在天花板上投射出一把时开时合的、窄窄的扇子。

防蚊纱窗的窗框被铁锈所腐蚀。纱窗外面是刺目的午后,像是一幅用布满了影线的窗档所囚禁起来的画,看上去不比办公室里头亮堂。像是那些阴暗破损的油画中的一幅,画面上只剩下一个个方格,方格里面是无数彩色的小点,留存在画布淡褐色的纺线之间。露台下面杂乱丛生的芦荟和仙人掌,松树林,更远处的樱树小径上最后几棵树,树叶摇晃,沙沙作响,而她骑跨在一根树枝上,上半身被遮挡住了。波卢站在树下,看着我们。

"我又给他扔了三四个，"科里娜说，"但他已经有足够吃的了，他又会不舒服的。"高处，在台球桌那般绿色的田野背景衬托下，他倒着的肉嘟嘟的脸像是一轮粉色的月亮，月亮上面画着一双眼睛和一张嘴似的。他叫道："才不是呢！你们——"科里娜说："我们是大人了。"他骂了句粗话，然后开始往梯子上爬。科里娜叫他立刻下去。那些树叶又晃动起来。她之前爬树的时候擦伤了腿肚子。我看得到血弯弯曲曲地往脚踝流去，留下的褐色血痕已经开始干了，血痕两边还有颜色更深的淤青。下面有厚厚的一滴新鲜的血，刚开始凝固，红艳艳的像樱桃一般。

"我不准你爬梯子。"

血滴蜿蜒流动的时候突然转过几次方向，画了几个钝角。淌下来的时候，有一段，血滴直接滴落，几乎没有碰到皮肤，所以血痕勉强可见。血聚积的地方的边缘形成了两道带刺儿的连续的线条。他在梯子的半道儿停住了："你们再给我扔一些吧！""不行，你又会拉肚子的。看！"枝叶晃动，她的脸在一圈叶子当中露了出来。她在两只耳朵上各挂上了两颗樱桃。"人家也是不准你们吃樱桃的！"波卢喊道。"是，但是没人会知道的。""那别人也不会知道我吃了！""会知道的。我敢打赌你把核吞下去了。""才没有!""我肯定你把核吞下去了!""才没有!"
"不管怎样,大家会知道的。""才不会!""蠢蛋。"她说,"阿
姨说你拉的屎里头有核。""撒谎!""小蠢蛋。""婊子!"波
卢叫道,"婊子!"

最后,他看上去醒了,想起了点着的香烟,把它举到
嘴边,吸了一口,把烟吐了出来。烟打着卷儿慢慢展开。
阳光突然变得强烈,用一种弥漫的淡蓝色光线填满办公
室。烟慢慢飘到了阳光的光线中,像是被夹在两块玻璃
之间,扭转,卷曲,又展开。随后,最后的几个烟圈儿消逝
了。房间里又像是被刀插入了一般,也就是说,阳光形成
了差不多一块木板那么宽的三角尺斜边,直直插入电灯
泡照亮的半明半暗之中,灯泡上布满了点点苍蝇的粪便。
而他的声音飘来:"⋯⋯我想说,你所能做的,就是试着把
声音先后重现出来,那些声音⋯⋯把百叶窗关上,不然热
气都进来了。就这样。你盯着那个水龙头看一百年,也
不可能让水从里头重新流出来的。"

"我只是问大家是不是不用了,没指望别的。以前,
我们浇水——"

"嗯,没人用了。等下,你还是跟我说说,哪方先开
的枪?"

他笨拙地从梯子的横档上爬下来。"抓住他!"当他

发现自己快回到地面上时,让自己仰面滑倒在地,滚进草丛,又立刻爬了起来,马上逃走了。"臭小子!臭小子!"他跑到了小径上去。在绿色的树叶间,我可以看到他针织衫上蓝白相间的条纹时隐时现。当他跑得足够远了,他回过身来,叫道:"婊子!"现在,她腿上的血滴也开始凝固了,变成褐色,形成了一个……

我说:"没,这把椅子没人坐,您可以拿去。"我说:"请便。"当他拉过椅子,移开桌子让她坐下的时候,我的耳朵里充斥着杯盘刀叉相互碰撞发出的杂音。她坐下时,手镯、项链叮当作响,身上发出丝绸般的摩擦声。我看得到一滴干了的血滴,想着,现如今,她应该也差不多是到了这般的状态了:也是这样矫饰过度、珠光宝气、涂脂抹粉、喋喋不休。就好像韶华初逝时她们一致的作为,她们寻找着补救的法子,用大嗓门、闪闪发光的金属和玻璃片,来代替她们皮肤、肉体和眼神里的光彩。她也许妆不会化得这么浓,也许会更精致些,也许没有这么浮夸,戴的珠宝没有这么隆重。另外不同的是,她应该不会在这样的提供定价套餐的餐馆吃午饭,而应该是在一家以棕榈树和蔚蓝大海为背景的餐馆里沾沾自喜;给她上菜的,不会是这样留着尖尖的指甲、涂着天竺葵色指甲油的女服务员,而应该是指甲修剪整齐、清清爽爽而且穿着白色制

166

服的服务生。除了这些，其他都一样，也就是说，她们外层不管是皮肤还是织物的包装和包装下面的内里之间，有一种难以察觉的差距，一种新近的不和谐：就像是一种浮动，好似她们二十岁时身上所有的那种紧致和不可分离的特质，已然开始分散，分解成本初的物质（骨头、肌肉、稀有金属、肌肤或丝绸）。就好像每个组成成分都发力外拉，试图为自己求生（或者说求存），而不顾其他的部分。某种程度上来说是一种无政府主义。直至她们只剩一堆深色的布料、皱巴巴的黄色皮肤，皮肤上还布满了粗粗的、蜿蜒的蓝色血管，庄严威坐在客厅里印着黄水仙的扶手椅上，抱怨个不停，为她们所变成的样子而惊诧不已。

但现在还只是在否认这一切。或者说是努力否认，努力用化妆品、夺目的裙装和急速而夸张的言谈去掩饰这一切。在掩饰的背后，她们小心翼翼地戒备着，还有点儿惶恐（心里都充满了同样冷静的算计和焦虑，头脑都带着同样清醒的悲情和不安。靠着这种冷静和清醒，她们自我窥伺着，监察着，在镜子前试戴着代表童贞的假花花环，还有我主耶稣的小未婚妻的纯洁白面纱。我主耶稣为大众受苦受难），嘴里说着："……于是我们就在一张小桌子旁边坐下。那时来了一个可怜人，脸色看上去极差。

他自称是胆囊不好。除了这个，他的脸看上去就是典型的得了肺结核的脸。所以我们就开始聊胆囊啊、肝啊之类的。后来，突然间，我们发现所有人都在盯着我们看。热纳维耶芙说：'你可至少从来不掩饰自己在调情。'（可不可以把辣酱递给我。这鸡肉老得跟铁公鸡似的，得用点儿酱才有胃口去吃。谢谢！）对，实际上她身后一直跟着一个男人呢，他一直缠着她不肯放，因为，很自然……不是，不是，整个宴会很不错的，虽然谈不上奢华，但还是很赞的。他们请了个佩里格①的熟食店老板准备了一切。你知道，有冷鸡肉、俄国沙拉、烤牛肉……对，对，量很大。简单来说，所有人都在那里，每个人手里都拿着个小盘子，你知道，那个时候，每个人脑子里只有一个想法，那就是找个地儿坐下来。于是，一半人待在了露台上，你知道，靠着栏杆，另一半人坐在了楼梯台阶上。（你给我的是辣酱啊！我是说，这也太辣了吧！我的嘴都烧起来了！你应该提醒我的。我还放了四勺呢！）对，楼梯上来了个鸡。当然，你知道，此'鸡'非彼'鸡'。她皮肤像橘皮似的，眼睛又大又蓝，非常漂亮，穿着一条精美的裙子，是在一个高级裁缝师那儿定做的。好像她只穿那儿做的衣

---

① 法国阿基坦大区多尔多涅省的一个市镇和该省的省会。

168

服。都是他出的钱。他有的是钱。你知道，圣欧诺黑街①上的所有高级店铺都是他做的装潢。比方说，他会对巴斯卡尔说：'我最近有不少闲钱，你要不要我借点儿给你？'当然，你猜得不错，对方一直有他的科西嘉脾气性格，特别有风度地拒绝了。另外，他那辆蓝色轿车又宽敞又漂亮。他的金表和丝绸衬衫也高雅极了。他请我们去吃了晚餐，你知道，就是在一家被人夸上天的餐馆里头。我点了个梭鱼鱼肠，结果来了个只能说是在梭鱼汤里泡过的肠。你猜猜这顿饭我出了——确切地说是丹尼尔替我付了多少。你知道，那天在图卢兹，宾馆里一间小小的房间要三千六。算是舒服，带一个浴室，但是得走到走廊尽头呢。他就是这样。出宾馆的时候，他对递衣帽的女服务员说：'嘿，我好像很久没给你小费了。'然后他塞了张五千的钞票给她。他就这个样子。反正，你怎么想，随便你。但这样一个男人，对我来说，男人嘛，不管是不是帅，是不是强壮，身体是不是好，我都无所谓。我要求的，就是他得聪明，还至少得有那么一丁点儿高雅和精致，因为……"

（我试着想象，自我寻思但又不想承认，科里娜听说

———————

① 巴黎时尚品牌街之一。

这件事的时候，会做出一副什么表情来呢？平地一声惊雷？比如某个晴好的早晨，她在洒满阳光的露台或阳台上，躲在一把遮阳伞下面，拆开一封他写的或者说涂抹的信。她推开一堆发票，给自己在墨绿色的皮桌面上留出一点儿空地。桌面上也满是试管瓶底留下的印迹，一个个不规整的圆形或半月形交错着，但这些印迹的颜色是淡黄色的。而她，躺在那里，身后是意大利波光闪闪的海面。她最多就是耸耸肩，有些厌烦，叫他一声。而他或许那时正在刮胡子，出现在阳台上的时候，也许脸颊上还有白色的泡沫，或者泡沫是挂在又短又丑的山羊胡边。又或者，她甚至觉得这事儿都不值得打扰到他，只在吃午饭的时候轻描淡写地说："你猜爸爸在信里跟我说了什么？"他抬起头，礼貌地扬起眉毛。她接着说："那个蠢蛋去了西班牙。你猜去了哪边？"）

办公室里有一幅版画——应该是两幅，老天爷才知道从什么时候起就挂在那儿了。或许是糊墙纸的那个时期挂上去的。深色的墙纸上印着橄榄绿色的棕叶饰，以十字交叉排列着。现在，在靠近天花板的地方，墙纸脱落下来，吊在那里，翻转过来，露出三角形的淡黄色背面，而那块墙面上露出粉碎的石灰，上面布满了极小的、闪闪发光的石英碎粒。他现在都懒得把墙纸贴回去了，不像以前,有客人来之前,他还会把客厅的墙纸贴好。他对这些挂着的碎片,跟对那些版画、灰尘和广告日历都一样视而不见了。那广告日历每年都是同一牌子的开胃酒公司派发的,上面印着大大的红色字母,还有一幅画,画上是一位年轻女子的面容,头上戴着一顶饰有樱桃花样的宽边软帽,烤瓷般的牙齿间咬着一对樱桃的梗,樱桃跟她半张的朱唇是一个颜色。挂那两幅版画,或许是因为它们相近的尺寸跟两个相似的深色桃心木画框正好匹配,而且画面也很简单。其中一幅是黑白的,画的是西班牙格拉纳达阿尔罕布拉宫的狮子庭院。另外一幅是用凹板腐蚀雕刻法画成的,标题是《巴塞罗那全景》,用粗粗的罗马字体写成,字体运用透视而显得很有立体感。标题写在画的下方边缘,星星点点地布满了橙黄色的霉斑。标题上方是淡黄色的城市,画在一片浅色的大海和一圈丘陵之间。这画面像极了那些印在椰枣或蜜饯盒子的盖子上的全景图,略微有些异国情调,展示着城市的港口,排列在停泊地的船只,船只上的烟囱、桅杆、交错的横桁,港口边的码头,工厂上方飘出的烟——烟随着海风都往同一个方向倾斜着,在大片赭石建筑上空飘散——哥特式的钟楼、教堂的圆顶、整齐的拱廊,这一切都细致地画了出来,跟以前印在商业公司发票或信纸抬头的插画一样逼真,透着骄傲。那些插画以等角投影、垂直投影或透视法，展示出北方毛纺厂或现代长廊，上面还有极微小的绅士们戴着折叠式大礼帽，用他们的手杖向衣着华丽的女士们指点着高大宏伟的建筑。那些建筑拔地而起，是工业生产或者说是商业之神的荣耀。它们混合了希腊、佛罗伦萨和维多利亚式的不同风格，采用了最新的技术发展成果，比如金属骨架、电梯、玻璃天棚和铸铁壁柱。

这座城市，从一开始就是注定要奉献给暴力惨烈的结局的（就像给一个孩子穿戴上白色和蓝色的衣物，把他奉献给圣母玛利亚），就跟在一根钢管里面配上一定比例的、混合压缩好的硝石和煤炭注定会爆炸一样，无法挽救：这城市所污染的空气，并不是简单地在阳光下舒展，飘向自由的空气，也就是说，它所呼出的气，并不是飘升到上方的空间慢慢分解，而是相反（就像是城市卡在大海和丘陵之间），浸淫在或者说被压制在一种晦暗、混浊的蒸汽之下。蒸汽里面飘浮的小液滴并不是由水构成的，而是一种淡黄色的、具有腐蚀性的硫酸，随着工厂喷出的烟而溜出来。那些喷出的烟在工厂上面倒下，垂下，没有力气穿透浅色的天空。天空中几抹红棕色的雾气有气无力地延伸开去。

因此，从画家所在的这个居高临下的瞭望台（这个瞭望台实际上是想象出来的——城市的这边,即北边,不存在任何小山)看出去,首先映入眼帘的就是徐徐向他涌来的一片混杂、重叠、沉重的喧嚣。这份喧嚣,通过空间上的移位(就像是一页乐谱填满了拥挤的音符),仿佛来自画上近景中密密麻麻的细节(比如从车站开出的火车头上又高又细的烟囱,火车头后面拖着的煤水车和各节车厢,货车厢里一堆堆的木材,古城墙的城门,最近处的建筑上的上楣和三角楣)。然后,随着距离越来越远,画风越来越简略,最后只剩下一些简单的线条,一排排的长方形窗户,一排排斜斜的、经过阳光曝晒褪了色的帘子。线条越来越简化,渐渐变成一排排的横线,最后只剩下小点,成百上千、成千上万、无穷无尽地排列着,纠缠着,交错着,就如同那些房屋建筑通过同样的透视效果,随着视线远去,逐步地相互交叠着,就像是一座建在另一座上面,一座跟另一座挤压着,一座跟另一座叠加着,视野中看到的,不过是一块块细长条,代表退火处理过的屋顶,还有无数条虚线,象征着最高处突出的挡雨披檐下的窗子,像极了一排排既没有眼睑又没有眼珠的眼睛。

好似它(那片喧嚣)费了九牛二虎之力也只能爬到屋顶上面几米远的高度,随后就停滞不前了,为自身重量所拖累,就像是一条病狗半趴在自己的爪子上,踌躇不决,

173

虚弱无力,把一切都遮盖起来(就像这一层单一的赭石色调,湿漉漉的蒸汽所形成的厚厚的低云,阳光穿透过去,就好像穿过了一块毛玻璃,变得既炽热又温和),以至那片喧嚣铺散了相当长一段时间,直到眼睛——而非耳朵,是眼睛——先察觉到那些微弱的声音,后来通过意识把它们区别开来,标识出来。这些声音被发出很久之后,才被识别、区分,就好像需要经过好长一段时间,它们才能穿透这团糨糊,穿过一头挡在它们路上的厚皮动物吐出的气息。它们之所以能够穿透这些阻碍,也是多亏了它们本身清透纤细:榔头发出的金属击打声,拖轮发出的哨声,犬吠声,电车拐弯时轮子发出的吱嘎声,从越来越远的地方发出,从这片像是淤泥的底部脱身而出,跻身表面苟延残喘,虚弱不堪,奄奄一息,就像是熙熙攘攘的人群中,被人踩了脚的孩童和妇人发出的细弱的叫声。

然后,过了一段时间,意识到寂静的存在,了解到画面下方正在进行着的活动所发出的声音,并不是由人类活动所发出的(也就是说,这些声音并不能跟在港口边忙碌的、在城墙或广场上闲逛的那些微小的人影联系起来),而是由城市本身发出来的,由这个干土色的、固定下来的整体所发出的。这个整体看上去静止不动,内部由一块块石头、一块块砖、一个个庭院、一条条死胡同、一条条小巷子所结成的脓包发出这些声音。各处还画着灰绿色的小点，代表树木，就像是那些叶子上布满灰尘的室内植物，一年才清理一次，也许还是在开学前一天才清理。这幅画就像是小孩子学校教室墙上挂着的社会缩影图，极具教学意义。这类图一般挂在淡粉色和杏色相间的地图旁边，由一个戴着修女帽的修女拿着一根长长的教鞭，——指着画上的模范街道边的店铺和人物：面包店、修鞋铺子、打铁铺（通过敞开的门，可以看到面包师傅站在烤炉前，修鞋匠穿着皮围裙，嘴里咬着一排钉子，手里举着榔头，铁匠身边站着他的助理），一位太太从面包店走出来，手里牵一个穿水手服的小孩儿，小孩儿正把一枚硬币丢进一个乞丐的鸭舌帽里。另外还有一个邮局、一家银行、一位卖花女。还有一辆汽车突然从另一条街开过来，司机戴着一顶鸭舌帽，戴着一副巨大的眼镜，遮住了大半张脸，穿着一件羊皮外套。一辆套车发动起来，马被马达声吓坏了，马车夫身子尽力后仰，徒劳地拉着缰绳。一个奋勇扑向马衔的警察，四肢都离了地。狗大叫着。一个冒失的小男孩翻倒在地，一位神父弯腰。整个画面井然有序，合乎规范，平静而有教育示范意义：茶褐色的面包平行地、斜斜地排列在面包店橱窗里，善心的妇人，盲人乞丐，英勇的警察，肩膀上披着淡紫色披肩的卖花女,冒失的小男孩,优雅端庄的淑女们打着小阳伞在沿海的城墙上散步,一队队的脚夫[至少以我们所能看到的是脚夫,也就是说,就像是一个画谜,上面有一个物体,一个大写的字母在一双铁丝腿上移动(拐杖前行,A字跑路),一个个袋子挂在瘦骨嶙峋的大腿和小腿边]沿着港口散开,把货物装到了驴子身上,然后消失不见,驴子身上的货物又装到了马车上,然后消失不见,马把货物拉向了火车。画上还有像锡纸一样泛着光的大海,海面上停着的小船,兵营,哨兵,朴实无华的中世纪修道院里的修士,慕尼黑风格或墨西哥风格的大型建筑的墙面,这些建筑是属于无名航海公司、毛纺厂、铸造厂和水泥厂的(在行政理事会会议室里,聚集着耶稣会教士、不识字的贵族和伦敦来的银行家,他们坐在文艺复兴风格的扶手椅上,长着同样的土匪一样的脑袋,穿着同样的深色服装,带着同样呆板的面容,分别代表着同等价值的、必不可少的股金,这些股金由人力、土地和资本所构成),还有模范监狱,模范贫民窟,穿着褪了色的花边衬衫的穆尔西亚女子靠在窑子的瓷砖墙面上,下水道、哈喇油、死鱼、烂瓜的臭味,卖彩票的小贩,黏膜颜色的橡胶器具鼓鼓囊囊地挂在药店橱窗里,还有花园和内院,里面种满了玉兰、山茶、郁金香和月桂,林荫道上种着棕榈树和梧桐树,还有……

（他问："你跟我说这是发生在哪里的来着？是不是在那个被一条大道穿过的现代街区？那条大道叫斜角大道吧。当时你们听见那辆车的司机在尽可能地刹住车，还是猛拐了三四个不同的方向，后来就看到车上的人一窝蜂地跳了下来，就好像在某个车座底下发现了一个马蜂窝似的，一路逃到最前面的树下面或者门廊下面。而你就整个人贴在那堵墙上……不过，到底是谁先开的枪呢？"

"我不知道。他们——"

"反正，我估计谁先开枪都不重要，甚至是不是真的有人开了枪还是只是汽车的排气管异常爆响，这都不重要，因为你跟我说过，在这座城市里，连十三岁的小孩子都全副武装……"）

……现代的街区，黄色的，崭新的，既繁荣又阴森。四四方方的建筑整齐划一，千篇一律的街道相互呈直角交错，一个个马场被灯光打亮的大门前都有一匹铜马矗立着，分枝挂饰吊灯像热气球那么大。大理石地面上站着一个仆人，穿着法式的服装，脚上穿着带扣皮鞋，手上戴着白手套，脸看上去是一个农夫。街边人行道上东一座西一座地伫立着看上去摇摇晃晃、步履蹒跚的圣人雕像。街上人山人海，都是些醉鬼。爆竹在人群脚底下炸开。那些作为典范的豪华大旅馆的天花板上，装点着长着翅膀的小爱神、云彩和路易十五风格的镀金装饰。天花板下面，伦敦来的银行家、主教、长着卷胡子的将军和年老的英国女游客在这里睡觉和用餐。而她和她的女友在做完晚祷之后，就去标志性的、恢宏的斗兽场，看茨冈人跟野兽搏斗。那些茨冈人头发油腻腻的，绑着玫瑰色丝绸、木樨草、黄玉和长春花。她们也会沿着海，在尚未拆毁的城墙上散步。她们走在闷热的空气里，用小阳伞保护着她们的皮肤，看上去极符合大家闺秀的规矩标准。她们还会去一些歌舞剧院，看长着山羊胡的吉他手在木台子上表演，大概是某个表兄偷偷带她们去看舞女的，就像是……

照片上，她们凹着造型（两个年轻姑娘，她们是好友），把自己装扮成西班牙女郎，站在一幅帷幔（一块突尼斯几何图案的花边桌布）前，帷幔很艺术化地挂在阁楼的墙上（也就是说铺开来横向挂起来，随意地弄出一些褶皱）。她们把这个阁楼改装成一个照相馆，手里拿着响板①……

隔壁的鸽棚里，听得到鸽子的咕咕声和羽翼的扑腾声。

---

① 一种木质的敲击乐器，是西班牙民间音乐中的重要伴奏乐器。

……把腰挺出一道弧线,翘起她们瘦瘦的臀部,天真地摆出撩人的姿势。这类姿态她们看别的女人做过,她们既大胆可是又有些害羞地把自己裹进一块印花披肩里,露出一侧肩膀。紧裹的披肩一直盖到脚踝,只露出脚上套着的深色丝袜,穿在短靴里面,短靴也弯出一道弧线。

她们在两套造型之间换着服饰,在屏风后面疯了似的大笑着,身上穿得跟那些过时的、轻佻的照相模特一样,只有一件紧身上衣和一条肥大的裤子,身子前倾,一对乳房紧紧地挤在鲸鱼骨紧身衣里面,穿着黑色丝袜的小腿忙着弄平裙子上的褶皱,一个膝盖弯曲着,就像是要爬一个台阶,白色的手臂搭在腰上,在身子的两侧打开。

丰满光滑的双乳之间粉粉的,我好像看到上面有半透明的血管,就像是蜿蜒的小河,发着光,如同大理石一般,就像那些雕像的胸脯上面,游客用硬头的工具(小刀或者钉子)拙劣地刻下签名,刻着刻着就失手划出界。

布满划痕的大理石。

这是一整块胸脯,而不是一对乳房,因为在裙子底下,这不像是由两个单独的圆球构成的,而像是一整个乳房,一整个球体,长在细细的腰上。就好像一个巨大的手把它们塑造成这样,紧紧地拿捏着一个黏土圆球,黏糊糊的黏土在指间滑动,分别往上和往下堆积,慢慢鼓起,最后手松开的时候,得到的是一个沙漏形的毛坯。

前面凸起的部分就像是别人的驼背一样,让人疑惑那重量怎么能不使她们向前倾倒。这副样子让人想起那些叫"东方神药",或者叫"卡拉布斯塔"的广告(代表"布"的字母 B 是大写的,画成两个傲人的弧线,这也是"巴塞罗那"的首字母;那丰满的胸脯就像是一只鸽子的胸脯,骄傲地挺着,扑着蓝色和白色的粉,鼓鼓囊囊地穿在藏红花色的裙子里)。这类广告我是在《日常时尚》这类杂志上看到的。其他广告则画得又纯朴又精细,比如那个奶油浓汤的广告,上面画着一个巨大的汤碗,一群像小人国里头出来的孩子正爬上一个梯子试图攀登这个汤碗,一个十来岁的小女孩成功爬到了顶端(画家还设想了好多滑稽有趣的小事故,比如几个小孩跌落下去,一屁股坐在地上,一个特别小的孩子因为一直爬不上去,所以绝望又笨拙地用拳头擦拭着眼睛),稳稳地坐在梯子最后一个阶梯上,姿态矫揉造作(交叉着双腿,上半身微微前倾,腰带在小小的身子后面打了个巨大的蝴蝶结),成功在浓汤里舀了一勺,顽皮地尝着。

会承受不住那个重量,往前倾,摔倒在地。而我,我会把头埋到那团柔软、无形也无性的母亲般的乳房里去,直到喘不过气。

随后我又听到了她的声音：我这才意识到，她的说话声，跟手镯的叮当声，还有餐具相互碰撞、服务生把茶碟收起来叠放在露台桌子上所发出的声音一样，从没有停止过。背景中交错的谈话、街上汽车的发动机、顾客叫喊着点单，时不时掩盖了她的说话声，但她从没停止过说话，甚至连吃东西的时候都没停一下。她成功地在两个词之间，或者说是计算好了在不得不吸气的时候，迅捷地把食物塞进嘴里，就像是一个机警灵活的保姆，趁孩子忘了把嘴闭上的时候，迅速而灵巧地把勺子塞到孩子嘴里。她还是滔滔不绝、心急火燎地说着话，声线有点儿高，慌里慌张的，就好像被人追赶似的，或者说，就像是时间都给她算好了，她惊恐绝望地眼看着某种自己渴求的东西马上就要被剥夺了。现在她说："……所以那时候我们俩大笑起来，你知道，笑得根本停不下来。我记不得他说了什么傻话了，也许不是什么傻话，可能是很搞笑的东西，反正那个时候他说了什么，说得好不好玩儿，都不重要。总之那时候苏朗诗转过头来看着我们。你要是看到她的表情，你就能想象得到我有多乐。他跟我一样都没有恶意。但她那表情真是特别滑稽。最后她忍不住了，好不容易摆脱了那个缠着她的男人，向我们走过来。不得不承认她很有品位。我估计她得有五十几岁了，但真看不出来。我不知道她是怎么做到的。不知道她是不是每天都花半天时间在美容院里头还是怎么的。不过，真的，她那身材还是一副年轻姑娘的样子。你也认识她的。你知道，半老徐娘，一副风韵犹存的样子，你懂的。她说：'嘿，看上去你们这儿可快活着呐！'她好像要把我吃了的样子。不过我跟你发誓，不管是他还是我，我们都没有……总之，她说：'来跟我说说什么事儿这么好笑。我也要快活快活。那些人太无聊了！'我真跟你说实话，我没法跟她说。我跟你用项上人头发誓，我根本没法跟她重复我们——他也没办法。我对她说：'你知道吗，亲爱的，也许你不相信，但真的——'我向他转过头去，他眼里还有刚才笑出的眼泪呢。'你有没有想过会迷恋上一个至少比你小二十岁的男生？而且，二十岁还是——'她穿着一条绝对让人觉得惊艳的裙子，看上去特别简单，没一点装饰,也没有珠宝之类的,除了戴着她那个特别贵重的戒指。她脸上擦了一点儿粉,几乎看不出来,真的很有品位。我总是被她的装扮折服。我知道这么拖下去肯定会变得很糟糕,但我能做什么呢?我能说什么呢?幸亏在那个时候来了一个小伙子,当时好多年轻人,你知道,是小让-皮埃尔的一个朋友。话说,我一直不知道他是干什么的,玛丽-伊莲娜跟我说,好像是在读卢浮宫学院的建筑学学士学位还是什么。事实上都是靠吃父母的。你想,这可怜的乔治,一直累得筋疲力尽的,每天早上八点就得出发去厂里,不然就是在火车上或者飞机上。反正,这就是他跟杰尔梅娜的生活,有孩子要养活。总之……"

"还是再跟我说说这事。要是你还没想明白当时是去那里做什么,至少试着回想看看,不是回想事情是怎么发生的(这你永远也不会知道了,除了你亲眼看到的。其他的,你以后总能在历史书上读到的),而是怎么……"(现在,那第二个蓝粉黄相间的火苗也熄灭了,沸腾声停止了,也不再有震颤了,一片寂静。最多只剩下不易察觉的簌簌水流声,水流进了水槽,水槽里还放着慢慢冷却的第二个水壶。这会儿,他把眼镜摘了下来,揉了揉湿润的眼睛,说:"如果你现在想开窗就去开吧,太阳已经偏过去了……"外面,影子开始拉长。我听到最后一辆双轮运货马车驶进了林荫小径，沙砾在铁轮子底下嘎吱作响。一群小苍蝇像一片云一样，一直在装葡萄酒的木桶上和飞扬的尘土中盘旋。我们听见车轮子在滚过大门的石板时发出的敲击声和颠簸声，之后就听不见了。后来，太阳的光线穿过月桂树，像一把把白色的锋利的马刀一样，近乎是水平方向，略微呈发散状，一道道分开，插入飘在空中许久不动的云朵里。压碎的葡萄发出浓烈的气味，飘散在温热的空气中，跟无花果树淡淡的味道混合在一起，飘升，弥漫在夜色中，穿透进办公室，跟蒸馏酒的味道相互竞争。）"……而你贴着那面墙，或者说是嵌在墙里头，处于一种不能说是看不懂，但至少是看不见到底发生了什么的状态：就像只是某种流动的、半透明的、没有实体的东西，差不多就像是我们当下的样子。除了能感受到墙面粗糙不平，你还听到不近不远的地方有连续的噼啪声，你听不出来声音是越来越近还是越来越远，就像是每次有人在城里开枪时所能听到的极速的声音，像是空气摩擦一般，吓得你忍不住把头缩进肩膀。你还闻到了一股辨别不出来是什么的味道，你暗自思忖是不是燧石弹跳发出的味道。那个美国人，那个职业枪手，用眼角瞅着你，扶着墙就够了，觉得根本没必要把枪掏出来。而你……不过我希望你至少没傻到也扛着一把枪到处

184

走吧?"

"没有。"

"那另外那个人,那个……他叫什么来着?"

"卡尔。"

"那个卡尔,我猜是个德国人吧……"

"奥地利人。"

"奥地利人……应该已经趴在地上了,想也不想就在那儿乱开枪,完全就是在浪费子弹。也就是说,他开枪不是为了打死或者打伤某个人,而只是因为从他可以用枪的年纪起,别人就教他,就像是教他父亲、教他祖父、教他曾祖父、教他曾曾祖父一样,一个人听到什么声音,该做的就是立刻躲到最近的隐蔽处后面趴下,朝着眼前任何晃动的东西开枪,因此这就像是一种条件反射,自然得就像看见裙子就撩,端起汤就一口喝干……当时的情景如何?阳光很强,穿过林荫大道(应该说之前是林荫大道,现在是个靶场)上树木的枝叶,变成一个个小亮点洒落在那些家伙的衬衫上。那些家伙从一棵树的树干跑到另一棵树的树干后面,身子弯成两截,上半身是水平的,手几乎碰到了地面,这是一副庄重的斗士姿态,他们出于本能一下子就找回了猴子用四肢行走的高贵优雅的仪态,然后他们蹲了下来。还有那辆停着的车:跟平时其他车不一样，不是沿着人行道停着的，而是几乎就停在路当中，还歪向一侧，就像是司机匆匆忙忙地刹了车，车上的人没等车完全停住就跳了下来。这车的后座车轮斜滑的时候发出尖厉的声音，先向一边横行，又向另一边横行，此时车上的人全都随着车子晃荡，上半身先甩向右边，再甩向左边，就像是被操控的布袋木偶一般……"

阳光很强。他从一栋建筑里面冒出来，一边跑一边大声地说着话，语气强烈，双手挥舞着，他扁平的影子在他身前奔跑着。一有人开枪，就立刻变成一片奇特的死寂。然后听到一个恼火的说话声，或者说疲乏的说话声，与其说是恼怒，更多的是轻蔑。他说得太快，所以我听不懂。阳光穿过叶子，在我脚边洒下一片星星点点的破碎的亮光。他们围住了汽车开始检查。我应该是在墙上把皮肤划破了，有几道平行的、白色的划痕，有些粉色的地方我看到几滴细密的血珠，就像是大头钉的圆头。他笑了起来。我恼怒地耸起了肩膀。太阳又躲到了云层后面。就在同时，我们重新开始，第一，第二，第三，真受不了：

那个家伙快速地走着，身子并不像他说的那样完全弯成两截。他只是身子前倾，头缩进肩膀，所以从我所在的位置看过去，看到的只有他的背，脖子上面什么也没有:一个无头人。他衬衫上的光点很耀眼。他穿过一片空地,走到了树荫下面,有那么一两秒钟,杂乱的光影斑点在他身上晃动。后来我就看不到他了,大概是蹲在一个树干后面躲起来了。

在浓重的空气中奔跑,吸入肺部的空气就像是棉花一样让我窒息,呼出来的时候耳朵里嗞嗞作响,就好像空气随着呼吸的节奏,也在耳朵里进进出出。然后我听见之前从没听到过的短促的声音,连续三四次的嗒嗒嗒声,感觉不到空气了,耳膜被堵住了,又通了,又恢复到寂静。然后又听到单独的一声咔嗒,接着几乎立刻响起了短促的嗒嗒嗒声。我把身体又贴紧了。

墙壁或者说是用淡黄色石头砌成的墙基,石头故意打造成凸出的样子,也就是说,每块长方形的石头是以下面这种方法打造出来的:在长方形的周边打出一圈宽度大约两厘米的光滑平整的边缘,围着当中差不多也是长方形的凸起部分,模仿天然岩石的样子做了粗加工,上面看得见雕琢的痕迹,打磨出来的表面粗糙不平,坑坑洼洼,我能感受到坚硬而不规则的三角体顶着我的肋骨。

短促的、断断续续的声音又来了。我看到围绕着一扇空空的窗子,尘土飞扬,就像是微型的火山爆发出的黄色烟灰。一条标语横幅松落落地飘在二楼的窗子之间,风把它吹得翻转过去,缠绕起来,所以我只能看到第一个词JUVENTUD①。

那辆汽车一直还歪在路当中不动。车身靠前的部分在斑驳的影子之中,车顶和车身靠后的部分暴露在阳光下。这车有一种说不出来的奇怪感觉。驾座很简单,是常用的样式,但有些过时(或者现在在我看来有些过时),漆成灰色,两个车前灯,车身上面小小的玻璃窗,又低又窄的挡风玻璃,看上去像是一头凶猛又蠢笨的动物,长着小眼睛,脑袋更小,像是萎缩了,包在壳里面。像是某种甲壳类动物,被一阵海浪送到了干的地面上。或者更像是一头犀牛,肚子上满是赭石色的灰土,像是干了的泥土,就好似它曾在泥塘里面打滚儿,满身泥浆,在两次盲目的冲击之间停了下来,静止不动,窘迫狼狈。车子就像是群落动物一样做了标记,有人在其侧身潦潦草草地用漆写了个首字母缩合词,字母写得大大的,还是新写上去的,油漆滴滴答答地往下淌,字母的下方留下不规则的痕迹。这几个字母是 U. H. P.。

读作"乌,啊嘘,杯"。Hermanos,意思是"兄弟"。后面蹲着一个家伙。他用眼睛估量着自己到树遮蔽处的距

---

① 西班牙语,意为"青年"。

188

离,马路上那段他要穿过的、没有遮挡的距离。

怎么？恐惧？我是不是……我不知道。或许这就是人们所说的：恶心的感觉。

或者说是头晕眼花或者喝醉酒时的感受,也就是说眼前的世界慢慢分离,让你觉得失去了原先熟悉、让人安心的面目(因为事实上平时不需要盯着看),突然变得认不出来了,隐隐地有些可怕。物体都不再能用名字符号来区分辨别,而平时我们就是靠这个来制造和占有物体的。我想着："这是什么?"想着："我怎么了？发生什么了?"静脉里扎进了一根针。突然遥远地传来了一个医生的奇怪的说话声。房间的板壁、天花板、洗手池、放置器具的壁橱奇怪地渐渐远去。毛玻璃窗上方,看得见对面房屋的墙壁。很奇怪,就好像置身于一个高处的、眩晕的另一个世界。枪击的声音还在咔嗒咔嗒响着,很不和谐,很不真实。枪声也在别处响起。令人愤慨。我又愤怒又惊愕地想着："我在哪儿呢?"想着："这只不过是一条林荫大道啊,跟别处的大道一样,有房屋墙面,有树,我认得,怎么……"然后听见医生的声音,说："来,好点儿了。"墙壁、天花板慢慢回到了正常的位置,那时我才意识到它们横竖颠倒过来,只不过是因为我自己也是横竖颠倒过来的。医生说："再躺会儿。"我说："这太不可理喻了。"我很

189

恼火，挣扎着坐起来，周边的事物又一次飘向远方了。我自己飘浮在一段模糊的时空里，在一堆石头和沥青组成的东西当中。在这个空间里，一整排一整排的窗子、树木、洒满点点阳光的人行道时近时远，时而分离，时而重新组合，整体来说应该是一座城市，也就是说有一个亲切熟悉的名字的城市，但此时，什么都不是。白色的天空，枝叶间的阳光，四分之三翻转过去的、飘荡的标语横幅，一切都死气沉沉的，认不出来了，就是认不出来了。没别的。不，我在别处经历过恐惧，在一个旅馆的房间里，监听着声音，或者说是窥伺着寂静。这是不同的：令人恶心，令人厌恶，就像是一个爬行动物的黑色身体慢慢展开，反射出冰冷的、淡蓝色的金属光泽。

然后，空气又震动了，就好像有一只巨大的手抓住空气狠狠地摇晃了一下，就像是一件衣服被拍打了一下。一阵震颤，一阵猛烈短促的响声。这会儿，我看见他了：他正屈腿躲在一棵树后面，手里端着一根油黑发亮的枪管，枪管套在同样油黑发亮的套筒里，套筒上面被打穿了几个洞。几乎与此同时，几处分散的咔嗒声也响了起来，就像是起初的震动引发了后面一系列杂乱的震动，不是为了对抗，而是为了相伴。这时我听见空气的摩擦声，更像是被暴打时发出的嘎吱声，离我这么近。我抬起了头。

墙体由凸起的石块所砌成的墙基一直建到比我高一点儿的地方;再往上去,平滑的墙面延伸至一个阳台。我看得见上了黑漆的栏杆,栏杆是由花瓣状的黑色铁皮组成的,花瓣周边缠绕着铁制花茎。更高处的窗户前没有阳台,简单的窗台上重复着同样的铁艺装饰(花冠,盛开的铁皮花瓣环绕着铁皮花蕊,蜿蜒的花茎)。再往上是白色的天空,一朵乌云鼓鼓囊囊地停在那里。后来我发现云在慢慢地移动,或者说它还是静止不动的,只是渐渐增大,一点一点地超出了房顶的边缘,就好像云从内部膨胀起来。

可能一场暴风雨正在酝酿:我们看不到它在哪里积聚(看上去,运用凹板腐蚀刻板法的画家是背对着暴风雨的);我们也看不到此时最先飘到城市上空的那些云;只能看到它们的影子:两片云的影子,两个巨大的、浮肿的阴影,令人不安,正以难以察觉的方式匍匐前行。褐色的阴影颜色这么深,就好像是浓重的烟雾造成的影子,近景处第一片云投下的阴影就特别如此,正吞没了火车站的玻璃天顶、模模糊糊的地面和处在鸟瞰图右下角的公园的一部分,或许还有那个兵营……

〔"不,"他说,"看不到兵营:它在公园后面,在画面之外了。当然,也是作为典范的样子,跟那些新街区、监狱

191

和斗兽场一样。你跟我说过，兵营现在已经换了一个更规范的名字，叫卡洛·马尔克斯兵营。兵营建起来是为了训练新兵。教官中士就靠着整个兵团唯一一把枪训练新兵。他郑重其事地在集中起来的新兵小队面前演示，（严谨慎重地把它包在油腻腻的布里，在下一连的教官中士签收时交给他），之后，这把枪被用炭笔简要地画在了墙上，粗粗的线条画出了瞄准器、瞄准器槽、准星和瞄准的目标。目标和枪手的眼睛（侧面的睫毛、鼓起的角膜、虹膜和眼珠）用一条虚直线连接了起来，在这条直线上方，中士画了一条曲线，子弹就应该像是下级军官的数学书上所展示的那样，顺着曲线精准地打到敌人。如果我理解得没错，就应该有点儿像描绘十字路口所发生的事儿：错综混杂的虚线。（我是说，这些虚线就代表了每个听到的声音，像打字机一样咔嗒咔嗒的声音）因为敌人，那个著名的第五纵队[①]，无处不在，看不见，数不清，极危

---

① 1936—1939 年，西班牙内战时期，弗朗西斯科·佛朗哥将军领导国民军与西班牙共和国军队发生冲突。佛朗哥手下一名将领埃米利奥·莫拉派遣四个纵队进攻首都马德里。当记者问起他的作战策略，他说他拥有的四个纵队包围着西班牙首都马德里，另有一支纵队潜伏在马德里城里做内应。实际上这只是为了敷衍记者的回答。共和政府认为关在监狱中的政治犯们就是莫拉口中的第五纵队，因而连夜将一千多名政治犯处决。

险。那些虚线也是看不见而极危险的。整条林荫大道上看不见一个人,自从那辆车停了下来,最后一个只穿着衬衫的人影躲藏到树后面之后,街上一点儿动静都没有了。仅有的交火的迹象——正在发生的历史——缩减为一些黄色烟尘形成的、转瞬即逝的蘑菇云,在挂着横幅的墙面上时不时地成串爆开,也许还有坠落的墙泥碎片,还有一根被截断的、带着叶子的枝丫,滑落到地面上,反弹起来,又掉落不动了。这些事物,连同脏乱的纸片和积聚的臭味,只不过是一堆废弃物。就好像整个城市已经被居民匆匆忙忙地抛弃了,现在连太阳也要把它抛弃了?……"]

　　……阴影后来爬到了公园对面的房屋上。房屋的遮阳窗帘还都垂着,现在也不起什么作用了。阴影慢慢地前进着(如同吸墨纸上的一滴墨水那样),侵占了露台,侵吞了一只鸽子、一个烟囱、一个阳台栏杆。但第二个阴影不会是烟雾造成的:它在稍远处、在两片云的间隔之后铺展开。在第一片云和第二片云之间,此时,太阳感受到了威胁,下一分钟它就要消失了,所以它以自己的蛮力、加强的暴力(就好像它急着要烧光和摧毁一切),用阳光狠狠地打击着沉重的建筑上的三角楣、柱廊、拱廊和灰白色的墙面,那些墙面好像是被晒得发白的。第二片云的阴影(从画家所处的瞭望台看出去:第一片云的阴影跟刚触及城市的第二片阴影正好相反，也就是说，早先它已经漫过了城市，现在已经离开，再次露出了火车站、公园和广场）差不多在鸟瞰图的正中划了一道线，横跨了整个画面，从海港开始（阴影的最左端，把太过平静的海水都变暗淡了，抹去了锡纸般的反光，笼罩住了一艘正在起航的小船上的三角形船帆，突然袭击了一段城墙，城墙上几个漫步的女子停下脚步，转过身，放下了小阳伞，抬起头，焦虑地观察着天空）直至大教堂。大教堂的塔楼抹上了阴影，在远处的亮色屋顶背景前突显出来。阴影以奸诈而无情的缓慢步伐继续前进，一点一点地笼盖和吞噬了教堂圆顶、鸽子、露台，看上去把它们吞咽下去，消化了一会儿，把它们混合成统一的红棕色，之后再使它们恢复原状，冷不丁地一抽身，把它们送还给两片云之间的炙热阳光，让它们被阳光照花了眼，夺去了色彩。

露台上，服务生转动着手柄撑起了帐篷。那说话声又出现了，就好像随着光线慢慢铺开，声音也一点一点地越来越高，越来越响。听上去不比手镯的叮当声更大，但变成了一个个词，又变成了一个个句子。把它们一个个连接起来或许只不过是为了制造点声音罢了，就像是手臂晃动只不过是为了让银器发出声音一般。但这说话声还是以某种方式被赋予了意义："……反正情愿迟来也好过不来。天还真黑呀！是不是终于要下点儿雨了？那就太好了。我们今天还是没这个运气。不得不说，南方确实很美。但是这么热，又不下一滴雨，真是让我累得慌。不过，这也还是好过整天下雨。那可怜的杰尔梅娜，她每年夏天都在诺曼底度过，就因为他们在那里有一处产业，出于某种情感，到现在还保留着。对我来说，反正，简而言之，她给我写信说，那儿不停地下雨。她完全就是穿着雨衣过日子，只有上床睡觉的时候才脱掉。我猜房子上面也没有滴水槽。我敢这么说是因为两年前我去那里过了一个周末。毫不夸张地说，整个屋子都在渗水。那是座非常漂亮的历史古堡。但是你知道屋顶面积得多少吗？我就不说具体数字了，免得胡说八道。但现在看来真的吓人。除非你非常非常非常有钱。而且，我觉得吧，把自己搞破产了去修这些屋顶，或者花光钱也修不完，因为这是个无底洞，真的是个无底洞。反正，这是他们的事儿。我刚说到哪里啦？啊，对：这是天意，真的是天意。对，那时，那个男孩穿着衣服就跳进了游泳池。实际上，他们把这个叫作游泳池是夸张的叫法。这只是个小水池，是当年祖父让人建的一个蓄水池，用来浇水的。那时我们还不知道什么是游泳池呢。只是这个水池比游泳池更有味道呢。唉，小姐，不好意思，一小时前我们就想要结账了……好吧，真不错，她走掉了。别，拜托你坐那儿别动。没用的。这女孩看上去不好惹。她长了这么一个鼻子和这么一张嘴，怎么会想着把头发给染了呢？想想这可怜的姑娘每天早上看着镜子里的自己，想着把头发弄成红棕色或者银色或者其他颜色会不会更好看一点。我要是她，我首先会做手术把那些静脉曲张给解决掉。多可怕呀！你看到了吗？我有没有跟你说过马蒂尔德可是受尽了折磨啊！真的受尽了折磨。更别提这还特别恐怖。不好意思跟你在饭桌上说这事儿。不过，这特别神奇。听说他们是给你切一刀，然后像是抽面条似的把它们抽出来。不过，你说，这天是不是阴得越来越厉害了？是不是有希望——"

突然间太阳消失了。某种寂静好像跟阴影一起蔓延开来，就好似给一只鸟笼罩上了一块布：不是全然静默，而是声音被隔绝了，被分离了。这时，枪战缓和了下来，零零散散、漫不经心地继续着。在门廊下面凹进去的地方站着一个穿蓝色连体裤的家伙，胸口敞开着，露出斜挎着的子弹带，脚上穿着草底帆布鞋。他惊跳起来，猛地转过头。我几乎不敢呼吸了。后来他眼睛不再盯着我们，转过头去，继续监视着其他地方的动静。他左手撑着门廊的棂子，右手在扳机护圈上面一点的地方握着枪，手放在腰那个高度。突然间,没有任何征兆地,他把枪抵在肩上就开始射击,然后又把身子躲进隐蔽处。我在身后听见一个带着美国口音的声音:"你在对谁开枪呢?"他正扳着枪闩,一个弹壳掉在人行道上,发出清脆的铜片声,滚了一阵,画了一个半圆,静止不动了。他没有转身,只是提起头用下巴指了指对街的墙面,从牙齿缝里挤出几个类似"蠢猪"或"婊子养的"之类的词,又往枪筒里面装了一颗子弹,关上枪闩,继续监视着。没了阳光照射的林荫大道看上去更像是被废弃了,更加空旷,也更加危险。十字路口的另一头有一家小咖啡馆,露天座上空无一人,一片狼藉。商店的铁皮帘子都放了下来。这里以前只是一条普通的林荫大道,有行人走来走去,有保姆在树荫底下推着带篷的童车,还有汽车来来往往地开在被雨淋湿的马路上,轮胎发出清晰的摩擦声。而现在,只剩下两堵淡黄色石墙,像两座面对面的悬崖,光秃秃的,凄凄惨惨的。在这干涸的峡谷深处,停着那辆车。这车像是一头走在半路突然遭到雷劈的犀牛。又有人开了一枪。随后,对面有人叫喊起来,声音嘶哑,听上去很愤怒,很恼火,用来说话的语言本身也是沙沙的、嘶哑的,就好像这门语言被设计、创造出来,就只是为了赌咒和悲叹。说话声被一阵打嗝一样的声音给打断了。又有人开了火。那个蹲在车后面的家伙,或者是那个躲在树后面的家伙,微微地把头转向了发出枪声的地方。同时,他轻轻地抬起了左手,往下挥了两次,就像是做手势让狗坐下。然后,他一边保持着蹲着的姿势,一边也叫喊起来。嘴里飞快冒出的词一个接着一个地相互竞争,断断续续,极为激烈。随后突然打住了,拖着尾音转了个弯收了回去,干脆地停止了。接着出现了两个说话声,一个是从墙后面冒出来的,另一个就是他自己的。两个声音交互着,听上去都很愤怒、气恼、骂骂咧咧。那两面死气沉沉的、像两座悬崖的墙之间,一片寂静,只有这两个声音相互重叠,相互混合。这时,阳光回来了,阴影悄无声息地迅速褪去了,就好像魔法师飞快地掀开了布。阳光以全速爬上了五层楼的墙面,雕琢着阳台和突出的窗户,在缠绕的横幅下面投下一片影子。我看到一个车前灯反着光。那个家伙没有移动位子,但现在已经站起来了,头仰着,手臂顺着身体往下垂,手里横握着枪。然后我又看到有一个家伙在横幅下方的一角。差不多同时,有一个家伙在一旁的门的阴影里站了一会儿,然后往前走,走进了阳光里,叫喊着,耸着肩膀,臂肘贴着身子,前臂横向打开,激动地挥舞着,双手打开,手指张开,快速地说着话。他的眼镜反射着阳光,额前斜斜地挂着一缕头发,油黑发亮。他穿着一身破破

198

烂烂的灰色西装，只有一个扣子，在很低的地方扣着。里面的衬衫没扣上，一个领子压在西服里面，另一个领子钻了出来。他瘦削的身子继续往前走着，面前吐出的声音好像不是从嗓子眼儿里而是从胃里冒出来的。臂肘一直还贴在身上，每说一句话，手就激动地晃动着。另一个家伙现在也朝他走过去，嘴里也叫喊着，左手臂绷直了指着停止不动的汽车的后面。有什么东西碰了碰我的手臂。我转过头。他手里拿着一包已经打开的烟。他并不看我，还盯着阳光下大道上那两个微小而清晰的、手舞足蹈的人影。我拿了一根烟，在口袋里翻找着火柴，这时感觉到一阵火烧般的刺痛。我看着手臂上的刮伤，听到他大笑着说："至少有一个人受伤了。"我擦了一下火柴，把它举起来。烟从他鼻子里冒出来。他又笑了起来，说："你流血了啊，你……"我说："没事。"现在窗前探出了一排排好奇的人。我们旁边的家伙也不看着我们，嘴里嘟哝着什么，把枪背带挂到肩膀上，走出了门廊。咖啡馆的露天座上，服务生把翻倒的椅子重新摆好。第二片云并没有突然降临，而是磨磨蹭蹭地飘过来。墙面上横幅的影子不易察觉地变淡了，就好像被稀释了，边缘变得模模糊糊。然后又变得清晰起来，就好像构成阴影和光线的微小颗粒相互混合，然后分开，散去，匆忙地回到各自原先的位置。一瞬间,它们(阴影和光线)以完完全全分离、隔开的样式出现了,阴影非常浓重、晦暗,光线非常强烈、刺眼。接着,这种极致的情形缓和了,阴影和光线的区别变得微弱,随着第二片云(之前它在火车站和公园上方)渐渐变得厚重,阴影也变得越来越淡,最后一切都变成了统一的、凄惨的灰暗状。

现在他们都聚在汽车周围,嘴里都同时说着话。另外有些人从楼里走出来,也聚拢起来。他们就像是两个相邻的部落,聚在一块有争议的猎场上,争论着怎么瓜分被打死的巨大野兽。各自说着各自带喉音的、粗暴的方言,争论了老半天,谁也听不懂谁的话。他们看上去既悲惨又可怕,牙齿蛀了洞,身体有些虚弱,扛着弓和箭,他们脸上并不是非常愤怒和气势汹汹,而更像是从祖先时代至今受到了侮辱和冒犯。而我,我想着此时的索伦托或者卡普里岛会是怎样的,换句话说,当她读到我的信的时候会是怎么样的,我希望能有人把信……也就是说,我想着她会看到些什么:可能只不过是她去之前就已经看到过的东西,比如在火车站贴着的海报或者旅行社广告单上面的画面,只不过是她期望找到的东西,像是钴蓝色的大海,还有楼顶上有粉色糕点一般的钟楼的白色房子,在房子下方、大海前面,有一个藤架,一串串淡紫色的九重葛从藤架上垂下来。查理舅舅说，她的品位就跟一个门房一样。她读着我的信，了解到我在哪里……

她看着我，神情既困惑又恼怒，跟我把朗贝尔带到家里去的时候的表情一样。最后，她耸了耸肩说："我真想知道你什么时候才能不干蠢事。你跟这群强盗、杀人犯在一起……你以为自己很聪明吗?"

他翻阅着一本图书，不知道是什么内容，大概是跟军事有关的，或者是"乡村生活"那一类。我寻思他除此以外还知道些什么，他有没有对马蹄子或者各种肌肉炎症以外的东西有过兴趣，除了马腿以外，他还会不会对其他东西产生兴趣，当然除了那些女人……

我用眼角观察着他。自然，他很有修养，是不会说他也觉得那是些流氓杀手的。我只是在猜测，他这静默不语、冷冰冰、轻蔑的样子背后想要表达什么。他只是一副没听见的样子，继续读着他的图书。后来，等她走了出去，他才问我他们都有些什么武器装备，他们够不够组成一个兵团。我试图从中找出一点儿讽刺、倨傲的语气，但他平淡得就像是在问我外祖母好不好，他们不在的那段时间天气怎么样……

在那之后，我经常努力想象他会如何书写他的历史——尽管很明显他教养那么好，是不会让自己写下这样浮夸的回忆录的，可能任何形式的回忆录都不会写。但应该是这样。这条路两边都是冒着烟的废墟残骸。他的骑兵队只剩下了一个少尉、一个骑兵和他的勤务兵。这个穿得像是《胡桃夹子》里面的军官的骑兵，让他想起了他疯疯癫癫的老姨母。骑兵身上穿着粉色外套，戴着黑色帽子，这些颜色让他联想起老姨母那顶著名的樱桃色窄边软帽。他穿的这些服饰，让人觉着简直就是根据某些专业杂志里面的女士内衣广告，特意为科里娜量身挑选的。壕沟里躺着伤兵，对他喊着别再往前走了，再往前就是去送死了。他对他们完全无视，只是（用有一点尖的嗓音，这种嗓音可能是从他那些阿拉伯祖先那儿遗传来的，也就是在查理·马特①到来之前，一个阿拉伯祖先就已经把雷谢克家族里男爵们的某一个曾曾祖母的肚子搞大了，以至他跟他的那些马一样，也混着阿拉伯的血统）跟另一位军官说着话，语气里只有一些轻微的厌烦和不快："……就因为几个远离火线的、拿着一把破枪躲在篱笆后面的混蛋……"他话都没说完，最多稍有些气恼和不快，骑在他那匹母马身上，继续骄傲地往前走着，步伐

---

① 意译为铁锤查理（686—741），法兰克王国宫相，军事指导者，是宫相兼法兰克公爵丕平二世的私生子，查理大帝的祖父，718—741年为法兰克公爵兼摄政王。

规律、冷静地走在这春意盎然又突然危机四伏的景色中（就像这林荫大道上寻常而又令人焦虑的情景，那些单一的赭色墙面、空荡荡的人行道、空旷的马路和闭门不开的商店）。雏菊盛开的田野、树林的边缘、篱笆和果园，都暗藏杀机：就好像整个大自然都同杀手们串通好了，屏住呼吸，等着凶案的发生；整个大自然都突然变得既冷漠又凶险，绿莹莹的，在阳光下闪闪发光，古怪地静默无声，古怪地一动不动，荒无人烟，隐藏着一些看不见的目光，一些看不见的死尸……而他继续马不停蹄地走着，走在由残骸、燃烧的卡车和死尸构成的、臭气熏天的冰碛之间，自然得（就是说，他觉得一切都非常自然）就好像是在骑马场驯马或者是在野外散步。他懒洋洋地骑在马鞍上面，或者说更像是漫不经心地保持着挺直的状态，就好像他从儿时起就习惯穿着紧身衣，最后他的骨头、肌肉和思维都浑然不自觉地保持着挺直、坚韧、庄重的状态，以至他在他坚不可摧的、骄傲的本能和自尊的坚硬外壳之下，不再需要花什么心思就能够漫不经心或傲慢自得地放任而行。他跟他的少尉交谈着。而此时那个伞兵躲在春日里那些柔软的叶子后面，看着他们越走越近，在视野中变得越来越大。而他，在他去送死的这一刻，他或许已经决定，唯一剩下的就是去死了，他想着什么，感受到了什么……

因为无论他是否感到恐惧,恐惧都必须如同其他一切一样:被紧扣和束缚在那件紧身衣内部,以至即使恐惧在那里尖叫和哀求,他也无须再费心去控制它,甚至无须考虑,就像他驾驭马匹的缰绳和机械地夹住马肚那样。但厌恶、反感、纯粹的恶心呢?这肮脏的战争:壕沟里脏污的草、燃烧的橡胶发出的臭味、死尸、残骸……再加上这:一瞬间的工夫,在他身上发生了突如其来而可耻的事——一颗子弹就把他抛下了马背,一道火光就使他翻倒在地,就像是他被人狠狠地打了一记耳光(而他,他的骄傲使他从不能忍受一丁点儿侮辱),在惊骇中,他的身子摇晃了一秒(因为,所有的战斗,所有的谋杀,用的不管是冷兵器还是枪,抑或是大炮,说到底,物理层面上的现实共通点,可以追溯到远古野蛮人或者是流氓痞子最低级、毫无光彩可言的打架斗殴,也就是对身体猛烈的打击),然后倒下了。他的坠落、流的血、在其中翻滚的尘土,连同他自己、他冷峻高贵的仪表、他高高在上的态度、他不动声色的面容,顿时都变成了一种毫无尊严、肮脏可耻的东西:就只是一堆垃圾残骸,就像是他在沿路左右两边壕沟里所能见到的一堆堆垃圾残骸一样,一群群苍蝇趋之若鹜,蜂拥而至;鲜血很快就从红色变成了棕黑色,结成痂；他高贵的制服被扯破了，被喷涌的鲜血弄脏了，就像是一个孩子被自己的排泄物弄脏了一样；更别提他放任随便的姿势了，那是横死的尸体所呈现的奇形怪状——头盔歪斜着，嘴巴大张着，露出一副既是惊讶又是抗议的天真表情，就像是在一瞬间思维和意志都不再控制他自己，身体便背信弃义地做出了最后的反抗，飞快地变成了这副令人厌恶的容貌仪态，使他融入了腐烂死尸、流浪汉和公共垃圾场构成的世界。

某种废弃物而已。狼藉不堪，滑稽可笑，就跟那些被炮弹轰破的房屋一样，露出了内部结构、破损的管道、过时褪色的墙纸。就好像他跟他们走了同样的路，现在终于跟他们会合了：他们和他混杂在一起，陈旧、滑稽、僵化了——他骑在他那匹马陈旧、僵化的鬼魂上，他们坐在他们噼啪作响、涂红抹绿的老旧汽车里，就好像这些车不是他们从车主停放的车库里，而是从一个汽车坟场里偷来的，就好像他们（车上的人和汽车本身）在被杀之前就已经死了，就如同这座城市，在房屋被炮弹轰破之前，虽然毫发无损，却只是一具城市的尸首而已。所有的一切（或者说整体），现在都已经非常遥远，微小，毫无用处，陈旧过时；他身上满是黑色的血污，很快就会发臭；在泛着金属光泽的大海和丘陵之间，城市的石头和砖块像是得了麻风病或癌症，浮肿起来，长出脓包，在暴风雨来临前的阳光下发出腥臭；雕刻画上过时的高雅女子们沿着海港漫步（不是玛哈，不是那些轻歌剧里长着传统的火炭色眼睛的卷烟厂女工，而是那些从宏伟的商行里出来的、受人尊敬的贵妇人们和待嫁的年轻女子们，她们一本正经地穿着杏色或橄榄色的维多利亚式裙子，身板挺得直直的，扣子扣得严严密密的，袖子鼓鼓的，裙撑高高的，长着厚实的下巴和凸起的眼睛，打着小阳伞，戴着维多利亚式的系带女帽），而他们光着膀子，穿着机修工的连体裤，流着汗，像堂吉诃德一样大声喧闹，瘦得皮包骨头，身上有一种在他们活着的时候死亡就已经开始侵入的印迹［就跟它（死亡）逐渐侵入、毁坏城市一样（从地基、下水道开始吗?)，城市里发散出死尸和腐烂的气味——腐烂的甜瓜、腐烂的鱼、哈喇油的气味］，就好像它（死亡）对他们也是从内部、从他们最脆弱的地方开始吞噬，以至他们身上只剩下不可食用的部分（就像是她们在城墙上渐渐远去，她们装扮着各种饰带的身影变得既庄严又微小，就好像一点一点被腐蚀了，很快就缩减为一些简单的线条，像是用羽毛笔几笔画出的竖立的、弓形的昆虫简略图（前胸、蜂腰和腹部），就像是用柳条或铁丝做成的中空的简单人物模型）：不再是皮肤，而是一种像硬纸板或皱巴巴的皮革的东西，在此之下，不是肉，而只是肌腱、骨头，可以看到……

　　他烟草色的连体裤前面没有扣子，腰带以上的部分都敞开着，一片黑黑的体毛一直长到脖子底下，呈扇状铺开。他把枪放到左臂臂弯里，像抱着婴儿一样拿在手里，腾出空儿来的右手在一个口袋里翻找着，拿出一个已经切了一半的三明治。他撕咬起三明治，不是用牙齿咬下每一口，而是像狗一样，头歪向一边撕扯下每一口食物。每扯完一口，脑袋又回到了竖直的位置，略略向后歪，这时他有条不紊、耐心地用力咀嚼着，嘴巴一开一合发出声音。在疙疙瘩瘩的皮肤下面，尖尖的喉结跟着一上一下。他长着像鸟一样的圆眼睛，看上去空洞茫然地盯着人群脑袋上方。他的眼神只有在准备咬下一口三明治的时候才回归现实，仔细地检查三明治，又把头甩向后方，再次有条不紊地咀嚼起来，就好像在天地之间，只有他一个人在一片狂野、一片荒漠之中，孤零零地远离一切，对他人的争论置若罔闻、漠不关心。

　　在咖啡馆露天座那儿，服务生已经把椅子都扶起来了。现在他站在两个男人旁边，带着愚笨而狼狈的神情，用手臂给他们依次指了指停着的汽车、横幅上方的窗子，又重新指了指汽车。汽车一直停在那里，灰不溜秋，被涂

207

得乱七八糟、脏兮兮的。我看到车身微微前倾，歪向一侧，像是一头受了伤跪倒在地的水牛。

那个戴着眼镜的人现在在一小群人当中说话。一开始，那两群人分得很开，同时叽里呱啦地说着话，谩骂着对方。他们中间留出一块空地，就像是地上画了一条看不见的线，算是两个不同阵营的界线。他们慢慢不易察觉地相互靠拢，最后聚集在一起差不多形成了一个圈儿，把他围在当中，认真地听着。这可能是因为他是唯一一个穿得像是平民的人，尽管他的衣服袖子脱了线，还皱皱巴巴的；这也可能是因为他是唯一一个至少看上去没带任何武器的人；这还可能是因为他戴着的那副眼镜，隐隐约约地赋予了他教授般的权威性。而且他的言辞和谈吐更加强了这种权威感。他说话的声音单调乏味，就像是大人给小孩子解释什么事，但并不真的指望用精准的论据说服他们。但他很明显地确信，通过耐心地重复和声音中的疲倦感，他能获得一种特殊的能力，这种能力只有演说家和某些话痨才具备。这种能力使得他们能滔滔不绝、无休无止地说话，向自己提出反对意见，又立刻自我反驳，自始至终沉着冷静、深思熟虑、不知疲倦，就好像站在某个夜校教室的讲台后面，或者是站在某个咖啡馆后厅里聚集的听众面前。他两手空空地站在十来个全副武装的瘦高个儿当中,他们的手还搭在枪支的扳机上,枪还没有完全冷却下来,而他,没有丝毫的怯弱。有一瞬间,他身后的一个人想要开口说话。他头都没有转,只是微微抬起了右手,同时把声音抬高了一度。那家伙就闭上了嘴。他的声音又恢复了之前的单调。

现在人行道上有几个行人,甚至有一个带着孩子的女人,就好像他们是从墙上的沥青或者虚无中突然蹦出来的,就像是有时候电影里那样,从一幅画面跳到另一幅画面的时候,通过特技处理,刚才还空无一人的布景里突然满是正在行走的人物。咖啡馆露天座上,那两个男人正坐着,服务生已经消失了。稍远处的十字路口开过了一辆汽车,随后又开过了一辆卡车。

我看到了那个驼子。他是那辆车上坐着的人之一,看上去像是他们的头儿。他一开始被其他人挡住了,但他的手臂上下挥舞着,加强了他说话的语气。

戴眼镜的那个人不说话了,从下方注视着他,耐心地听着。最后,他点头表示赞同:"对,也很好。"[1]那个单调的声音又开始说话。那个矮子用手臂做了个手势,有些疲倦和厌烦的样子。我只能看到他油腻腻的头发在别人

----

[1] 原文为西班牙语。

胸口的高度摇动着。他显出转身要走的样子。其他人转过胸膛给他让了条道儿。他的脑袋移动着，就像是一条黝黑发亮、脊背隆起的鱼，在水面下、在海底的峭壁之间游动。尽管天气很热，他还穿着一条黑色的长裤和一件灰色细条纹的棉质衬衫，扣子仔细地扣到脖子，遮住了前后两块凸起的部分，跟其他人衣冠不整的样子形成了鲜明对比。他右手握着枪的扳机护圈，一点儿也没有放松，枪管朝下，轻轻地斜靠在大腿上。他走了两步，又停了下来，转过身对着戴眼镜的那个人。他皱巴巴的脸上，颧骨处红红的，就像是被人打了或者是扑了粉。

驼子坐在餐厅的一角，像是被砍了头的施洗者圣约翰。他那没有脖子的脑袋正好在桌面的高度，看过去就像是被摆放在一个盘子里。脑袋在他的男士衬衫硬胸上方水平地向前凸出，鼻子也向前凸出，额头特别高，整张脸都往前伸出，就像是一只身子蜷曲的鸟儿，显得脖子短短的，栖息在架子上，看上去很可怕，难以接近，也看不出年纪，好似他就是以这副面貌来到人世的，带着一副痛苦的、成年人的尊荣，看上去既蛮横无理又受尽折磨、心不在焉。他有一双玩具娃娃般的手，穿着量身定制的难看服装。当她从他面前走出去的时候，他都没有抬起眼睛看一看。她身后留下了喋喋不休的踪迹，手镯的叮当声不绝于耳。她好像用讲述的故事、花式小蛋糕、汽车声和各种社交活动给自己编制了一圈喋喋不休、焦虑不安的光晕，就像是那些软体动物喷射出来的墨状的、变幻的迷雾，构成了一道保护层，让自己藏匿其中。他吃完了，打开了报纸，脑袋消失在了报纸后面。我看见一个个小方格，格子里画着或粗暴或美妙的图画，人物不是肌肉发达就是甜美动人，在暴力和背叛的情境中一副静止不动、人畜无害的样子。有大力士、危险的黑人女人、从电话里冒出来的令人惊恐的对话。在被他折起的那一页的上方，可以看到**从五楼跳**，下方则可以看到**产葡萄的**。他面前摆着一盘水果，果皮亮亮的，一片黄色、粉色和水绿色。他一碰也没碰。他打开报纸，翻过一页，又折了起来，重新坐好，现在他的脸又被遮住了。在靠近窗口的桌边坐着一个头发灰白的男人，身边陪着三个女人。年纪最大的那个戴着一顶波点头巾式女帽，穿着一件紫色针织衫。一个穿着一件天蓝色罩衫。最年轻的不会超过十六或十七岁，留着刘海，穿着一件芥末色的羊毛开衫。男人推开了面前的盘子，打开一张西班牙路线图，手指指向一处。那三个女人都俯身看着。

他那玩具娃娃般的手从报纸后面伸了出来，看上去就是过惯了养尊处优的生活的手。手伸到果盘那里，摸索了一阵，摸到了那串葡萄，扯了一颗下来，又缩了回去。从报纸上方我可以看到他精心抹了发膏的黑色头发。

阳光又回来了，在他的颧骨下方投下了一块突兀的影子，影子向前拉伸，有一会儿又缩进去了。我看得见他嘴里的口水和面包。他的嘴张着，缺了好几颗牙，正咀嚼着面包。他当中的牙齿只剩下了两颗，也许这就是为什么他用边侧的牙齿咬三明治，为什么像狗一样撕扯。戴眼镜的年轻人头发也是乌黑发亮的，梳向脑后，扁扁地贴在脑袋上，盖过了耳朵。两绺油腻腻的头发在额前两侧垂下，框住了面庞。他还一直在说话。驼子重新转向了他，听他讲话。有一瞬间，太阳在他的眼镜镜片上闪了一下，然后又消失了。

当她把小记事簿从围裙的三角形围兜里拿出来的时候，手指上闪过一道短暂的、金色的亮光。围兜用一个安全别针固定在紧身衣上，三角角尖正好跟三角低领的角尖相对。她机械地舔了舔铅笔笔芯，俯身靠在桌子的一角，蜷起的手指扣在铅笔笔尖上。她停下来，把一绺枯黄的头发撩到耳后，眼睛同时还扫视着账单，皱起了眉头，默默地蠕动着嘴唇。然后她又重新开始核对所有的数字。我看到她戴着一枚结婚戒指。

戒指套在发红、发肿的皮肤上。看来她已经结婚了。

敲响婚礼的钟声①！美丽的姑娘们穿着钟形的裙子。就像是在这张照片上，她正在打网球，穿着带花边襟领的白色紧身上衣，领口用浮雕玉石扣住，戴着一顶扁扁的狭边草帽，穿着曳地的长裙，像一朵翻倒的郁金香。他俩的身影交叠在一起，像是被一圈光晕围绕着，从灰暗的树影背景中突显出来，又亮眼又端庄。另一张照片上面，她和他站在球网前面。她傻乎乎地在胸前水平地拿着球拍，球拍的形状像是一拍扁拉长的无花果。她笑得很开心。当时应该已经跟他订婚了。他是在两段远航之间来见的她。而她大概是特意从圣美尔塞节回来的（因为有一张明信片上面贴着的邮票是那个虾子颜色的国王，当时是青少年时期，头转向右侧，露出很有个性的巨大下巴和向前凸出的下嘴唇）。这幅头像周边围绕着的不是棕榈叶，跟后来的勋章上面秃头、留着胡子的侧面像不一样，那时国王的疆土已经拓展到了海外，延伸至那些殖民地、商行、公司、海峡、沙漠、棕榈树、丛林。邮票上的这幅画像围在一圈项链当中，项链是由沉甸甸的圆环和星星相间连接而成的，下方挂着一头死羊。明信片上的画面是一堆铜像构成的喷泉，在交错喷涌的水流下面闪闪发光。

———————

① 原文为英语。

亲爱的，好可惜你这么早就离开了。阿德莱达昨天从马德里来这儿了。她很遗憾没在星期天的斗牛比赛中见到你。她心情不太好。祝贺你啊！拥抱你，你的朋友妮妮塔。① "巴塞罗那"的"那"字写在了邮戳的圆圈里面，字写得歪向右侧，字下方的笔脚碰到了年轻国王的额头和鼻子。邮戳日期是 10 年 9 月 25 日，盖住了国王上装领口繁复的玫瑰花饰。

可能没有收到上一张明信片。他是在苏伊士寄出的，也没想一想这张明信片是跟他自己坐的同一艘船出发去法国的（除非他出于某个原因不得不中途转乘逗留几天）。这张明信片上的日期是 10 年 9 月 4 日，加上了这么几个字：

回头见

下面写着一成不变的、小小的签名：

亨利

---

① 原文中书信内容为西班牙语。

214

签名写在明信片发行商的名字下面。发行商的名字用乌贼墨颜料印制，这次不再是勤奋的德日搭档利晨斯特恩和哈拉尔，而是一家希腊的家族企业，毫无疑问同样勤奋的埃弗提米奥斯兄弟。他们给明信片拍摄了一个骑在单峰驼上的阿拉伯年轻人，站在泛着青绿色和粉红色光泽的湖面之前。湖面上倒映着椰枣树的树干，被静谧的波纹横向一道道截断。他也许是在某一次远行的晚上，写完了名字和地址，在橙红色的天空上贴上了邮票，邮票上绿色的尼罗河前，画着细长眼线的斯芬克斯在金字塔底下守护着。做完这些，他逗留了一会儿（人们也许也是坐另一张明信片上面出现过的那辆电车来的吧？哐当作响，几乎开到金字塔底下，停在胡椒树的树荫里），在静谧的荒漠中，越来越远的冒出些许孤独的声音，小孩的叫喊，也可能是满是干泥的阿拉伯村庄里的犬吠声，湖的另一边水车的嘎吱声，湖水的汩汩声，还有单峰驼的蹄下溅起的水花声。太阳慢慢西垂，就要落下了。现在阳光差不多是水平的，一个头顶着篮子的女人的影子投在村庄的墙上。女人像是从雅各井①井边回来。两个黑色的身

---

① 一口从坚硬的岩石中凿出的深井，与雅各的宗教传说相关联，已有大约两千年历史。该井目前位于约旦河西岸城市纳布卢斯的东正教雅各井修道院内。

影（女人本身身体包裹在深色的纱里）齐步前行着。影子跟女人差不多高，但因为墙面可能跟阳光成一个斜角，所以影子有点儿变形，往斜角方向拉伸，以至看上去是那个女人既阴森又滑稽的复制品，背的顶部和腹部凸出，往相反的方向拉伸，像个驼子。

他冲锋枪的枪管抵着大腿，指向他玩具娃娃般的脚。他是唯一一个穿着皮鞋的人。那个戴眼镜的人穿着一双系带的草底帆布鞋，脱了线的裤脚管垂到了鞋面。现在阳光又消失了，我可以看到他栗色的眼睛思虑着，充满热情。

单峰驼一个蹄子接着另一个蹄子地迈动，带着一种关节炎患者的僵硬感。它身上的那位骑士慢慢地摇晃着。它的蹄子每走一步，就撩起一小团沉淀在透明的水下的栗色淤泥。

村子里飘出来一股臭味，可能是羊毛粗脂或者燃烧的羊脂的味道，飘散在静谧的夜里。电车司机正在改变电车的方向，让车头转个弯，电车挂在电缆下面，司机笨手笨脚的，失误了好几次。暮色中，电线突然噼噼啪啪地冒出蓝色的火花。号角声或铃铛声，也许是为了宣布即将出发。

那边的水面上几只鸭子也是青绿色的。另一条河岸边站着一群教士，他们正争论着。他们穿着白色、浅黄色和茶褐色的长袍。有两个脚好像已经在水里了。他们头上裹着浅色的头巾。他们离得太远，听不见他们的说话声，那种被一个个像刮擦声那样的喉音切断、打碎的音调，这种声音是从西班牙人或阿拉伯人的喉咙里面发出来的。

那些阿拉伯数字像是戴了盘绕的头巾，又像是缠绕、松弛、抽搐、蜿蜒的圆环。她算错了，重新在七的上面画了一个八。她又舔了一下铅笔笔芯，用力摁着笔头，在那两个圆环上面画了几下，因此笔尖在粗纹纸上面画出了一道深深的浅灰色条纹。我能看到粗纹纸上木浆的黄色碎片闪闪发光。

那个灰发的家伙把西班牙地图折好，回到了自己的座位，叫了她一声。

它们还在茶碟里面，还是我把它们放在里面的样子，盖住了账单。里面有一张新的，上面是伏尔泰的半身像，坐在一张路易十五时期风格的扶手椅里面，手里拿着一支鹅毛笔正在写字。边上有树叶纹饰。身后正面是塞纳河和卢浮宫，背面是一个乡村房屋，围着白色的栅栏，院子里长着一棵杨树。整个画面是淡红色的基调，加上丁香花和灰绿色的树叶。伏尔泰的脸从正面翻到背面看

（也就是说从巴黎的那面到乡村背景的那面）变老了（尽管事实上完全是同一幅画，如果对着光线看这张钞票，可以看到两个画像每一笔都完全吻合），是通过对基本色彩的灵活运用达到这种效果的。轮廓线弯曲适当，线条时而凸出，时而收敛，随着光线和阴影的变幻时而用虚线，时而用实线，使得这张像斯芬克斯的脸极具立体感。在巴黎风景的那一面，肤色上了粉色，而在另一面，面部涂成了黄黄的胆汁色，阴影处还加上了绿色的反光。另一张钞票是老版的，还没有从流通中撤走，就像是那些运用透视法画成的钞票，从保险箱内部搁板上垂下来，或者是印在银行的海报上，上面画着这个梅菲斯特①般的脑袋，留着尖尖的胡须，戴着一顶红衣主教的红色无边小圆帽，眼睛一直盯着我，眼神疲惫、无情而麻木。以前，它们还更大，画面是淡蓝色的，画着一些充满寓意的人物。一位女子坐着喂奶，就像那些个……

----

① 浮士德传说中的恶魔。

……那些个（或者说是那一个，因为可以认为那总是同一个人）茨冈女人，她们总是站在教堂、银行的台阶上，或者是人行道边缘，身体裹在破烂难看却又如王室一般的衣服里，一只手兜售着一包别针或一盒火柴，另一只手则紧紧地抱着一个刚出生的婴儿，孩子紧贴着她们丰满的乳房。她们都戴着同样的农妇方头巾，在下巴下方打着结。孩子吃饱了奶，头向后仰着，显出一副悲惨的模样，眼皮半耷拉着，眼睛露出一条缝，眼珠暗淡，眼神呆滞。孩子小小的拳头不是胖乎乎的，而是皱巴巴的，在脸颊两旁握紧，也显出悲惨的模样。嘴巴张着，露出没牙的牙龈，牙龈上还残留着奶水。可以看到……

像死人一样缺了牙的嘴巴咀嚼着白色的、结成块的酱汁，仅剩的几颗发黄的牙齿把它嚼碎，然后吞咽下去。他的喉结跟着一上一下。他仔细地检查着三明治剩下的部分,然后再咬下一口。

　　……她的食指和中指分开,比成一个 V 形,让乳头从当中凸出来。乳头表面凹凸不平,还黏糊糊地粘着口水和乳汁,周围被一圈巨大的深棕色乳晕包围着。然而钞票上面的那个女人可能代表了洛林地区的经典形象(因为可以看到背景中高高的冒着烟的烟囱、桥式起重机和吊车),她穿着圣女贞德那样的、乡村妇人常穿的短上衣,胸口的带子解开,露出丰满的乳房。画面上可以看到她正牧着羊群,在她身后站着另一个女人,一样体魄健硕,手里抱着一捆麦子。一个光身子的小男孩转向她,双臂举起,像是要帮她拿东西,也可能正相反,是想让她把东西放一边来抱他。整个景色……

　　那个头发灰白的家伙把地图和行程指南收拢起来。那三个年轻女人给自己补了点粉,在小镜子里审视着自己的妆容。驼子也不看四周,径自折叠起报纸,从椅子上滑下去。他站着也不比坐着高多少。他走过我身边,身体绷紧,眼神直视前方,完全禁锢在他那骄傲而古怪的身躯内,就像是某种涉禽,苍鹭一般的脑袋向后仰着,就像是搁在,或者说更像是缩在被撞得变形的上半身躯干上,好似在他庄严而受尽苦楚的下巴下面立刻鼓起了一个凸出的肚子。

……浸润在一种淡蓝色的雾气中,只有几笔橘色的笔触突出了近景中几个人物的立体感,比如那位年轻的母亲和她带着一种专注和热情盯着的男人:那个男人站在一块铁砧前面,右手握着一把沉重的榔头,举到了头顶上方,赤裸的上半身肌肉发达,粗犷的脸上蓄着往下垂的小胡子。头顶浑圆,头发剪到齐根。腰间围着一条粗皮围裙,不规则的边缘在几处翻翘起来,遮住了围腰的皮带。左手拿着他正在锻打的铁块,铁块夹在一把钳子底部,搁在铁砧上,可能是要打一把犁铧或者是一块马蹄。人物的整个外貌[生硬的、有些悲伤的脸庞,从某个角度来说受尽苦楚的身体,跟那些运动员、那些可以在海滩上看到的四肢晒得金黄的游泳者不同,而跟那些挖土工人或其他苦力劳动者一样,坚硬的肌肉像结节一样形成,形成一个个赘生物、一个个突起……

他在市政厅前面停了下来,侧脸在一块块彩色的招贴前突显出来。那些选举牌上的招贴有粉、有绿、有柠檬黄,有些贴得不平整,皱皱巴巴的,爬满了褶皱,像是一条条微型的山脉,另外一些则被一小块一小块地撕扯掉了。他并不在看招贴,而是在跟一个人说话,或者说更像是在跟与他眼睛齐平的外套上的扣子说话。他神态平静,拿着折好的报纸的手顺着大腿在手臂底部垂着,一动不动。

他聪明的面孔上长着像鸟嘴一样的鼻子，额头高高的、鼓鼓的。整个面容难以捉摸，或者说是一劳永逸地凝固住了，就像是他正从远处穿过浓密而无形的痛楚与绝望说着话。我从他身边擦身而过，我本可以触碰一下他的驼背，寻思着他的裁缝是怎么……

　　……长在皮肤下面。皮肤像是得了萎黄病，看上去特别白。皮肤上文着文身（或者说是被文身弄得脏兮兮的），蓝色墨水文制的图案褪了色，跟血管的纹路交织在一起]，跟他周边散乱的物品一样（前景中有一个推车的轮子，靠放在一个石桩上，想必是等着给加上箍，旁边放着一个车轴。在他头顶左上方可以看到一堆链条，挂在钞票当中分布着的"一千法郎"几个字下方房梁突出的地方。这些链条就像是在打铁铺里常常借助于轮滑组来提重物的那些链条），都表明了这是乡村手工艺人中的一员，是一位马蹄铁匠或锻工，跟哺乳的妇人、抱着一捆麦子的女子和光身子的小孩儿一样，都属于那群不知疲倦的、平静安宁的人物，这些人物以他们永久歌颂农活的形象、简朴的服饰和乐观的态度，象征着勤劳和美德，就像这座……

　　名为"未来时光"的雕塑[1]，矗立在公园当中。巨大

_____

① 位于法国西南部城市佩皮尼昂。

的雕塑由青铜浇铸而成,铜像身上已然爬满了铜绿和鸽子粪留下的长长的痕迹,像是在他弯曲的肩膀、臀部和大腿上源源不断地流淌。就好似他被判了刑,要在硫黄和粪便构成的无穷无尽的雨水中,在鲜亮的叶簇包围之下,在孩童的叫喊和鸟儿起飞时的扑腾声当中,光溜溜地、黑乎乎地、孤零零地完成他某一项巨大而徒劳的工程。他奋力用锤子打造左手握着的一束刀和剑,用膝盖顶着用作铁砧的岩石。岩石上,铁片经过锻打,处于半熔化状态,开始慢慢形成一个犁铧的样子。他整个身子紧绷着,用力靠在……

他现在反抗着,赌着誓。一秒钟前他还处在出神的状态,只专注于咀嚼三明治,下一秒钟他就突然爆发了,叫喊着,嚼碎的食物颗粒从他的残缺的牙齿之间喷出来,眼神发了狂,右手狂热地颤抖着,一边嘴里不停歇地叫喊着,一边笨拙地试图把那一大块面包塞回胸口的衣袋里去。他左手拿着枪,冲进了人群。那些个脑袋分开来,移动着,又在他四周围起来,那过程就像是在显微镜下看到的那些细胞、血球还是什么之类的东西,笨手笨脚地相互挤压,相互推搡。他停了下来,身子前倾,叫嚷着,脸离那个戴眼镜的家伙只有几公分。手里还一直拿着那块面包。然后他转过身,又穿过人群。这次人们给他让开了一条扇形的路，就像是切奶酪时切开的一角。他则大步流星地走回了那辆静止不动的汽车那里，停了下来，用脚愤怒地踢了几下，轮胎爆了。他上半身转向其他人，抓着剩下的三明治的手没有松开，绷紧了指向横幅上面的窗子，然后又走回人群那里，手挥舞着，嘴里叫骂着，后来手里紧抓着的那块面包不见了，手抓在枪柄上，枪已经架到了肩膀上，枪管对准了那副眼镜。一瞬间，枪管倾斜了，指向了天空。我看到驼子的手臂现在举了起来，抓住了枪杆。他们又都叫嚷起来。他叫嚷着，挣扎着。另外两个人试图抓住他，夺走他的枪。一排手臂绷紧了伸向枪杆。他们相互推搡着，都怒吼着。我再次感到心跳得更快了，有一种画面突然切断的感觉，就像是日常的世界消失了，蒸发了，或者说更像是这世界平常的、令人安心的面貌被清除了，所有的面容、声音和动作都展现了不寻常的、粗暴的、不真实的、不和谐的面貌，这个面貌是物质被压缩了一个维度的样子，以武力、暴力和鲜血来衡量。(普桑有一幅茶褐色的水墨画，题为《恐怖场景》[①]，画面上背光展示了一个像国王或大祭司那样的人物，坐在一

---

① 原名为《阿什杜德的瘟疫》，是法国画家普桑的油画，现存于卢浮宫博物馆。

个王座或主教座上,手臂和小腿乱舞着,抽搐着。仆人们散开来,往左右各个方向奔窜着。暴雨前的阳光,或者说是来自某个不确定的光源的光线,譬如是闪电、火灾或火炬的,穿透了飞舞的长袍和短披风,勾勒出飞奔逃亡的腿脚阴影。一个仆人用手遮住了脸,表现出痛苦和极度害怕的样子。另一个手臂绷紧弯曲,臂肘伸向身后,手向前水平方向打开,就像是要推开、远离他。)神父,远离我,远离……

小咖啡馆的露天座上的那两个客人站了起来,盯着人群,似乎随时准备扑倒在地。一辆汽车开了过来,无遮无挡,是一辆鱼雷形的敞篷汽车。车的首字母缩略词(字母涂写在车的侧身)跟那辆停止不动的汽车车身里面涂鸦的不一样,也跟大楼墙上挂着的横幅标语不相符。车减了速,以人步行的速度前行着。车上四个人的脸都看着同一个方向,都转向了吵吵嚷嚷的人群,又减缓了速度,几乎不易察觉地前进着。车上其中一个人戴着头盔。可以看到他们枪支竖直的枪管,想必是他们双腿间夹着枪,枪托抵着车底。现在人们成功地控制住了他,一点一点地又恢复了平静。驼子的声音……

司机猛一踩油门,那四个人的上半身和枪管像木头人一样都往后一甩,撞到了汽车横座的椅背上。汽车开远了。坐在后排左边的那个人还弯着身子向后伸长了脖子继续看着人群。然后汽车在下一个十字路口转了个弯……

……占了上风，又粗暴又威严，还带有低沉的回声，就好像这声音不是从他的喉咙里而是从胃里发出来的，或者从更深的地方，从某一个扩音器里通过转播站和线圈复杂而神秘的运作再发出来的，使得他的声音具有一种金属般的音色，还有那些占卜者、神谕传达者才可能具备的那种回声效果。他扁平的脑袋在变形的肩膀上慢慢地左右转动着，眼神扫过每一个人的脸，带着一种坚定而高傲的优越感打量着他们，就好像他因为身体残疾所经受的绝望和痛苦，加上他奇形怪状的、非人的、隐约还有点传奇色彩的体貌特征（像传奇故事中那些丑陋但厉害的侏儒那样），赋予了他一种说不清的权力，一种道不明的、超自然的威信。在他说话的时候，那个瘦长条走开了，手里的枪没有了。他也没有转头看看，径自走向了汽车驾驶座，打开了车门，猛地钻了进去，坐在后排的横座上，然后一动不动地呆在那里，看上去受尽了侮辱，抑郁万分。驼子的说话声也突然停止了。他也转过了身，穿过人群，走向了汽车。另外两个人紧跟着他，其中一个手里拿着两把枪。驼子绕过汽车，坐在副驾驶的位子上，眼睛直直地盯着前方。司机也坐了下来。驼子跟他简短地说了几句话，车就开动了。那个瘪了的车胎每次滚动的时候都发出松松垮垮的声音。车慢慢地开着。他们擦着人群开过，人们还围着那个戴眼镜的家伙站在马路中央，眼神追随着车上的人。后者的眼睛则盯着前方，随着轮胎规律的啪嗒啪嗒声前行，身体笔直，面无表情。他们看上去就像是一家子人，像是父亲和儿子们被拒绝了一门亲事，或者是徒劳地试图为被勾引的妹妹讨个说法，受尽了侮辱，灰溜溜地离开。驼子的脑袋刚刚超过了车门的边。没有人转头。到了下一个路口，汽车转了个弯，往前面那辆车走的方向开走了，看不见了。小咖啡馆的露天座上那两位顾客又坐了下来。服务生站在他们身旁，眼睛还看着汽车消失的方向，手臂下夹着一个托盘。

……身子紧绷着，用力靠在铁砧上（锤子不是举过了头顶，不像是那个干农活的锻工，规律而平静地、叮叮当当地敲打着钢铁；他手中的锤子举到了身体后面一点的地方，侧向一边，就像是被手臂拉进了一团混乱的漩涡里，不是从上往下，而是从各个角度愤怒而猛烈地不断敲打着），在宁静而绿莹莹的背景衬托下，散发出一种说不上来的可怕、热烈又可怜的气息。而在他的周边，保姆们懒洋洋地推着上了漆的带篷童车,叽叽喳喳地说着话。这幅情景一直持续到战争中的某一天,他消失了,连同他那堆青铜肌肉、他的青铜岩石、他的青铜锤子、他的青铜汗水和他永远也打造不完的犁,一起以征用非铁金属的名义消失了,只留下了他的底座,空荡荡的,上面还留着谜语一般的、乐观的碑文,留给世人阅读,这田园诗般的碑文可笑地留存于花圃正中,花圃里种着三色堇、金盏花和毛茛,随着季节的变化而准时更替着,就像是坟墓上带有伤感气息的花圈,由人精心地打理着。

我想起那儿墙上几乎到处可见的那张海报,上面用大大的字母写着:

VINCEREMOS[1]

字母下面是一个男人抬起手臂举着一把枪,光溜溜的上半身以现代简约风格画成,上了一层砖红色的色彩,鼻子又大又尖,肌肉勾勒出一个个几何图形,身材瘦削,皮包骨头,肋骨突出,腹部瘪进去,拿着枪的那只手的手腕上围着一个铁环,一条打断的铁链的底端还挂在上面,

---

[1]　西班牙语,意为"我们会胜利"。

228

摇摇晃晃,拍打着空气。

还有那个在二十年代梅梅尔①发行的邮票上充满寓意的人物形象。长方形的邮票上,一个男人赤裸的上半身沿着对角方向拉伸,像是米开朗琪罗的《最后的审判》里一个死而复生的人物。邮票上的那个人手臂伸向太阳,太阳好像已经用高温熔化了铁链当中的链环,断开的两截链环分别在两个手腕上像蛇一样扭动着。

这个名字[Memel(梅梅尔)]带着说不清的(可能是那两个白色的字母 e)冰冷气息,让人想到 Mamelle(乳房),在一片灰白的、结冰的大海边覆盖着皑皑白雪的黑暗城市,城里住着斯拉夫女人,她们长着亚麻般的头发,还有沉甸甸的、雪白的乳房[Mamelle(乳房)这个词里面的两个字母 l 让人眼前浮现成双成对的 jumeLLes,摇晃着的物体形状]。可以看到坟墓的石头涌动起来,被推到一边,在一片飞扬的晶体中翻转着,西斯廷教堂画中那般

① 梅梅尔领地,即克莱佩达区,是国际联盟在 1920 年划出的一块地区。这一地区在"一战"之前由德国所有,"一战"之后这一地区和萨尔以及但泽自由市一起由国际联盟管理。1923 年,这一地区被立陶宛占领。1939 年 3 月,这里被纳粹德国收复,并重新划入东普鲁士。1946 年,这一地区被苏联占领,并成为立陶宛苏维埃社会主义共和国的一部分。立陶宛独立之后,这里是立陶宛的一部分。

的男男女女冲出来，向前奔，赤裸的身体苍白而美丽，令人惊叹，他们的双臂绷直了伸向黯淡的、预示着末日的太阳。

这张邮票，是我从我所拥有的那些数不清的殖民地来的邮票（斯芬克斯，黑色的安南人与绿色的龙，移民地的秃头国王，配有双刃剑和橄榄枝的、充满寓意的珊瑚色共和女神统治着印度支那）中挑了两三张，跟朗贝尔换来的。他跟我讨价还价了好久才愿意跟我换，一开始不答应的理由是我那些邮票不能被看作真正的邮票，因为它们不是由真正的国家发行的，而是由殖民地、附属国的统辖势力所发行的，从某种程度上来说有点像是省发行的邮票，甚至都比不上。他这些歪理，反而让我意识到他手里的那些邮票的特殊价值，比如梅梅尔发行的那张，这些波罗的海周边国家的存在昙花一现，很快就在大革命期间被暴力（联盟军队可耻的介入）推翻了，这些联盟军队一刻也没耽搁就加入大革命了。

每次跟他（朗贝尔）讨价还价完、交易完，我都有一种错乱不安的感觉，觉得自己上当受骗了，尽管我已经做了预防措施，为了不让自己任人宰割，事先花了很长时间在价格目录表上面查每张邮票的估价，同时心里也明明很清楚，这并不能帮我逃脱他的操控，他总是想方设法（通

230

过一些有意无意的小动作,比如在成交以后,他露出满意的微笑,但又立刻克制住,还有突然表现得极其友好)让我知道他骗到了我。他精心施展着这些花招,在我们眼中,这些花招是他留级过、年纪比我们班平均年龄大两岁的经历所赋予他的。他什么都知道(就像他说他没有必要学习,因为他已经知道课程进度了),对一切都很腻烦,对一切都是内行。比如他跟我解释说,他之所以上教会学校,是他父亲这个"自由思想者"跟他对他母亲"这个可怜的女人"做出的一种让步,他母亲对宗教过度虔诚,失了心智了。他对各种问题(比如俄罗斯革命)无比确定地陈述自己的观点,不容争辩,而这些问题当时对于我来说还一无所知。又比如某天他带着既严肃又倨傲的神情跟我谈论起那枚马达加斯加的十分硬币,硬币是茶褐色的,有一圈粉色的边,当中呈现了一个带着殖民者头盔的人物,坐在由四个黑人用肩膀抬起的筏竿上:"所以你父亲就是这样让人抬着走的吗?"他立刻趁机利用我的困窘和慌乱,让我拿这个耻辱的、奴隶制和懒惰的象征物,外加上一张塞舌尔的邮票,跟他的一张乌克兰邮票做交换。他已经好几次在我面前夸耀他那张乌克兰邮票了,就好像是什么稀奇宝贝似的,说得好似拿世界上任何东西跟他换他也不肯割爱。他假装看得懂邮票上的西里尔文字,心里非常清楚这些字母迷得我神魂颠倒。

学校的围墙上贴满了颜色甜腻的海报。这些海报也贴在了木头招贴牌上,写着"**团结起来,一起进——**"上面那张脸既像个游客又像个医生,或者两者皆是,有点胖胖的,看上去既老实巴交又果断,像许愿弥撒的画像一样,一排排地平行重复张贴着,就好像那重复的、专横的目光同时也重申了指令:"**团结!团结!**"眼睛里保持着既威严又亲切的眼神,对侮辱责骂无动于衷,在两道纸张撕破的痕迹之间丝毫未损。那两道撕痕像是梳子的齿,不太规则,露出暗红色(即底下那张海报的颜色),就像是透过古罗马执政官的面罩露出的伤口,一道从领口开始,斜斜地划过下颌、脸颊和鼻子,尖尖地直抵额头下方,另一道则从耳朵下面开始,一直划到头发。另外有一些小的撕痕,像火苗一样舔舐着嘴巴和另一面脸颊,直到……

我走到了楼梯平台上,打开了门。查理舅舅正要出来。他手里拿着一本书。"我给你介绍一下我朋友朗贝尔,贝尔纳·朗贝尔。"

"很高兴认识您!"他转向我,"你外祖母给你们准备了点心。你——"

"谢谢。"朗贝尔说,"我从来不吃甜食。但还是谢谢您。您太客气了。"他手指指向我:"我敢肯定他很喜欢吃蛋糕吧。"

我说话都结巴了。

"这又不是什么罪,我的老伙计。"他带着自命不凡的神气打量着四周。自打我们穿过能通过车辆的大门走进庭院,他说话的腔调就咄咄逼人,十分恶毒。他抬头看了看天花板,又立刻低下了头,再次用严肃的、审视的目光环顾起房间来。"嗯,看得出来这很老了。我们可以建两层楼,在——我们可以——"他在墙上发现了一个很大的霉点,用手指指着,身体转向查理舅舅,微笑着,突然间表现得特别热情友善:"墙纸也很古老了吧?"

查理舅舅微笑着说:"不,我估计就只是上个世纪的。不过年份还是比我的年纪大了,所以有些坏了。这墙纸——"

"上个世……但这房子,您是说……"然后他改口说道,"真不可思议,现在还有这样的破房子。我爸说过,真不知道人们还在等什么,怎么还不把这一切都拆了建新城市,至少建一些更合理的,符合——"

"我希望您有一天会看到的。"查理舅舅说,"您还年轻,一定看得到的。好了,我走了。祝你们下午过得开心。"

朗贝尔转向我:"你的房间是不是也像个火车站

大厅?”

"不完全是。"查理舅舅说。他微笑着:"但还是有足够的空间让你们在里面玩儿。"

"玩儿?"朗贝尔说。

"呃,老天……"查理舅舅看着我。

"我们又不是四岁小孩。"我说。

"当然。我是想说……好了,还是祝你们下午过得开心。"

"说得就好像你邀请我玩积木似的。"朗贝尔说。

"好了,还是别说了,查理舅舅!"

"瞧瞧,我从来都不想……"他对朗贝尔指着我,"你们知道,家长都没法习惯看到孩子长大。"他手摩擦着我的脑袋,我往边上走了一步,躲开了。我的脸火辣辣的。"如果我们在孩子小的时候就认识他们了,往往就会——"

"我父亲跟我说话的时候就像是跟他任何一个朋友说话那样。"朗贝尔说,"只有我可怜的母亲还总是固执地——"

"在妈妈眼里,儿子总还是她们的宝宝那样呢。"查理舅舅说。他一直都微笑着:"有时候我母亲跟我说话的时候都好像我只有十岁呢。所以,你们懂的。"

"我懂。"朗贝尔说。他假装不看查理舅舅,一直带着他那副审视的、冰冷的神情检查墙面、家具和窗帘。突然,他意识到自己杵在那儿晃荡着手臂。他匆匆把手塞到口袋里去,然后像个木桩子一样呆在那里,又高又瘦,面色苍白、憔悴,脸皱巴巴的,神情看上去不好惹,眼睛周围一圈黑眼圈。

"好啦,我走了。"查理舅舅说。

"您并不会打扰到我们。"朗贝尔说。他还在假装不看他。只是他的手塞在口袋里,肚子鼓了出来,身子一前一后地摇摆着。他的神情看上去一直都很不快乐,很恶毒。

"这是用什么建的?"他问。

"什么?"

"这个破房子,墙壁看上去都发霉了。"

"噢,我想,差不多整个房子都是砖头建的。"查理舅舅说,"过去在我们国家房子都是用砖头和卵石建的。您对建筑感兴趣?"他走向了一扇窗,拉开了窗帘。"看,过来看看花园尽头的那面墙。可以看到石头砌体。"

朗贝尔在他的位子上没有动,只是扫了一眼:"为什么您没有让人重新上一遍灰泥呢?"

"这些墙从来没有上过灰泥。您看,那是一排砖和一排卵石间隔砌起来的。看！卵石一会儿是往这个方向斜的，一会儿是往另一个方向斜的。这叫鱼骨纹砌体。"

"钢筋混凝土才是代表未来的建材。"朗贝尔说，"这种建材有无限的合理的可能性。"

"当然。"查理舅舅说。他让窗帘垂了下来。"但您到五点的时候还是吃点儿东西吧。要是我知道您喜欢什么，我——"

"既然有蛋糕，我们就吃蛋糕。"朗贝尔说。

"但如果您习惯吃其他——"

"没事，挺好的。"朗贝尔说，"谢谢。"

"来吧。"我说，"去我——"

"先生，您不喜欢水泥吗？"朗贝尔问。

"水——"

"钢筋，"朗贝尔说，"钢筋水泥。"

"哦，那得看。"查理舅舅说，"我觉得——"

"看什么？"朗贝尔说，"这又经济，又方便，又合理。"

"当然……"

当时是冬天。高大的刺槐树光秃秃的枝丫僵硬地摇晃着，相互交错，相互碰撞。树笼罩在从地平线那里照过来的深黄色阳光里。常春藤的叶子倒映着蓝色的、寒冷的天空。天空中空荡荡的，只有风呼啸而过。时不时地，树最表面的所有叶子都倒竖起来,好一阵颤抖,发出很大的响声。在这个季节,只剩下麻雀了。可以看见那些小小的、冒着尖刺儿的棕色圆球钩在树枝上。那些脸颊上有白色的、吵吵嚷嚷的鸟儿都已经迁徙了,只等春天才回来。在这个年代,还有一棵棕榈树,有一根树干是亚麻色的,狂风吹过扇形的棕榈叶,把它们全都往同一个方向压弯,猛烈地摇晃着它们。时不时地,可以听到它的呻吟和哀号从门下边钻了进来……

"……水泥可以……"

"钢筋水泥。"朗贝尔说。

"对,钢筋水泥肯定……"

"你们没有中央供暖吗?"朗贝尔说。

"没有。"查理舅舅说,"你知道,这房子很大,不太舒适,但……"

"我知道。"朗贝尔满意地微笑着,"但不管怎样,都还是挺有味道的。"他友好地微笑着。

"……我们很喜欢这个房子。"查理舅舅说。

"当然。"朗贝尔说,脸上一直保持着微笑,"我能理解。老人,老东西。"

"呃,对。"查理舅舅说,"那你们下午过得开心!"

"谢谢,先生。"

"别让火灭了。"查理舅舅说，"约瑟夫给你房间送去了木柴。好啦，祝你们下午过得开心！再见！"

他出去了。

"约瑟夫是你们的奴隶吗？"朗贝尔问。

"奴……噢，"我说，"是门房太太的老公。他——"

"刚才那个老傻子是谁啊？"

"是我舅……等下，你不觉得你有点太过分了吗?! 你以为你是——"

"哎哟哟！家长而已，我们又不是在什么圣餐礼。"

"欸，我不是在开玩笑，你——"

"冷静！我不是想要激怒你，我这么说是为了——"

"滚你丫的。"我说。

"好啦，你显够你的力量啦！你是个好孩子，你——"

"滚你丫的。听懂了吗？滚你丫的。"

"哎哟哟……"他声音里透着求饶，"听着，我们还是可以……是我先说我母亲是个傻逼的……听着，我们不要吵——听着：我带来了。"

"带来了啥？"

"那玩意儿。"

"什么玩意儿？"

"我跟你说过的那个玩意儿。只是——"

"只是什么?"

"要是你这么怕你舅舅。"

"我可不怕他。你哪儿看出来我怕他了?"

"他干吗的?"

"他干吗的?"

"对呀,做什么工作? 干什么的? 他每天就转转大拇指玩儿吗?"

"不是。"

"那他是干吗的?"

"他……就是……他写作。"

"写作? 他写啥?"

"诗。"

"诗?"

"对,诗。"

"你读过?"

"没有。"

"他靠这个赚钱?"

"我——"

"好吧,如果他逼你翻译拉丁文,总是这样的。"

"他没有逼我做。他只是给我帮忙,在我——"

"我明年就放弃拉丁文了。我受够了。我爸……我父亲说反正这也没什么用。对神父来说是挺有用的。不过你能想象我——"

她推开了门。她拿着那个上音乐课装乐谱的大公文包。脸颊被冻得通红。她就是从这一年开始穿长筒袜的。她停了下来,看着我们。

"我给你介绍一下我的朋友朗贝尔。"我说,"贝尔纳·朗贝尔。"

他庄重地弯了弯腰:"小姐,很高兴认识您。"

"您好。"她说。她走了起来,想要穿过房间。

"我看到您演奏音乐。"他说。

"什么?"

她停了下来。

"那玩意儿。"他说,"您演奏什么呢?"

她盯着他。"钢琴。"她说。她看了我一眼,同时又迈了一步。他往前走,挡住了她的路,做出把手伸向公文包的样子:"可以看看吗?"

她又停了下来:"什么?"

"您演奏的东西。"

她又看了我一眼,然后迈开步子,打开小客厅的门,消失了。

"真瘦。"他说,"瘦得像个蟋蟀似的。这谁啊?"

"我表——"

"你上她吗?"

"什么?"

"我说:你上那个蟋蟀。啊哈哈！你上那个蟋蟀！啊哈哈！她挺不错的,你不觉得吗？你上——"

"来吧。"我说,"去我房间吧。去——"

他脸色阴沉了下来。"这女人装模作样的!"他说,"她以为自己是谁啊?"

"来吧。"我说,"走这边。"

"她完全就像个小婊子。他妈的！我要是有个这样的表姐,我一定会好好教训教训她！我——"

"嘘——闭嘴！别这样!"

"你怕她听见？她也让你害怕？你居然怕——"

"没有,我没有害怕。"

"那为什么呢？是不是我们都不能说——"

"我妈病了。"我说。

现在房子里差不多很黑了。房顶的阴影已经垂到了墙一半的高度。夕阳照着墙,墙面上还有阳光的地方是一片深橘色。在这片深橘色上面投映着刺槐树交错的树枝阴影,描绘出淡蓝色的仿大理石花纹。一个个三角形和梯形一会儿消失一会儿重现。天空颜色也开始变深了。整个天空都空荡荡的，除了一小片丝缕状的云，被风吹得飞快地移动着。夜色占领了老屋，先从底部开始，然后像黑色的、冰冷的潮水一般渐渐涌起。风时不时地从门底呼啸而入。某个地方总有一扇没固定好的窗子，沿着合页转动的时候发出吱吱嘎嘎的声音，撞到墙上，转回来，一阵寂静之后又开始吱嘎作响。随着它是转向墙，还是从墙转回来，发出的声音也不一样。有几回，那两种不同的吱嘎声就好像在相互搏斗，相互交替。有时候会有一阵什么都听不到。然后它像是发出了一声短促而尖锐的呻吟声，狠狠地撞到墙上。

她已经在院子里等我了。但两点还没到呢。我向她道了歉。她做出微笑的样子，用喋喋不休的话语来掩饰自己的不悦。这副样子，想必是她觉得很有上流社会的风范，像个来参观的贵妇。这也许是她通过不断打劫本地破产的家庭，学到的特别的、娇媚的仪态。借助于这种娇滴滴的仪态，她成功地征服她那些新贵客户，说服他们以原价四倍的价格收购她那些打劫得来的战利品。她说："没事，我只到了几分钟而已。我刚才就先看看。这些老房子哦！真不敢相信这里这么安静，就在正——"她的小眼睛迅速地四处搜索着，审视着，一处也不放过。在楼梯上，我看到她注意到了脱落、破损的墙纸。现在我确信我们约的是两点半。她可能是故意提早到的，故意吓人一跳，这应该也是她的花招之一。我本来还以为能有时间快速清扫一遍的，至少把台阶和墙角接缝处的那几小堆石灰粉给扫了。她继续感叹着,说:"那个年代我们不计较失去。我们眼光比较长远,如果……"

那些办音乐会的晚上,要让她从三楼下到二楼,查理舅舅和约瑟夫得把她裹在一条床单里,就像是放在一张吊床上,然后他们各自抬着一端往下走。空旷而阴森的楼梯井里,在二楼那个高度,挂着一盏通了电的灯笼,把他们变了形的、巨大的身影投射到墙上。灯笼里装着一个灯泡,灯光微弱,从下往上照着他们,所以那两个人影漆黑、巨大,被手中的负荷拉弯了身子,像驼子一样,把那具木乃伊往下送进坟墓。那具木乃伊的脸上涂脂抹粉,像是戴了一副破损的面具,头发用小铁棍烫出波浪形状,小腿——或者说是在腿部的位置上支持着她的两根棍子——裹在那条淡紫色的比利牛斯羊毛披肩里。"女士:由于您想预订的房间已被订走,很抱歉我无法接待您。诚挚的问候。P. 苏毕胡。"这些字斜向写在留给通信人的地方,字迹跟女收款员尖尖的字体一样。那张展示塔那那利佛①大都市旅馆餐厅的卡片背面的那些字,似乎是通知他新鲜的大龙虾到了。卢尔德·上比利牛斯邮局的邮戳盖住了墨迹斑斑的字。贴着同样的播种者邮票。之前那张上面,同样的、象征着生殖力的女神头发飘逸,

_____

① 位于马达加斯加。

长衫下的小腿轻轻抬起,长衫的褶皱被风吹得噼啪作响。她飞翔在热带地区阴沉的、金属般的天空里,播撒着、赐予着促进文明发展的食物。这些食物撒播在棕榈林、金字塔、沙漠商队、当地人集市、衣衫褴褛的拥挤的黑人人群或衣着破烂的北非农民上空。现在她(播种者)贴在这张黑白图片背面,图片上是那个充满神迹的岩洞……

"……我们如今想要以现在的价格建这样的房子,特别是在市正中……"

……一个简单的、凹进去的岩洞,很潮湿,黑乎乎的,可能是被蜡烛的烟给熏黑的。那成百上千支蜡烛小小的火焰在山风的吹拂下闪动着,摇曳着,弯曲着。山风也吹过白色石膏像上方的大堆的枝叶,吹得它们波动着,相互碰撞,发出骨骼喀喀的声音。成百上千乃至成千上万的撑脚悬挂在岩石上。撑脚表面呈斑驳的鳞片状,有些是在一根支柱上根据拱腋的弧度加上一个弧形,包裹在破布里,就像是在《新约》的插画或者荷兰的油画作品中常常见到的那些拐杖,支撑着乞丐和残废之人的身体,或者说,他们的身体完全依靠在拐杖之上。

就好像她命中注定、不可抗拒地要经历无数可怕的迁移,无止境地在地球的表面上打转,穿越时间和空间,从东方漂泊到西方,从一个圣地跋山涉水至另一个圣地,置身于狂热而恐怖的信徒之中。这些信徒带着他们布满眼屎的眼睛、溃疡、扭曲的四肢、愤怒和绝望前来朝拜。这一群群衣着破烂的瘫痪者、饿死鬼、独眼人、瘸子和驼子，在沙漠里、狭路上、野山中和鼠疫肆虐而死寂的城市里，推搡而行。他们期待着某种不可能实现的奇迹，在一片拐杖、轮椅、推车、废旧的汽车、连祷、颂歌、接受施舍的木碗和诅咒所混合起来的声音中，踉踉跄跄蹒跚而行。那些祷告、唱颂和诅咒，混杂着黏糊糊的、不可名状的食物残羹，诸如米饭、面包干、圣餐面饼和三明治的残渣，从缺了牙的嘴里喷出来。可以看到……

她走到最后一个台阶的时候停了下来，喘了会儿气。那双贪婪的眼睛没停下来喘气。她呼吸一恢复正常就问道："是这个五斗橱吗？确实挺漂亮的。但我还是得马上跟您提个醒儿，这种样式的五斗橱啊，很难——"我说："不，不是这个。"我找了找钥匙，打开了门。她一只脚还停在倒数第二个台阶上，眼睛还瞅着那个五斗橱。随着胸脯很快地一起一伏，鼻腔里还发出嘶嘶的声音。"您瞧，"她说，"我知道也许有个人感兴趣，一个医生，正定居下来，在——"

……棺材，长长的盒子，盖子上面用螺钉钉了一个带耶稣像的金属十字架，给一步一步地抬下了楼梯，一路还颠簸着。四个男人用带子提着棺材。可以听到他们的喘气声。我想她在里头应该被摇晃得很厉害，想着这又有什么关系呢。我想象着她直挺挺地躺在里面，手里也握着一个带耶稣像的十字架，位置比外面橡木板上钉着的那个要低一点。在已经给亲友寄出去的死亡通知信上，她受尽痛苦的脸像是木偶剧里的滑稽丑角。他们每走四五步就停下来喘口气。我寻思着他们有没有给她盖上，或者说有没有把她裹进那条淡紫色披肩里。他在院子里等着她，身边围着两个合唱团的孩子。他穿着一件黑色的祭披，绣着银色的花边。在做准备仪式时，装饰是紫色的。在庆典时期，装饰是白色的。从七旬主日到大斋首日，从大斋首日到大斋第五主日，从大斋第五主日到圣周六，颜色又变回了紫色。然后从复活节到圣灵降临节，装饰颜色是白色和红色，也就是一个红底白色十字架，周围绣着玫瑰花和带刺的、苹果绿的叶子。藤蔓攀缘着，相互交错着，相互缠绕着。INRI① 或者 XP②。最后，从圣三一主日到耶稣降临节颜色变成绿色。

---

① "耶稣，拿撒勒人，犹太人的君王"（拉丁语 IESVS NAZARENVS REX IVDAEORVM），是《约翰福音》第 19 章第 19 节中的一个短语，常缩写为 INRI。

② 凯乐符号（Chi-Rho，希腊语 XP）是一个早期的基督教符号，至今依然为一些基督宗教分支所使用，例如天主教。该符号是由希腊语单词 XPIΣTOΣ（也就是"基督"一词的希腊语写法）的词首两个字母所组成的复合符号，也就是说这个记号代表着耶稣基督。

我让她进了客厅,请她坐下。但她坚持站着。她懂得通过昂贵的服饰使自己看上去体面、严肃,像妓院的女监管和银行家那样穿着深灰色和金色,手指上还戴着一枚低调的祖母绿戒指。

最后,她终于成功掌控了自己的眼睛,迫使它们盯着我,也就是说使它们转向我,差不多就像是用武力控制住一只待在一个畏畏缩缩的胆小鬼旁边的猫,阻止它扑上去。她的眼神并不是狂热的、愤怒的,而是超出了狂热和愤怒,完全是惊愕的,带着一种难以控制的消极性,等待着结束的那一刻。她的眼睛只是拒绝去看,也就是说,甚至都不是那种谴责的、微微感到厌烦的眼神,像一个银行职员拒绝贷款时的那种倨傲眼神:只是拒绝去看,或者可能只是看不见。她的一只手脱了手套,一开一关玩弄着黑皮包上的搭扣。那只皮包体积巨大,差不多像一只行李箱,放在她的膝盖上(现在她已经成功迫使自己坐了下来)。手上的祖母绿一会儿反光,一会儿黯淡。那个装腔作势的声音说着:"所以您会回这里来定居。我太理解您了。每次我不得不去巴黎的时候,我都奇怪怎么会有人能在那里……咱们故乡多美啊!至少我们这里,是不是?"时不时地,她的眼神还是会逃脱她的控制。她会立刻逮住它们,可以说是迫使自己的军队调整到备战状态,也就是说,在各种因素之间采取首要策略,牵制住她那对不耐烦的、狂热的野猫,或者说更像是野狗,不然它们随时随地都会逃脱,首先用两种视角去检验场地,一种是商人的好奇心视角,一种是女性的好奇心视角,这两种视角相互补充。她像今天早上那个老不死的那样费力地控制自己不去问关于伊莲娜的问题。我可以看到她说话时嘴形的变化,在最后一刻改变的发音,就像是早前在报刊亭橱窗前,在那些贴着一大片粉色香艳的大腿和乳房的背景前面,在布满尼古丁的黄色小胡子下面,那两片发干、发蓝的嘴唇,从中发出可以说是用来掩饰的声音,可以看到她想说的不是"您太太"而是"您夫人",而在可以被看出来是"您夫人"之前,又已经给改成了"夫人",就好像她在学会如何通过这条灰色的裙子和仅有的一颗祖母绿宝石,像个端庄的寡妇一样把自己装扮得合乎礼仪的同时,也学会了该说什么话。她试图绕着弯子,说:"正好我也想问一下,您是不是还有那张西班牙漆床,是夫人……是您从我这儿买走的,这是几年前……哟,一晃得有个六七年了!您知道吗?我可后悔了,现在完全找不到这样的了。夫人……我是说,您……"而我试图回想一下房间里现在是个什么模样,跟她道了个歉,说:"您等一下。"然后走开了。我心里想着,等我回来的时候,她是不是还在那里。我走了她还能不能控制住自己，不让自己把座钟和烛台都塞到她那个行李箱那么大的包里去，然后两步并作一步地从楼梯上逃跑。我又想着她因为缺乏一个足够大的袋子把地毯啊、螺形托脚小桌啊、扶手椅啊一股脑儿都塞进去，也许还是会留在那里的。我又自问会不会有风险，等我回去的时候，客厅已经被洗劫一空，包括那些油画和吊灯都没了，在原先摆放家具的地方只剩下一小堆一小堆咬碎的木屑，而她，蜷缩在一个角落里：像那种贪吃的巨型蜘蛛一样大，缩在她精心搭配起来的寡妇般的套装里，正消化着吞下的东西，肚子和包都塞满了，要被撑爆了，她的眼睛终于半睁半眯着，一条粗糙发黑的舌头舔着嘴唇上最后一点藏红花色的木屑……

我忘了关上玻璃窗和百叶窗。阳光和热浪全都涌入了房间。刺槐树小小的椭圆形树叶影子忽明忽暗，时而聚拢，时而重叠，时而分散。一个个光斑相互遮挡，或分散开来，像一个个尖顶王冠在桌上和瓷砖贴面上时而拉长，时而缩短。这个时间点，没有一只鸟在唱歌。可能是因为太热了，都在午睡或做什么吧，头埋在翅膀下，身子躲在树叶的阴凉处，等着夜幕降临再放声歌唱，一齐唱到嗓子嘶哑，除了那些鸟，叫什么来着？脸颊是白色的，头顶上有块蓝黑色的圆点，像个小帽子，叫起来声音是"哔伊伊、哔伊伊"的，很不协调。我在手心里拍了一下。只听得一阵翅膀摩擦的声音，从树上直线方向冒出两三只鸟，然后消失不见了。过了一会儿，其中的一只又出现了，栖息在墙壁和屋顶构成的角落里，在瓦片边沿上磨着自己的喙，脑袋一左一右地倾斜着，随后又发出了傻乎乎的、刺耳的叫声。我又在手心里拍了一下，它便飞走了。我迅速拉平了床单，马马虎虎地铺了一下床罩，收拾了一下地上摊着的水杯和报纸。我把今早的那份报纸放在了最上面，就是上面有个女人从五楼跳下的那张。很好。我去倒空了烟灰缸。现在差不多比较像样了。当我回到客厅的时候，她站在壁炉旁边，正在检查烛台。她猛地转过了身。我看了看她的行李箱大包。但家具还都好好儿地待在原处。也许她只是在家具内部咬了几口就很满足了，这样至少有东西可以回味了。但到了房间里，她就管不住自己的眼睛了。她的眼睛挣脱了她的管控，又开始东张西望，眼神又贪婪又野蛮。然后她的脸凝固了，绷紧了。她努力给那张脸贴上一层礼节的、痛心的表情，但没成功，说着："您知道，这么大体积的家具都是同样的问题。现在人们住的公寓那么小，他们想要的，其实是——反正，您懂的。我自己给您开不出合适的价格。我可不敢，您懂的。您觉得谁会愿意花这么一笔钱买啊？以同样的价格，他们情愿买一辆新车。您要是知道他们怎么——我是说——住的是什么——我认识一些人，他们开的都是那种英式或德式的大汽车，因为现在在这儿流行嘛。他们家里也不只有——"

它现在又待在屋顶的拐角处了。它尖锐刺耳的叫声被墙面反弹了回来。越过屋顶，后面有个露台，有两个女人在上面晾衣服。在她们正在晾晒的床单上面，我可以看到她们蓝色的身影，手臂高高举着。旁边还有一条粉色的、像窗帘或花棉被一样的东西，上面印着绿色的图案，另外还有一条仙客来围裙。

"您究竟想要开什么价？"

我看到她的金牙闪闪发光。她穿着黑皮鞋，拿着的搭扣黑皮包上倒映着戒指的闪光，身上穿着深灰色的裙子。这一套服饰使她看起来像个昆虫，表面包裹着光滑的深色甲壳。这类昆虫可以在夏日的花园里软绵绵的花朵和叶子当中看到。它们在阳光下闪着光，非常阴郁，穿着护甲，护甲仿佛是用一种毫无知觉也毫无活力的材料做成的，像是煮过的皮或者是上过漆的硬纸板。它们在闪耀着阳光的枝干和花瓣当中专注于自己的秘密工作，这些工作极为迫切，或者说是按照常规的，也就是说，那一个个连续的过程（伪装自己、密谋策划、设下陷阱、攻击捕食)都是靠这个物种千年经历所形成的自然反应来指导完成的：这种生物可能从上古时期就存在并存活下来了，而在那个时期，世界还只是一片雾气和淤泥，在这片雾气和淤泥中，它们相互牵制，相互残杀，靠的是钳子、锯子般的牙齿、下颚、简单但凶残的大脑……我说："这不行。我自己还不清楚应该要多少钱呢。您——"

那两个人影在床单后面降低了一点儿，变成了侧面，一个后退着走，另一个跟着。两个人影都轻微地弯着腰，后来消失了。被单软绵绵地波动着，鼓起来，飘扬起来。当它们飘过了某个角度，阳光便扑在上面，使得它们在淡淡的、水汽重重的天空里变得耀眼炫目。然后它们又垂了下来。它们淡蓝色的影子差不多跟后面天空的颜色一样，就好像一切都浸润在蔚蓝色的水汽里。水汽被微微的海风温柔地吹动着。我想应该在他离开办公室前给他打个电话。自从他让人建了这座别墅，一可以住人他就搬了进去，待在露台上，躲在松树的树影里。身上穿的衣服就只有这条一成不变的、脏不可耐的运动短裤，还必须有一顶帽子，以防什么时候一道阳光不幸穿透了树叶。他一瓶又一瓶地喝着威士忌，一边看着——我想着那些……

我们必须戴着的白色人字斜纹布帽，在下巴下面系着带子,就好像阳光是什么致命的东西似的。可能就是在那个时候,经过外祖母的反复灌输,他养成了惧怕阳光的习惯,同时也开始对凉水极度恐惧。最开始几次我们试图让他下水,他大声号叫起来。外祖母说不要强迫他。从此,他就坐在她的扶手椅旁边,拿着铲子和水桶玩。科里娜假装去洗自己的泳衣,阴险地往她的泳帽里灌满了水,然后走到他旁边,把水全倒在他头上。他哭了起来。她就一直躲在水里,直到冷得直打哆嗦,出来的时候牙齿上下打架,四肢都在发抖。她天使般的脑袋上湿漉漉的头发打着卷儿往下垂。她从一条浴巾里面钻出来,就像是从一只包里冒出来。妈妈让她在浴巾下面脱下泳衣,给她擦着背,而她满满地咬下一口面包。我们忘了把野餐篮子的盖子盖上,风便吹得到处都是沙子。面包头上的沙子很容易擦拭掉,但面包心里总还粘着一些沙子,也就是说,那些像是被咬破、撕裂的凹洞,有点儿像是固体化了的泡沫,阳光穿透这些火山口似的、薄薄的岩壁,这些面包心做的花边上粘着微小的、淡灰色的沙粒,还有闪闪发光的、细小的石英颗粒,这些沙粒和石英颗粒在牙齿咀嚼的时候发出吱嘎吱嘎的声音。我看着她手里那板巧克力被她咬过的地方。可以看到她牙齿留下的印迹,就像是两个小铲子留下的痕迹,两面垂直方向划出来的凹面峭壁。她两条腿扭动着,试图脱下湿漉漉、打着褶、变了形的泳衣。她那双小小的脚上沾满了深棕色的沙子。妈妈说:"别呆在那儿呀。"她没动,依旧打着哆嗦。"跑起来! 来,你们俩都跑起来! 跑到小船那里再跑回来,看看谁先到。"查理舅舅坐在沙子上,两条腿支起来。有时候他也用一条手臂支撑着身体半躺着,眼睛看着大海。风把妈妈那张空着的扶手椅的帆布吹得哗啦作响,像个肚子一样向前鼓起,然后又松弛下来,发出干脆的声音。波卢在尽可能靠近外祖母扶手椅的地方玩儿着,用眼角谨慎地监视着科里娜,随时准备逃跑。"来跟我们一块儿跑。"她说。

"不。"

"来吧! 外祖母,叫他来——"

"好啦,让他待着吧。"

"你的小腿跟火柴棍似的。"科里娜说。

"才不是呢。"

"等你长大了,我们就让你去学体操,把你送到康斯坦先生那里去。你等着,他会让你做这个动作:一、二,一、二,一、二。你会变得跟个土耳其人一样强壮。"

"我不要。"他说。

"小傻子。"科里娜说,"爸爸说过的。"

"好啦，别烦他。"外祖母说。

"爸爸说过的。一、二，一、二，一、二。你的大腿会有这么粗。"科里娜说，"我们会强迫你去的。"

"我不要。"

在他的人生中，他从来没有在阳光下露出一寸皮肤，一直都像阿司匹林药片一样白。在他的身材还没有胖到比最胖的人还重十公斤的时候，当他们从更衣室里涌出来，进入操场，在被冬日的阳光照耀得闪闪发亮的绿色草地上奔跑，彼此快速地传递着球，人群开始鼓掌尖叫，从远处，只要看到他的短裤和红蓝条纹长裤之间白色的膝盖和大腿——因为上面的汗毛，所以确切地说是淡灰色的——就可以认出他来了。他可以用他巨大的手抓着球的其中一个尖端。我记得那次看到他径直冲向后场，那名三分卫没有试图躲避他们，只是弯下了身子。他在最后一刻转过了身，撞击着他们，跟他们一起在地上打着滚，用脚往后踢试图摆脱他们，然后第一个站了起来，一直还紧紧地抱着球，球都已经陷进了他的双臂和胸脯，看上去差不多像鸡蛋那么大，然后他进了球。他房间里一直弥漫着这股难以名状的味道，有点让人恶心，像是湿漉漉的皮革、羊毛、汗水，一直闷在他乱七八糟的行李箱、布满泥点的防滑鞋和运动衫里面，慢慢发了酵。科里娜声称,只要经过走廊走到他的房门边就感到恶心。除了橄榄球、摩托车和后来那辆不知道他怎么买到的赛车,除了他整天把头埋在那辆赛车的发动机里翻弄着什么,我从未看到他对其他任何东西表现出一丁点儿兴趣。他一直都这样心平气和、老实巴交、肥厚敦实。我想他也是带着在球场上表现出来的同样的平和、高效与敦实的状态经营着他的生意。似乎当他脂肪的厚度让他除了当后卫再没有其他位置适合他时,他最后在场地上甚至都不跑了。他既不匆忙也不急切地移动着,就像是一座肌肉和骨头堆起来的雄伟大山,确切来说并不具备智力上的才能(也就是说那种思索的机能,进而争辩的机能,进而怀疑的机能,进而不确定和犹豫的机能),而是具备了一种准确无误地预见下一秒将发生什么的动物本能。他总是不知道从哪里就冒出来了,也许是从草地里出来的,就站在,或者说是突然出现在,更确切地说是已经根植在(就像是一个灵巧的魔术师把他变没了,然后又在五十米开外的地方把他变回来——因为看上去他已经变得没法跑步了,仅仅是带着跳动的肚子靠小短腿快步疾走来移动自己)他就应该出现的地方,安宁,平静,在这一刻接住了或者说是吞下了球,就好似他跟球事先约定好了的。他一直拥有同样的、不可改变的精确性,同样的、不可改变的平和态度,同样的、不可改变的预见能力。跟寻常的解剖学规则相反,他的臀部也许不是在身子后面,而是在四肢,在小腿、手臂和手的部位。他的手(他的身子在一张空空的办公桌前瘫着,办公桌放在一间墙壁涂了瓷漆、空荡荡的办公室里)现在就只需要在正好能以最好的价格买下地皮的那个时刻拿起电话,然后在八天、八周或八个月后在正好能以收购时十倍的价格将地皮卖出的那个时刻(不是他本人,而是他的手)再次拿起电话。他越来越肥厚敦实,用他那只既尖刻又被动,还隐隐有些困惑的眼睛扫视着世界和人们。他也用同样的眼神看着科里娜和我:尽管他是其中一个的兄弟,是另外一个的表弟,但我觉得可能不仅是因为年龄的差距,而且因为我们是不可兼容的物种,除了宽容,他完全不想表达其他的感情。这种宽容带着一种模糊的惊愕和放纵的轻视,这是人们对一个无害的傻子和一个疯子所能表达的情感。他看着她带着她的音乐课文件包、高高在上的神情和浪漫的头脑,走来走去卖弄自己,再后来她带着钓到的老气横秋的老公到处炫耀。这个像半人马的家伙几乎都可以当她的父亲了。而且比起马来,他更喜欢赛车的斗形座。在他去见她老公之前,她要求他用梳子而不是用手指梳头,还要求他剔干净指甲,审视着他,围着他说:"我提醒你,这些人跟你那些哥们儿可不一样。你能不能还是给我个面子去呢？"

他正在清理自己的鞋子，用一把刀把粘在防滑鞋鞋钉之间的一小块一小块草皮刮下来。他双脚之间的地毯上已经积了一小堆草皮，一根根草还是绿色的，被踩扁了，糅杂在油腻腻的土块里。他当时十六七岁，已经在给一队打比赛了。在床上方，挂着一件一个英国队的运动衫和一些小小的三角形裁判旗。

"你看他，"她对我说，"山顶洞人。"

我待在门口。他停下不刮鞋底了，抬起了头。

"你会去吗？"科里娜又问了一遍。

他看了看我，然后又垂下眼睛，看着手里拿着的鞋，把鞋子翻过来，仔细地检查着。"我猜我也没别的选择。"他说。

"这话说得可真客气！"她说。

"那我还能说什么？"

"没，这很好，非常好。我能不能也请你穿得得体一点呢？我可不想给人看到我的弟弟穿得像个杂货铺小伙。"

他看着我。

"比方说，你知不知道什么是领带结呢？"

他把头低到了胸口。就这么一回，他还真戴着一条，就是说，一团卷起的破布。"你对我的领带有什么意见？"

"没意见，很完美，很漂亮。你想象一下，其他男人都会穿着熨烫过的衬衫。那我能不能也请我的弟弟至少穿一件干净的衬衫呢？你想象一下，到时候还会有年轻漂亮的姑娘。真实的姑娘，你懂吗？"

他又看了看她："不，我忘了。"

"兄弟，你可真迷人啊！"她说，但她克制住了自己，"我希望你还是能够说一句'很高兴认识您'。你觉得自己可以说出这句话吗？来说一遍：很高兴认识——"

"他妈的！"他说。

"好啊！这效果……"她转向我："等他对弗洛伦丝·伊卢瑞塔高耶纳-棕卡或者卡特琳·德·雷谢克说了这句话，她们一定会——"

"你说谁？"

"卡特琳·德·雷谢克，我侄女。"

"你什么？"

"我未来的侄女，准确地说。"

"去他妈的！你侄女！你还比她小五岁呢。"

"所以呢？"

"所以没什么。"他看了看我。他笑了起来，小眼睛消失在了脸颊后面。"我呢,我就要有一个四十五岁的年轻姐夫了,所以一个侄女——"

"所以呢?"科里娜重复道,"这又怎么样? 她比我大五岁或者小五岁——"

"我说的不是她。你之前说的那个名字是什么?"

"弗洛伦丝·伊卢瑞塔高耶纳-棕卡。干吗?"

"没什么。"

他闭上了嘴,低下头,又投入他刮鞋子的工作中去了。一根草粘在鞋底上,草的一头挂着一小块草皮,晃悠着。

"说什么呢?"她说。

他嘴里嘟哝着什么。

"什么? 你能不能说话说得清楚一点? 我知道猴子没法清楚地讲话,但是也许你专心一点的话,你——"

"我说:说到真正的年轻姑娘,你找了——"

"我找了谁?"

"弗洛。"

"你叫她弗洛? 你认识她?"

"对啊。"

"什么时候? 我才不相信你认识她。她住在波城。她——"

"我认识的一个姑娘就叫这个名字,她也住在波城。也许不是同一个人。我说的那个……"

他抬起眼睛看着我,他那双小眼睛又老实又粗鲁。其中一只眼睛的眼皮一眨一抬。

"……我在火车上上了她。"他甚至都没有笑,垂下眼睛看着他的鞋,在两个鞋钉之间用刀刮着。一小块混杂着绿草的泥块掉落进地毯上散落的那堆脏东西。

她几乎说不出话来:"什么?你什么——"

"你怎么了?"

"你刚说了什么?"

他重新看了看我,那只眼睛又眨了一下。"在洗手间里。"他说。这次他的嘴咧开来,做出了微笑状。

"你撒谎!"科里娜说。

他耸了耸肩膀:"随你怎么说。"

"你撒谎!"

他们的说话声相互回应,激烈交锋,就像是他们带着小动物的那种天真而真切的残暴那样相互打耳光,如同当年他们相互扯着头发打架一样。但自从她当年在沙滩上用水吓唬他以后,他已经可以说是长了不少肉了,而现在她……

那时,我被镜中的人影吓了一跳,那个人影站在房间的正中,那张脸我从来没仔细看过,一个人自己的脸,因为太熟悉了所以反而很陌生,只有在极少数的情况下,一个人才会带着这种含有某种恐惧和恼怒的惊愕感,突然发现这张脸:这个复制品,另一个相似的自己,固执地、纠缠不休地窥伺着自己。我的面前,是一头雌性的猛禽,带着猛禽的警觉眼睛、猛禽的低调优雅——这份优雅太过昂贵,太过灰暗,太过崭新,整洁地、冰冷地站在斑驳的天花板下,身后是因为潮湿而布满霉点的墙面,就像是一个侵入房屋的外来者,令人气愤。玻璃镜的灰色锡汞齐给整个情景蒙上了一层不真实感,就好像这一切都不是真的,好像我闯入了房间,把我们俩都吓了一跳。我们两个奇怪的人,忙着在做某项非法的、肮脏的交易,嘴里说着:"我想要……就是说,我只是希望了解一下您的估价……我会考虑的。不好意思……"我把头从……

窗子是开着的。我想起来当时是冠军赛的最后阶段了。他翘掉了初中的课,都懒得弄虚作假去模仿查理舅舅的签名在旷课单上面签字。他胳膊下夹着一个南瓜奔跑,然后把它踢飞,这样赚的钱已经比他考十年的试赚来的钱多。从花园里可以听到他们俩吵架。

"你撒谎!"

"好啦,我什么都没说。"

"我想知道你是怎么——"

"好啦好啦。"

他把手里拿着的那只鞋放下，抓起了另外那只，开始用小刀在鞋钉之间刮起来。"算了。也许不是同一个——"

"什么时候的事？"她说。

"啥？"

"就算是真的，你是什么时候……我想问你，你声称你是什么时候上了…… 你还能不能用一个更粗俗的词啊？"

"噢……"他想了想，"去年冬天……不对，等等，是跟巴约讷①打比赛的那个晚上。那时只有……"

"哼！"科里娜说。

"哼啥？"

"弗洛伦丝·伊卢瑞塔高耶纳-棕卡的父亲有一条游艇。他——"

"那就是她了。她还邀请我跟她一块儿去度假，去海边……"

"你撒谎！你怎么能编造这样的故事……"她转向

_____

① 比利牛斯-大西洋省市镇。

264

我。"你看这个死胖子!"她说。

他看上去思考了一会儿。过了一会儿他又开始刮他的鞋底了。"也许有两个人重名了?"他说。

"不,没有两个弗洛伦丝·伊卢瑞塔高耶纳-棕卡同时住在波城,她们的父亲都正好有一条游艇,她们……你只是编造了这么个故事!你以为自己很聪明吗?"

他好像重新努力思考了一阵。或者也可能他只是装装样子,只是在懒懒地等待,他那个两厘米高的额头后面什么都没有转动。科里娜不说话,火冒三丈。最后,他决定继续刮他的鞋垫。他就像是对着自己的鞋子说了句话:"不,就是她。"

"在一辆火车上?"科里娜说。

"对啊。怎么啦?我们去了洗手间。很搞笑。她——"

"洗手……你的想象力还真是跟你的领带一样高雅啊!"

"怎么了?"

"你撒谎!"

"好吧。"

"你是在哪儿遇到她的?"

"既然你说不是她,那我就没有遇到过她。"

"你是在哪儿遇到她的?"

"好吧：在餐车上。"

"你以为我会相信你——"

"不是我找的她。"他说，"她之前看到我打球了。是她——"

"臭小子！"科里娜说，"我敢打赌你根本没见过她。"

"随便你。"

"好啊，那你告诉我她长什么样？棕发还是金发？"

"金发。"他的脸灿烂了起来，"也不是完全的金色。"

"你这个恶心的家伙！"科里娜说。

他停止擦鞋，抬起了头："你开什么玩笑？真的，你开什么玩笑？是不是我在问你你被谁操了？"

"恶心的家伙！"科里娜说。

"啥？！"他站到她跟前，小小的眼睛昏昏欲睡，没有表情，直愣愣的，"你开什么玩笑？你被理发店的伙计给操了，我——"

"死流氓！"她狂怒起来，"死——"

"噢，好啦！闭上你的嘴吧！我什么都没说。"他重新拿起了鞋，又开始刮起来。

"死——"

"烦死了。"

"流氓！"她说，"死流氓！"

266

……镜子前转开。她的身影或许也曾倒映在这面镜子里。那个年代还没有电,点着的是一盏煤油灯,灯罩上配着廉价的月牙形花边装饰。灯发出橙红色的光。她的头发放了下来,散在肩膀上,肩膀像歌剧里头的女主角那样露出来,或者说是像她在巴黎的时候去林荫大道上的剧院里看的舞台剧里的女主角那样露着肩膀。她又一次读着那无数张从新加坡、科伦坡、迪耶果-苏瓦雷斯或海防寄来的、措辞简短的明信片中的一张,或者是她自己在写信,羽毛笔在那种紫罗兰色的墨水瓶里蘸墨水。这种墨水等干了以后会带有绿色和金褐色的反光,就像是金龟子、某些蝴蝶的翅膀,或者像是洛可可时期那种装饰性动物的翅膀,这些装饰性动物身体是青铜做的,鞘翅是用亮闪闪的金属制成的,有时候会给人一种错觉,就好像那些鞘翅发出了刺耳的摩擦声,好似它们是用同样粗糙的纸做成的,纸上面还有交错的折痕……

她手里拿着一沓钞票,很可能是从那个像行李箱的包里拿出来的。更确切地说,是一卷钱,差不多跟一块半公斤重的黄油一样厚。她把那卷钞票松开来,展开来,在五斗橱的一角一张一张地数着。她的脸现在完全绷紧了,或者说是收起了笑容,像是被冒犯了的样子,就好似我之前干了什么蠢事或者说了什么粗话,一个良家妇女听了只能假装什么都没看到，什么都没听到。她用冷冰冰的口气说："如果您想清点一下……"在我还没来得及开口说话之前又说："您开玩笑呢！我们之间还要什么收据！您看，我能不能明天早上派他来取？比方说九点？您觉得可以吗？"她的脸一直板着，一副被侮辱了的样子——她把剩下的那些钞票胡乱地塞回了包里，扣上了搭扣，并不看我，嘴里说："那就说定了：九点钟？"她已经迈开步子了，说："不用麻烦您了，我认识路的，请留步，不需……"但这会儿她又管不住她那双眼睛了：客厅的门还开着，她的眼睛逃脱了她的掌控。可以说它们是独立于她而存活的，完全不受任何控制，不听命于任何权威，它们就像是一对凶猛的小动物，又急切又饥饿，对什么非法交易、诡计阴谋和讨价还价都漠不关心。就好像不是她靠它们来追逐猎物，而是它们强迫她，围捕她，又贪婪又专横。她停下来转过身，她的脸又变得亲切和蔼了，声音也重新变得亲切和蔼、高贵典雅了，说道："您会不会正好也想处理掉那些烛台呢？我也许能找到感兴趣的人想……"她微笑着说："不卖吗？还是考虑一下吧！说不定……考虑一下！"她一直保持着微笑。我可以看到她嘴里的金牙闪闪发光，我寻思着这到底有没有可能是天生的，我想也许她并没有让牙医给她做手术，有可能她生来就是这样,就像一个有些传奇性的造物一样,在摇篮里的时候她就长着一口金属的牙齿。一开始,当她只是在街角开着一家堆满杂物的旧货店时,她嘴里只是普通的钢牙,那时,她的旧货店里乱七八糟地堆放着亨利二世的碗橱、无线电收音机和生了锈的自行车,后来随着那些西班牙桌子和路易十六时期的长沙发逐渐取代了那些破烂的扶手椅和折叠床,她的牙齿也越来越高贵,填充了金子,现在(她的嘴)闪耀着矿物的光芒,说"我觉得我们还会继续做生意的。您有很多漂亮的东西。我们……",同时她戴上手套的手摸索着寻找楼梯栏杆(她的眼睛甚至都不让她看自己的手放在哪里了,一直盯着五斗橱,始终贪婪无耻,因为一直很低俗,所以反而显得很直白单纯),紧紧抓住栏杆,用脚小心地探寻着第一个阶梯,带着诚惶诚恐的庄重态度开始慢慢地下楼,像是音乐厅里被身上三十公斤羽饰所压垮的歌星,小心地不让自己摔倒,身子上半部分微微向后倾斜,盲目地伸着腿,心里祈祷着下一个台阶待在该在的地方,同时还继续保持着露齿微笑,身子一层层往下降低,直到脑袋的高度低于楼梯平台的高度,因此那双眼睛再也看不到五斗橱了,此时她不再往后看,微笑也同时消失了,既不再优雅,也不再庄严:现在她扭着腰,跟那些稍微有些壮实的女人和家禽饲养棚里的动物

269

一样，身体笨拙而痛苦地左右摇摆着飞快冲下了楼梯最后几个台阶，就好像在那双眼睛放弃了五斗橱的那一刻，没有任何过渡，它们就立刻把她拉向了楼梯下方，专制残暴，毫无怜悯，虐待她，拉扯她。在她消失以后，我觉得还是可以用眼睛追寻她，想象着她还被催促着、刺激着、纠缠着，穿过庭院、门廊，跨过了大门，在街上走远了，身影既阴暗又闪亮，在午后强烈的阳光下急急忙忙地前行。而此时，穿过一连串开着的门，我无须转身就能在背后感受到它们的存在，就好像她在她身后留下了什么排泄物，它们还放在五斗橱的一角，在她之前清点的地方，堆成皱巴巴的一小堆，发出一种淡淡的、让人恶心的味道（汗水？污垢？——就好像前面触摸过、铺开过、清点过，然后规整过，然后重新拿出过，又清点过，再次交换过它们的那些手，在它们上面留下了一种不可磨灭的狂热和贪婪的味道），闭着眼睛就能感觉得到，就好像它们散发出一种不知道是什么的气味，不知道是什么的可疑的、嗅觉的信号，这种信号可能是贫穷和奢华的共同点，就如同那些颜色（粉红、橄榄绿、橙红）褪去的墨水的味道，这些墨水用来上色，装点了那些传统的商业和银行之神，还有不知疲倦、积极乐观、肌肉发达的寓言人物，他们在一片橄榄枝叶、丰裕之角、月桂树之中，在政治家、思想家或大将军的

270

头像衬托下，被迫无休止地挥舞着他们的锤子、断裂的铁链或解放他们的武器，身处于一片淡蓝色的雾气之中，就好像这雾气是从他们光溜溜、汗津津的身体中飘散、飞升出来的……

　　第一个抽屉里胡乱地堆满了各种日常翻动的东西：打成蝴蝶结状的一卷卷绳子，有些像是包扎糖果盒的那种绳子，用亮闪闪的红色和绿色的材质做的，一条上面有红色和黄色的条纹，另一条上面有红色和黑色的条纹；电灯泡的蓝色包装纸，包装纸里面有一层波纹状的灰色硬纸板夹层；淡黄色的木头折尺；白色的或者说是象牙色的小纸盒子，盒子的折边涂上了一层金色，盒盖用一根淡红色的橡皮筋绕了两圈固定住；七十公分左右的那个叫什么来着的东西，是叫"天使发丝"还是什么的毛茸茸的彩带，用来装饰圣诞树的，彩带上面是银闪闪的拉花，现在看上去有些像是生锈的颜色；一板掰掉过一部分的榛子巧克力，包在紫色的包装袋里，包装袋上面印着几个立体的榛子图案，其中一颗榛子壳给剥了一半，银色的锡纸弄皱了，扯破了，从包装纸里露出来；两根蜡烛，一根崭新的，一根烧了四分之三，剩下大约七公分那么长；一管挤扁了的强力胶，蓝色的包装皱巴巴的，有些剥落了，露出里面褪了色的金属管；司可巴比托栓剂的白色盒子，盒子

271

左边有一个棕色加红色的立体装饰图案（三个尖端连在一起的三角形）；一枚椭圆形的纪念章，上面印着一个橄榄球，橄榄球两边拥着两个球手，抬着胳膊弯向后方，在一个涂了珐琅的徽章上方刻着"1934—1935"，下方题着"朗格多克冠军赛，学生组杰出奖"的字样；一把小电工钳；一把电工螺丝刀；一个放着三卷厚度不一的保险丝的纸盒；三枚一便士硬币，其中一枚几乎变成了黑色，硬币正面是一个大胡子的浮雕侧面像，背面是一个充满寓意的人物形象，裹在长衫里，戴着头盔，一只手按在一个盾牌上，另一只手握着一把三叉戟，三枚闪闪发亮的铜币经过多次摩擦被磨损了，上面刻着"爱德华七世，蒙上帝之恩典：众人之王，信仰之保护者，印度之国王，帝国之皇帝"①；一把行李箱的保险锁，挂在一个金灿灿的马镫形钥匙扣的环上；一个朱利安·阿尔瓦瑞兹②创立的亨利·克莱牌花雪茄的雪茄盒，盒子是用很普通的木头做成的，盒子上画有绕成一圈的黑色饰带，饰带上有交错的金色图案，盒子的正面和侧面连接处贴着一张标签，可能是厂家的商标，标签上面一个洛可可式的金色和红色镶

---

① 　原文为拉丁文。
② 　西班牙籍古巴雪茄大亨。

框内,印着一对对的奖牌(很可能是为了同时呈现奖牌正面和背面),像气球一样悬挂在空中,天空下面是一座长长的、矮矮的赭色宏伟建筑,在三角楣上刻着这么几个字:

亨利·克莱

朱利安·阿尔瓦瑞兹

烟草大工厂

在工厂前方的空地上和在建筑投下的粉色加杏色的阴影里,画着一些小小的、热带异域风情的人物,一个戴着大礼帽的骑士,几位散步者,一辆带篷货车,两辆敞篷四轮马车,而在雪茄盒里面只不过是一枚大头钉和一枚玳瑁纽扣,在盒盖下面贴着一张有光纸,上面印有一位容光焕发、饰有勋章的男子,这位男子画在一个镶框内,留着小胡子,唇色殷红,背景是深红色的,镶框被一圈热带的茂盛的绿色植物所环绕,这些香蕉树、龙舌兰、玫瑰和百合颜色鲜艳,除了植物,还有数枚诸如“奥地利国王约瑟夫一世,波希米亚国王,国际展览会,科学研究实验室,卓越品德”①的奖章也环绕着该男子;一把有缺口的钳子;两卷用旧

―――――――

① 原文为拉丁文。

了的电线,一卷是蓝色的,另一卷是栗色的,电线头裸露着,可以看到编成绳索状的铜线像一把扇子一样散了开来;一只塑料小乌龟,头和尾巴架在弹簧上,施一丁点儿力就晃动起来;一个长方形的放大镜,镶在黄色的铜框里,柄是乌木做的;一卷胶纸;一张红桃皇后扑克牌,背面是蓝白格子,正面的红桃皇后下巴肥肥的,穿着一件蓝紫相间的衣服,裹着貂皮,手里拿着一枝玫瑰花;一小盒黄色和覆盆子色的回形针;一管阿司匹林。

第二个抽屉因为里面塞得满满的、叠好的衣物而向前往下沉,里面是绣着厚厚凸起的数字的床单、桌布和茶色的没什么用场的花边小布巾。

第三个抽屉差不多整个都被一排排平行堆放的明信片填满了。有几扎还按照喜好排列着,但大多数都胡乱地放着(可能一开始是根据年份和日期整理好用缎带捆好了,但后来又抽了出来,重又阅读过,随后随意地塞回去),所有的明信片都在抽屉里一排排地、紧实地、垂直地摆放着,就像是赌桌上管理员的发牌机里的牌一样,只是这些明信片是侧立而不是竖立放着的,一整片看过去是灰色和米色的,那些彩色明信片的上面那一边有时候突显出来:细细的天蓝色或者乳白色条纹,这里或那里露出一张颜色鲜艳的邮票,邮票是折起来一半在明信片正面一半在背面的,这或许是当时流行的贴法，所以可以看到一个半圆围绕着"印度邮政"几个字，下面的一条线让人想起女士鞋底中部的拱起部分，那是秃头国王的一截脖子，那截脖子悬挂在某块东西上，这块东西跟一片天空相比（也就是说，比较的是空间感、透明度和空气感），就好比是拿一块毛玻璃跟一块透明窗玻璃相比——就好似受热度影响，其中的氧气、原本的钴蓝色或者蔚蓝色最后变成了一种厚实的、黏糊糊的东西，介于沙子和玻璃之间，或者也许是正从玻璃变成沙子，最后一点蓝色的痕迹被推到了一层厚厚的、飘浮着的赭色物质之后，这层物质在牙齿里会发出吱嘎的声响，覆盖住一切，骆驼、骆驼背上的游牧民帐篷、篮子、包、羊皮袋、绳子、骆驼边或蹲着或站着的看不清脸的人、裹着黑纱风尘仆仆的寡妇：

亚丁：休憩的旅行队

背面写着：

"亚丁 07 年 9 月 18 日

亨利"

欧洲旅馆——土耳其商店

明信片背面贴着那枚被折了一半的邮票,邮票上有半个勋章、果糖红色的秃顶和剩下的那部分胡子,都倒了过来,还有一个象征性的皇冠,也倒了过来,皇冠把"一"和"安那"从当中分开。

接着又是些黏糊糊的东西,或者更像是介于黏糊糊和固体之间的东西,又或者说是冷却后的黏糊糊的东西,就像是某种巨大的、矿物质的怪兽排泄出来的粪便,淡褐色的,生出了裂痕,布满了条纹,应是在漫长无尽的时空中,经过缓慢的发酵、可怕的推动、可怕的坍塌,慢慢鼓起,折叠出褶皱,再慢慢破碎掉:这一坨从虚无中产生的牛粪一圈圈地不断堆积起来,慢慢变干,产生裂缝,变成了千年的古老地壳,处于可怕的孤独之中,可怕的寂静之中。那些在粪便中觅食的鸟儿扑腾着,发出细弱的叫声,叫声在一座岩石到另一座岩石之间,一处寂静到另一处寂静之间,堆积的碎石、裂缝和绝壁之间发出声声回响:上比利牛斯山——两个界石间的缺口和图克胡耶山峰(南山坡)。"我们在巴雷热①已经有八天了。除了前天下了大暴雨,其他日子天都特别好。我们已经做了两次徒步旅行了。吻你。"

下面那张明信片上的风景像是用羽毛绘制的,不是说用羽毛画的,而像是用羽毛轻拂过的,就好比不是用铅笔或

----

① 法国上比利牛斯省的市镇。

者毛笔而是用翅膀轻轻擦过卡片,留下了一些柔和模糊的痕迹,一片长春花、开心果、锑和黄玉的颜色,树长得像涉禽鸟类比如苍鹭那样蜷曲的脖子,一个水塘,塘边毛茸茸的芦苇被风吹得摇摇晃晃、模模糊糊,粉色的水晶岩石,颤动着发出窸窣声的灯芯草,细细的木桩,一阵轻柔而明显的咝咝声。京都附近的唐崎松:

"京都 07 年 11 月 13 日

你好

亨利"

这张上面也许是他,如果照片能更清晰一点(但在放大镜之下,明信片上面的各种细节愈发模糊了,更加难以分辨,变成了由一个个彩色菱形和小点构成的十字图案,就像是一幅织锦),我们也许就能认出他来了〔就像是他在那幅画像上面一成不变的样子,就是妈妈临终前在床上凝视着的那幅放大的乌贼墨画像,胡子丝滑乌黑,眉毛浓密,神情果敢快乐,永远保持着这般年轻的容颜,神态既是在嘲笑世人又显得宽容大度,从一个驻地跑到另一个驻地,游历不同的世界,途中(在黄色的河水前,或者在金字塔脚下,又或者盯着在原先是丛林的地方建起的圣彼得堡式的景观)言简意赅地在无数张明信片上签上字,有时候加上几句文献式的、有教育意义的文字,就好像是给一个孩子、一个女学生、一个待在家里的小妹妹写的:"谅山是远景处右边的那座大山。我在谅山脚下画了个十字的地方就是禄平县的所在地。致礼。亨利。"],也许这就是他本人(十五天之后,这十五天里他待在一艘远洋轮船上的桃心花木色的客厅里,坐在电风扇徐徐转动的叶片下打着桥牌度过,或者是在某些闷热的中途停靠港里闲逛着度过),这个人穿着白布长衫,坐在科伦坡这个旅馆露天座的遮阳篷底下的阴凉处(用英语和德语两种文字写着:"东方最好的烹饪。特色菜:咖喱。")。此时大约是上午十点,因为这座宏伟建筑上方的天空还没有热得发白。马路上刚刚洒过水。两辆人力车轮子在阳光底下闪着光,相互交错着驶过,湿漉漉的橡胶发出吱吱的声音。车夫的脚上绑着天竺葵,脚在地面上发出啪嗒啪嗒的击水声,脚上那些茶褐色的、皱缩的花朵颜色比棕色的小腿还要浅一些,随着他们一步步远去,脚上的花朵也一隐一现。两辆人力车中的一位女乘客……

不超过十分钟	每位	客人	10	生丁
十分钟到半小时	每位	客人	25	生丁
半小时到一小时	每位	客人	50	生丁
之后的每半小时	每位	客人	10	生丁

……躲在一把淡紫色的小阳伞下,躲避着穿过木兰树光亮的树叶的阳光。一位伦敦警察尽管戴着帽子,也谨慎地躲在开满花的一棵树下面,一个穿着仙客来颜色服装的身影(一位年轻男仆,或者是旅馆的一位女客正在等候她订的车?)站在装饰得花里胡哨的防雨挑棚的黑色阴影里,或许正在查看轮船、出租马车和散步行程的价目单,价目单印在明信片的背面,明信片是旅馆用来当作广告的,上面可以看到旅馆、林荫大道、开满紫红色花朵的树、坐在露天座桌子旁的穿着长衫的军官、戴着天竺葵的车夫拉着的那两辆人力车、警察和挑棚下穿着仙客来色衣服一动不动的身影:

当地旅游景点和距离					
肉桂花园	2	英里	高尔夫球场	4	英里
赛马场	3	英里	开拉尼亚寺	5	英里
兴都庙	2	英里	拉维尼亚山	7	英里

这张上面时间更早一点儿(可能是上午八九点),在西贡,一个当地女人,脸有点孩子气,有些虚胖,眼神不快地看着摄影师。她站立着,两只手在脖子后面交叉,露出了光洁的腋窝,这个姿势使得她的乳房向前突出,乳头凸起。她的下半身穿着一条宽大的黑裤子,腰带上挂着一

串钥匙。在她身后可以看到两个小木桶和一个大酒桶，几块扔在泥地上的木板，一幅芦苇帘子在泥地上投下一个个小方格阴影。整个画面灰灰的，湿漉漉的，阳光也湿漉漉的，很沉闷。那条宽大的裤子、她假装扎起的发髻看上去都是同一种黑黑的、油腻的材质：东京①-正在结束装扮的女子。

这张上面或许也是上午的某个时间，在艾伯费尔德②的一个小广场，广场当中有一座铁骑士雕像，骑士骑在一匹铁马上面，头戴一顶铁钉盔。广场四周被高高的房屋所环绕，房屋上面是屋顶、山墙、圆顶和铁尖塔。广场边还有一座像巨型蜘蛛一样的建筑，这个大蜘蛛蹲在交叉着十字的铁脚上，顶着一个玻璃天棚，玻璃天棚里伸出的铁轨也由张牙舞爪的铁脚支撑着，在铁脚之间可以看到悬挂着的车厢徐徐滑过：布劳森维尔特广场悬挂电车。那两张贴在背面的橄榄绿邮票上是两张一模一样的女人的脸，头发毛毛的，泛着金属光泽，头上戴着一顶铁皇冠，胸部被两个铁锥保护着。"我正好到了吕尔牧师家。他人特别友善。他有一个妻子，好几个儿子。现在

---

① 位于越南。
② 位于德国。

家里只有一个叫威廉的儿子在。我希望你没有太担忧，也希望妈妈的流感已经好了。至于我的地址，之前我说得太匆忙所以弄错了。应该是艾伯费尔德路德维希大街22号。我明天再给你写信。拥抱你。查理。"

　　这张上面是中午十二点的样子，在塔马塔夫①的迪歇纳广场，广场上种着桉树，一位殖民士官正穿过广场。他留着厚厚的黑胡子，戴着一顶钟形罩样子的头盔，身边推着一辆自行车。他鼓鼓的裤子堆叠起很多褶裥，在小腿处像个邮差那样用夹子扎起裤腿。他正穿过的那条路上有三位黑人妇女，脸油光光的，穿着浅色的无袖长衣，脸上微笑着，露出亮白的牙齿。一辆骡子套车在中央小路上走着。一个年轻的黑人小伙穿着一件白色的斯宾塞式短上衣，戴着一顶草帽，笨拙地骑着一辆自行车，歪歪扭扭地在这条路上前行。

　　这张上面大概是下午两点，太阳几乎垂直地照在那些柱廊、门拱、带中梃的窗户、文艺复兴式的小尖塔、栏杆和一层层雕刻精致的长廊上。长廊里栖居着被刀捅死、被砍了头、哀怨的幽灵，阴魂不散的朱丽叶，阴魂不散的安妮·博林。带顶篷的小汽车停在路面上，那些昏昏欲

────────

① 位于马达加斯加。

睡的司机可能正蜷缩在车内,看不见,被热浪压垮了。新加坡-香港 & 上海银行。

　　一大片一大片灰暗的云慢慢飘动着。这些云作为一个整体不易察觉地移动着,拉伸成细线,变着形,有时候几乎撕裂开来,于是可以隐约看到月亮发出乳白色、青灰色模糊的光。或许还能听到河岸边草丛里青蛙的叫声,在那里几乎感觉不到水流。小船顺着黑色的灌木丛慢慢划过。陡峭的河岸上树木矮矮的树枝下更加幽暗。在小船靠近时,青蛙一个接一个地不叫了。可以听到船夫摇动船篙时发出的规律的声音。有那么一会儿云都散开了,同时光突然出现在了水面上,就好像光是从水底深处浮到水面上来、终于铺散开来的。河面像一块锡盘,上面划出的细痕既像是静止的,又像是波动的。现在可以听到那里划来的那条小船了,船前行时在桥洞后面激起了一条条波浪。现在可以看到桥本身了。乳白色的月光照在一片屋顶上。一大片小尖塔在河里飘上来的雾气上空泛着幽幽的光。现在可以清楚看到另一条小船了,之前在上游所以未被察觉。还能听到船客们的说话声以及水浪拍动时涟漪发出的咕咕声,就好像月光同时也揭示了他们的说话声。他们的声音在水面飘向远方。小船和难以理解的、奇怪的说话声有一瞬间突然从黑暗中显现出来,然后又消失了,被吞没了,连同河边的城市和金属般平静的河水一起消失了。陡峭的河岸上那座城堡耸立着。那成百上千的、空空的窗子不是被成百上千的、闪耀的分枝吊灯灯火所照亮,而是被孤寂的月亮的月光所穿透。城堡高高的、阴森的围墙,毁坏的小塔楼、主塔,一切都又陷入黑暗,除了那两枚橄榄绿的方形邮票。邮票上在一个蜿蜒的丝带构成的框内,呈现的是同样的加洛林王朝女战士的半身像,头上戴着王冠,长长的头发像瀑布一样披散下来,像野牝马的马鬃,愤怒地卷曲在肩膀上。胸部两个金属乳房闪闪发光,右手放在胸口,手紧紧握着一把剑的剑格。卡片上的字体跟瑞士的那张一样精致高雅,但这张是从德国寄来的。月光下从齐格尔豪泽大道看到的海德堡①。

布满鳞片、下唇突出的大鱼用尾巴拍打着浪花,水浪泛着玉色和粉色的光,泡沫在一朵似火似烟的云彩下面打着漩涡,搅动,扭曲,喷散成水花、触角、蓝色和粉色的花瓣。龙的头上根根竖立着火焰和双刃剑般的鬃毛,身体上的褶皱一会儿出现,一会儿消失。整个空间都雕满了螺旋、漩涡、五脏六腑、喧闹嘈杂,乌云、火焰、泡沫、

———————

① 原文为德语。

283

鱼、怪兽，一刻也不停歇，一处空地儿也没有。堤岸①-塔内。

　　某天早上七点的样子，天气寒冷，雾蒙蒙、阴沉沉的。在一片同样雾气重重、灰蒙蒙的林子边上有一块场地。近景处有一根光滑的、短短的、粗大的、泛光的金属管子，微微呈锥形，架在一个同样厚实的、笨重的基座上，基座上配着两个小小的但笨重的轮子，整体（这些部件既具备可怕的、独眼的、肿胀的、狂暴的特质，又永久地显得挫败和蠢笨）就像是男性的器官（阴茎和睾丸），粗略地制作成型，浇上青铜，推到地上放在一个巨大的机器人的双腿之间。一个士兵长着一双浅色的眼睛，头上戴着一顶平顶贝雷帽，手肘靠在那根巨大的管子上，手卷着自己的小胡子，胸口挂着一副望远镜，一只脚跨在铲起来的土堆斜坡上，膝盖弯着。他身后有另外两个士兵张开双腿站着，头上戴着平顶帽子，外套的领子上面袖着代表军衔的银色条纹。更远处又是一架这样简略的、几何形的、性器官般的机器，僵直、傲慢、矮胖结实。在它旁边站着一个穿着军大衣的人影，大衣一直垂到地面，上面的那张脸面容暴躁，双颊松弛下垂，头上戴着一顶闪闪发光的头盔。更远

① 位于越南胡志明市。

284

处还有一架发亮的管子,还有一架,还有一架,一架架都排成一条线。来自瓦恩射击场的问候①。第一个管子前面用铲子翻过的土里插着一根杆子,杆子上面挂着一块牌子,黑色的牌子上用粉笔写着:

炮台位置3号

4号——铜管迫击炮

由3/0管理②

下午三点钟,山丘那边暖色的地平线。护墙上高高的钟楼鸟瞰着密集的屋顶。另一座球茎状的钟楼略小一些。树遮蔽着一条马路。山坡斜面上,一排排平行的葡萄树由上而下。一条凹陷的马路,一座座果园。时值夏日。两个女人提着篮子在路上走着。慵懒昏沉的午后。一棵苍绿色的松树,嫩绿的牧场,胡桃树的阴影里散发着芬芳。鸟儿沉睡。在沟渠里也许有一只蟋蟀在叫。裂开的李子散发香气。一摊懒洋洋、静止不动的水。阿尔布瓦(汝拉省)-全景图。

──────────

① 原文为德语。

② 这三行原文为德语。

下午三点钟——或者是上午十点，又或者是晚上六点，这都不重要——那儿或许也弥漫着折断的、揉碎的、压扁的青草的味道，那是绿色的汁液的气味。草地上有一个淡灰色的、暗淡的、静止不动的东西，看上去像是硬纸板或者硬皮甲做的。它的一端像是折断、裂开的树枝，树皮粗糙，布满裂痕，又或者像是一只被压扁的、变形的、硬邦邦的旧鞋子，鞋面从鞋底上脱落了下来，微微裂开了口。这个东西整体都跟一块废品、一只扔在模糊的空地上的鞋子一样，静止不动，毫无生气。植物的茎摇曳的影子在上面嬉戏。一只鸟在上面落了脚，蹦蹦跳跳，然后又飞走了。一直都可怕地静止不动，一直都可怕地毫无生机。但如果仔细看，可以看到一个微小的洞，两块鳞片状的树皮之间的一条缝，一只眼睛，一个没有生命迹象的、固定的、石化了的小点，但是这个小点警惕地、冷酷地窥伺着，就像那些长着尖锐爪子的短腿一样。那腿都没法支撑起身体，只能推着身子往前移动，但一旦行动起来，能从静止不动变成极速前行。新加坡-鳄鱼。

早上七点，天空发白，大海泛着银光。那儿泊着一艘大船，船尾处下的锚。听得到黑人的说话声，黑人旋律单调的叫声，那是一群黑人费力地拉着绳索在沙泥中行走，溅得到处都是泥。两条较大的无甲板船随着翻涌的、温润的泡沫起起伏伏。入海通道-马达加斯加东岸。

下午五点，一片寂静。雪地上拉伸着蓝色的影子，那是蓝色的、冒刺儿的松树。耳朵里充斥着迅速的、丝般的摩擦声。冰冷的风也往耳朵里灌。脸颊像被咬过了一样粉扑扑的。穿着厚厚毛衣的上半身都平行向前倾着。地上被扬起的雪留下了一道粉末状的、亮闪闪的痕迹。"亲爱的朋友，我给您寄一张普普通通的照片。到 2 月 12 日之前都可以给我写信。深情的。圣莫里茨① 10 年 11 月 30 日。"一位中世纪的圣母，胸口有一个十字，一只手握着一把剑的剑格，另一只手拿着一株橄榄枝。这个深粉色的人物从一片白雪的背景中凸显出来，皑皑白雪中矗立着一些粉色的岩石。赫尔维蒂娅②。

上午十一点在桑给巴尔③：水管旁的提水者④。头发短而卷曲的黑人妇女在一个水龙头边往马口铁罐里装水。水龙头建在一个水泥基座上。她们身后是一面斑驳脱落的墙，墙上镶着两扇带铁栅栏的窗。铁罐相碰时发

---

① 瑞士恩加丁山谷的一个度假小镇。
② 瑞士联邦的象征，通常为头戴桂冠、身着长袍、手持瑞士国旗图案的盾牌女神形象。
③ 位于坦桑尼亚。
④ 原文为英语。

出空空的、闷闷的声音。阳光毒辣，所以其中一个女人用一个铁罐遮着脸。另一个女人穿着破破烂烂的芥末色针织衫，从水龙头边走远了，提着水罐的手被往下拉，身子为了保持平衡弯向另一侧，空着的那只手的手臂像平衡木那样水平伸着。

下午五点。人们把车从路上推到草丛里，再一直推到河边。车现在在两棵年轻的杨树下面靠着岩石放着。那两棵白杨树的成千上万片小树叶不停地颤抖着。树脚下，一个男人站在高高的乔本植物丛中，只露出膝盖以上的部分。他戴着一顶扁平的狭边草帽，手持一根长长的钓鱼竿，钓鱼竿在河面上微微倾斜着，那一端越来越细，弯曲着，在河对岸的树木（其他杨树）前面凸显成一道浅浅的线条。树木倒映在平静的水面上，对称的倒影如此精确细致，以至要不是一片叶子或者一株草（对于某些昆虫或者某个微小的蜘蛛来说就是一座大型建筑的中堂或者厅堂了，昆虫或蜘蛛从冒出来的部分缓慢地、小心地爬到水边，犹豫着，又爬向另一端，又犹豫了一阵，停住不动，然后又离开了）在天空和树叶的幻象中慢慢地、不易察觉地晃动，那水看上去都不像是一条河，而是一个池塘。一个年轻的姑娘也戴着一顶狭边草帽，帽子斜斜地遮住了前额。她站在那个胖胖的垂钓者稍微后面一点的地方,手里拿着一个海斗。其他垂钓者也都戴着狭边草帽,在岩石上各处坐着。他们手里浅色的、细细的鱼竿像一张张绷紧的弓、一道道彩虹,在平静的水面上以不同的角度倾斜着,就像是一把扇子的扇骨。小小的、银色的和灰绿色的叶子无休无止地微微颤抖、咝咝作响。草和野生乔本植物受顶端的重量而倾斜着,那多重的顶端相互靠近,相互挤压,直到弯向缓慢流动的河水。水面上一点一点升起夜间湿润的、透彻的凉意。拉马卢莱班(埃罗省)-垂钓者岩石。

不确定是什么时刻,不确定是什么时间,也许是一千年前,也许是一千年后,但是是什么的一千年前,是什么的一千年后呢? 并不是水,而是一大片淡黄色的、泥泞的东西,流淌着,滑动着,发出巨大而单调的汩汩声,比寂静本身还要寂静,就像无数星星、恒星、世界蹿动的天空却比虚无本身还要虚无。这片东西不是奔腾的江水,而是穿越了成千上万的山间狭道、山谷、平原流淌着,转过了成千上万道弯,淹没了成千上万的沼泽、田野和森林,不远万里地终于快要走到路途的尽头了,在河岸和三条小船之间推动着来自整个大陆的泥沙、淤泥和排泄物,整个儿收在了一个蒸馏瓶里。平坦的河岸本身也很泥泞。那三条扁平的小船停泊在河岸边。船上笔直地站着几个看上去很野蛮的人，他们的脸躲在锥形的帽子的阴影里，身上穿着反光的长袍和外套，像是用皮革或者直挺挺、油光光的丝绸做的。在每艘小船的船头都站着一个一模一样的造物，高颧骨，厚嘴唇，或者说嘴唇像是被打了的拳击手一样肿肿的。她们的眼睛像是半闭着的一条缝，眼皮耷拉着，脸微微往下低，也就是说看向船粗糙的甲板。从她们的腰上和肩上垂下破破烂烂的衣服，脚从这些衣物里露出来，光着站在甲板上。她们的手臂靠在船篙上，船篙斜斜地抓在手里，深深地插在水里。她们的神态迟钝疲惫、死气沉沉、漠然冷淡。三个人的身影从死气沉沉的黄色水面、死气沉沉的河岸中凸显出来，从黄色的、静止的、既无过去又无未来的时间死气沉沉的表面上脱离出来。东京①-海防-渡船和女船工。

许是傍晚时分，因为在香料面包色的大教堂、香料面包色的中世纪城堡，还有香料面包色、赭石色、粉色、白色或砖红色的小房子上方，天空被抹上了一层玫瑰红色。长春花色的水面上停着几艘白色的、懒洋洋的游艇。一艘小船在它懒洋洋的倒影上懒洋洋地滑动着。"虽然有点儿晕船，但横渡很顺利。我们非常开心到了这个气候

---

① 位于越南。

极为宜人的国家。亲吻大家。查理。"大旅馆-马略卡岛①帕尔马。

看上去是上午十点。树。一个中间有小公园的广场。广场栅栏前有几位骑兵,头上戴着凹凸不平的军帽,在下巴处系着帽带。他们军刀闪闪发光的鞘子挂在马鞍上,顺着靴子垂下来。他们严肃、僵直、粗鲁,期待着什么。一位穿着旧式礼服的男子戴着一顶黑色的圆顶礼帽,神态像是一位警官,大拇指和食指的虎口处夹着一支烟,站在前景里那几位骑兵稍微前面一点的地方。在远景处沿着广场栅栏可以看到一个年轻男孩的背影,男孩戴着一顶鸭舌帽,两只手插在口袋里,头转向三个人。那三个人正站着说话,旁边第四个人穿着一件长大衣,头上也戴着一顶圆顶礼帽,手在胸口的高度拿着一张报纸,报纸折起的部分在他身前画出一个浅色的长方形。他的小胡子下面塞着一支香烟,冒出的灰色的、朦胧的烟遮住了他半张脸。骑兵一动不动。马也一动不动。其中一匹马有时候会甩一甩尾巴或者往肚子下面抬起一条后腿、弯起蹄子来赶苍蝇,有点儿失了重心,脚底打滑,原地顿足以找回平衡,于是铁蹄敲在地面上发出噼噼啪啪的金属

---

① 位于西班牙。

声。随后一切又回归到静止不动的状态。利摩日骚乱-1905年4月17日-奥赛广场庭院枪战开始的地方。

一个长着丹凤眼的男人，小胡子的胡须细细长长。他穿着一件宽大的袍子和一条宽大的裤子。两条腿交叠着。眼睛直直地看着摄影师，手里假装弹奏着一个像曼陀林的长柄乐器。他一只脚放在一张几何图案的席子上。他身边放着一张精雕细刻的独脚小圆桌，桌上放着一堆书。一株枝繁叶茂的植物种在一个花盆的套盆里，套盆边上靠着一把弯柄雨伞——安南乐师。

一座教堂的墙面光秃秃的。教堂方形的塔楼连着一栋像农场建筑的房子。几棵纤细的树。一个男孩穿着中学的制服，戴着领带，穿着长裤，走在一个胖胖的男子旁边，男子的双臂微微打开。菲格雷斯[①]——公立小学和中学[②]。"我打算离开西班牙了。我在凡·维尔登租给我的小农舍愉快地待了几天。小农舍建在山上一片木栓槠林子当中。这里是夏天的炎热天气。我会在星期三或星期四的时候到，跟你拥抱一下，然后再北上巴黎。如果有信寄给我，请你帮我保管一下。亲吻大家。查理。"

---

① 位于西班牙加泰罗尼亚的一个市镇。
② 原文为西班牙语。

这是几点呢？（从门窗玻璃看出去，只能看到淡灰色的天空中凸显出淡灰色的屋顶、树木光秃秃的树枝和某个像是圆顶灯笼式天窗的东西。）这次不再是一张明信片，而是一张照片（是怎么来的呢？夹在那些沙漠、热带森林、米兰大教堂、雪山和起航的大游轮的风景当中），也不是我多年里想象中的那个隐约有些神秘的人物，或者说是那个根据画像复制出来的有些异国情调、时代错乱的人物（跟那个陌生、庄重、宏伟的巴黎相匹配，也跟他住在巴黎时结交的那些艺术家和作家相匹配），在我儿时的思维当中，他不在我们身边的时候，他的形象应该就是那样梳着浪漫的发型，穿着浪漫的背心和灰黄色的裤子，手里拿着解剖刀一般的木炭画棒，周边是画架、圆规、在他身后悬挂着的从手腕处截断的石膏手所组成的既浪漫又严肃的装饰；照片上的这个形象却是跟那些搞音乐会的夜晚坐在客厅靠后的长沙发上的那个人是一样的（没有穿旧式礼服，而是穿着一件简单的短上衣和一条简单的法兰绒长裤），我印象中熟悉的脸跟这张照片上的脸相比，唯一的区别就好比是拿一块坑坑洼洼的田跟这同一块田被犁过之前相比。

他坐在一张柳条扶手椅上，手里端着一杯咖啡，不过从他身边的那个女人的样子来看，更像是一杯那种斯拉夫人功效万能的茶。他们所在的地方既像是个棚子又像是个旧货商的仓库：积满灰尘，既空荡荡又堆满东西，最里面的墙上挂满了没有镶框的油画，一张没有扶手的长沙发上有一个白色的裸体身影，前景处在一幅打了草图的帆布前面有一个头部影像模糊的荷兰海员（也许就是那个凡·维尔登？）。

墙壁是灰色的。地板也是灰色的，没有打蜡，只是时不时洒点儿水扫一扫，就像是在兵营里那样，以至最后地面上有一种特别的光泽，要得到这种光泽，可以说灰尘也起到了很大的作用。灰尘堆积、固化、镶嵌在地上，就像是在机械工或者汽车维修工的工场里，只是地上布满的斑点不是污油或者润滑油，而是各种颜料。

照片右半部分的前景处被那个荷兰人煤烟色的影像（如果仔细看的话，不是影像模糊，而是人物移动了）或者说是被同一张脸的三个影像占据了。冬日里光线黯淡，或许需要相当长的时间曝光，以至快门开着的那几秒钟内，他的头先后摆了三个不同的位置：一个影像（以侧面出现）是透明的、淡淡的，另外两个影像（这时露出了四分之三的脸，看着镜头）微微转向右侧，然后又侧脸仰头。三个影像重叠，由一些平行的印迹、条纹连在一起，就好像有人用手指摁在第一个刚显影的影像上摩擦，使它移动至第二个影像的位置，再到第三个影像的位置，至此头像才固定不动，每一个小点（眼睛、鼻子阴影、下嘴唇）都留下了移动的深色痕迹。最后两个影像重叠，以至在最后那个位置的右眼跟前一个位置的左眼重叠了，因此显现出来的脸宽度要比长度大，长着三只眼睛和两个鼻子，就像是在花瓶或石碑上刻着的那些充满寓意的农牧神。

　　照片可能是靠快门自动开关拍摄的。那个荷兰人可能没能有足够的时间坐回原来的位置，或者估算错了延迟的时间，以至快门打开的时候，他正坐回去，可能还在跟照片上出现的其他人说话（头转向左侧，侧着脸），听到照相机咔嗒声的时候吓了一跳，把头转向照相机，同时本能地挺直了身体，静止了一秒钟，然后或是因为失去平衡，或只是本身不稳定，又略微动了一下，因此照片上的其他人在这几秒钟内保持着他们在快门打开时的姿势，可以说是否定了时间，给人一种照片是快镜抓拍的错觉，在那段时间内切下了薄薄的一片，那些扁平的人物因禁在鲜明的轮廓里，就像是人为地把他们从前后一系列的姿势中抽离出来。在那张脸改变姿势时留下的煤烟色痕迹，还原了事件的厚度，（以唯一的一张照片为基础，在这张照片的正反两面无限延伸，形成了一个立体的四边形、一个平行六面体）假定了过去和未来一连串的时刻，在同样的框架中、同样的装饰前，呈现了前前后后不同人物分别摆出的一系列动作。

所以，最初只有他和他的模特。那个荷兰人背对着相机（或者说是相机后来所摆的位置），他一半的背部和穿着格子衬衫的左肩占据了画面的右下角，画面竖着的边缘从他背后差不多把他的头一分为二，也就是说：在他衬衫的领子上面，冒出了一排竖着的、不规则的亚麻色头发，头发上面戴着一顶水手鸭舌帽，整个形象都从画架上摆着的长方形浅色画布上凸显出来。画架摆放的位置正好让光线透过门窗玻璃在画布上反射出来，如同在一块某些部分尚且冰冷的冰面上反射出来，就好像画布是一块发光的、有界线的平面。左侧，（随着画架的斜角）一条倾斜的直线正好截到一对膝盖那里。躺在远景处的那个人，并不是无数个全能的弗里斯①或威斯特法利亚②女仆中的一个，走出厨房，褪去衣衫，以遥远的、家居的形象再现达佛涅③、苏撒拿④、勒达⑤或拔示巴⑥（也并没有乌云、闪电、水壶、面纱、凌乱的床单、铜盆或惊恐的喂奶女子），而是可以说跟任何与《圣经》或贵族纹章有关的裸体形象都相反，不是在厚厚的发黄的几层釉彩下戴着羽毛帽子、裹着皮草、双唇微张、模棱两可地微笑着的那种女子，而是从蒙马特⑦或蒙巴纳斯⑧一千个或两千个同样的玻璃天窗洒下的同样的苍白光线，在同一个时间在一千个或两千个同样的炉子上重新加热的咖啡的同样味道，玻璃门窗角钢在天空和屋顶上所平行截出的一千个或两千个同样的长方形，跟灰暗的日子里解剖室中所呈现的一样的白色皮肤，早上在小咖啡馆里柜台上吃的是同样的羊

————————————

① 法国皮卡第大区索姆省的一个市镇。

② 以德国多特蒙德、明斯特、奥斯纳布鲁克等市为中心的地域。

③ 希腊神话中忒萨莉亚地区河神珀纽斯的女儿。

④ 耶稣的女门徒。

⑤ 希腊神话中的一位斯巴达王后。

⑥ 希伯来《圣经》中的人物，曾经先后是乌利亚和大卫王的妻子，也是所罗门的母亲。

⑦ 位于巴黎市第十八区的一座 130 米高的山丘，许多艺术家都曾经在此进行创作活动。

⑧ 位于巴黎市第十四区。

角面包,同样的年轻的胸部,脱掉的是同样的栗色或酒瓶绿色的粗毛线衫和同样的褪色的胸罩,同样的腰,腰上松紧带粉色的勒痕正在慢慢褪去,同样乳白色的腹部下面是同样深色的毛发,同样的小腿和同样的脚,杏黄色的脚后跟长着硬硬的角质,不是因为在爱奥尼亚①的沙滩鹅卵石上或者帕纳索斯山②的森林里行走,而是因为早上在地铁站里建着发光的瓷砖墙的地道中和充满尿味的通道中奔跑。

用臂肘支撑着身体,侧躺在同样的散发着尿味的一堆靠枕里,一条小腿半屈着,所以腹部以下的轮廓画出一道斜斜的S线,这条S线的第一道凸出的曲线轻轻触碰这模特台上铺着的突尼斯盖布,S线中间部分顺着弯曲的大腿的上部而往上,然后又一点一点往相反的方向向内弯曲,往下最后消失在一片卷曲的、杂乱的黑色阴影中。

照片左边的部分(模特台旁边有一个火炉,火炉竖立着的黑色通风管差不多在照片三分之一处画了道线)现在除了那些家具其他地方还是空着的:在最左边放着一

---

① 古希腊时代对今天土耳其安纳托利亚西南海岸地区的称呼。

② 希腊神话中缪斯的住处。

把古旧的、褪色的黄色柳条扶手椅,可能是在租下这个工作室的同时找到的(或者一并租下的),这把扶手椅是前任房客所丢下的,或者是好不容易在一家旧货铺子里找到的。在紧靠着火炉的地方放着另一把叫作折叠式帆布躺椅的那种扶手椅,折叠椅打开了,因为还没有人坐,所以条纹帆布像个网兜一样垂着——在这些东西后面,远景处,靠墙放着一个厨房碗橱,碗橱里堆满了各种杂乱的物件(放满画刷的罐子、陶土做的小塑像、书堆、空花瓶)。

晚些时候他们(照片上出现的其他人)才来占据了他们的位置。但怎么来的? 以什么顺序来的?

可能是他先来的[带着他当时那副超龄大学生或者青年教师的神态,穿着那条打着褶子忘了熨烫的法兰绒裤子、在他笨拙的身子上晃荡的外套,他整个人都散发着一种不知道是什么的、无可救药的气息(就像是一个发育迟缓、笨手笨脚的青少年,几乎像个处子,尽管当时离一个女人把他带到世上已经差不多三十五年过去了,而且离另一个女人——通过身体同样的、尽管已经使用过的部位,如果我们敢这么说的话,从相反的方向——以某种角度把他带入——用她母性的、精准的手引导他,使他进入——成人的世界,应该已经有十五年或十八年了),或许只是他到处都自带着的、不可磨灭的外省人气质和受过良好教育的、不可更改的气韵,就像是别人以优雅顺从的态度拖着遭遇过事故的肢体或者得了遗传病的病体,因他这种气质,所以他总是带有这种轻微的拘束局促、局外人、外来客的神态举止]。

他也许是路过的时候上来的(想象他是什么样。游手好闲,或者是以一篇笔记、他给画报写的一篇展览报告为借口,或者只是推说要还或者要借一本书——反正都不重要),在门槛上含糊不清地嘟哝着别人听不懂的借口[闻到了油画的味道,或者看到了那个荷兰人来开门时手里握着的一把沾满颜料的画笔,又或者是从遮着入口的门帘的缝隙里看到了⋯⋯

(无动于衷地、安静地躺着,或者说明显像是一个物体、一个实物一样,置身于这片杂乱的布景中,其中有厨房用具、没有弦的吉他和当作板壁挂着的褪了色的旧毯子,他们就在淡红色的背景中摇摇晃晃的枝叶花环下面做饭、睡觉和交媾,就好像这里是一个紫红色加褪色的月桂色的、临时搭建的、布满灰尘的营房。)

⋯⋯(在门帘构成的平行线或者尖角后面的)一个片段,一个切面:白色和黑色,那是胯部,大腿之间的阴影线条,随着呼吸起伏的腰部凹线,呈现出某种奇特的东西,既是灰暗的,又是发光的,让人隐约感到温热的,既无害

300

又可怕地静止不动的陷阱],嘴里也许重复着:"我事先不知道,对不起,我……"

稍后一会儿,他自己也没怎么意识到就坐了下来,也许本能地移动了一下柳条扶手椅(摆到侧对着后来摆放相机的位置),把椅子放到拍照时候的位置,也就是说并不是完全正对着相机(此时相机应该还在矮碗橱的抽屉里),而是转向了荷兰人,这也许是出于一种本能的羞耻和尴尬:那个无扶手长沙发——或者说模特台——现在就在他的左边,相对于他的位置来说,那个裸体因此就处在他视野的边缘,物体在此处只是以一些朦胧模糊的斑点的形式成像,因此眼睛不是看见而是回忆,回忆起的也不是一连串可以预见的部分(既不是一个系列,也不是一一列举的单子)——以单调的顺序出现的——头发、肩膀、乳房、腰、肚子、大腿、当作背景挂在墙上的旧帘子和突尼斯毯子,而是一种结合体,是阴暗与明亮交错的光线和线条,是分解的、离散的元素在混杂的记忆中以丰富而精确的形式结合起来。

也就是说,从上方和右边出发(那是视线最清楚的地方)往下方和左边延伸着一片浅棕色镶黑色的网状线条,这些线条围起了大大的深棕色菱形,菱形中间装点着一个同样浅棕色的小点。这片线条网和菱形都不像是铺在

301

平面上的交错直线那样规律平整；与此相反，每个菱形都多少有点不对称，往不同的方向拉伸，就像是没有平整挂好的网的网眼，网状交错的线条也根本不笔直，而是弯曲着，或者突兀地改变着方向，画出一条有些断裂的线。随着这片线条网越来越接近一大块浅色的、珠光的图案，它的整体就越来越不规则，越来越混乱。那块浅色的图案周边是蜿蜒曲折的轮廓线，图案的一端被一道黑色的流线所截断，把它跟模糊的、褪色的粉红（花朵？棕榈叶？）图案分隔开来，而在这个图案下面布满了一系列横向的樱桃色、白色、绿色、黑色条纹，没有一个图案占据一个明确的位置，也没有一个图案有明确的边缘，所有的图案相互交叠、相互干涉、相互靠近或相互分开。

　　头脑（更确切地说：还是眼睛，但只是眼睛，还没有到头脑，还没有到我们的大脑里运作编织的部分，通过急切而粗略的缝合把叫不出名字的东西和名称联系起来）不是在讲述，而是在感受：

　　用一根沉甸甸的、生了锈的钉子串起来的折扇，在凋零了的玫瑰花枝间梳着的马尾辫，海滩，混杂的珍珠色、黑色和象牙色的一堆东西，搁在软软的橄榄色靠枕里的手肘，靠枕上面星星点点布满苹果绿的阴影，却看不见略微有些粗糙的皮肤被夹在交织的草叶之中微微泛红，垂在手心里的山羊乳房发出橙树淡淡的甜味,婚礼上用的花,手指上一道金色的金属细线闪着的橙色和柠檬色的光,在被风吹得鼓起的红色帐篷下在锯木屑里找到的廉价小玩意儿,在被一群飞舞的苍蝇遮蔽的、仙客来色的嘴唇上的亲吻,苍蝇舔着洒落的牛奶,五颜六色、花花绿绿的布条上方的一摊奶。

或许,他反正已经习惯这些场景了,也许他贸然出现,既不惊讶也没道歉,或许这就是这所房子里惯常的事:就像这样,路过的时候进来看看,爬上五层楼的楼梯,坐下,点燃一支香烟或一个烟斗,同时聊着天,而他(那个荷兰人)又继续作画。

不管是怎样,现在他就坐在那里,可以看到(或者说是觉察到)在他左边的那道杂乱无章、花里胡哨的边缘,混杂着各种形状和颜色。然后随着那些物体渐渐变得清晰(也就是说它们越来越靠近他视野的中心),它们同时也失去了颜色,因为它们处在他和光源(窗玻璃)之间,它们向他展示的是背阴的那一面,因此它们完全背光,呈现出黑色,就像是在一片屋顶和天空构成的浅灰色背景下突出的中国水墨黑点。那个荷兰人像个猴子一样(弓着背,脑袋缩进肩膀,蜷起膝盖)待在高高的搁脚凳上,就好像他整个是用一种颜色(黑色或普鲁士蓝)画出来的,他本人，他的海员鸭舌帽，他的格子拖鞋和他正面的画架，整个都像是东方的表意文字：用几笔写出的两个靠在一起的符号，两个字，左边一个高高的、差不多等腰的三角形，三角形上半部分被一个长方形横截（画架靠在一个支架上，托着画布），右边一个短短的梯子给一个球形的点当基座，球形向前凸出，就好似往画架方向喷出一个地震波形的侧影（鸭舌帽的鸭舌、鼻子、双唇、下巴），再往下一点的地方，前臂被一根细细的、笔直的线延长出去，在那根细直线的顶端好像可以看到一簇精致、纤细、轻柔的鬃毛，就好似堆积在搁脚凳上的那团无形的东西，滑稽而又悲壮地试图毁灭自己、升华自身，（像一个庞然大物试图整个穿过一个针眼那样）走向或者说是聚向、冲向、涌向那纤细的顶端。

　　或许在一小段时间内（在他进来、交换了几句招待的话语——或者是充满抗议的合唱之后：一方道歉，另一方热烈地邀请，模特也许趁机站起来舒展一下麻木的肢体，看看时间，在帘子搭起的脆弱板壁后面可以听到两个交叠的、混杂的、激烈的说话声，然后门帘当中的 V 形缝隙突然变大，看到一双粗糙的手把门帘往工作室里面推开，进来一个刚从外省来的、英语老师模样的、笨拙的人影——或许简单地说了一句"您好"，或者只是点了下头，或者两只手稍微碰了碰,两个人机械地微笑了一下,就这样)……所以在一小段时间内,不过就这些:柳条扶手椅的吱嘎声(他在口袋底部搜寻着香烟或烟斗,然后是火柴盒,随后把这些都塞回口袋,交叉着双腿,给自己找一个位置坐好),火炉上咖啡壶的低吟,也许还有那个荷兰人零散的、从某个角度来说有些脱节的说话声(也就是说,他回答的时候会略有延迟,就好像他的说话声要穿透厚厚的油画才能出来,就好像在他的大脑某处有一个坚决的电铃,在他意识到之前,访客提出的问题在上面摁了好几次,如同在一盏明亮的信号灯上面),他从他的搁脚凳高处回应着访客,最后只剩下一些简单的咕噜声,因此他(访客)不说话了,满足地抽着他的烟斗,听着火炉的呼噜声,记录着那条水平线上的画面,在这条画面上,五颜六色的、可以说是嘈杂的斑点跟画家黑色的、简略的身影形成对比,画家的身影收拢着,就好像压在自己身上,然后猛烈地往那根脆弱的木棍上发射,那根木棍就像是一个奇怪的器官,惊人地精细,好似一个怪异的赘生物,反常地(就跟那些可怕的——甲壳类或厚皮——动物一样,一方面某种感官知觉——听觉或嗅觉——灵敏得令人惊叹,另一方面身体却粗笨、丑陋不堪)长在了肌肉和骨头构成的黑色大山上,这座黑山内部的所有力量(所有的矢

305

量线条)好像都带着一种愤怒、一种狂热，专注地汇聚起来，涌向那个微不足道、不值一提的延伸部分。

从他所处的位置来看，画架上的画布差不多是侧立着的一个简单线条，比画架支柱稍微宽一点，就像一个简单的平面指示图，一个屏幕，一条象征性的分界线，界线两侧一边是那个带呼吸的、闪闪烁烁、无法捉摸的东西，那团杂乱无章、闪耀不定的东西（但是是什么呢？ 不是破旧的抹布或者挂在墙上、颜色死气沉沉的挂毯帷幔，也不是从某个殖民地博览会上多出来的一块老旧的、褪了色的条纹毯子，不是一个女人，不是躺着的夏娃，不是勒达，也不是波提乏①，而是某种没有厚度的东西，某种比蝴蝶翅膀上的粉末更不稳定坚固的东西）——而在另一边……又是什么呢？ 只不过是一个袋子？ 只不过是一堆阴暗的、九十公斤重的内脏、器官、膜，里面幽深的管道迷宫不断地用泵抽送着一定配量的空气和血液，哪怕只停下一会儿，那个袋子，那个外壳就会坍塌下来，那不多不少只不过一个空羊皮袋而已（如果仔细看，它还是会一点点地、缓慢地移动一下，肿起来，受到看不见但贪吃的蠕虫的蹿动刺激而不易察觉地往上一提）。

---

① 《创世记》中法老守卫队长。

306

所以（擅入者、访客）就待在那里看着，看的不是由一个屏幕隔开的不清晰的现实的片段和一堆弗拉芒的肉体，而是某种意义上来说那个荷兰人的两个部分（一部分是由绿色、珍珠质地、香水、夜晚和仙客来构成的，另一部分是由肌肉和骨头组成的），这两个部分在一个麻线构成的细细跨度上连接、调和。

他也许忘了重新点燃烟斗，或者是忘了在他口袋里重新找一根香烟，在温热的火炉边昏昏沉沉，自己也变成了那堆五颜六色混杂的东西的一部分，接着这堆杂乱物的是呈叠瓦状分布的长方形和十字形，那是由翻过身靠墙放着的画布框看得见的部分构成的，所以可以看见画布没被涂抹过的、泥土褐色的那面，画布框的木头是浅黄色的，上面布满了深黄色的条纹，在画布框的上侧边缘和左侧边缘可以看到白色的布条，布条上排列着钉子黑色的圆头，根据画布框之间的距离呈现出一系列或近或远的 L 形。然后是黄麻帘子上平行的褶皱，帘子的颜色跟画框上绷紧的画布的颜色差不多，帘子被拉到了墙角，跟墙脚线形成了一个直角。大玻璃窗由几块镶在竖直的角铁中高高的玻璃构成。在玻璃窗外面，从左到右可以看到一个长长的灰色屋顶，一个颜色更浅一点儿的灰色圆顶，灰色的天空，一座房子灰色的墙面，墙面被画架向右

307

倾斜的深色支架所截断，然后是带有灰色百叶窗的窗户，一个漆成灰色的阳台，然后是一条向相反方向倾斜的深色杆子，比支架稍微粗一点，因为这是画架的那两根支柱（因为是从侧面看，所以它们几乎是重合在一起的），支柱托着一个突出的槽，槽上面搁着画布。这一切在背光里那么暗，几乎是黑色的，因此他勉强能看到画框边缘钉子的圆头排成的那道虚线。然后是一扇跟第一扇窗一模一样的窗子，但窗扇往里面开着，所以围住了一个黑色的方块，方块里时不时会冒出来一个扫把的头（像个毛毛虫），扫把的柄靠在阳台的栏杆上，被一只看不见的手摇晃着，那只手把它提起又甩下了好几次（木头撞到铁栏杆的声音传过来的时候有一点延迟，声音变得很轻，几乎听不见，每次都有小小的、近乎白色的火花冒出来，被风带往左边飘走，看不见的手有时候会按在扫把柄上，当扫把柄停在阳台栏杆上时，会往一个方向然后再往另一个方向猛烈地旋转，扫把头像一个螺旋桨那样绕着扫把中端转动，但从来没有转满一整圈，然后扫把又转上去，最后一次落下，终于消失不见了），接下来是一段灰色的墙，墙面被一条蜿蜒的或者说像是地震仪绘出来的线所穿越，那条线（从上往下）是由那顶海员鸭舌帽的上额部分、鸭舌、短短的一部分额头、鼻子、上嘴唇、下嘴唇、下巴、衬衫领子和衬衫在身体前面的线条所构成的,衬衫随着穿着它的那个人的姿势(在搁脚凳上蜷缩着,背弯成一道弧线向前倾斜)在胸口打了很多褶裥,然后——在脑袋的那团黑色(或深蓝色)影子右边——又是一扇窗,墙面到右侧竖立方向规则排列的雉堞处结束,这面墙在后面房子的砖体内墙前突显出来,后面的房子比前面的房子更高,所以墙面上露出一个橘粉色的直角,在前面房子的钛锌板屋顶的上面画出一道水平的线,一直画到那个时不时冒出扫把头的复折屋顶老虎窗上面,这个直角给被大玻璃窗框住的整个淡灰色画面(天空、墙面、窗户、圆顶、勉强带点淡蓝色的钛锌板屋顶)抹上了唯一的一点彩色,除了从一处到另一处有几排像倒扣的小花盆的烟囱,淡黄色、粉色或被煤烟灰熏成了黑色,搁脚凳和画架脚下的工作室地板上倒映着蓝色泛着光,就好像反射着从看不见的天空某个缝隙里漏出的光,随着工作室深处的反射角度变大,地板又变回了灰色,因此画家和画架的结合体(用中国墨水画出来的两个表意文字)就好像没有实体,在一摊蔚蓝的液体中央漂浮。

或许,他到得太晚了。彼时,其他人已经都安置好了。也就是说,当时她(那个俄国人——或者匈牙利人,又或者是波兰人——除非她实际上只是个庇卡底人或者

309

贝里人:那个身材扁平的女人,穿着平底皮鞋和松松垮垮的男式针织衫,顶着一头短而平的头发和笔直的刘海,带着一种女教师或者说女投弹手的仪态)已经把装着茶杯和盘子的托盘放在了搁脚凳上(平静中突然一阵桌椅搬动的喧闹声,那是椅子在地板上拖动的声音),而他只是后加入(那个像男人的女人只是站起身又去添了一个茶杯)那些已经在那儿的人,也就是说,画家、模特、那个女人和那个留着大胡子的男人,后者坐在或者说是陷在搁脚凳后面的折叠式帆布躺椅里,搁脚凳就像是用来当作一个茶几,男人背转向火炉,几乎是紧贴着,因此那喝茶的一组三个人占据了照片上被火炉通风管分割出来的整个左边部分,以至这两组人(另外一组是由画家和模特组成的)像是被各自禁锢在单独的隔间里。

这场景散发着说不出来的奇异甚至不真实的气息,这不仅仅是因为这里的氛围反差极大,既亲和又庄重,甚至还充满仪式感。提供的茶水、经典的糕点小盘、勤奋的年轻人、看上去像是位戴眼镜的严肃医生的第二位客人以及那位严峻的女投弹手——而在一旁的长沙发上呈现着一位裸体模特(似乎更常见的情形是被一群如画的人物围绕着,也就是说一群打扮得稀奇古怪的人,肆无忌惮又懒洋洋地躺卧在椅子上,就像是常人一般所想象的艺术家们那样），被一位业余摄影师拍下来，这张纪念照就跟那些笨手笨脚拍出来的家庭合影一样，缺乏灵活的技巧，结果越发突出那裸露的胴体，她并没有像前景中荷兰人的脸那样移动，那张脸在整个画面中独占一席之地，与那片明亮的形状一样大，但是有些模糊——可能是因为景深不够，模特也没有摆出某个让人惊讶的、所谓协调或诱惑的姿势，而只是靠在臂肘上，上半身微微抬起，跟其他人一样，正在喝茶，她面前的条纹床单上正摆着茶托和茶杯，身躯半躺着（很可能她还保持着当绘画模特时的姿势），盯着镜头的眼神有点惊诧，大概是因为她听到了荷兰人的警告，那句昭示命运的"都摆好了！别再动了！"，而当时的她因为准备时间过长而略感疲惫，正打算松懈一下，听到警告的档口她刚把饼干在茶里蘸了蘸，结果就这么定格了，右手拿着茶托，左臂抬起来一半，饼干正在从茶杯送往口中的半路上，嘴半张着，留下了这么一个平静而平凡的姿势，这平静而平凡的裸体没有半点儿神秘之感，以至照片上弥漫着一股神秘气息，不是表面呈现出来的，而是隐含在所见所显之物以外的，照片上充斥着一个可怕的谜团，难解，令人眩晕，就像是由岩石、云朵或狼狈无措的头脑提出的谜题，说道："是吗？只是燧石、石灰和水滴？——但还有什么呢？只是皮肤、头发和黏膜吗？

但还有什么？还有什么？什么？什么？什么？"狂热的眼神第一千次在这张糟糕的照片上搜寻，照片洗在一张太硬的纸上，给那个裸露却不容置疑的胴体带去一种不真实的成分，夺去了它身上本该有的中间色调，那些本该有的光泽，在自然光线下，会把所有物体跟周围的事物连接起来，而现在周围的部分处在白晃晃的光线之中，而阴影处失去了所有的透明度，变得厚实漆黑，以至胴体（大腿、紧实的腹部、手臂）有一半被阴影吃掉，因而纤细优美的特质尤为突出，同时，由于焦距没有对准而导致的模糊感，最后给一切都抹上了一层幽灵般的感觉，就像是用木炭或擦晕画法绘成的画，轮廓不是由一条清晰的线界定的，而是一堆笔触，轮番从阴影中突出或往阴影中没入，就像是在记忆中，有些部分曝露在光线下，另一些部分……

现在,常春藤完全处在阴影中了。而它们开始醒过来:不是像戴着黑色兜帽、整天不停地飞来飞去相互叫唤的那四五只鸟,而是那些在繁茂的树叶间进进出出的麻雀,虽然看不见,但听得见它们在一片翅膀扑棱声和树叶摩擦声中争吵着,或许是在打架。我突然发现应该很快就要五点了。我想着如果还能在他办公室找到他,那运气就太好了。走在街上,还能感受到封闭、积累起来的热气。此时还没到热气慢慢从墙体里散出来的时候,但从某种程度上来说,现在正是一个平衡点,也就是说,空气、常春藤和墙砖都处在同一个温度,因此走在墙面之间跟穿过墙体,感受到的温度应该是差不多一样的,就好似一切都是完全用同一种材料构成的,都是一种紧实、晦暗而同样温热的材料。人们已经在露台上搭起了帐篷。房屋的影子已然爬到了二楼的高度。热气是从受热受了一天的石板下面冒上来的,就好像是从炽热的土地深处爬升散发出来的。室内略微凉快一些。我说,不,不必让他送来办公室。我说,不,我就来这儿拿,我只是有两句话……我心里默默希望今天下午有人向他出售整个城市一半的地皮。我想着,我本该在那个吃家具的女人一走之后就给他打电话的,从此时到明天上午九点我总是有时间清理抽屉里那些东西的。只有五六个人坐在桌边,在最靠里的地方,那些年轻人一直都扑在那些(我说,这不可能,这是一个办公室,肯定有人——还没到五点呢,您是否还坚持)机器上,摇晃着,在上面拍打着,相互推推搡搡,在一些做了标记的小点发出的噼噼啪啪声中发出鸟儿般的喊叫声。我看到它们中的一台,像一艘航空母舰的甲板,在一片电光蓝的海面上航行,在半明半暗中亮起点点灯光,带着一种坚定、一种无情的恒定闪耀着,与波动的自然光形成对比。

他生命里剩下的日子都是在一间办公室里度过的,以灰尘太多、热气太甚为借口,哪怕是在大冬天,连百叶窗也不开,忙着那些让他着迷的事,比如把黏糊糊的瓶子里的东西蒸馏出来,结算着一袋袋的硫酸盐或者工人的工资。而同时,在一个抽屉深处藏着一张老照片,既没有勇气撕毁,也小心防范着不让拿出来,就好像是怕光线,不是怕阳光,因为阳光从来照不进办公室,而是怕那个四分之三的面儿都被苍蝇屎给覆盖了的电灯泡的灯光,怕那灯光一照,照片上的东西就会涌现出来,发掘出不是一瞬间记录下来的东西(不是在厚重的时光中微不足道的薄薄一片,留下的不是柳条扶手椅上端坐的影像),而是混杂的、叠加的、纠缠的影像,一个个相互吞噬,就像是词典或某些健身教材里的插图,奔跑着或跳跃着的人,照片是用一个仪器固定住底片拍出来的,快门在很短的时间间隔内一开一关……

〔他把它递给了我,说:"拿着,您自己听听。"在杯盘交错声和机枪劈劈啪啪声以外,我听到远远的轰鸣声和寂静相互交替,一阵轰鸣,一阵寂静。我可以想象那里光秃秃的墙上什么也没有,只有一张巨大的城市地图,非常经济实惠地兼具了艺术品和作战图的功能。有好几架飞机,或者也可能是同一架飞机出现在进攻时不同阶段的不同位置,一开始小小的,在两片云当中的缺口里高高的一个点,然后稍微低一点儿,样子也清晰了一点儿,接下来更靠近太阳一点儿,机翼上可以看到太阳的红色光芒,飞机连续的画面组成了一道弧线,一次俯冲。模糊的玻璃后面,一个灯泡一闪一闪,随着每次机枪的瞬啪声而一次接一次地照亮飞机(轰鸣声停止了,开关切断了。它可能整装完毕。我说:"喂,我想打电话给——"),因此随着飞机接连地出现,看上去就像是变大了,跳动着靠近了。(我说:"怎么?他已经走了?但这才——什么?要星期一?可现在才星期五……")随后,在一股红黄相间的喷射物后面亮起了一盏灯,那股喷射物被一团烟雾围绕,从航空母舰的甲板上喷涌出来。他们都大叫起来,拍打着负责操作的那个人的背,然后又开始狂热地晃动机子。航空母舰甲板上停着两架巨型飞机,画着泳装,戴着一顶美式的水手贝雷帽,其中一架也亮起了仙客来色的灯,另一架穿着小水手般的蓝白条纹泳装。我放下了电话。]

……一群人,在黑色的背景前,可以看到一匹马,或者是一个留着小胡子的光身子的人,他们在奔跑,猛冲过去,跳跃起来,又落下去,一个接一个地以赛马比赛的姿态跳了过去。每个画面都跟前面那个部分重叠,或者说像是从前面那个演变过来的、衍生出来的、脱离出来的,就像是套桌那样一个套着另一个,比方说:

那个瘦骨嶙峋、带着虚无主义神态的俄罗斯女人,身子在盘子上方前倾,前臂顶部托着糕点盘子,而他伸出手,做出……

(硬硬的、面粉做的小糕点。我寻思着她是在哪里买到的。可能是在某个俄罗斯或者荷兰特色小店吧。这糕点是给深海鳕鱼、鲸鱼渔船商和极地探险者的供给品，在海水、硫酸里不会腐烂，可能在胃液里也不会。吃完了两个小时以后还能感觉到它们像木块一样在我的——那些关于海难的故事里是怎么记述的？还剩下十箱咸饼干，是干肉饼还是牛肉饼来着？每人每天吃两块半，就着三口淡水，直至……）

……拿起一块的动作。随后，女人的上半身随着接连移动的位置上复制了一次，两次，三次，四次，同时臂弯那里的糕点盘子转动着，往那个大胡子老人那里划过去一条白线。老人局促地躺在帆布折叠椅中，茶杯又碍手碍脚，他试图把手伸向糕点盘子，但白费力气，于是那女人的手拿起一个蛋糕，给他放在茶碟上，在这一串动作中，前臂透明的影子以臂肘为中心，画出了一个扇形。此时，坐在柳条扶手椅里的那个人正用勺子在茶杯里搅动以融化糖，先前他自己拿的蛋糕斜斜地放在茶碟边缘。

对面七楼的一个窗口，一个女人拿出了一条羽绒压脚被、几条被子和一个长枕，接二连三地把它们晾在阳台栏杆上，然后就转身不见了。钛锌板屋顶灰里透蓝。

（耳朵里还充斥着机关枪咔嗒咔嗒的声响。接触片发出糖果色的光，一明一暗。仙客来色的胸罩。美式的水手贝雷帽大胆地搭在耳朵上，微笑着的嘴咧开，露出他

317

所有烤瓷般的牙齿。我寻思着他是打哪儿学来这种高高在上的、美国牙膏广告般的微笑的。——**投票！投票！投票！**——既老实巴交又庄严肃穆，不管是风还是雨——**团结起来一起向前**——又或者是照片上血色的刀伤剑痕都不能使人退缩。门呼呼开关，把他们乱哄哄地全都推进了同一个华而不实的世界，这个世界里充斥着药房广告般的笑容、轻诺寡信的勾人媚眼、各种喧哗和喷气发动机。我听见自己的脚步声穿过寂静的庭院，车库的门发出吱嘎声。汽车的弹簧也吱嘎作响。发动车旋转时发出废铁般的声音。然后我停了下来，想起来应该要数到三十。我想着，在同一张照片上面可以看到：……）

模特现在直直地站着，背对着火炉，白色透明的躯体跟女人的身体部分重叠着。彼时，那个女人坐在搁脚凳上，挺直了身子，她也背对着火炉取暖，因此那个黑色的三角形跟她圣女贞德式扁平发型的那团影像混合起来。荷兰人穿过从（最深处）碗橱那里到他安置照相机脚架的地方两处之间的空地，一开始（当他在碗橱边翻着里面的东西的时候）看得到全身，然后随着他往近处走，他的脚、小腿、大腿渐渐都超出了视野，后来鸭舌帽的顶部也出了照片的上边界线，接着是帽舌，再接着是额头、鼻子，直至最后（在他对相机做出各种调整的时候）整个视野都被他苏格兰衬衫上的方格给填满,穿过这些方格,就像是在窗栅栏后面往外看,可以看到坐在柳藤扶手椅上的那个人把茶杯放在了搁脚凳上,身子也往前倾,前臂搁在打开的大腿上,交叉的双手一只拿着烟袋,另一只拿着烟斗,正往里面填烟丝。而此时……

在我双脚之间滴落了几滴打卷的金黄色油彩。我才看到地板被各种斑点弄脏了。那是从蘸满了颜料的刷子上滴落的油彩。滴落成一片星辰。

他现在倾向照相机。"这玩意儿真了不起,"他说,"我是在德——"

圆圆的像是盖封印的面包团,有时候周边蔓延出一圈毛边。被灰尘磨出了光泽,变成灰色,或者说更像是变成粉画的质感。靠近我右脚皮鞋脚尖那里有一块蓝黑色的油彩,差不多有五法郎硬币那么大,然后再往左边去一点儿,是一撮颜色甜美的星团,淡粉、青绿、苋红和尼罗河绿,带着一圈小小的、胭脂红的卫星,然后是一片空隙,再然后是灰绿色的地板,上面有一道浅色的裂缝,颜色是冷杉绿透着淡黄,但比烟草的嫩枝颜色更浅,可能是最近才被刀刃边缘划开的,因为还没来得及变成灰色,然后,又是一团聚集的色斑,就像是集市上手里握着的杆子顶部的一堆气球,但颜色没有那么刺眼,而是丁香色、紫红色、几乎泛灰的淡蓝色，还有其他一些灰暗色调的颜色。

模特现在坐在了长沙发边缘，小腿交叉，双脚只有前脚掌的部分点地，脚跟提起以保持大腿呈水平状，茶碟放在大腿上（她只是在后来荷兰人想要"留个纪念"的时候才按他的要求摆起了姿势，把茶碟和茶杯放在了条纹毯子上，重新躺了下来）。

"再来点儿茶吗？"她问道。

我记得她腹部阴影的部位呈现出一种柔和透明的绿色，就像是画画时在已干的颜料上涂上的透明颜色。而在光线下，也就是说在紧靠肚脐和左肋下方的凸起部分，则呈现出珍珠白。

随着她的呼吸不易察觉地一起一伏。胯骨略往下有一处凹面。随后我意识到那是绿色条纹毯子的反光。

他按下了快门，回到他的搁脚凳上坐下，而此时相机里的机械发出轻微的咔嗒声。他说着"我们可以数到——"，突然那咔嗒声变了，一下子变得更大声，他那砖红色的大脑袋一惊，急忙转向相机，嘴里说了句"哎呀"。我们大概静止了一秒钟，然后咔嗒声停止了。他又说了句"哎呀，应该是有什么东西不好使了"。他从搁脚凳上跳了起来，跑向了相机，嘴里还嘀咕着什么。我把头很快地转向她，跟她栗色的眼睛对视了。她打量着我，既不放

320

肆也不无礼，只是像一只猫那样好奇而谨慎。我把头转开了。他看着我们问道："欸，有没有谁知道怎么弄这玩意儿啊？""我可不会。"我说道，"我从来不懂什么机械原理。我不——"

（下了车，松开了刹车，把车推出了车库，推到院子里有光线的地方，打开引擎盖，看着里面那块布满了铁锈的东西，冷冰冰，毫无生气，带着——手表、门把手、盥洗盆水龙头、马达——这类物件拒不运作时一成不变的、既滑稽可笑又充满敌意的特质。汽油泵的手柄上盖了一层绒绒的灰尘，是被油粘在上面的。过了一段时间，我闻到了汽油的气味，然后汽油就溢了出来，淹没了我的手指。我擦了擦手指。食指皮肤上一圈圈细细的纹路里面还嵌着黑渍。与这黑色形成对比的是皮肤上凸起的细纹透出的色情的粉色。罪犯的指纹，可以……我绕过发动机，回到座位上坐下，继续擦着手指，然后把抹布捏在左手。我又试着发动汽车。院子光秃秃的墙回响着起动机的嘎吱声。最后我放弃了，下了车，又绕着车走过去，盯着发动机，被污油弄得黑黢黢的各种管子、螺栓、复杂而无用的电线，全都死气沉沉，毫无生机。汽油呛人的味道现在刺激着我的鼻孔。这玩意儿就跟一块原始的大石头一样毫无生气，就像是一块铁矿石，给做成了发动机，上面给浇

321

上了一点儿汽油。这汽油也是从地下深处给挖出来的，发出矿物的臭味，冰冰凉，灰蒙蒙，换句话说，不是涂成了蓝色，而是一种没有色彩的颜色，比方说就像是灰暗的铅块的颜色。在汽化器下面的外壳上有一块栗色的油腻腻的斑点正在慢慢扩散。我回到座位坐下，点上了一支烟。）

那个女人有一阵没再出现在窗口了。那条毯子呈现出一个细长的三角形，尖角往下垂。三条红色的条纹相互靠拢，与三角形的一条边平行。搭在阳台栏杆上的长枕折成两段，像一个压扁的木娃娃。"破烂玩意儿！"他说道，"刚才我碰都没碰它就启动了，你们看见了吗？"他停止摆弄相机，把头转向我："还剩一张了。你会拍照片吗？"

我站起身。

"你只要按一下这里就可以了，很简单的。等我坐好。可惜你就不能在照片上了。"

我听到从外面传进来的规律地拍打在毯子上的声音。这声音像是从灰色的天空中软绵绵地飘下来的，重叠的两声仿佛来自遥远的地方。那个用来拍打毯子的东西，叫什么来着，柄软软的，用藤条还是什么绞出来的，绕出三角草那样的圈圈，交叉的 8 字花纹，就像是军官的军帽上金色的饰带，但没有那么……

"现在拍吧。你只要按一下。"

我以为下午是不允许拍被子毯子的，我以为只有上午九点之前才可以。

"好极了！希望至少这张拍好了。这是最后一张了。胶卷用完了。"

(我一边思考这个点儿打电话他们会不会派修理工过来，一边再次试着发动汽车。嘎吱的金属声又一次徒劳地回响，加剧，从一面墙回荡到另一面墙，继而归于沉默。我下了车，砰的一声把门关上，绕了一圈再次打开引擎盖。汽车似乎在用它那两盏蠢笨的前灯盯着我看。比起犀牛来更像是一只鞘翅目昆虫，也就是说，就是那些内部已被蚂蚁啃噬干净的空空如也的纤薄甲壳中的一只。这辆载得满满当当的汽车停在撒满碎纸屑的僻静的林荫道中央，单膝歪斜跪地，几乎可以说向侧前方陷下去，因为那儿的轮胎瘪了。胡乱画着图纹的两侧使汽车看上去就像一只愚蠢且可怕的野兽。他们只有弓和箭，七嘴八舌地叫嚷着，在厚厚的阳光下争论不休，失望，不安，消瘦。当他接着咀嚼三明治时，喉结上下滚动，出现又消失的太阳像糊在或更确切地说粘在上面似的，在保险杠生锈的镀铬上、车窗玻璃上、缺了牙的嘴里黏糊糊的糊状物上闪耀片刻，随后再次躲在一旁。阳台和横幅的黑色阴影渐渐消失，仿佛一切都被压扁，从均匀的灰色重新变回积了灰般的浅黄色,然后只剩下后背和所有绷直手指挥舞的手,挥动的步枪在手臂顶部上方摇晃片刻。他们成功拿到了枪,枪消失了。

手表显示到了五点半。我再次打开车门,取出之前放在车座上的档案袋,又砰的一声把门关上,回到那浸泡在发了霉的衰老死气中的潮湿阴冷的走廊上。在去二楼的中途,我折了回来,一边下楼,一边重新从口袋里掏钥匙,坐在方向盘前,做最后一次尝试。给油门施加小小的压力,起动机再一次绝望地在真空中发出金属相碰的哐当声。突然,声音变了,我松开钥匙,声音还在持续。我一边轻轻踩着油门,一边听着,然后松开油门,又一动不动地等了一会儿,屏住呼吸,随着车子的轻微颤动而动。最后,下车去开大门。当我发动汽车时,车子没有熄火。我把车开到马路中央,挡住一半人行道,小心不让它熄了火,一边听着它是否一直在运作,一边回去从里面闩上门,再从小门出来。我脱掉外套,把它放在车座上的档案袋上,发动了汽车。)

毫无疑问他能看到这一点,也就是说仿佛可以从这些体育课教材的照片上看到这一点,就好像快门在此期间不停地开开关关,就好像他继续在同一张也是唯一一张胶片前按快门,拍摄了最后一张照片(上面没有他,这

324

就解释了为何他保存的唯一一张照片是那张荷兰人的脸模糊得有三重影的），这张胶片一直没有移动位置，以至人们现在也能看到它在那儿（叠放在苏格兰衬衫的方格子上，模特台上的浅色斑点上，接着是拍完最后一张照片、从照片中穿出来的那个荷兰人的煤烟色轮廓上），大约在长方形的中间，从差不多齐大腿的地方截断，现在模特上半身穿着一件外套，裸着大腿，向右转身，同时那个荷兰人占据了模特早些时候站着取暖的地方，但荷兰人是蹲着的，他蹲在火炉前，正在抖烟灰缸，好重新装满，这使得模特白色透明的大腿穿过他的后背，直到片刻后他重新站起来，轻松地立在他往里面塞木柴的火炉的左边。柳条扶手椅上现在没有人，之前坐在上面的人现在正站在画架上的画布前，因此模特是转向他的，而他们……

我从来没想过人们会把它们放在那儿：放在一个几乎是乡下的地方，就在汽车坟场的后面，木支架可笑奇特的脚撑陷在路边的草地里，上面布满了褪了色的酸渍，一片不太自然的黄色粉色绿色，在嫩叶前招展着哗众取宠的**团结**、**民主**、**投票**、**一起前**，乱七八糟地向吉卜赛人，向最后几个加油站的加油工，向住在铁皮顶破屋子的人展示着他们打着领带的统一形象，个个都友善慈祥，深思熟虑，受人尊敬，这叫我想起了最后一次见到他的场景，坐在这间咖啡馆露天座上，俨然正在练习装出这副庄重模样。

他假装没看见我，我继续向前走，然后听到了有人推开椅子追上来的声音。

他追上来拍我的肩膀："哎，认不出老朋友来了吗？"他总是这副居高临下的、担忧的、屈尊俯就的表情，就跟他让我以为他的梅梅尔邮票更有价值或是令我瞥见他本子里夹着的裸女照片的那些时候一模一样。但现在他不再努力显得优雅。至少在某种意义上。他的衣着尽管近乎不整、磨损，却还是带着点造作和挑衅。

"我刚才没看见你。"我说。

他恶毒地瞥了我一眼，随后立刻换回原来那副了不起的神情："喝一杯？"

"我还有事。"

"你总有喝一杯的时间吧。"

"不，"我说，"我和人约好了。就坐五分钟吧，如果你愿意。"我们一起回到他的座位。他把一只塞得鼓鼓囊囊的公文包从空着的扶手椅上提起来，又塞进一个文件夹和一些文件，然后把公文包靠在独脚圆桌的桌腿上。我们坐了下来。他一直用这副怀疑、谴责又自命不凡的神态看着我："听说你去过西班牙？"

"是的。"

"真浪漫啊。"他说。

"是的,是很浪漫。"

"后来呢?"

"后来?我猜你知道的跟我一样多。"我指着公文包说道,"你正在变成一个大人物。"

"真浪漫,"他重复道,"你玩了什么?"

"什么都没玩。算了,别说这个了。"

"我认为我在此地的职责便是竭尽全力为——"

"当然了。"

"我不是一个年轻、浪漫的资产者,"他说,"我与处处滋生的法西斯主义斗争,我知道在这儿更能帮助我们的西班牙同志,比起——"

"别说这个了,"我说,"我们不是在公开集会上。"

"无论如何,肯定比我去那儿为——"

"算了算了别提了,我甚至都不知道自己在那儿做了什么。"

"你自己也承认?"

"老天爷啊,是的,我承认。"

"我听说你为无政府主义者运送武器。"

"不是,我运送了武器,但没留心是——"

"这些家伙都是些下流胚,你不知道吗? 他们只想分裂——"

"老天爷,你能停下吗?"

他又用这副严厉又恶毒的神气看着我。"不存在两个革命党,"他说,"只有一个,你不知道吗?"

"我知道,"我回道,"但我大概不是一个革命者,或者说不是一个合格的革命者。如你所见:一个失败的资产者,一个失败的革命者。总之,一无是处。"

"你觉得自己很搞笑吗?"

"不觉得,"我说,"好了,我该走了。"

"注意!"

"怎么了?"

他局促不安地说:"听着,我们应该谈谈。"

"下次再说吧。"我回道。

"你好好想想!"

"好,"我说,"我会努力想的。"

"好好想想!"

"再会吧。"

"如你所愿。"他再次端起那副严厉冷酷的表情。

"再会。"

"如你所愿。"他不再看我,又把公文包里的文件取了出来，打开文件夹，不再关注我，翻开文件里的几页纸，专心阅读他用蓝色铅笔做标记的其中一页。

接着无非是葡萄树、柏树篱笆、杏园以及渐行渐远的山丘，高过松树、法桐、桉树树丛的酒窖或乡下别墅的屋顶，在山坡顶上，我看到了它：几乎比这里平静的天空稍微深一些，仿佛用画笔小心仔细地刷了一条水平的细带，飘浮在酸绿色的葡萄藤上方，虚幻无形。

在墙上挂着的画布中，有一幅松树风景画，在枝条掩映间，人们可以看到镶嵌其中的由浅蓝色脂膏做成的天空碎片，好似珐琅碎片一般。她起身穿上一件外套，这件外套之前放在无扶手长沙发脚旁的椅子上，和她的其他衣物一起，长沙发在翻过身靠墙放着的画布的前面。好像是一件浅灰色的男士外套。她在口袋里摸索，从中拿出一盒皱巴巴的高卢牌香烟。"谁有火？"洋娃娃一般纤细的手，勉强从过长的袖子里伸出来。一片指甲上的指甲油斑斑驳驳。"谢谢。"她从鼻子里喷出一股烟气。上唇上微微生着绒毛。外套遮着胸脯，但没有罩住她的腹部下方。条纹的羊毛织物，接着是轻微隆起的一圈肉，然后是这片野生的卷曲的黑色。脚光着。灰色的脚掌上可能是灰尘。

火苗受空气召唤，从炉口蹿上来扭动，在照片上方勾勒出几条模糊而蜿蜒的火舌。清晰的斑块呈抽搐而多刺的形状,叠加在赤裸身体的腹部和胸部,这个身体稍早前站立在前方。就像围绕着不同人物的腹部和胸部一样,那些火苗……

看着这幅画布,新上的颜料透出松香和树脂的气味:"这一定很有趣,我想。"

"什么?"

她用下巴指向草图:"我不知道。这些颜色吧。"

"是的。"

外面,那个女人一直在拍打被子。

她左手拿着茶托,这茶是凡·维尔登的妻子端给她的,还拿着一块荷兰水手饼干和一小块巧克力。香烟夹在右手的食指和中指之间,她拿起巧克力块送入口中。

她再次用下巴指着那幅新画的画布:"您不想吗?"

我抬起头。只有栗色。并不挑衅。略带害怕,甚至相当谨慎。在巧克力块上,我可以看到她牙齿留下的印迹,就像一对铲子留下的平行并略微凹陷的痕迹,两面小小的有条痕的峭壁。

她穿着一条像是红色羊毛内裤的东西,从她纤细的胯骨滑落,到了棕色小腹的下面。

"你好。"我说。

我把汽车熄了火，拿起邻座上的外套和档案袋，下车，关上车门。海水在下面静静拍打着岩石。她一动不动地站在那儿看着我，一言不发。嘴唇周围有着巧克力的棕色印痕。

"你是谁?"她问。

"你认不出我吗?"

一个女人的声音叫她："科里娜①啊啊啊啊啊啊!"

她把头转向松林中的房屋，又看向我，然后跑开了，光着的小脚丫爬上小径，丝毫不在乎脚底的石子。我跟上她。

……那些火苗在不同的人物身上叠加(柳条扶手椅上坐着的人，像投弹手的那个女人，那个荷兰人)，而这些人物在镜头和炉子之间一个接一个地来来回回，使他们微弱透明的身影彼此混合，互相干扰，模糊到最终只有在此期间没有移动过的房间的装潢、家具(除了那些——柳条扶手椅、椅子——被移动过一两次，以至它们依然可见，尽管比其他部分稍微明亮些，是原来的二倍或三倍大)是清晰的，而这些人的轮廓变得越来越模糊，难以辨

① 此处的科里娜是波卢(也就是下文提到的保罗)的女儿，而非"我"的表姐、查理舅舅的女儿。

331

认,只留下虚幻的痕迹,越来越透明,好像朦胧的印痕。

我越爬越高,越来越清楚地看到蓝色透明海水下的湾流底部,棕色的点如繁星一般遍布水底,我猜那是海胆。接着看到了她们:在栈桥码头上的三个人,一个坐在边上漫不经心地用脚撩着水,另外两个平躺,影子几乎相平。其中一个重新坐直,手搭在眼上,看向太阳,然后站起身来。我继续爬。出现了他的脑袋,接着是肩膀,多毛肥厚的上半身。赤裸着身体,他看起来更加壮观了。这让我想起,那次她说他是山顶洞人,是一堆肉。他小口喝着酒。当他看见我时,脸上露出喜色。

"真有你的!"他说。没有要起身的意思,但热情地挥着手,向我的方向高举酒杯。"多好的主意!"他用空着的那只手轻轻拍着身旁的扶手椅。"多妙的灵感! 你坐。城里这个天可把我累坏了,吃不消,我在市场上吃了午饭,和一群傻瓜从早上吵到晚上,把什么都丢了,我……科里娜!"他喊道。

他在那张扶手椅里笨重地扭动,试着扭过脖子看向后面,接着放弃了尝试。"这个臭丫头! 从来都没有任何办法——"

"别喊了,"我说,"我在下面碰到她了。"

"没杯子了,我想叫她让女佣拿——"

另一个大胖子站了起来："我去吧。"

"噢，"保罗说，"我还没有介绍你们认识。"

他说了一个像希腊人名的名字。那个大胖子握住我的手说："我马上回来。"然后离开了。

"但是，喂!"保罗叫道。

"这能让我做点运动。"大胖子说。

我看不到栈桥码头了，但可能现在太阳已经照不到那里了。我料想她们很快就会上来，我仍然能听到激浪拍打悬岩，发出微弱的啪啪声。

"到底是怎么一回事?"他问道，"听你说还有我的份?"

"科里娜、你，还有我。有间旧羊棚。它从来没有被分割过，但它在土地登记簿上的编号跟葡萄园一样，说到葡萄园，我——"

"老天爷，"他喊道，"一堆破石头!"

"如果你不介意的话，我还需要你的签名。这样的话，明天我就可以把它邮寄给科里娜，问她是否也愿意签。"

"你有她的消息吗?"他问，"她大概有六个月没有给我写信了。以前她让我给她寻个买主——"

她们三个都出现了。其中一个肩上搭着一件天竺葵浴衣。我站起身来。"好巧啊!"她说。除了他,我们都站着,说着一些无人听过也无人听的事情。她时不时往下看:手臂尽头的手抬高,手掌朝下,和手臂以及略微分开的手指一起形成一个直角。太阳高高照耀。接着,这只手跟着手臂一起收回,垂下的手指变得放松柔软。另外两个也控制不住眼神游离。她的肩膀、胸脯上也有光亮,闪耀的液体像附在出水野鸭的双翅上,因她身体的每一个动作而颤动。芬芳扑鼻。这三个人都闻到了盐、皮肤的香味以及海水的气味混合在一起的味道。

大胖子带着两个杯子回来了,气喘吁吁,他又坐了下来。

"你想喝点什么?"保罗问。扶手椅在他的体重下微微发出吱吱的声音。他穿着一条脏兮兮的短裤。她们看着那个闪闪发光的东西。"这是我们的纪念日。"她说。她们身上散发着海水的味道。海螺壳。他一手一直拿着酒杯,翻阅着放在大腿上的档案文件。从海的那边传来昆虫不知疲倦的叫声,声音渐弱,接着再次加大,随后又变得不那么响,然后又重整旗鼓。讨厌的黄蜂:当它们靠近海边时,发动机回响到岩壁的声音变得震耳欲聋。太阳西沉。他在飞溅的浪花中向后倾,挥了挥手,顺便摆了摆手臂。

"他给了我这个惊喜，"她说，"我本想跟他大闹一场，因为我以为他忘记了我们的纪念日，结果他从口袋里掏出了这个。你把这个的首饰盒放在哪儿了？"

——"如果我早知道，就会把它藏着不给你，"他看着文件，头也不抬地回道，"我就想看看你发脾气的样子。"她们爆发出一阵大笑。紧紧围在瑙西卡①的身边。我们一直能听到它的声音。好像那些大苍蝇中的一只，一只大黄蜂，时不时地加大音量。除了短裤外，他还戴了一顶破旧的、帽檐都剥落了的女式草帽。他的皮肤是白色的，或者偏灰色。而她则是浅铜色的。一走动，几滴钻石般的水珠便从她的脖子上滑落下来。他整理好纸张，把它们装进档案袋，然后合上，放在桌上。他看向我。这一刻他敏锐冷淡的眼睛稍许带了点关心，仿佛一个医生看着一个身患不治之症的人。我猜测他正要跟我说些什么，诸如"科里娜和你！"……又或者像另一个在最后一刻哑摸伊莲娜名字的人，收回那些已经到嘴边的话。他克制住自己，眼睛转了过去。"当然了，在哪儿签？"黄蜂的声音变弱了。我看到小船现在驶向外海，在浪涛里颠簸，或

---

① 希腊神话中法埃亚科安岛的国王阿尔喀诺俄斯的女儿，经雅典娜托梦，救了奥德修斯。

者说抽噎,艄柱周围四溅的浪花浮沫让它看起来像猫咪的胡须。小船随后转弯,消失在悬岩海岬的后面,而能听到的声音不过是蚊子的聒噪而已,最后也消失了。他还一直往后仰,沐浴在金黄色的阳光中。海湾中,浪涛一波波拍打冲击着悬岩,许久之后,海水还在继续荡漾。

她不再端详手上(戒指)的独粒钻石,现在一边说着话,一边在扶手椅中前前后后地摇晃,两只手分别放在靠手上,两条并在一起的饱满的浅铜色大腿,上面覆着的薄薄的绒毛因沾了海水而失去颜色。他越过她的肩膀叫她,她停下来不玩了。"什么?"——"没有什么'什么'。回来!"他们把截断的花木埋入土中,并在上面浇了几桶水。这些植物无精打采地歪斜着身子,倒在地上。他们的小手上沾满了黑泥,赤裸的脚上也是。她的踝骨上都有泥斑。泥斑已经开始变干,那是一种牛奶咖啡灰,比肤色更浅。"你洗洗手,然后来帮我找笔。"她看向我,又看向档案袋,然后再次看我,小脸上没有一丝表情。我冲她微笑,而她没有笑,看向自己的手。"你听到我说的话了吗?"

大胡蜂的声音再一次猛烈地升高,在盛开的浪花中,它从海岬后面绕出来。她扭过头,他们都扭过头,阳光在端酒杯那只手上的钻石上闪耀。它从酒杯后驶过,在另一边重新出现，宛若浪花之神。"嗯？我跟你说了什么？"她向我投来一个敌意的目光，背过身去。赤裸的小脚丫在平台的石板地面上无声地奔跑。我意识到她在跟我说话。她一直坐在扶手椅中前后摇晃，铜色的大腿并在一起，双手又一次分别搭在靠手上。"是啊，"她说，"您留下来跟我们一起吃晚餐吧。"她亲切地对我笑，但我能感觉到她说话的时候甚至没有在看我。"真的！您要是留下来，我们会很高兴的。费尔南今早钓到了一条大鲈鱼。您可不能顶着这样的气温回城……"她正要说出一些诸如"既然您孤零零一个人"又或"既然没人在等您"之类的话，但她忍住了。其他两个人时不时瞅一眼那颗钻石，然后把眼睛转过去，修长的铜色小腿时而交叉，时而分开，她们的胸脯轻轻地起伏着，眼睛看着钻石的光芒微闪，有些微喘，嘴唇微启。他没有回头，喊道："笔呢？"——"听着，"她说，"你找不到比这顶帽子和这条恶心的短裤更好的衣服了吗？你在哪儿把它们翻出来的？"——"它们怎么了？"他说，这次他转向老屋，"怎么样，来了没有？"胡蜂还一直在嗡嗡吵，太阳越来越西斜，海水蔚蓝，我能看到无休无止的浪花的边缘，碎浪轻轻拍打对面的峭壁，峭壁被夕阳染成了面包的颜色。整个海岬都是赭石色的。微风拂过，橙黄色的草轻轻摇晃，峭壁、海岬倒映在深蓝色的水中,被撕扯成古铜色刺状的一块块、一片片。

它在海湾深处完全转向,轰鸣的发动机在身后拖出一条彗尾,一根逐渐扩展的弯曲的羽毛,被粗暴搅动的海水相互冲撞,接着我看到他出现在绳索的尽头,小腿弯曲,快速通过,径直疾行,斜斜切断航迹,反弹两次,然后从反方向高速折回,在新溅起的浪花中第二次切断航迹,而此时小船正驶向海岬。"最终你还是成功——""我跟你说过:要找的是我的笔,不是第一个——""是,好了好了好了。你自己上楼进房间很累吗?"她小小的红色针织三角裤滑落了,恰好滑到肚子的下面。人们可以看到白色的腹股沟的起点,但其他部位黑黝黝的,脊背和两片斜对称、微微凸起的肩胛以及肩膀。大胖子放回杯子。他有着一张老实人的面孔。"下次您该把您的女儿带过来。"她说。搭在靠手上的双手没有动,她只是竖起那只手指,迅速在垂下的眼睑细缝之间瞥了一眼,它闪耀片刻,手指又收了回去。他停止擤鼻涕,把手帕细心地叠起来,重新放回口袋里。他穿着这双半边白半边棕的鞋子,一件灰色细条纹的白衬衫,系着一条黄绿图案的领带。他还在吸鼻子,肥胖的脸表现出一种天真的善意。"当然可以。"他说。"她从英国回来后,一定会非常欢喜。"他一边因哮喘或其他诸如此类的原因喘着气,一边有点瓮声瓮气地说话。他的领带被一个金色领带夹固定在衬衫前襟,带着一枚印戒和一枚婚戒。据说他一个上午就能够买进或卖出足够建一整个街区的地皮。当我还是个孩童的时候,我记得报纸上的这个词①让我觉得很好笑,棕色的医生,棕色的银行家,棕色的生意人,学生俚语中的棕色,棕色意味着有人被骗了,人们也说是巧克力色的②。据说有次他买了……

"抵押油橄榄园。我没什么建议可以给你,但我觉得……""老天爷!"他叫道,"这支甚至都写不出来!我这座房子里装满了圆珠笔。十盒十盒地买,就为了能用到,结果还是没什么办法……"他向后缩进扶手椅里:"回去给我拿个能写的笔,听到了吗?"她已经回到枯萎的花木那儿了,像黑人一样蹲着,脚跟着地,膝盖接近下巴的高度,双手又沾满了泥巴。她重新抬起头,用嵌在那张小脸蛋上的黑眼睛看向他,眼里闪着怒火。"听懂了吗?"已经有一段时间有什么东西不同了。我意识到它的声音听不到了。我在海湾的一侧观望,看到了它们:那艘小船并没有到海岬底端,但停了下来,在微波碎浪上慢舞,驾驶员

---

① 指法语单词 marron,marron 作形容词时具有"栗色的、棕色的""从事非法交易的、不合格的"等多个意思。
② 原文 être chocolat 是一句法语俚语,意为"上当受骗"。

的身影现在向后倾斜。我花了点儿时间才看到他,他的脑袋不过是海上的一个黑点。要不是那些羽毛状的泡沫,我恐怕都看不到他。那是他每次抬臂击水时溅起的羽毛状泡沫。他一定是跌落水了。现在,我们可以听到汩汩声、寂静声,还有当他举起酒杯的时候,冰块在酒杯里碰撞的清脆的叮当声。"我喜欢的,"她们中的一个说道,"是那个用三个爪子装配起来的方式。我特别讨厌那些复杂的托架,你们知道,特别重——"她们继续说着,但我却听不懂。我尝试去听,终究还是不懂。我能听懂每一个字,却跟不上整个的内容,仿佛她们在用一门异国的语言说话,像轻盈悦耳的鸟鸣,女人的语言,仿佛是我孩童时那些医生的广告或是女性疾病的宣传,某些神秘、娇弱又稍显可怕的事物,那些我知道自己永远都被排除在外的事物,只有她们体内那些神秘娇弱的器官才可能患上的疾病,那种无论如何我的身体甚至都无法想象其存在的疾病,在字典里查询这些名字与解释,阅读那些组合起来毫无意义且不具备任何真实性的单词。她们的语言、她们的大脑也许也是同一回事吧。我再次试着去听,她们在讲一些关于孩子和一个理发师的事。我成功跟上了一两句话的节奏,但她们说的立马又超出了我的理解能力,就好像一条打了肥皂的绳子从我的手中滑脱。他大概是终于追上了：马达声突然响起并随之加剧。小船已然飞速驶离海岬，接着，他从水里冒出来，好像突然从海洋深处冲出来，弓着身子前后摇摆，猛烈地颠簸着，接着完全脱离海面，最后直起身子快速滑行。黄蜂恼人的噪声再次让我听不清她的话。海湾黑蓝的那部分海面上，山丘开始投下阴影，透过透明的水面，可以看到水底的岩石，像海藻一样波动。"您真的不愿意留下来吃晚餐吗？"

再一次，我意识到她看了我好一会儿了。她的眼里和脸上表露着一种困惑、好奇又怜悯的神情，同时还含着隐隐约约的抵触，接着她发现了这一点，把视线移开了。也许太过复杂了。我看到它在她的手指上闪耀片刻。克拉致我亲爱的①。黄蜂还在发出噪声。现在，他回到左边，继续在盛开的浪花中拖出彗尾，脚下涌出两条银光闪闪的翅膀，在波涛浪潮里行进。我是那我是②。他向那些可怜的渔夫冲来，那些渔夫拖扯着他们空空如也的渔网。请您宽恕我们。可怜的渔夫们。是谁的画作来着？浅灰

---

① 原文为意大利语。

② 出自《出埃及记》中"神对摩西说：我是那我是"。此处重复的"我是"对应上文戒指上的意大利语刻字，"克拉"与"亲爱的"在意大利语中发音相似。

色的画，画上碧绿的水塘边一个长胡子的瘦削的人，他衣衫褴褛，立在船上，好像在做三钟经①或其他类似的祷告。悲情的传说。可怜的罪人②，一语双关，正如"你是彼得，我要把我的教会建立在这磐石上"③用拉丁语就不行。Petrus 和 petram④。也许用希腊语可以？它是想说我们这些犯下罪行的可怜人，还是我们这些捕不到鱼的人？还有 ventris tui⑤，她的腹中的果实。仰卧着，抬起浅铜色的双腿，将其分开，让自己结出硕果。现在，腿是竖直的。三个人都站了起来，用她们的铜色柱腿支撑着身体，一直用那费解的语言交谈，闪闪发光，滔滔不绝，实际、神秘又无关紧要。她们从他面前走过，圆柱，她们的腿混在一起，但他却看都不看。他睁着一双死鱼眼，脸活像一个半满的膀胱袋，任何东西都可能堆放在袋底，双下巴溢出衣领，积在那条昂贵的黄绿色的领带上。"谢谢，

---

① 教堂每日于早、中、晚鸣钟三次，提醒教友纪念耶稣降生救世的奥迹。

② 法语中"渔夫"（pêcheur）与"罪人"（pécheur）同音。这里说的是《圣经》中的"得人渔夫"的典故。

③ Pierre 作人名时译为"彼得"，作实意名词时意为"石头"。出自《玛窦福音》第 16 章第 18 节。

④ 拉丁语。Petrus 即彼得，含有"石头"的意思；petram，意为"磐石"。

⑤ 拉丁语，意为"她的腹中"。

别倒太多。我酒量不大。"[①]他像个勃艮第农民似的，用舌尖弹出这些"R"的颤音，看着我左边的什么东西。我转过头，也看到了他，一点一点地从矮墙上出现，脑袋，肩膀，上半身，穿着用反光的深灰色橡胶制成的连体紧身衣，终于爬完了从海湾开始蜿蜒向上的小径。他看起来像一只蟾蜍。一条黑色发亮的长鱼，像上了漆一样，带着死物特有的无力感，悬挂在他的大腿上，如皮带一般。现在，对它而言万物同归于寂。他的双脚被捆在胜利者颠簸的战车上，躯体在尘土中被拖行，被碎石扯裂。这是无上的耻辱，而他却是唯一一个不在乎的，因他已经死亡。

在去往房子那里的路上，她们停下来看着他带着作为战利品的动物尸体穿过松林。大胖子站起身来，微微欠身，用勃艮第的口音说道："晚上好，医生。"他没有答话，脸上还淌着水。他停下来向各个方向拉扯他的兜帽，歪过脑袋，以便将水从耳中排出。他带着一副所有人都有的厌倦且心不在焉的表情，甚至有过之而无不及，似乎一劳永逸地在第一次解剖的同时就学会了。她们向他走去，修长的铜色大腿彼此交错，像马腿一般。他也没有注

---

① 原文法语 Merci, pas trop d'alcool, ça ne me réussit pas 中包含三个下文提到的 R 音。

意她们。她们俯下身去看那些鱼，铜色的腹部上起了褶子。还有一条我之前没注意到的浅蓝色、泛着珠光的章鱼，也是松弛下垂的样子。孩子们将他们的花园抛在脑后，也走上前去。他从纸页里抬起头，说："火车站后面的那块地在我们眼皮底下被错失了。"另一个人停止拉扯他的兜帽，然后看着那个胖子，后者干脆垂下了眼皮。"所以笔你找到了吗?"他转头朝房子看了片刻，一张纸从文件夹里滑落到地上，他俯身捡了起来。"刚刚才知道。"他说，再次把头转向那个反光的身影，同时用下巴指向胖子，说着一个让人记不住的希腊人的名字。胖子点点头，他面露窘迫，好像一个在集市被骗的农民。他又点了一次头，吸了吸鼻子，看着这张嵌在兜帽里的脸，这张脸还是那副轻蔑又忍气吞声的臭脾气的样子。他只是耸了耸肩膀，嘟囔着诸如"这肯定会这样"或者"我早就看出来了"又或"我之前就很确定"之类的话。他从连体衣的裤腿里伸出的脚被厚实的羊毛袜子遮住了。水缓慢地在页岩石板上流淌，已经汇成了一个小小的水潭。他高声道："哎呀好冷啊!"两个小男孩中较大的那个也穿着同样的红色针织三角裤，裤子滑落到了腰部。可以看到他小小的屁股中间那条线的开头部分。他抬头看着她，脸的位置比她的腰部略微高一点。他轮流抬起一只脚，慢慢地踱,像是要撒尿。"问爸爸去。"她说。他垂下眼,同样还是一副烦躁、疲惫不堪的表情,从腰间解下那条章鱼递给他。他奔跑着离开,松弛的触手在身后的尘土里拖曳,其他人则在他的周围跑。几米之后,擦着地面的那一侧变成了浅灰色。此时,她正在从房子那里过来的半道上,一只拳头攥着笔,紧握两拳,停下来看着他们。"喂,"他喊道,"笔拿来了吗?"她一边走近一边还盯着看那些拖章鱼的人,绷直了手臂把笔递给他,脑袋还一直朝向后面。等他一拿到笔,她就立刻跑走了。他们时不时兴奋地叫着跳着,拿着章鱼的那个孩子假装把它抛给其他人。当战车停下,这不过是一块被扯碎的黑黢黢的抹布而已了。她们结伴而来,请求把他接走,为他举行体面的葬礼,但他拒绝见她们。又或许还是会允许她们把他带走。宽宏大量。山丘的阴影现在蔓延到了海湾另一侧的峭壁,海水全部都变得暗淡了,浅绿色的条纹岩石在离岸边几米处停止,接着可以看到卵石底床的波动起伏,每一个波涛破碎成浪花时,铺开了一条不过一米左右的水带。对面的山丘上还有阳光,人们走下山丘,手臂末端挂着草提包和篮子,走在他们前面的两个孩子从最后几块大岩石跳到沙滩上,开始奔跑,人们可以听到鹅卵石在他们脚下发出像糖果一样滚动的声音。

他停下给耳朵控水的动作，一言不发地看着他们。所有人都看着他们。父母们也来到沙滩上，似乎是两个家庭。男人们脱去了外套，只穿着背心，露出衬衫袖子，下身穿着深色长裤，女人则头戴绚丽的太阳帽，腿是苍白的。他们把草提包放在地上，开始取出裹在餐巾里的东西。脚下那一小滩水还在扩大。他的脸上只表露出了同样的无聊的表情。"我在想这张布告牌该用哪种语言来写，"他说，"是谁忘了把链条重新扣上的？——""没办法。他们从上面翻过去的，我们阻止不了。"他好像没有听到她说话。有一会儿，他的头还转过去看着他们，而脸上既没有更多也没有更少的不悦之情。最后，他把头转回来，一言不发，径直向房子那里走去。他走路的样子有点尴尬，黑色闪光的鱼一直拍打着他的大腿。她犹豫了一下，继而跟在他的身后走了。他的腰部有一条凹陷的竖线，随着他的每一个脚步轻轻移动。她们现在只剩下两个人了。"所以您真的不愿留下来吗？"她问。空气中有一种莫可名状的东西。时光。太阳在水中裂开，破碎分散成弯弯曲曲的铜色的液体月牙，在深色的水面扭动，分割，再重构成浅浅的金属小块。现在，阴影正沿着灰色的岩石向上延伸，岩石一下失去了光辉，在近乎白色的碧水之下，它们的表面布满了斑斑黑点。这些状如斗笠、如吸盘一样贴在岩石上的小小贝壳叫什么名字来着？也可能是海胆。他再一次出现在海岬后面，胡须状的泡沫还在阳光下熠熠生辉，那里的噪声又一次响起。他们不再看沙滩上的人，转而去看他。有个人说："他真是不知疲倦啊。""他整日坐在办公室里，"她说，"他只想着什么时候才能——"发动机的声音盖住了她的说话声，接着他突然停住小船，乘势前冲，减慢船首速度，逐渐放缓，驶向栈桥码头。我意识到他只是降低了发动机的转速，现在它只是断断续续地发出微弱的怠速声。小股小股的蓝烟有规律地从排气管中排出。我感觉我都能闻到它的臭味，接着，我看到他已经从水里出来了，两只手都拿着东西，顺着海滩走上来。野餐的人停下进食看着他，其中一个手里的餐刀还举在半空中。他们举到嘴边的手里拿着刚咬了几口的切片面包或三明治。所有的头都转向他。他走进船库，出来的时候两手空空，身上披着一件浴衣。那个希腊人又坐了回去。

最小的那个孩子到了，脸上混着污泥和眼泪。"怎么回事？发生什么事儿了？"他抽抽搭搭地说着无人能懂的话。另外两个还一直像黑人似的蹲着，在他们枯萎的种植园里摊开章鱼，章鱼的触手张开，一动不动，宛如黑色的星星。他们看向我们。"才不是这样！"她叫道，"是他朝我们扔的！是他先开始的！"她把最小的那个拉到面前，用浴衣的一角揩去他眼周的污泥。独粒钻石在她的手指上微微闪耀，泳衣上沾满了泥土和眼泪。"怎么回事？他大腿上也都是泥？"她依然像猴子一样蹲着。"不是这样的。"她又一次喊道。海湾的另一边，阴影现在爬上了变红的草坡。远处的海面变得深蓝，开始起浪，但在海岬遮蔽下的那片海面仍然风平浪静。他们接着用餐，只有两个孩子中的一个还在看他。我们现在已经看不到他了，他可能登上了小径。水手正将小船停泊在栈桥码头。"好了，"她说，"没什么大不了的。"他已经停下来不哭了，但还在吸鼻子。她依旧蹲在地上，一直用她那野性的双眼专注地望着我们。"不是这样的，妈妈，不是这样的，我向你——""够了，回家去，让卡门给你们洗澡！"她没有动，低下头，从垂着头的花中扯下一朵，开始清扫并碾碎她面前的泥土。"你听到我说的话了吗？——""发生了什么？"他问。穿着红绿条纹浴衣的金发巨人。他看着摆满瓶子的托盘："你们在用什么毒药毒害自己呐？"并没有在听回答，他拍拍小孩子的头。"他们对你做了什么？"他不再吸鼻子，但眼里还含着泪水。每道红条纹两侧有两条白色细线，白线本身则被黑色的网线勾勒出来。青铜足巨人。"不，"他说，"把这个给我。还有许多水。

像这样。谢谢。"他坐下，重新把浴衣的下摆搭在身上，他的腿上满是古铜色的毛。他转动着杯中的液体，冰块碰到杯壁，发出当当声。可以从半开的浴衣里看到他胸前古铜色的毛发。

他从桌上把档案袋递给我，拇指按着签好字的那张纸。"可以吗？""——谢谢，"我说，"谢谢你。"又一次，他差点儿说出一些"别再干蠢事了"或其他诸如此类的话。然后，他的目光再次变得淡然，无动于衷，不再理我。"还行吗？"他问。他裹在浴衣里，小口小口喝着酒。他显得很忧心，像一个认真的、沉思的、平静的孩子。"就是那个。"他说。"我做不好，每隔一次失败一次。就在我转弯的时候——"他慢吞吞地说。我把签过名的那张纸放进文件夹里。他又看着我，带着一副疑问的表情，好像在说："一切顺利吗？"我点点头："一切顺利，谢谢。"水手也到了。我可以望见下面系在缆绳上左右摇晃的小船，仿佛悬浮在淡绿色岩石底床上方，轻盈得像个气球。彩色浴衣袖管里的胳膊急切地拍着他身旁空着的扶手椅的靠手。水手穿着深蓝色的羊毛衫，褪色的长裤，头戴一顶带上光遮阳板的帽子。他长得颇像黄鼠狼，三天没刮胡子了。他摇摇头，说"噢，如果您愿意——"，坐在了扶手椅边缘。"谢谢谢谢，足够了，谢谢您，夫人。"纹路分明的岩石在水底微微起伏。几千年来，大海不知疲倦。在下面，其中一个女人撩起她的裙子，站起身来，脚还浸在水里。我可以看到她那过于肥胖白皙的大腿和膝盖。还能看到她浸没在水中的那部分浅绿色的小腿和双脚，她的小腿在水中呈波浪形，好像被撞瘪了又被抽去骨头的胶状物体。撩起来的黑色裙子像手风琴一样褶皱着。她两只手分别提着裙子的一边，把它拉到大腿处，略微露出暗玫瑰色连体泳衣的镶边。阴影停止了在山丘上的攀爬，现在，它完全遮住了海岬。对面两座小岛还沐浴在阳光中。希腊人问能捕到什么鱼。水手说："这取决于你们想要进行哪种类型的钓鱼。"他用一种温和的语气说着，本人也既审慎又慢条斯理。出租他的服务，向出价最高的人出售他的汗水，擦拭铜器或桃花心木的甲板，像个奴仆，但他不在乎，这很可能是比钓鱼更安全轻松的活计。他的两只脚在扶手椅下交叉，身子微微向前倾，手肘分别搁在靠手上，手里拿着的酒还未曾送到过唇边，比起别人给他喝的东西，他好像对谈论海洋更感兴趣。吐露着最深处的秘密。游荡的鱼。有一两回我看到一片闪亮的银色，闪耀的侧身有一瞬间出现在岩石底部有纹理的地方上方，或者更确切地说是在有褶皱的地方。这奔涌不息的冰冷水层让我又一次想到了她们：这个衰老世界的衰老皮肤，这个

350

衰老的怪兽。Plissé①、pliscénien② 或是什么 Pliocène③。也许它们之间毫无关系，这些单词只是有些相似。Plésiosaure④。在遥远的远方，黑蓝色的海水正在几千米的深处翻腾，成吨的水和成吨的寂静仿佛破碎在这永恒的黑暗之中。

过去，希腊人以及与他们类似的人曾在那里登陆，大胆的水手到达这旧世界边境，还有狡猾的商人，冒着生命危险，在怪兽、不知名的海滩和暗礁之中横冲直撞，为的就是和他一样买进卖出。似乎有一艘海船沉没在某处，有几回，一些裂口的双耳尖底瓮被从海底挖上来重见天日，那些瓮被发白的贝壳覆盖，里面是海鳗、海鳝的栖息地、庇护所。那个精明的希腊人脖子上系着一条黄绿色领带，此刻狼狈得好像一只狐狸，母鸡都——"喂!"她叫

---

① 意为"褶皱的"。

② 意为"褶皱"，克洛德·西蒙铸造的新词，从 plissé 而来，意为"褶皱""从母亲世界的逃离"。转引自 Véronique Gocel, *Histoire de Claude Simon：écriture et vision de monde*, Peeters Publishers, 1996, p. 205。

③ 意为"上新世"，上新世是地质时代中第三纪的最新一世，从距今 530 万年开始，到距今 258.8 万年结束，英国人 C.莱伊尔于 1833 年命名。

④ 意为"蛇颈龙"。

道,"你听到我说的话了吗？不要让我再重复一遍!"她没有回答,站起来愤怒地把枯萎的花扔掉,头也不回地跑向房子,两只赤裸的小脚丫踩着石板地面。另外两个也站起来跟在她身后,但跑得比较慢。他们消失在房子的拐角处。应该是从厨房门投射出来的一个浅黄色的梯形,在落满松针的地面上延伸。我看到他们的影子一度一个接一个地被框在里面,然后又变成了空无一人的几何图案,似乎比之前更黄了,而松树和地面变成了蓝色。然而……

……我本来以为我总能在晚上之前赶到。只要沿着峭岸的公路走，就不需要开车灯。只是夜色突然降临，比我想象的还要快，山顶上方的天空依然清晰明朗，浓烈的柠檬绿缓缓转向茶褐色，两条略微倾斜的长痕像烟做的围巾从一头跨到另一头。在最后一个转弯处，大海又回到了我的右前方。那一刻，我看到大海就在底下，黯然平静的海面现在变得越来越黑，越来越广阔无垠，叫人无法把它与远处的天空分辨开来。远处的天空尚未变黑，但这一侧也已暗淡，颜色虚无。灯塔开始发光，光束细长，然后扩大，片刻间扫过天空，在海面上投下倒影，在一瞬间显得海洋既静止不动又汩汩波动，随后灯光收缩，消失不见。又是没有上下、不见出口的虚无空白。在下坡路上的软木树之间，夜色等待着我。我看到两辆车朝我开来，或者说静止不动，在灰蒙蒙的暮色中慢慢升起，那一

353

对对浅柠檬黄色的眼睛,好像夜行的野兽。黄色更深的那对车前灯微微闪烁,也许是卡车吧。后面的另一对车灯横向滑向右侧,极有可能是在试图超车,随后又回到了左侧,排在后方,消失在方形物体的后面,现在前面这个黑色方形物体被一团黄色光环晕染。我与它们交错而过,噪声,汽油味,还有那一前一后的两双眼睛。气味还留存着。随后,透过打开的车窗,我突然间闻到了温热泥土上蕴润着的干草的味道。空气的温度又变高了,气味现在变得浑浊,取代了海洋的气息。想起她们湿润的皮肤。如果我停下的话,也许能听到喧闹声,狗叫声,火车开过的声音,蟋蟀在沟渠里的鸣叫。闻到大地汗水的味道,而现在大海正离我远去,咸涩的海水在灯塔的光束掠过时闪着光泽,宛如一只怪兽起伏的脊背。汽车驶过铁路桥后,天光大亮。仿佛我并没有向前移动、推进,而是时光倒流,我又回到了更早的时刻,又一次看到了公路的边界和葡萄园。乡村灯火通明,灯光闪烁。在一家农场的大门前,一个女人掀开麻布帘子,扔出一大盆东西。我发现屋内深黄色的灯光下一个男人和一个小女孩坐在桌旁。然后这幅场景也消失了。在栽着悬铃木的公路右侧,我不得不再次打开车灯。公路尽头方形钟楼顶部的一只电灯泡发着光。一个渔民告诉我,当这只电灯泡与建在山上的瞭望塔呈一条直线时，那就是他们撒放渔网的方位标。从另一侧的话是基于灯塔和我忘了是什么的东西。能听到水打在停船两侧的汩汩声，看到他们在信号灯的油光中静静忙碌的样子，听着疾疾的风在水面上奔驰，逆向吹皱海面。在液态的黑暗中，在清冷的风声中，偶尔也能看到波涛顶上浪花的磷光。早上，我回家睡觉，眼睛时睁时闭，眼睑在阳光下有些灼热。而她跟他们留在那里，吃着他们在沙滩上烤的沙丁鱼。之后，有时也去游泳。回来以后，她像条鱼似的溜到我的身旁，头发还湿漉漉的，含着盐渍，散发着海水的味道。我说："你知道我们不会失去对方的，你很清楚。"远处，在码头的尽头，机器规律地喘着气。大眼睛看着我，湿润了，但并没有——火车在一片金属零件相互摩擦碰撞的声音中开始摇晃，逐渐加速。我大声喊："伊莲娜！"她把头缩了回去。一出火车站，铁轨就开始转弯，车厢不加装饰的光滑金属侧面接连转动，好像一道深绿色的墙。随后，最后一节车厢的折棚收拢起来，两个缓冲装置之间的距离减少，随后，只见光秃秃的铁轨纠缠在一起，信号灯在金属的咔嗒声中转向。

村庄里所有的灯都亮了。咖啡馆里，人们都坐着，大多数是老人。他们的头转向同一个地方。有那么一瞬间,我看到一个小小的银蓝色矩形,几个模糊的影子在上面移动,听到深沉的巨大的声响,随后戛然而止。广场上,几个人在路灯投下的光亮里玩滚球,其中一个一动不动,向前伸出一条手臂。几米远处,我看到一小片尘云从地上升起。一经过最后几户人家,视野再次亮堂了起来,那种往后倒退、被人向后拉扯的奇怪感觉又一次浮上来,就好似我们坐在一列火车上,而平行轨道上另一列并行的火车速度更快,仿佛我被反方向拽着在时光里穿梭,突然堕入黑暗,深入其中,然后又被拉扯着反推出去,重见交替投射的光明,黑暗与光明之间毫无过渡,半小时后紧接着就是半小时前。现在,我可以辨认出在交叉的人行道上慢慢行走的伴侣,姑娘们浅色的裙子。但不久后,路边的悬铃木又出现了,一切又变得昏暗。尽管裙子是浅色的,但我依然生怕看到时为时已晚,所以把车灯一直亮着。悬铃木的枝丫在公路上方相聚交织,构成一个穹顶。随着一声脆响,一只大昆虫撞在挡风玻璃上,留下的深色斑迹呈星状,星星的分枝粗细不一,有些细长,有些则像手套的手指那样鼓鼓的,逐渐变细,又重新鼓起来,最终定格为椭圆形。对面出现了一辆车的车灯,慢慢变大,散射出无数根细针,在它的光亮中,深斑被映成了黄色。汽车驶过,斑点再次变暗。枝丫搭建出的隧道穹顶被我的车灯照亮,凸显出刺眼的白色,迎面而来,逐渐打开,最终消失。现在眼前只剩下夜色。尽管我已经不再位于树下,黑色也还是更浓重了,因为树干走廊和穹顶都已消失,车前灯的光也在消逝、分解,可以说是被黑暗吞噬。昆虫如黄色的小点从黑暗里冒出,向我扑来,有些突然偏离轨迹,向一旁转弯,其他的则在我的挡风玻璃上撞得粉身碎骨,但它们都不如留下唾沫般污迹的那只大。

以为我能像这样继续一直前进,消失在温热的深处,除了令人安心的黑暗其他什么都看不到。夜深了,也许时不时会出现一座昏昏沉睡的村庄,或一座灯火通明的城市,城里十字路口、广场以及电车轨道上荒无人烟。从飞机上看,它们就像是组装起来的星星,星星的分枝被并排的路灯用双点连线勾勒出来,如同发光的海胆的骨架,在幽暗的地表偏移缓行,令人恐惧。它们像千万条生命以令人难以察觉的方式慢慢转弯,如同轮子留下的印迹,然后逐渐变淡,消失不见。再一次,只剩下原始的黑暗。明早也许会有山峦,有冰雪纯净的空气,帆船片片的湖泊,海鸥交错的双翼,天地间也许是轻盈又深邃的一片蓝,山峰与冰川倒映在水面。我忆起那艘桨轮,黄色通风管顶上像戴了一顶黑帽子,斜斜指向天空,还忆起甲板上漆成白色的椅子。"上湖游览轮渡。"也许还有一群孩子,背着远足背包,穿着短裤,系着皮背带,膝盖裸露在外,拿着五颜六色的棍子,尖叫着,互相推搡着涌入码头。阳光下,一群老先生头戴巴拿马草帽的老先生,另一群人吹着口琴。湖面的风吹皱了女人们轻盈的裙子,她们惊慌地用手臂把裙子紧贴在大腿上。还有乱吵乱叫的海鸥……

泪汪汪的眼睛眨着,睫毛边缘微微颤动,但没有——

……到处飞来飞去,发出凶狠嘶哑的聒噪声。古老城堡的城楼倒映在宁静的湖水中。甲板因为机器的脉动而开始震动。我可以感受到板条在脚下轻微战栗。桨轮开始旋转,拍打着水面,发出磨盘般的声音。而我俯身看着湖水退开,涌起水沫,沿着船身一路扭动,可以闻到……

动人的皱纹,它们——

……被搅动的青绿淤泥淡淡的气味,随着涡流的涌动而缓缓升起,水草的腐烂味道也浮出水面。也许有手风琴的音乐声,儿童清澈的嗓音,也许有,我希望有……

然后我可以想象它的样子,漫射的微光停滞在黑色的山丘后面,仿佛是从地里冒出来的,就像是夜间火山口里熔融物质的反射一般。乡村寥寥的灯光不知不觉地变多了,也就是说我们都不会知道在哪个精确的时刻就不是乡村了,换句话说,不知道从什么时候起这些灯光不再横向分散得越来越远而后越来越靠近,而是反过来相互重叠。突然之间,我意识到左右两边都是街道,尽管这里还不是城市,也就是说,尽管这里有一列列的霓虹色灯光,公路两侧有大坑,还有看上去像是一次脱模出来的巨大的灰白立方体,连同厨房和福米加塑料贴面一起,被滑稽地放置在撞打出来的大片棕色区域中,一片钢筋混凝土,却还不能称之为城市。双手插在口袋里,站在那里,像只好斗而可鄙的公鸡与查理舅舅讨论。现在他那张神采奕奕、仁慈宽厚的脸被重复贴在许许多多的竞选板上,好像某个国家的邮票,邮票上画着的不是奖章或玉石浮雕上的国王或皇帝侧面像,而是一张戴着夹鼻眼镜的脸,略微侧向,下面则是衣领,衣领下是整套西装,看上去像是个主席、哲学家抑或解放者。说,至少这是新潮的,不像那些——

在依稀殊异的落日余晖前,在被电灯照亮的夜色中,那些立方体顶部的暗影凸显出来,在我眼前掠过。它们屹立在荒芜的大地上,好像立在某颗死寂的失落星球之上,里面装载着吃吃睡睡、上下堆叠、繁衍生殖的男男女女,一个精明勤劳的希腊人正在计算放入足够多睡床和洗涤槽所需要的最小面积,好让人为他制作鳄鱼皮鞋,送他的女儿去上英国公学。

不幸的是眼下得了感冒。

在运河沿岸生长的树下，空气完全静止不动，下层枝叶在夜色中呈现出的电光绿色的剪影，轮廓凹凸不齐。新百货公司①的发光挂钟指向九点多一些，卖报的女人正在关报亭。现在，我可以感觉到热量正缓缓从地面、墙壁里蒸发出来，或者更像是渗出来，但刚从地面或墙壁脱离，就悬停被困，不断积聚，好似刚付出这一点点微薄的努力后（穿透砖石沥青来到空气中），热量就又停住了，疲惫，发黏。当我从桥上经过时，淤泥的味道也在运河上方停滞不动。一开始我以为正是因为它，我的意思是因为热量。但他们没有散步，而是停在拱廊下，或者倚在墙上，大多数男人都没穿外套，只穿着背心和衬衫，女人们则穿着轻盈松软的裙子，还有些人坐在路沿上。拐进这条路时，我不得不停下来等两三个人站起来或者收回腿，就在这时，我听到了很大的声响，心想这声音是从哪里来的，我抬起头，看到拱廊一角上的铁皮做的高音喇叭。接着，站着的人中有一个说："怎么了？"他看着我，我重新发动车子，就听不到那个声音了，只要发动机运转，我就听不到。在此期间，我下去打开大门，倒车进去。但一把车

_____

① 老佛爷百货公司早期的分支之一。

360

熄了火，我就又听到了那个声音。熄灭车灯，四面墙重新归于黑暗。我下了车，一动不动地站在那儿听了一会儿，举头看向院子上空。四方的天空依然残存着一抹暮光，还有几颗最早出来的、无声点亮的星星，暮光似乎在下垂，现在已落到了屋顶上：不是依次连接的单词、句子，而仅仅是一阵嘈杂，如同金属在讲话，就像是在房屋上方、静止夜色中的费解的独眼巨人，声音升高，降低，再升高，消失在模糊的电流声中，然后再次变响，然后是电流声，然后又是那个讲话声，然后，一切又变得模糊。

过了一会儿，我发现那滋滋声不是因为喇叭运作不良，而是掌声。讲话声和掌声仿佛相呼应和，交替成为同谋。讲话声遵循某种调值，逐渐升高，直到达到一个特定的强度和音调，自动激发听众的热情，掌声覆盖一切，一阵阵声浪轰鸣，波涛汹涌，旋即平静下来。

想象着他可能做了一个手势，揩去额上的汗，缓一口气，然后更急切地举起手，站在讲台的边缘。他眨着小小的眼睛扫视着在场的听众，似乎对持续了好几分钟的剧烈欢呼声无动于衷，要求他们保持安静，重新开始讲话，把音调升升降降，然后再次提高，嗓音震颤，声嘶力竭，掌声和欢呼犹如一重重浪涛在高音喇叭里滋滋作响。接着，大门重新关上了，我听不到他们了。现在我在重新闻到的发霉、发臭和腐烂花朵的气味中爬上阶梯。随着我向上走，高过灯笼，我投在墙上的影子也高过了我，在我的身前拉长、延伸。放在五斗橱旁的几叠明信片有一叠坍塌了，滑下去散落在方砖地板上。我把外套和档案袋放在床上，蹲下身把它们捡起来：

亚丁：布索加的人群

维希：卢卡斯温泉

卡尔斯巴德：威廉二世皇帝咖啡馆

布里夫（科雷兹）：公共洗衣处

马赛：火轮船公司一角①

拉马卢莱班：音乐会期间的赌场公园

西贡：上海路（圣婴会修道院对面）

巴雷热：上巴雷热

西贡：总督府

苏伊士：溜达的驴子

阿尔布瓦（汝拉）：老房子和邦唐酒堡

东京②。海防市：从市场回来的女人们

---

① 法国达飞海运集团的前身。
② 这里亦是指越南的东京。

巴涅尔·德比戈尔:漫步蓝湖。蓝湖

锡兰:蒙特拉维尼亚酒店 & 海滨

塞得港:海峡和灯塔的入口

风景如画的汝拉:森林中的镰刀路

东京。风向标:共产党的林中住处

开罗:四座金字塔

开罗:卡夫拉金字塔

普伊格塞尔达:胡安·贝尔特兰的古老房屋。

各种商品的杂货店[①]

新加坡:百得利路

上比利牛斯:库西耶峡谷(加瓦尔涅山谷)

科伦坡:科伦坡附近的一个渔村

东京。谅山:省行政长官大厦

迪耶果-苏瓦雷斯:从迪耶果海岬望见的安西兰港

维也纳:史蒂芬大教教堂

火轮船公司:巨浪狂澜中的"阿尔芒-贝伊克"号

亚丁:索马里牧民

维希:女士温泉王宫

---

① 原文为西班牙语。

绍维尼（维也纳）：圣伯多禄教堂司祭席后部（11、12世纪）

庞贝：潘萨之家

透过开着的窗户，我又能遥遥听到他们的声音了，以规律的时间间隔交替着，讲话声，然后是掌声，讲话声，掌声。在鼓掌停止后和讲话声再次响起之前，有一段短短的死寂，在此期间，我能感觉到夜晚的寂静，想到死鱼，想到重重黑水下的章鱼，想到碎浪无休无止拍打峭壁的声音，想到软木树下的幽暗，想着现在男人和孩子应已吃完饭，她应该正在撤去餐具，或在刷碗，把剩菜归拢到一边，作为母鸡的口粮，还有面包。当灯塔的光线从海上刷过，一瞬间海面好像一匹变幻不定的闪亮的绉纱，想到它从不停歇。我捡起最后几张：

托莱多：塞万提斯故居

交趾支那：西贡的中式葬礼

布洛涅森林：体育协会。在建筑物上方的天空中，用紫罗兰色、尖细锋利的字体写着"我们每日在这里漫步，您什么时候回到巴黎，我们期待与您会面"。

米兰：大教堂广场

留尼旺：(富尔奈斯火山)火山熔岩和岩渣

亚丁：一位苏丹美人

尼姆：泉边公园。水神庙

锡兰：一个正在展示耳饰的泰米尔女人

平盛郡①：芒族②音乐

图勒：多马尔坦桥

锡兰：月光下的康提

当这些弄完了，我去洗手，往脸上扑了少许清凉的水，没有去看镜子里的自己。鸟儿安睡，不再鸣啭。我也能听到房子里的寂静。当我再回到广场上时，让我倍受震动的依然是寂静，市政厅里的人们是唯一在鼓掌的，外面的人在温热得叫人出汗的空气里一动不动。女人光裸手臂下方的腋窝里润出潮湿的半圆，男人的衬衫上则成群聚集了一些明显的斑痕。很可能这里也有他的支持者。我猜想如果他们在市政厅里，也会鼓掌的。我还猜想，还有相当多的其他人，我的意思是那些最初并不赞同的人，受气氛感染，也会鼓掌，因此他们的静默和没有反

---

① 位于越南胡志明市。

② 越南的少数民族之一。

应丝毫不含敌意。总体而言,他们主要是出于好奇而来并留在这里的,也是因为天热,又恰是人们睡前走走转转的时间。我想要是下雨或者天冷,广场上应该空无一人吧。我停了下来。在这段时间里,我听到他解释他是唯一一个有能力阻止共产党人当选的人。此外,他从未称呼他们是共产党人,而是把他们叫作共产党和工人党情报局分子。共产党和工人党情报局①一词经常让人联想到彼此勾连的恐怖或独裁。也有些人斜倚在阳台上,手臂撑在栏杆上,女人们则坐在她们拖到阳台上的椅子上。在体育用品商店的明亮橱窗里,模特静止不动,一条半屈的腿优雅地伸到身前,就好像她正在走路,上半身则微微向后倾斜,橡胶做的光裸双腿是米白色的。她穿着一件海绵做的无袖短浴衣,半敞着,露出她的三角裤和胸罩。橱窗的地板上铺满沙砾,上面放着一把撑开的太阳伞,太

---

① 共产党和工人党情报局是一个情报组织,成立于1947年,解散于1956年。为加快东欧国家政权的建设和巩固,并加强意识形态领域的斗争,以对抗西方国家发起的激烈的冷战攻势,1947年9月22—27日,苏联、法国、意大利、南斯拉夫、波兰、捷克斯洛伐克、匈牙利、罗马尼亚、保加利亚九国的共产党和工人党代表在波兰西里西亚举行会议,决定成立情报局。其任务是组织交流经验,并在必要时在相互协议的基础上配合各党的活动。1956年,随着国际形势变化,该局宣告解散。

阳伞上交替排列着炫目的红蓝黄三种颜色。右边的橱窗里是球拍、男式三角泳裤、橄榄球、防滑鞋、绿绒裙腰的红色泳衣,跟那件——我听他说他最近在乡村举行集会,村民们感动得热泪盈眶,纷纷赶来称赞他,与他握手,跟他说,这些年来,在他们那里,这是第一次一个非共产党和工人党情报局人发出自己的声音。在街道尽头,我看到市政厅广场上的露天咖啡馆里座无虚席。我转过身走,背着光,背着声音。在空无一人的小巷里,声音逐渐减弱。接着,我听不到他的讲话了,只能偶尔听到掌声。换句话说,因为我知道那是掌声:一种此起彼伏的奇怪的声音,从寂静中,从虚无中突兀响起,拔高,降低,变弱,再返回。

三个士兵坐在一张大理石独脚小圆桌旁。酒吧里面长椅上一个穿红色短上衣的姑娘正半躺在一个卷头发的小伙子身上,后者的一只手臂环过她的肩膀。墙壁涂成了米白色,像瓷器一样闪着光泽。霓虹灯管放射着浅绿色的光芒。我问是否可以要个三明治,他在柜台后面的水槽里冲洗着杯子和茶托,问道:"要什么馅儿的?"我说:"我不知道你们这里有些什么。"他回答:"有肉酱、红肠、火腿。"他一边用抹布擦手,一边看着我。我说:"那就肉酱的吧。"老板坐在收银台后面看着报纸,收音机里正吱吱呀呀地放着歌曲,但声音不太大。我喝了两口啤酒,然后等他做好三明治。他们中的两个人没戴帽子,第三个人则没有摘掉他的红色或更确切地说深红色贝雷帽，帽子压在额前，与眉毛齐平，两条短带垂在颈上。其中一个蓄着细长的金色小胡子……"'香槟人。'[1]他说。'欸，'我说，'是我，尚普努瓦怎么了？'

"他对我说：'我们是同乡。'

"'怎么会？'我说。

"'就，香槟人，'他说道，'我是兰斯[2]的，我们是同乡。香槟地区——'

"'尚普努瓦，'我对他说，'是我的名字。'

"'你的名字？'他说。

"'对啊，我的名字，你也有自己的名字，不是吗？'

"'啊，'他说，'我原以为他们这么叫你，因为你是——'"

那是今天早上的报纸，它又脏又皱。他把报纸展开，翻过第一页，重新折起来，然后把它对折起来看。我试着能不能反着看报：

生事瓯记

但我并不是真的在猜着玩儿，因为我已经知道了。

---

[1] 法语中 Champenois 一词既可以表示"香槟地区的、香槟人"，也可以作为人名来使用，音译为"尚普努瓦"。

[2] 法国东北部城市，是法国香槟-阿登大区马恩省的一个市镇，也是该省的一个地区，香槟酒的产地之一。

"'所以你不是尚普努瓦？'

"'我是，'我回答道，'尚普努瓦，就是我的名字，尚普努瓦，但不代表我是香槟人。就像有些人叫布吉尼翁[①]，或者雷诺曼[②]。但我父母是奥布省[③]人。'

"'现在我明白了，'他对我说，'我还以为他们叫你香槟人，就像他们被叫作巴黎人或者北方佬。'

"'不，'我说，'我住在圣-芒代[④]，巴黎附近。'"

另外两个中的一个人笑了。三个人都穿着同一套迷彩帆布制服，制服上有一些褐色、绿色、赭石色、铁锈色的斑点，袖子卷到了手肘上。蓄小胡子的那个隐秘又迅速地看了那对情侣几眼。我能够辨认出外面帐篷沿帘上的透明字母：

聹竝酉咖

这些字母被一个有泡沫的大啤酒杯对称地框在里面，啤酒杯上方写着**洛林啤酒**几个字，呈半圆形。

---

① 法语中 Bourguignons 既可以表示"勃艮第(人)的、勃艮第人"，也可以作人名来使用，音译为"布列吉翁"。

② Lenormand 由定冠词 le 和 normand 组成，人名，音译为"雷诺曼"，法语中 Normand 意为"诺曼底人、诺曼底的"。

③ 法国香槟-阿登大区所辖省份。

④ 法国法兰西岛大区瓦勒德马恩省的一个镇，邻近巴黎市第十二区。

仿佛是出于某种滑稽的幽默感。这些地方取的招牌名字必须既奢华又风雅轻佻,里亚尔托①、特里亚农②、蒂沃利③,又或眼下这个跳舞咖啡馆,叫什么名字来着?弗拉斯卡蒂④。位于城郊的南希路上,很长时间内只是一个名字,一个有点神秘传奇的词,在军团老兵们的吹嘘中,在新兵面前讲述他们的饮酒作乐与征战杀伐时,这个词,可以说听上去就枝繁叶茂……

"'因为关于香槟酒,'我说,'我可能比你知道的还多一些。'

"'比我知道的还多,'他对我说,'举个例子!'

"'多一些。'我跟他说。

"'举个例子来听听!'他跟我说,'我可是兰斯人。'

"'喝你的酒吧,'我说,'红丝带香槟酒,你知道吗?'"

……窸窣作响,让人想到树荫倾泻,瀑布流淌,清泉喷涌,就像那些画作中的场景,罗马附近的废墟与花园的版画一样,同时这些联想又与午夜返回军队宿舍的休假

① 1592 年用大理石建成,是威尼斯最为著名的桥之一。桥上建有许多商铺,销售各种纪念品以及当地特产。
② 法国凡尔赛宫园林西北的两座宫殿。
③ 意大利中部城市。
④ 意大利中部罗马省拉丁区的一个小镇,风景秀丽。

军人密不可分,醉态醺醺,恶心呕吐,酒气难闻,一股子红灰色的气味。弗拉斯卡蒂①的荒唐放荡与意大利长颈大肚瓶和基安蒂葡萄酒②并无太多不同,一种声音……

"我敢打赌你连它的颜色都没见过。这玩意儿你买一瓶大概就得花五六千法郎。"

"我看也是!"蓄胡子的那个说。

"事实就是这样。香槟、波尔多③、勃艮第④,我知道我在说什么。可以说我喝过所有最好的酒。我叔叔是巴黎亚历山大酒店的门房。所以你知道吧,这些地方的顾客甚至都不把酒喝完,木桐酒庄⑤、凯歌香槟⑥、沃恩-罗曼尼⑦,他给我们带回来的酒经常还剩近四分之三呢。你想如果——"

菲亚兹尚蒂⑧。

_____

① 意大利中部罗马省的一个小镇。
② 意大利基安蒂地区一种世界驰名的红葡萄酒。
③ 法国西南部吉伦特省省会,被誉为世界葡萄酒中心。
④ 法国巴黎南部著名葡萄酒产区,可与波尔多相媲美。
⑤ 位于法国波尔多,五大顶级酒庄之一。
⑥ 位于法国巴黎北部香槟区,世界第二大香槟制造商。
⑦ 法国勃艮第夜丘北部的葡萄园。
⑧ 菲亚兹尚蒂(Fiaschanti),地名,与上文的弗拉斯卡蒂(Frascati)、荒唐放荡(fiasque)、基安蒂(Chianti)在发音上巧妙联系。

跳舞咖啡馆坐落在这座以上面村庄名字命名的山丘脚下，道路从这里开始渐渐往上，通往山顶高高的纪念碑，纪念碑是某种方尖碑，用来纪念战争期间在此地发生的战役。

弗拉斯卡蒂也沸反盈天。也许是因为这个单词听起来像意大利语，联想到的刻板形象不再是身穿上次战争军服的士兵，而是在黄色和红色的烟幕弹爆炸中军官拔剑出鞘、阿尔及利亚步兵拼刺刀的沉重剪影。烟幕弹的味道又让我跟回忆中焚香的味道混在了一起。在教堂彩绘大玻璃窗上的四瓣花格窗中的一扇上面，我可以看到教皇侍卫猩红色的长裤。朗贝尔扯着嗓子声嘶力竭地唱着"上我，战栗垂涎"或"有荣耀属你鸡鸡"，而不是"上主，求你垂怜"①或"愿荣耀归于耶稣"②。他十三岁的时候就已经让我们为之愕然，他向我们保证永远不会蠢到去当兵。的确，他成功地使自己免于服役，或至少是声称成功了，就像他之前通过提交一份他声称是虚假的医疗证明成功免除体育课那样。然而，有次课间休息时，他正跑着，突然昏厥，脸色雪白，没有一丝血色。我们不得不把

---

① 原文为希腊语颂歌。

② 原文为拉丁文颂歌。

他背到医务室。在此之后，他再也没有玩过猎人躲避球，说这是给小蠢货们玩的。后来，当我们组建橄榄球队时，星期五他总是以一种略带怜悯的态度看着我，脸上带着一副高高在上的神情，许多年后，那次当我休假回来遇到他时，我又在他脸上见到了相同的表情。我得知他已经放弃了自己的权利，只从事政治活动，担任青年组织中的秘书或者其他类似的角色了。两个人站在火车站的站台上，我穿着笔挺的军服、大皮鞋和绑腿，而那么多年一直用最时髦的西服晃得我们眼花的他，现在也穿着类似制服的服装，换句话说，他的穿着带着明显的攻击性，藐视任何追求高雅的行为，或者说他追求的是不修边幅，是一种精心研究过的不雅，恰好处于不整洁的边缘。穿着不大干净的衣服，带着神气又严厉的表情。他在尼姆下车，但此前他对我的拷问……

神父走楼梯的固执态度了下来

……持续了整个路程。全程都带着这副自高自大又沉稳严肃的表情，询问我东方驻军士兵的心态。临别时，他用没有热度的手用力地，甚至可以说急切地握了握我的手，同时也在用同样严厉的眼神盯着我。如今，在酒吧里面几乎听不到叫嚷、掌声的回音，传来的声音不过像从某条溢水管中偶尔溢出的蒸汽一样遥远而奇怪。如同一个安全阀打开，释放掉过多的压力，然后再关闭时，一个看不见的司炉重新将更多的煤铲入炉口。他唯一不端着那副疏远严厉的面孔的时刻，是为了嗅一嗅气味，露出一半觉得好笑一半觉得恶心的表情。他从头到脚打量着我，问我们是怎么做到能一天到晚生活在这种粪臭味里的。但我们最后都习惯了，感觉不到了。在这里，和在其他地方一样，这种强烈又呛人的味道跟汗水还有姑娘们的香水混在一起。没有喷泉，也没有瀑布：一座既没有明确时代也没有明显特征的房子，建在出了城市不远的路边，即一座半城市半乡村的房子，把角柱生锈的凉棚改造成了一个跳舞咖啡座，凉棚在下面放着几把本来漆成绿色的铁桌椅，现在也都生了锈，木炭或女贞木的箱子在房子正面大门两侧两两对齐，门通向一间寒冷空旷的大厅，亮橙色的墙面上装了几块无框的长镜，镜子边缘用厚重的颜料和笨拙的手法绘制了一圈天真的玫瑰花环。我想不起来那里是否摆着椅子，或只是一些……

　　"'所以'，我说，'尚普努瓦就是我的名字，尽管我不是香槟人。因为我父母是奥布省人，住在特鲁瓦①附近，我则住在巴黎附近的圣-芒代。但就懂得品味香槟来说，

━━━━━━━━━━

① 　法国中东部城市，奥布省首府。

你得来——'

"'咦,'他说,'特鲁瓦在香槟啊?'

"'哎呀,特鲁瓦在香槟就不对了,它是奥布省的首府。'

"'欸,'他对我说,'我说的不是省。'

"'那么,'我跟他说,'如果你说的不是省,那你在说什么?'

"'哎,'他说,'省可说明不了任何东西。你声称自己对香槟酒了解得很,却都不知道特鲁瓦或者兰斯也有一些著名的香槟酒庄。如果你说省的话,那么好,兰斯,是在马恩省。就没有一个省是叫香槟的。如果你父母是特鲁瓦人,那你就是香槟人,没有——'

"'哎哟,你脑子里都是些什么啊?半小时前我就向你解释过了,尚普努瓦是我的名字,你不明白——'"

……长凳摆在简朴的、涂了一种非常难看的棕色油漆的木桌四周,木桌围住一块空地,留出的不是打了蜡的光亮的舞池,而是刨光后用漂白水反复冲洗掉木屑的木地板,就像营房宿舍那样。炮手沉重的军鞋在同样潮湿、阴暗、模糊的 8 字形上打转,他们厚重的马刺和黑色绑腿在女佣们丰满的腿肚中时隐时现,女佣们穿着粉白色浅蓝色的短上衣,亮眼的丝绸裙子,她们卷曲的烫发如羊毛一般,并非金黄色,反倒更像乱麻一样枯黄,雪白肥腻的颈背在头发下沁着汗水。某种既猛烈又沉闷、淫秽的感觉。我们中的一个人说，总而言之，我们花了半年的时间听士官在耳朵眼里大喊大叫，以致我们只剩下上床睡觉的力气，连幻想姑娘的力气都没有了。一只打开木塞的酒桶，对我们来说像是产生了一种催情的效果，一种幻象，我想到那首老歌，歌词里唱的是毛茸茸的阴户，可以——或者是在某种程度上相信从旋转的绉纱裙子底下可以看到它们，在苍白肥腻的大腿中间，垂直张开的、湿润野性的嘴，埋在湿漉漉的、如农牧神①山羊胡子的卷毛之中。没有山林水泽的仙女、瀑布和树精，只有柔软光滑的女佣，连同她们粗糙的毛发，在灰蒙蒙的地板上不断地旋转，在紫罗兰和马厩气息的余味中，与天蓝色的炮兵制服相交错。炮兵的衣领上有红色的徽章，像稀释的血液一样浅红，上面以黑色标出他们的军团编号，随着庸俗的音乐节奏，在墙壁橙色的背景衬托下时隐时现，类似……又似……

他那两只红通通的手，指甲断裂，紧贴在锌台边上，死死抓住。就是那个尚普努瓦，他的上半身向前倾斜，向

---

① 在希腊神话中，农牧神有人的躯干和头，山羊的腿、角和耳朵。生性好色，经常藏匿在树丛中，等待仙女们经过，上前求爱。

上探:"欸,这儿哪里可以撒尿?"服务生没有停下擦拭杯子的动作,用头指向大厅深处。他离开吧台,踉踉跄跄地走远,撞在一张桌子上,朝那个还靠在情人身上、身穿红色短上衣的女孩的方向说:"对不起,先生们女士们。"然后溜走了,一边走,一边一只手已经伸到裤子前胡乱拨弄,腿像骑兵一样是罗圈腿。在桃花心木门后——

……交尾。

与树精押韵。[1]

但并不是鸟类,尽管隐约像是动物,或更准确地说,介于动物与人之间,或是某种实体:他们是有编码的,套在笔挺的天蓝色呢子军服和坚硬的黑色皮革里,在粪便和紫罗兰混在一起的强烈气味中移动,马刺的叮当声仿佛某种甲壳动物,仿佛他们与这种甲壳混在了一起,只伸出了红通通的脑袋和红通通的手。也许在交尾时,一个巨大的红通通的器官膨胀起来,与她们交配,把她们钉牢(在凉棚后面隐蔽的墙角里)——她们,脸颊火辣辣的,闪光的裙子底下柔软、白皙、湿润,短上衣上绘着色彩柔和的花朵,喘着气。想着那些……

---

[1] 在法语中,交尾 pariade(音标为/parjad/)与树精 hamadryade(音标为/amadrijad/)的尾音相同。

她身上的流言蜚语，关于她和雷谢克有个西班牙名字的骑师的传闻。想着，有何不可呢？毕竟她先和一个理发师出身的小提琴手好上了，"一个情场高手"，就像波卢说的那样"从第二小提琴手的位子爬到第一小提琴手，又爬上——""拜托你闭嘴！""有何不可呢？也不是每个人都会拉几根破弦的……""粗鄙的家伙！""好了，我闭嘴。""粗鄙的家伙！粗鄙的家伙！"这次跟谁好上了，或者说被谁上了？想象着是某个农牧神般的，带着芳草树叶（可能是因为障碍赛马的场地吧），不是一个男人，而是一种半种马半人类的混种生物，像一条后腿直立的卷毛狗似的笨拙地蹦跶着向前走，他的长靴就像用木头、铁和皮革做成的残疾人的假肢，如同我们在矫形科医生的展示柜里可以看到的那种，又或像是被悬挂在神迹山洞里的拐杖之间，假肢的侧面已被洁白的石膏圣母雕像周围渗出烛泪的大蜡烛熏黑，他好像站立在某种人造假腿上，假腿的尽头是金属包角，在身子前面伸出一根长长的狗鞭或猴鞭，在青翠的灌木丛前显得分外鲜红，长鞭的尽头是一个球体，浅蓝色的睾丸。深深地插入她。当我从她身体里面拔出来时，这是一根坚挺的、滚烫的斑岩柱或布满紫红色纹理的大理石柱，沾着血，覆盖着一层苋红色的网络，包围着苍白的岛屿。纯洁少女的鲜血。她洁白的身体躺在灌木丛的后面，树林沿着山丘侧面往下延伸，它的边缘伸至位于跳舞咖啡馆后方的果园。她并没有显得特别激动或局促不安，就好像她从出生开始就一直在做这件事情一样。她形如弹头的窄窄的腹部赤裸着，并不觉得羞耻。她爬起来开始用手帕笨拙地替我把它揩拭干净。阿普列犹斯①的驴子。交配。我隐隐有些恶心。她在这野花丛中失去了童贞。我之前把外套铺在草地上，好让她躺在上面，现在发现外套下面的野草被我们的体重压扁了，交错的叶茎轻微抬起了约半厘米高，仿佛植物缓慢的呼吸。在我们右侧的高处，有棵树上一只鸟儿带着规律的间歇鸣叫，另一只在遥远的某个地方回声一般与它相和。几朵云在错综复杂的树枝之间飘动滑过。我们似乎能听到草叶不再彼此纠缠、互相脱离时发出的细小的声音、微弱的窸窣，然后它们停住了，非常倾斜，几乎与地面平行，其间有几朵那种纤弱的心形四瓣花，小小的白花被揉皱，枯萎了。这种花我们可以在林下灌木丛中看到，散发着芬芳。绿草垫上一两根草茎突然弹了回去，而被压垮的花朵依然萎靡不振。在我充作床单的天蓝色

---

① 古罗马作家、哲学家，著有《金驴记》，透过主角路鸠士化身为驴所看见的真实罗马，讽刺罗马帝国的社会生活。

军装外套上，她用力按压的几处染上了绿色的血迹，褪到我膝盖下的内裤上也是。我跪在她的大腿之间，宛若在向她祈祷，把这根斑岩柱伸向她。所以那位圣贤圣隐士的希腊名是什么来着？ Porphyre①、Polycarpe②、Polyphile③或别的什么，以同样的姿势跪倒，在荒凉沙漠中的一根柱子顶端祈祷，持续了不知多少个日子。这位柱头修士④在半空中的大理石柱头上，四下是残垣断壁，废弃庙宇横倒的柱身，巴比伦城的遗迹。巴比伦大淫妇⑤，崇拜偶像的猪，大群啧啧称奇的朝圣者缓慢地行走，人群的队伍在沙丘上延伸，人潮从远处赶来，来观看交会，我是说交配，我是说，来交媾，以繁衍人口。但我还有足够的力气把自

① 意为"斑岩"，与后文的两个单词发音相似。

② 圣坡旅甲，公元 2 世纪士每拿主教，是教会史上首先详细记录的殉道者，被天主教和东正教同时尊为圣人。

③ 寻爱绮者，借用了同名书《寻爱绮者》的名字，这是 1499 年 12 月，阿尔杜斯·马努提乌斯在威尼斯印刷的一本奇书，作者不明。

④ 一种自古代便出现在基督教会中的修道者，他们以长期坐或伫立在一些细窄的柱头上为主要修行方式而闻名。

⑤ 巴比伦大淫妇，又译巴比伦大妓女、大娼妓，代表着邪恶、诱惑和堕落的力量。这个形象在《启示录》第 17 章和第 18 章中出现，被描述为一个坐在七座山上的妇人，她骑着一头有七个头角的兽，身披紫色和朱红色的衣服，手持金杯，装满了可憎之物和她淫乱的污秽。这个形象被认为是对古代罗马帝国的象征，尤其是其堕落、腐败和宗教偶像崇拜。

己抽出来，再喷射出去。一条银河，像轻微泛着粉色的凝结的牛奶一样，铺散在她窄窄的肚子上，太阳圆圆的光斑透过树穹落在上面，明明暗暗。手帕上都满了，但她对我说不远处就有一条小溪。她毫不在乎。而且刚才是她任由我（更确切地说，是帮我）把她脱了个精光。她事先做好了预防准备，尽管天气挺热，她还是带着一件大衣来的，要是有人经过，她随时可以快速套上。她脱得只剩下白袜子和鞋。

她只穿了一件像男士外套的灰色上衣，从长长的袖管里伸出了洋娃娃一般的手指，下身一丝不挂，站在积满灰尘的地板上，地板上星星点点布满了颜料的斑点，靛蓝、辰砂红、尼罗河绿、祖母绿、胭脂红、紫色、天竺葵色。牙齿在巧克力球上留下的两道光滑切口，微微凹陷，被当中一条细细的山脊分开。当她说话时，他可以从略微前突的短上唇下看到两个门牙之间的缝隙。乌黑的眼睛充满好奇，但并不唐突放肆，仅仅是好奇的，谨慎的，期待的，就好像猫的眼睛，盯着他看，而他却避开她的眼睛。我听到他的声音，听到他说了一些话，却听不清他究竟说了些什么。她的声音同样如此。透过工作室的玻璃窗，可以看到蓝色锌板屋顶，朦朦胧胧的，圆屋顶和粉墙也是模模糊糊的烟灰色，还可以看到挂着被子和折成两段的长枕的窗户。有时候他让她摆出——

奥斯曼帝国后宫姬妾的姿势,穿一条红色灯笼裤,乔装打扮,又或者像是在荷兰人送给他的那张素描上的样子,大胆而恬静,用刷子蘸满被碾碎的颜料,一笔画出一道厚重的奶白色,在她的腹部下方用普鲁士蓝画出一个三角形,在日本和服敞开的珊瑚红襟翼之间,她的身体好像一层厚厚的光。随后,是他在这个敞开的坟墓边上,听着鞋子踩踏在小道碎石上的声音,还有雨点落在碎石和坟墓上不易察觉的声音,看着他们一点点放下的、被雨打湿的绳子,棺材断断续续地下降,绳子在墓穴边缘摩擦,而不是棺材板,直至磨出了一个切口,在底下积聚了一堆圆锥形堆积物,越积越高,然后一整块土脱落,随着一声闷响掉到了底部。我想……

骨头和枝叶被平行对称地置入土中。人们以后会看到塞满泥土的颅骨,还有塞满泥土、依然注视的眼眶,上面像那些陪葬用的陶瓷碗的碎片一样有裂纹。这些碎片被贴上标签,与梳子、粗糙不平的青铜首饰、搭扣、带扣一起混乱地摆放在博物馆的陈列架上。那个幸运儿解开你的——

在对面关着的店铺百叶窗上斜斜地写着 COIFF-URE①,字母垂直的笔画或者说竖杆自左向右上升,但 F 和 E 的横杆约 45 度倾斜,C 与 O 的上下圆圆的部位变了

---

① 意为"理发"。

形,也沿同一方向上倾。酒吧内部灯光亮得刺眼,投影在将其与街道隔开的玻璃上,以至 COIFFURE 的前两个字母上面叠加了三个透明的上半身身影(其中一个是侧脸,然后是回来重新坐下的那个,被第三个人的背遮住了一半),这三个都穿着迷彩制服。SALON① 这个词在戴石榴红贝雷帽的那个人头顶,红色短上衣的影子紧接着出现在 I 和 L 的下方,第二个 F 和 U 挡住了那个倚在吧台上的人的脸,那张脸是正面的(我的?),MESSIEURS② 这个词用小一号的字体横向刷在门面右边,与左边的 DAMES③ 一词对称。吧台的上面是坐在收银台后面的老板的侧面轮廓,一直埋在报纸里,完全笼罩在阴影中,那个服务员现在忙完了,正捣鼓着酒瓶中间收音机上的旋钮,他的投影在一扇作为深色背景的、能通车的大门上清楚地凸显出来。那扇大门紧接着理发店,理发店被漆成了天蓝色,这一背景过于明亮,以至只有人身上颜色特别鲜明或者被灯光照亮的部位(对比强烈的迷彩军服、深红色的贝雷帽、姑娘的短上衣、吧台边上站着的那个人的鼻子和额头、他的白色衣领)才会被清楚地看到,在夜幕

---

① 意为"沙龙"。
② 意为"男士"。
③ 意为"女士"。

中清晰可辨，它们仿佛失重一般飘浮在空气中，以零散的碎片形式存在，散布在一片黑暗的薄膜上，一张闪烁着光泽的黑暗薄片上。没有幽灵的实感，也不比鬼魂厚重，没有眼睛，取而代之的是两个棕色的洞穴，也没有固定的轮廓，半透明的人身上的某些细节或者某些部位只有在这个人改变它们的位置，或更确切地说将它们径直带到光线下时，才会显现，吸引到别人的注意。我把酒杯放回到吧台上时，酒杯反射着光芒。接着，我听到身后传来两声响动。用不着回头，我也能看到反射的钟面，如同一轮苍白的月亮悬挂在 SALON 的 L 上方，那根长长的指针从中间指向下面，那根短短的指针指向右上方，合起来标示着一点半，所以从右向左翻转过来看，现在就是十点半。一对夫妻从对面的人行道上经过，沿着理发店关着的大门走，相继穿过了服务员、老板、我自己、红色短上衣以及三个穿着迷彩服的上半身。我意识到远处的掌声已经停了一会儿了。在同一条人行道上出现了两个男人，他们穿过街道，在露天座上坐了下来。其中一个人转过身，敲了敲窗玻璃。服务员的映像动了，它从我的映像后走过，然后消失了，与此同时他重新出现，站在露天座上两个新来客身边的时候，已然有血有肉，就好像他从一个不存在的虚幻世界里走出，一下子有了物质世界的形体，遮住了招牌上的部分字母。接着他返回咖啡馆，消失不见，再出现时又是半透明的幻象，在吧台后面忙忙碌碌。我可以看到我的阴暗的下半张脸在扭动。我手上拿着的咬过的三明治的面包部分投映成一个明亮的斑点，似乎也在飘浮着，好像白色的海绵。

他为了拿枪而丢下的那块面包，还留在马路中央被人踩扁了，就是在那里他们推搡着要抢下他的武器。僻静的林荫道上空无一人，肮脏不堪，满地都是碎纸屑。现在，树荫底下又有人散步了，十字路口小咖啡馆的露天座上坐了十来个人。戴眼镜的那个家伙和他那伙人回到大楼里，楼上的阳台上悬挂着长条的标语横幅。时不时疾速开过一辆卡车或一辆汽车，车上不可避免地满载着身穿弹药带和机枪背带的人，机枪林立，车侧身上胡乱涂着潦草模糊的白色首字母缩写。车轮时而卷起几片碎屑、几张旧报纸的碎片，它们笨拙地飘在自己的影子上方，就像一只残废的鸟儿，然后跌落在地，影子旋即失踪，似乎分解消散了。天空在阴云密布和明朗之间缓慢地交替。云层投下的厚厚的阴影庄严而隆重地登上屋顶、山墙、露台、拱廊、哥特式钟楼、洛可可式浮夸的建筑上层，整个城市昏黄肮脏，尘土飞扬，静默不动，毫无生气，被阳光穿透的地方留下炫目的苍白斑痕，仿佛那些不透气的病态的皮肤。

　　仿佛此地空气从未更新（即使是在夜间：夜色只是把自己封闭起来，幽禁住臭气和汗酸，就像某种模具，钟楼、糕点状的屋顶仿佛是用一种黑色发亮的物质凹印出来，有点像黑橡胶，而夜色像一台冲压机缓慢但无情地压下来，精准嵌合，用它的凸起部位填满街道、广场，甚至最狭小的巷子，直至完全贴合，然后停下，紧贴、锁定、压实），仿佛此地的一切都无法发生新的变化，这座城市仿佛受到惩罚，永远沦为这一荒芜被弃的状态，好似节日结束后的舞厅，装饰着的花彩已然褪色，败象凄凉。

　　太阳下山后的一段时间里，他们继续着他们的势头，疯狂地开着车穿梭于街道之间，在咖啡馆的露天座上争论不休，或者在集会上挤成一团，始终佩带着武器，喋喋不休，杀气腾腾，夸夸其谈。之后，渐渐地，城市沉寂下来。仍有几个人不走，例如这最后几对舞者，浑然忘我地转着圈儿，直到突然发现乐队乐手早就离开了，乐器罩上了布，倚在空乐谱架前的空椅子上。他们最后停下舞步，面面相觑，瞠目结舌，不知所措，隐隐有些不安，站在散落在地板上的、被踩得乱七八糟的彩色纸带卷和花环之中，最终决定离开。此后，只剩下黏糊糊、黑沉沉、凶险、停滞的热气。到处是昏昏欲睡的哨兵，步枪放在两腿中间，在过去亿万富翁下榻的灯火通明的酒店门前的扶手椅里前后摇晃。而在酒店灯火辉煌的大厅里，在公寓里垂着水晶坠子的明亮的分枝吊灯下，一些家伙穿着破旧黯淡的西装，脸色灰暗，疲惫不堪，好似还俗的教士，又像登记处的职员，来回走动，或者坐在古老的董事会会议室内仿哥特式假主教座椅上，红着眼睛，用沙哑得几乎听不到的疲惫声音谈论或口述着一些事情，在英国银行家的特里亚农宫风格的套房里，在镶木板壁的厨房的桌子上，一台打字机噼啪作响。偶尔传来几声汽车或卡车的甩门声，发动机轰鸣，接着又是归于寂静，归于黑暗。最终，模具将以同样的无情又无可阻挡的速度缓缓升起，难以察觉，让灰蒙蒙、汗津津、暗沉沉的天光过滤进来，唤醒在玉兰花中的鸟儿，幽暗的常春藤丛在近郊的荒地上描摹出延伸的形状，安宁静谧，过于平和，散乱的血迹开始变干。从床上我可以看到灰白色的光映在油亮的叶子上，叶子一点点染上颜色。疯狂的鸟儿叽叽喳喳，叫声凄厉——哪座湖——我多想——船在颠倒的白雪皑皑的山脉的静止倒影上滑动，桨轮拍打着湖水，在视野中慢慢变小，带走了口琴声和孩童的嬉笑，我多想……

没有看到海绵，只见手一把扫过酒杯、三明治盘子和钞票，红衣主教高深莫测的发黄面孔消失了，隐没了，取

387

而代之的是光裸的泛着银光的吧台表面,现在上面留下了细密水珠形成的平行划痕,一层银光覆着一层银光。三个当兵的走了,只剩下里面那对爱侣。现在,他们不再依偎着彼此,男孩从口袋里拿出一把梳子和一面小镜子,他把镜子靠在空酒杯上,把头发重新梳理一下,专注地看着镜中的自己,用手掌轻拍,好让他的头发鼓起来。茶托碰到吧台,发出不坚实的空落落的声音。它是红色塑料做成的,里面有一张钞票。钞票上印着一个长着方脸、蓄着胡子的慈爱老爷爷,现在目光沉痛,眼下挂着眼袋,周围是蓝黄两色的装饰,它在证券交易所里的价值似乎不及红衣主教。挺好。他这么关爱穷人的一个人。另外还有几枚硬币。我那透明的影像动了,向我迎面而来,然后消失得无影无踪。外面桌子上的那两个家伙热烈地讨论着什么。我想起在银行的那两个人,走廊、大理石、斯芬克斯。也许是同样的两个人。当我穿过街道,露台上的灯光投射下来,三个阴影从我的脚下分散出去,腿部相互交错,头部则分别指向正午或午夜十二点差十分、十二点差五分和十二点整。然后,随着叫嚷声渐渐熄弱,它们形成的角度也逐步合拢,影子也变得淡薄模糊。片刻后,我便只能听到自己的脚步声在墙壁间回响。集会似乎真的结束了。我沿着运河兜了一圈,心想明天他还会在那儿,还会在十一点钟散步，拄着他的手杖，带着他那散发着尼古丁味的令人作呕的胡须，这是一具行走的尸体，皮肤松弛得像羊皮纸一样，飘浮在他松垮的衣服里，仿佛两个过大的信封套在一起，一个是皮肤做成的，另一个是衣料做成的，都挂在他的骨架上，因此他的骨头至少还有用，尽管有些摇晃，也许还会相互碰撞。挺好。可怜的查理。挺好。"滥情"，我们说到一个模特跟所有人上床就是这样说的，而他……挺好。特别迷人。我知道。一个幸运地拥有这么迷人的太太的男人，怎么会……就是这样。问题。她的牙齿在巧克力块上留下了印痕，而他在黑暗中清醒地平躺或者说横卧在一个女人身旁，一个如此迷人的女人，应该说一个曾经如此迷人的女人，也就是说这个女人现在不过是——

在市中心，还有这种非同寻常的感觉，这种节日后的热烈气氛还在勉力维持，这种兴奋感滞留在原地，犹豫不决，或者说不甘愿就此熄灭，这些灯火……

两个人都在黑暗中平躺着。

……流光溢彩，人声鼎沸，大咖啡馆的露天座上依然座无虚席，这矫揉造作的东西，这潮润的东西，混杂的喧嚣……

持续了好几分钟的热烈的喝彩。当重复到第二次时,就不过是一个笑话了。现在是第几次了？因此——

　　……悬浮在温热的空气中,酒杯相互碰撞发出的叮当声。市政厅二楼,举行会议的房间窗户依旧透着灯光。我希望这一家还在营业。我走入烟草味里,从口袋里掏出这张慈祥的老爷爷,放在柜台上。对穷人的关爱带给他好多钱。有个家伙有天在火车上向我解释这件事,告诉我说他是从事毛皮生意的,但他已经不做貂皮了,转向兔皮。他向我解释穷人的市场,通过卖给人们便宜十倍的东西,他能挣到超过十倍的钱,因为有一个富人,就有一千个穷人,您自个算算吧。在她决定之前,我不得不提醒了她两次,就是说,她一边目不转睛地盯着市政厅方向,一边伸出一只手臂,从身后的架子上取出两个,放在我面前,用中指和食指夹起钞票,然后手就停在那里,微微抬着,没给我找钱。她眼睛里闪着激动的光芒,一直盯着那个方向,突然说道:"来了,是他。"在柜台另一头正给打火机加燃料的那个家伙抬起头。我转头去看:一群人正慢慢走出市政厅,男人们几乎都只穿着长袖衬衫和背心,外套搭在胳膊上,慢腾腾地,好像做完弥撒后,又像电影散场后,抑或从赛后的体育场四散而去,他们逐渐占据了咖啡馆之间的整条街道,肩并着肩,平静地向前走着。我立马看到了他,走在人群第一排的中间,也许是因为他

390

是唯一一个还穿外套的,而且不只是外套,尽管天气炎热,却像巡回演唱时担心喉咙的歌剧演员似的,脖子上围着一条米色的羊毛长围巾,一端甩过肩头。有些发福的脸蛋现在容光焕发,看上去变年轻了,但和海报上的样子一样,认得出来。一些家伙喊着:"朗贝尔万岁!"他像得奖的运动员一样挥着手,仿佛在拍剃须膏或是剃须后用的爽肤水、润肤液的广告,又好像一位假声男高音明星或什么比赛冠军,出现在演员的专属出口,面对等待的人群,尽管因演出而感到疲乏,但仍然微笑着,既像运动员又像教士那样一直挥着手,抬头向左右两边的阳台致意,有时穿过马路,和蔼地、恩赐般地握住一只手。周围的人也微笑着,轻轻拍打他的肩膀,和他同时转头看向阳台、露台,闲谈之间都带着这副稳操胜券、高人一等、自信坚定的表情,就跟赛马场上下对了注的那些人的表情一样。他们慢腾腾地走过,然后那匹裹着毯子的赛马、治疗师、训练师以及赌客都消失了。她眼睛始终闪着光芒,现在向他们远去的地方看去。我说:"劳驾。"她从梦中惊醒,看着我,眼神一下变得淡漠无神,她看着夹在食指和中指间的钞票,然后,穷人们的慈祥老爷爷向后仰的脑袋消失了,被盖住了。

依然能看到她用两颗门牙咬出的凹痕,短短的上唇上方长着细细的绒毛,男士外套没有遮到的腹部下方同样也被毛糙而茂密的毛发植被遮蔽,仿佛野生的假发,粗暴地生长在婴儿般的肌肤上。接着……

滥情——

……睡在她身旁的那一晚。而现在的她已不再——

穹顶下已经没人了,阳台上的椅子也被撤走了。体育用品商店的橱窗亦已熄灯,一切都陷入黑暗。在路灯的微弱光线下,可以辨认出姿势优雅的模特、球,以及碎石子铺成的假沙滩上的太阳伞。灯塔的反射光迅速掠过大海,波涛涌动的漆光海面显露片刻,然后又消失不见,但依然能隐隐感到它的存在,焦躁不安,在夜色里裹挟着鱼兽翻腾。我靠在阳台上待了一会儿,没有开灯,手里拿着一根香烟,但没有点燃,呼吸着黑夜。有一两次我听到一只鸟儿在常春藤里动了一下,也许在做梦吧,又或是发出微弱的惊叫声。在路上是看不到被路灯遮蔽了的星星的,只有在乡村,或是像这样在烟囱屋顶上,才能看到漫天星光,myriades① 的 y 和 i 在闪烁。过了一会儿,我能分辨出我的手、香烟,以及砖块构成的成排成排的线,在右侧的墙上随着透视线发散出去,墙体的颜色比灰浆接

---

① 意为"无数、不可胜数"。

缝更暗，就像我们所能看到的夜色，也就是说没有色彩，只有明暗，而他和她直挺挺，或者更确切地说僵硬地躺在这张床上，同样乳白色的光芒可能洒在床单上，他们的身体也许是赤裸的，因为正值夏天，身体也是乳白色的，跟被推开的被单的褶皱一样，都是由相同的冰冷、光滑、无生命的物质构成的，抑或她可能本能地把被单拉了上来，不是出于羞耻心，而是因为绝望，以遮盖、隐藏或掩埋了这具躯体，现在，这身体对她来说就像一整个生病的器官，已然是一种负担。被拉回来的皱巴巴的被单下面只有一点点隆起的部分，仿佛身体机能的丧失，甚至可以说是自暴自弃，使她恢复了一种孩童的贞洁，像刨木头一样把它刨平，去掉了性征，又或者她也许已不再关心，甚至对这些事物完全漠然，也许依然无遮无盖，或者仅仅半掩着身体，甚至没有想到要遮住胸脯，在这种模糊的光线下，可以想见而不是看见两个苍白的乳房上大理石般的静脉纹路，这惨淡的光线洒落在她的肌肤上，肌肤底下流淌的仿佛不是血液，而是一种冰冷的浅蓝色的，甚至几近冻结的青蓝色液体。〔也许她把手收回来放在胸脯上，并不是为了遮住乳房，而是放在了乳房下面一点，仅此而已。她的声音也像是褪了色一般，苍白，中性，平静，过于平静，就像石头一样，仿佛话语是由一种既不透明，也没有回声,亦无延续性的物质制成的,晦暗无形。从她喉咙发出的声音没有任何调制变化。那些抑扬顿挫有时将声音抬高,有时把声音降低,随着她所说的话的语义而变化,就像琴弓在小提琴琴弦上拉出的声音从来不会是固定的频率,而是围绕着一个抽象而无实际依据的概念——精准的音高——而波动。

而他道:"什么?"

而她仍然一动不动地躺着,(但是否就是这样的呢:他不愿也不敢转头,因而只能根据她的声音来想象,以声音传来的方式,也就是说是平行的,因而可能是——)脑袋直挺挺地向后仰,在黑暗中睁大眼睛,望着天花板上模糊的光:"我爱你。"]

他呢,激动中吐出的言辞相互追赶,争先恐后,带着残疾人那种令人无法忍受的笨拙,仿佛它们的堆叠积聚就能弥补肢体动作的缺失,身体被迫僵直不动,嘴里说着,或试着说,甚至不仅仅是说,还有试着说服,但怎么才能:"但我也是啊我也是我也是你知道的我也是你不知道吗我也是我也是……"

接着，听到他的声音止住，弃他而去。也就是说，仿佛他在声音止住之前就已经能听到从喉咙里逸出的寂静。仿佛在说着话的时候，声音本身便意识到了言辞的无用，或者（他可能想到了这个词）轻佻，或者无耻，又或（这个词他可能也想到了）下流（也就是说，他的真诚是下流的，想着：还是闭嘴吧你闭嘴吧你闭嘴吧你闭嘴吧你……），以及……

他抬起头，发现我在看他："怎么了？"

他从不离身的香烟中抽出一根，到处翻寻火柴，在那些酒红色的圆圈圈当中的小酒精灯旁发现了火柴盒，抽出一根擦燃，凑近香烟末端。他的声音随着烟气被一并吐出，在他吸气时止住，然后又被吐出："我并不比你更喜欢算账。但我们恰巧有这么一处产业，还靠着它勉强度日。要是在你看来这项工作铜臭味太重，那你大可利用它来研究经济与我们所谓的灵魂需求之间的关系。如果你终究觉得这样不够浪漫,随时可以把你的股份分给市镇的穷人。另外,你看到硫酸盐的发票了吗?我说的是五月的那张——"

我说:"应该在这一堆里。"当我在一堆一堆的发票里寻找时,他一直在审视着我。我一抬起头,他的眼神又变回沉闷、冷漠、沮丧。"谢谢,我希望你看一下六月末的部分。我记得那些天的雨之后我们又买了二十来袋。我们现在应该还剩一些的。看看里面。"

我说:"里面什么也看不到。我们现在不能打开一点百叶窗吗?已经没有太阳了。"

我打开灯。夜晚立刻重新变回穿不透的黑暗。在黑暗的背景下,刺槐树椭圆形的小叶子凸显出来,一开始是鲜绿色,随着接触到的光线越来越少,最终在错综的斑驳中变得模糊不清。最靠近窗户的树枝的阴影投在靠后的树枝上,靠后的树枝阴影又投在再往后的树枝上,由此及彼,直至陷入黑暗之中。树枝时不时因轻微的震颤而摇晃,向越来越近的地方蔓延,随后一切都恢复原状,不再动弹。既看不到星星,也看不到常春藤了。灯光所到之处,最前排的砖块又重新显现了颜色,接缝的浅灰色也清晰可见。接着,这些砖块逐渐淡出,沉入黑暗,消失不见,往无限远处想象中的那个点聚拢，在那里一切都相聚、混合、化为乌有。我在让那个古董家具倒卖商进门之前收拾好的报纸还放在桌子上，最上面是早上那一份，翻到的这页：

尼姆集市
跳下结束生命

……正是我在餐馆看到的。我可以看到那个像大力士般肌肉虬结的家伙紧握着电话听筒，闪电状的对话框从听筒里飘出，那个背信弃义的黑人女人，想着：

最新消息
在车内烧成焦炭

……明天还会有其他的消息，也就是说会印刷出来，也就是说到现在为止已经完成、结束的永远都不再出现。想到黑暗中的那两个人，他们身上惨淡的昏暗好像一层均匀的灰色颜料，使人分不清哪里是他们，哪里是床单，仿佛床、床单以及他们的躯体一律是由同一种无生命的材料制成的，半裸着，光溜溜，或者说一无所有，如同寂寞的双头人，看似仍然完好无损，实则正在全速腐烂，就像在这貌似大理石的灰色光滑表面底下，隐藏着一种无形而贪婪的蠕动，以致渐渐地他们剩下的只有一层虚幻的包裹物，一个越来越脆弱的薄壳，直到某个变得非常薄的地方像蛀空的木头，或是空心的石膏一样，随着一声微响，破裂崩塌，化为碎片：首先是一条细小的裂纹，一条缝隙，然后变成了一片还没有硬币大的鳞片（胸脯、肚子或额头上的某个地方），掉进里面，在这个内无一物的空壳里回响——然后又是一片，再一片，然后是整块整块（好几根肋骨同时掉下去，一整片脸颊）坍塌，留下形状不规则的空隙——而他们，就是他们还剩下的（但是是什么呢？）参与着这一切，惶惶无助，依然活着，但因这种破碎瓦解，这一末日临头，而恐惧万分，当他们试着交谈时，他们的声音以一种怪异的方式回荡着，没有了真实感，就像人们在黑暗中抽烟所吐出的烟雾，看不到，只是某种灼烧但无味的东西进入肺里，然后从嘴巴、鼻子逸出，没有真实的存在……

　　或者窗户也许关上了。至少百叶窗合上了。所以不是夜晚的微光，而是从街上，从路灯照射过来的辉光，穿过百叶窗的间隙，在天花板上覆上一层钉耙状平行固定的条纹，条纹斜斜地拉长，疏散。

随着熠熠星光,可觉察到外面天空的旋转,窗子框出一个矩形的月光,照进屋子,照在家具上,缓慢却确凿地推进,改变形状,从黑暗中发掘事物,雕刻出它们的形状,然后再弃它们而去。这不过是一个要跨过的夜晚,或者说他们只需放任夜晚跨过他们,掠过他们,尽头仍然是黎明,他们便能够重新站起来,也许虚弱无力,也许疲惫不堪,但终究是站着的,而彼时最后几片暗影从他们身上滑走,脱离于他们。

抵达拂晓,天光唤醒栖息在玉兰树上的鸟儿,一点点照亮卧倒的人形,苍蝇已然开始在上面——

清晨,当风从海上吹来时,有时可以听到各艘船上号角声声,互相答和,长长的军舰似乎在外海执行警戒,扁平,灰色,在锡纸般的海面上静止不动,这些中立的军舰复杂的顶部轮廓像从钢板上切割出来的,它们似乎在远远等待,互不靠近,仿佛人们坚持与传染病人、鼠疫患者保持距离那样,文明国家(即那些在一个或两个,又或三个世纪以前用自己的鲜血染红自己的土地的国家,那些现在只会按规矩、听法定命令挥洒鲜血的国家)的法定号声一声接着一声,微弱,遥远,异乎寻常,好像一个不可阻挡的有序世界异乎寻常的回声。

仿佛这些传来的号声没有穿过空间,越过海洋和港口堤坝,而是被包裹进没有维度只有时间的棉质物质中,轻柔,有金属感,准时。那些鲜艳的旗子,蓝白红三色或是相间的,或是条纹的,又或者是带星星的,缓缓升上钢铁桅杆。服务员走进船上的餐厅,同时飘进来的还有咖啡、煎火腿、吐司的香味。刚刮过胡子的下垂而外突的面颊,跟火腿一个颜色,时而紧绷,时而松弛,下颌细细咀嚼着橘子酱、熏鱼,与此同时,眼神无聊地环顾着窗玻璃外的城市,又一次、又一天地望着它。整个城市正走出又一个夜晚,疲惫不堪,神秘莫测,毫无生气,寂静无声,如同在芥末色的热雾中,石头与砖块病态地蔓延,夹在海岸和丘陵间,变得扁平。

开化国家,极有教养。也就是说已经把内部问题解决了,在他们的旗帜上和谐地赋予了红色一个位置。极有教养的男人。"谁会想到一个像他这样的男人会迷恋上一个小妞,迷上这些小模特中的一个,您知道……"

每个早晨,他们中的一个,一丝不苟地穿着深蓝色制服,身体刚刚洗过搓过,胃里塞满了火腿、果酱和英式黄油,走上舷梯,查看这个城市会不会凑巧在前一夜决定去死。他机械地向……

决心死亡。通告。吓唬。

……站岗的水手打招呼,抓住巨大的航海双筒望远镜,将它紧紧地贴近眼睛,下颌也许还在咀嚼着,舌头对卡在两颗牙齿之间的苦橙纤维烦不胜烦,邓迪①的果酱。

这座城市并没有版画上那种铺陈、呈现、展开的样子,也不像用凹版腐蚀刻板法,通过巧妙的透视把它像地毯一样展现出来,而是纤长的,只在视野中呈现出模糊的、水平的、单调的景象,零星地冒出来一些工厂烟囱,哥特式钟楼坚硬的塔尖,装点了过多石膏花饰的穹顶,一切(由于景色挤压进双筒望远镜中)都存在于同一个平面上,似乎是由同一种材料制成的,仿佛这整座城市都是由一块紧密、均匀、无法穿透的物质构成一样:一种软趴趴、鼓胀的糊状物涂抹在画板上,上面冒出来一些钉子。望远镜有条不紊地一点一点把整个城市浏览个遍,因此城市的每个部分都从右向左依次平移经过这两个发光的圆盘,棱镜使它们的轮廓微微呈现出虹光:

烧焦的秃山上的城堡

煤炭港口

山脚下工厂平行竖立的烟囱

消失在晾晒的衣物后面的肮脏拥挤的立面墙

港口的建筑物

---

① 苏格兰地区东部沿海的一座城市,自古以制作柳橙酱闻名。

在尘土飞扬的绿色背景中，一个身穿中世纪服装的青铜人像立在高耸的圆柱上，几只鸽子落在人像头顶

空旷的堤岸空旷的码头

一排排棕榈树一排排豪华的建筑

车站

又是一堆紧凑的脏兮兮的黄色房子，衣服在窗口飘动

最后是沙滩，边上是杂乱的木棚、茅屋、仓库以及冒着烟的垃圾堆

一切都是静止的，除了晾在立面墙前的衣物也许在微微颤动，有时是轻风扬起的床单，突然翻过去一个角，呈三角形，然后皱成一团，继而又落下来，重新变回四方形。有时是一道闪光，阳光的一闪而过（不是那样的汽车或卡车，轮胎在转弯时发出刺耳的声音，车上满载着凶猛的身影和倾泻的枪支，一起倾斜在一侧，一触即发，一直不动声色，坚不可摧，他们脸本身就像步枪的枪口，带有杀气——不咄咄逼人，不躁动狂热，也不气势汹汹：只是不动声色、忧郁阴沉、带有杀气）：一个插着亮晶晶的针的枕垫，闪闪发光，耀眼炫目，渐渐熄弱，仅此而已。

双筒望远镜沿反方向返回，开始重新缓慢画一个半圆，再一次扫过，这次是从左向右，车站，棕榈树，空荡荡

的码头[可能还是有一两艘船，不是货船，而是锈迹斑斑的破旧船只，前一晚上到的，或者最晚来的那艘是刚刚到的，浅浅地漂浮在黎明黄绿色的水面上，远在吃水线之上，一面伪造的巴拿马或利比里亚国旗（一块抹布，一块破布而已）出于形式挂在船尾，瘦骨嶙峋、肤色炭黑的船员沉默地倚在舷窗上，看着巨大的钢船、鲜艳的旗帜、锃亮的大炮从他们面前经过，从嘴里抽出湿漉漉的烟头，往海里吐痰]，孤独的圆柱，最后库存的煤炭，泊在港口的那两艘监狱船，船身倾侧，像两头牛一样互相抵着对方，船侧也是锈迹斑斑，曾经洁白的顶部结构被喷出的烟雾留下的痕迹弄脏了，黄黄的，像尿渍一样，最后是红棕色的山，城堡及其几何形状的、密不透光的墙壁。

来自海上的微风把哈喇油、尿液、下水道、腐烂蔬菜的浓臭推回来，吹走嘈杂声、混乱的喧嚣声，以至在已然褪色的白色苍穹下，这座城市似乎是那些干枯死亡的东西中的一个，譬如那些老妇人用球形玻璃罩保存的新娘花冠，在封闭房间的尸体味、酸味和霉味里慢慢腐烂，这可怕的寂静的……

我多想我多想我多想如果我能从身上除掉它，把它连根拔起，重新找回清凉，遗忘——

德伊阿妮拉①。

她的嘴角微微颤抖，让人难以察觉地迅速垂下又上提，凝视着我，两只黑黑的圆眼睛闪闪发光。我说："但我们不会失去对方的。"人们从我们身边经过，其中一些是出发去度假。一个穿着黑色发亮的裤子的大屁股女人步伐坚定地跟在一个运送杂志的人身后，后者把那些封面光亮、色彩绚丽的杂志夹在胳膊底下。三个袒胸露臂的士兵经过了好几次，深黄色的手握着喝了一半的啤酒，酒瓶上半部分充满了聚集着六边形泡沫的浑浊液体。我自问是不是一直都是那几瓶酒，还是他们每次都买了新的一模一样的酒。她一直看着我，眼睛好像两块煤，闪闪发光。我看到她泪水盈眶，宛如两个湖泊在微微颤抖，但湖水并没有流出来，而依然一言不发，脸庞哀婉瘦削，缄默不语，眼角有细细的皱纹。我说："我们不会失去对方的，这不可能。"她没有回答。穿黑色中式裤子的女人登上一节火车车厢，她那对凸出的闪亮的大屁股，把丝绸都绷紧

① 希腊神话中半神英雄赫拉克勒斯的妻子，为了不让丈夫爱上别人，她听从了怪物涅索斯（Nessus）的蛊惑而留下了它的血块，在听说赫拉克勒斯为了伊俄勒而攻打俄卡利亚的时候，为了守住丈夫的爱而将涅索斯的血块放在了给赫拉克勒斯的衣服上，而当她得知自己害死了丈夫之后，德伊阿妮拉选择了自尽身亡。

了。我想，她是怎么做到没把裤子崩裂的呢？"你知道的，"我说，"我们不会失去对方。"然后，我听到高音喇叭里传出的声音，不像是人的嗓音，而是独眼巨人金属般的声音，深沉地，吓人地，逐个吐出城市的名字，巴塞罗那-快车，然后是一阵滋滋声，她不说话了。

明信片。从灰蒙蒙的港口之外拍摄的《全景图》①。我在星期六下午五点等你。拥抱你我的朋友，妮妮塔②。可以看到城堡、教堂尖尖的钟楼、哥伦布的雕像，以及晚上启航去帕尔马的那艘船，但一切都是静止的，灰蒙蒙的，单一的木炭色，好像用擦晕法画出来的，如同整体都——

城市四周围着墙，被遮蔽，被隔绝，堵住的下水道恶臭难闻，好像古罗马的斗兽场，里面上演着一场无形的演出，一出暴力、混乱、残忍的仪式，外面只见褪色的长条标语垂挂成弓形，告示着日期、节日名称，除了偶尔听得喧哗声的微弱且难懂的回声之外，什么都没有，这回声一直传到城墙，翻过墙头，声音减弱，然后又是一片寂静，但可以感到满满的——

---

① 原文为西班牙语。
② 原文为西班牙语。

对自己说妈妈在天上看着我。

想象中的她并没有那张她还是年轻姑娘时的脸,肉嘟嘟,笑盈盈,披着披肩,乔装成西班牙女郎的样子,而是这副如刀刃般的、受尽苦难的面具,瘦削的脸颊没精打采地抵在一只拳头上,手肘支在包厢边缘,她的那件斗篷上上绣着金属亮片,反射着红紫色、晶黄色、蓝绿色的光,使她如同一个阴森可怖的女巨人,盯着下面的血腥场景观赏,这类表演带给她的享受就跟烤过的杏仁或肉桂巧克力是一样的,她的手时不时就漫不经心地往嘴里送这些吃食,阴森可怖的脸藏在她其中一顶柔美的巨大帽子底下,好像一朵披着柔和面纱、点缀着花朵的蘑菇。白色紧身胸衣①。围在她身边的几位男士留着两端向上翘曲的胡子,戴着平顶狭边的草帽,正如在近景中看到的那样,其中一位转头打量着她,也或许是在看她,拍下来这些照片中的一张。照片可能调色处理得不好,全都发黄了,仿佛上面的场景都被硫黄色的太阳所吞噬,或更确切地说是尿黄色,勉强能辨认出骑着马或披着斗篷的苍白细小的人物,她们也发黄褪色了,在斗兽场无边的空寂里,被永远地固定住。

---

① 原文为西班牙语。

什么都没有动,一切都是静止的,好似我舒展的身体慢慢地、深深地下陷,在床单上、床垫上画出一个轮廓,最终,只剩下了这个隐约呈人形的坑,就像人们用木头切割成的、竖起来作为射击目标的人形,就像那次她把忘了关掉的电熨斗落在厨房桌子上,当我们发现时,它已经穿透桌子,开始破坏亚麻油毡和地板,仿佛它一直不停地想要往下钻,缓慢耐心地攻击、啃噬每一个无力抵抗的障碍物,就好似它也被地心那个磁铁、那个幽暗的核心所吸引。我躺着,感受着我如白铁、如青铜、如大理石般的体重,地心一直不断用这种顽强而警惕的武力把我往下吸,密切关注着每一个机会、每一个失误。

在林荫道奔跑,突然间地面摇晃,向我扑来,狠狠撞到我的额头和膝盖。马粪。九月里,马车每次经过时马蹄和车轮会扬起一片尘埃,在黄昏的余晖中经久不落,几缕阳光在尘埃上划出道道光痕,刺穿月桂树丛。在那些干旱的年份,月桂的叶面上就那么一直覆盖着一层微白色的灰尘。一开始,我只看到像尘土一样灰色的皮肤,上面带着淡灰色的小块脱落的真皮,过了一会儿后我才看到灰色皮肤上开始冒出鲜红鲜红的血滴。他走出办公室,走进悬在空中的尘埃里,跟着出来的是用水壶加热过但尚未发酵的葡萄汁的味道,他说:"发生什么事了?"水

407

龙头下,我的膝盖火辣辣地疼。"擦伤,擦伤而已。"但妈妈却什么都听不进去,逼着他把汽车开出来带我们进城,甚至连换衣服的时间都不给他。医生尽力隐藏起针筒,向我走过来,说:"哎哟,坐不住的小家伙,不要紧绷得像——"接着,我感觉自己无止境地跌落、深陷,而一切都静止、石化了,某种无始无终的东西,钉齿耙(三角大烛台)、天花板上灯光投射出来的格状阴影一动不动,封闭的房间、静止厚重的黑暗,以及床上两具雕刻成黑白两色的身体也一动不动,飘浮在隐隐约约的磷光里,虚幻,虚幻的嗓音还在继续,不是为了相互应和,而只是一人一句轮流说着,两个孤独的嗓音。

"你知道的,我们不会失去对方。"

"拜托。"

"你很清楚。"

"我拜托你。"

"听着!"

"不要碰我,我拜托你不要——"

抽回我的手,松开她纤细的手腕(她始终僵硬地、直挺挺地躺着,没有放回胸口的那只手臂贴着没有生气的身体放平,当他碰到她时,她的身体似乎依然没有生气,仿佛这是木头甚至是纸板做成的,只不过搬不动而已,那该是大理石的，又或是青铜的，尽管可以说它看起来是脆弱的、空心的），用力收回他自己的手，好像他不得不自己抓着自己的手腕，两只手（看得见的那只与看不见的那只）搏斗了一会儿，第一只手屈服了，然后他又变得一动不动了（也许有一辆出租车，一辆姗姗来迟的汽车停在了楼下路上，车门砰的一声关上，有那么一小会儿，只有发动机怠速运转时沉闷的震动，接着发动机突然加速运行，噪音升高，又瞬间静默，只不过一秒钟的时间，司机从二档加到三档，汽车驶离，喧嚣逐渐减弱，最终静止，寂静又一次回来占据），依然凝固在天花板上的钉齿耙，床上这两个模糊的灰白人形，相爱的她和我，我所希望的一切就是这样，再也不想要认识另一个人，再也不想要。我希望——

"离开她。不要再见她了。"

"好。"

"不，我是……我不知道了。你应该……"声音戛然而止，某个看不见的东西在流淌，这东西也听不见，然而我能听到它在流淌，寂静地流淌。我知道，我无须转头，无须去看，也能知道它们湿润、发亮，就像大理石在……

眼睛似乎在脸上扩张，蔓延，占据，像两个逐渐变大、侵袭的斑点。在某一刻，我们不得不分开，让一列货车通过,急切激烈的警铃不停地响着。

……在这潮湿的黑暗中,我能听到黑色的寂静在她无形的脸颊上流淌,我动了一下。

"不。"

"听着。"

"不,这不是她的错。"

"你闭嘴。"

"你爱她吗?"

"闭嘴。别说了。我求求你,拜托了拜托了。闭嘴,求你了,别说了。随便你想干什么,求求你了……"带着一种绝望和愤怒想着,我在撒谎,我做不到,我知道。想着男男女女相拥在一起气喘吁吁的身体(把我推开,说"等等",看着我微笑,像猫咪一样眯起的眼睛含着某种狂烈的喜悦,直到我意识到她的眼睛不再看我,而是撇下我,可以说是为了去观察她自己的内在,窥探她的愉悦。"等等。"一动不动。突然,我挺起身,唯有两颗心还在急促狂跳,此时,她,灵巧专注的手,引导它,引领它,盲目地,不耐烦地,推动它,最后终于找到,插入深处,滑入——我能看到和服横陈在地,还有绣在衣料上的鸟儿、岩鸡、苍鹭,以及茂密的花朵),想着他所创造的一切,所有飞翔、呼吸、跳动、摇晃的东西,峭壁、江河、城市,所有奔跑、蔓延、走动、建造、坍塌、腐烂的东西，蝴蝶、凯门鳄、植物园的棕榈树，休憩中的亚丁湾商队的骆驼市场、苏伊士溜达的驴子、一群索马里女人、维希女士温泉王宫、新加坡百得利路、热带小河一角、科雷兹省布里夫的公共洗衣池、布索加士兵、科伦坡湖月下垂钓、塔那那利佛①大都市旅馆、苏伊士拉封丹的摩西、巨人冰川、友谊关中国城门与城墙、身着当地服装的科雷兹农民、川崎松、正在梳妆打扮的东京女人、来自瓦恩靶场的祝福、冷杉、蓝色的雪、小雪橇速滑、玫瑰红的脸颊、狂澜巨浪间的"凯尔桑"号驱逐舰②、拉马卢莱班的渔人石、马达加斯加东海岸的大坝通道、默兹河③边被轰炸的房屋、黄河的船娘、令人敬仰的贝尔纳黛特·苏毕胡，圣母无原罪始胎。

听到弹响指，神父抬起眼睛。"先生，先生。"

"你不能说神父先生吗？"

"神父先生。"

"嗯。"

---

① 印度洋岛国马达加斯加的首都。
② 法国制造的导弹护卫舰，以海军上将阿尔芒·德·凯尔桑（Armand de Kersaint）命名，1933 年 12 月 31 日完成，1942 年 11 月 27 日自沉，1950 年在土伦港解体。
③ 发源于法国香槟-阿登大区，欧洲主要河流之一。

他大吸一口气："神父先生，我可以提一个问题吗？"

"什么问题？"

他们全都转过头去，第一排的人拧着脖子，兴奋地等着看好戏。

他又吸了一大口气："无所不能的上帝能制造出一块重得他也拿不起来的石头吗？"

他们看向神父，所有的脑袋一起转动，一会儿看向他，一会儿转向神父。屏住呼吸。一个女人在一排排椅子间打扫，有时拖动一把祷告椅，木头做的椅子腿在地板上划出吱嘎声，在几近黑暗的高高穹顶下回荡。此时，一小束光线在假花丛中的雕像脚下的红色玻璃碗中摇曳。雕像是石膏的，穿着一件教士长袍，长袍上外披着一件宽袖白色法衣，法衣上的那个叫什么呢？是一种类似羊毛长围巾的东西，甩到脖子后面。这条宽幅绣花饰带两头更宽，垂到下面，边缘镶着金属做的流苏，瘦削的脸微笑着，低头看书，是一本他握在手中的日课经。长长的灰色头发几乎触及肩膀和脖子。我试着念："SAINT CURÉ D'A。"①罐子里的木樨草挡住了最后一个字，还有一大束——

---

① 意为"……的圣·本堂神父"。

412

黑色的大皮鞋踩在地毯的玫瑰花上。在守寡的头几年，她还去给穷孩子上教理课，后来便开始生病。

他们不怀好意的小眼睛在两人之间来回打转。

"一块石头不可能这么重，"他说，"你可能想说一块岩石。"

"是的，先生。"

"神父先生。"

"神父先生。"

得节省时间。所有人都在等着。准备要……向他们回答什么。开个玩笑吧：

"为什么你不问他？"

"问谁，先生？"

"神父先生，这是我第三次不得不——"

"神父先生，问谁啊？"

"问上帝。"

"问上帝？"

"当你祈祷时，问他这个问题吧。"

"他会告诉我吗？"

"如果他愿意，他会告诉你，假如你好好祈祷。假如你足够听话。假如你洗手剪指甲。"

所有人都笑了。松懈下来。如释重负的同时又感到失望。

无所不知、无所不见、无所不晓、无所不能的上帝啊。

她呢：

"她几岁？"

而他呢：

"问这个做什么？"

她：

"告诉我，几岁？"

他：

"但是，问这个做什么？"

她：

"她几岁？"

他：

"我不知道。十八岁吧。"

她：

"她真那么漂亮吗？"

嗓音变低了，出卖了她的悲苦。而他："老天爷，老天爷，老天爷啊……为什么……听着，我们两个一起走，你和我，我们两个离开——"

她："你要逃跑。你自以为那时你——"

他："我不是要逃跑，我为什么要逃跑？不，不是这样的……"然后，他的声音也逐渐减弱，而同时想着：肌肉以及一对猴子腺体，就像诱惑着驴子前进的胡萝卜，除了这根胡萝卜有一个长着独眼的大脑袋，就像既是一只眼睛同时也是一张不会发声的鱼嘴，就像那些原始生物……

岩鸡图案的和服敞开，裙裾之间是白色偏蓝的乳房，它们那紫丁香般的尖端变得皱皱的，硬硬的，有许多颗粒，当——

……同一个开口能满足所有的用途，那么最好还是问全能的他为何不以他的全能、仁慈来创造一些鸡巴，让人只有在需要的时候才使用它。上帝啊，上帝啊，上——

接着，他突然意识到这是第一次听到她的呼吸，第一次意识到他身外的这种东西（该怎么说：存在，生命，还是其他的什么），直直躺在他身侧，既扁平到几乎不存在，又像山一样高，还继续活着。床单抬起又落下，空气进进出出，像拉风箱一样。换气的时间内不过是一种化学反应，出来的是肮脏的、不洁的、致命的，而此前被吸收的都在身体内幽暗复杂、枝丫交错的管道里蔓延、奔涌，这阴暗的身体像极了风箱，孤独而可怜的肉体，被否定，失了体面，悲怆而执着地独自与这种狂热和贪婪搏斗……

没有牙齿的嘴大声咀嚼着三明治黏糊糊的面团，闭上嘴让喉咙吞咽，尖尖的喉结在鸡皮下上上下下，接着嘴巴又重新张开。我可以看到闪亮的唾液。

……白痴和老人的狂热与贪婪。想着，但这是因为她不再想要了：只是她的肌肉、她的骨头，以及她的血液还没有理解，还在继续，还在自我抗拒……他，睁着眼睛平躺着，她，睁着眼睛平躺着，这些化学物质急切苛刻又难以觉察地喧闹着，在天花板上散开的光线，静止的钉齿耙，没有改变形状，亦没有改变颜色，继续将灰白色的光影投射在床上，床单上的褶皱……

嘴角荡漾的、安宁的泪湖，就要满溢出来，但因这种液体不知该怎么形容的特质，还悬挂着。

……多多少少相互靠近，在这两具身体上奔跑，就是说首先在床垫上水平地跑，然后跳上第一具身体，接着再跳下来，穿过两具身体之间平坦的床面，再跳上第二具身体，穿过第二块平地，垂直落在床的另一边，每一具身体都描绘出一个树杈的轮廓，也就是说一个完整的形体（树干），从大腿相接处开始分叉，褶皱在两腿之间的山谷，或更确切地说，背斜谷中略微下陷（却并没有陷到床垫的位置），腿的尽头，床单再次上扬，脚仿佛帐篷的短桩，在它周围是散射出去的褶皱，一切仍纹丝不动，只有她嘴角以可怕的速度上提下拉，可能是细小的神经在痉挛，她自己都没有意识到。想着如果这样下去，他们甚至会在火车出发前就酩酊大醉，这也许是他们第四次或第五次经过了，一次比一次更落拓，现在正拳来脚去，手指扇形张开，满满夹着酒瓶，现在有一个水手和他们一道，他的带绒球的红色贝雷帽被往后推到了脖子上，步履蹒跚，摇摇晃晃，仿佛正在甲板上——

　　显然，航海双筒望远镜中也是死寂的、没有生气的，只有偶尔出现的耀眼的针垫，如同一个渺小的太阳，在一团昏黄中熊熊燃烧，转瞬即灭，距离太远，所以看不到卡车或汽车，也听不到轮胎尖锐的吼叫，海风依旧在把污油、烂瓜、下水道、排泄物发出的令人窒息的臭气吹回来，这空气持续散发着恶臭，尽管这也非它所愿，非它所能。能勉强感知到一种东西，可能只不过是基本粒子在生物化学反应中发出的喧嚣，就像暴力本身自我酝酿、自我滋生、执着狂热。他们带着凶狠、悲伤、受辱的面容继续在肮脏的街道里横冲直撞，身后纸屑飞扬，那是撕碎的旧报纸、可笑的过时的宣传单。他们奔来走去，交错而过，漫无目的，原地打转，互相残杀，那个多疑的驼子苍鹭一样的头骄傲地向后仰着，看上去就像脑袋被割下来，放在一个托盘上，那个托盘是根据他的驼背做成的复制品，另一个人的鸡脖子上用一条脏兮兮的黑红色手帕打了个结。他们追赶着，但并不清楚追赶的是什么，是一个隐匿无形但无处不在的敌人，他们疯狂、天真、幼稚，亵渎坟墓，掘出圣人的尸体，打碎墓地石板，砸烂那些平行躺着、头枕在大理石枕头上的主教、国王、王后的雕像，大理石的被单半遮半掩，露出他们微微发亮的光滑身体，在那里各种涂鸦和题词堆积重叠，纵横交错，覆盖住平滑的部分，乳房、喉头、脖子、手臂，乃至脸颊，都被他们用偷偷从口袋里掏出的钉子、锥子和刀子刻下深痕，刻的同时一只眼监视着看管者，用力按压尖头，好在大理石上刻划，但时不时在坚硬的表面上脱轨、打滑，以至大部分字母都像孩童的字体，虽是用心刻下，但又歪七扭八、断断续续，一个日期里的数字 8 不是呈螺旋状的两个圈，而是下面部分像梨，在顶端平衡支撑着一个扁平的三角形，尖头向下，很多字母都没有完工，是趁看管者转身或去另一个房间时，慌忙潦草地划上去的，又被走近的脚步声打断，时间最久的那些字由于刻痕内积累的污垢而呈黑色，新近的则是浅灰色，甚至是白色（最新刻的），刻得不深，大理石仅仅被刮伤一般，而时间最久的一些字（可能那时看管者看得不这么严格，或者是在别的骚乱期间，又或是这两具躯体还躺在某个废弃的坟墓或地穴里的时候）却刻得很深，刻痕的宽度说明它们是被用来雕刻的尖头坚定地反复划刻出来的，大写字母是最多的，有些草草划上去的字母看上去(就跟三角帽状的 8 字形同理)僵硬、多刺,笨拙地呈几何形状(例如,O 是不规则的菱形,B 是两个叠在一起的三角形,就像一上一下挂在同一根桅杆上的信号旗),这使它们看上去像是中世纪君主的签名或花押字,带着一种文盲的骄傲,把一种多刺、粗糙、生硬的语言的字母排列起来,所有的铭文像网络,或更确切地说像发网一样覆盖住大理石,偶尔能辨认出一串字母,一个名字,一个数字,就像一串无意义的符号的疯狂累加,一个傻子费力古怪的结结巴巴,一种杂乱无章、无法理解的语言遗迹,在不会腐烂的冰冻躯体上编织网络。

在这两张脸的位置上分别是一个略微凹陷、破损了的粗糙表面,依然能在上面辨认出石头被击碎后留下的平面和脊背,手也被打碎了,只剩下提起长袍褶皱的前臂,MARCEL...T...CILLIA 之墓。STAB...US.立在一个小三角楣下面,小三角楣也是破损的。——六号厅:饰有高卢人和希腊人战斗场景的石棺。

二楼:垂死的高卢人,这座雕像呈现的是一个落败受伤、奄奄一息的凯尔特士兵,帕加马①流派的原件复制

---

① 希腊化时代的古国,位于小亚细亚西北部。

品;休憩中的萨提尔①,普拉克西特利斯②的原件复制品;安提诺乌斯③,模仿公元5世纪原件的一件典雅的作品;爱神与普赛克,希腊时代的著名伴侣;希腊神话中的女战士,一件被认为是菲狄亚斯④作品的仿作;西勒诺斯⑤,模仿希腊时代的一件青铜制品制作而成的红色大理石雕像;鹅的孩子,波伊丢⑥(公元前2世纪)的一件青铜制品的复制品;儿童时期的大力士赫拉克勒斯,罗马帝国时代的黑色碧玉雕像;边上是两尊雕——我走近窗户,看向外面的花园、柏树、粉色的月桂,以及意大利五针松。微风轻轻吹动了横在惨白天空前的树枝。幽暗的树丛下,不知从哪里传来喷泉单调的潺潺声。西勒诺斯,或是圆肚皮的孩童,破损的鼻子上爬满了苔藓,漆黑的水面上倒映着斑驳的天空,天空上则漂着几片枯叶和几根松针。

假装对展厅另一头的那几个橱窗感兴趣。在皇室陵墓中的新发现,一些黄金首饰和王冠,瓷器展品中,编号

---

① 希腊神话中酒神狄奥尼索斯的随从,形象半人半羊。

② 公元前4世纪的希腊雕塑家。

③ 罗马皇帝哈德良的男宠。

④ 希腊最伟大的古典雕刻家,著作有位列世界七大奇迹的宙斯神像和帕特农神庙的雅典娜神像。

⑤ 希腊神话中职司森林的神衹之一,酒神狄奥尼索斯的伴侣和导师。

⑥ 希腊化时代希腊的一位雕塑家。

199 花瓶纹饰受海洋世界启发的，出自墓室的物品，黄金首饰、宝剑、花瓶，一套精美的黄金印戒收藏品，一个用凸起雕刻法制作的小银杯，华美的镶金嵌银镂琥珀金的青铜匕首系列藏品。这些武器被收藏在——我不知道。裙子，桃子般的绯红色、绿色、红色、粉色，平静的泪湖。

北边的围墙还在，以前两侧都有带顶棚的柱廊，因此，白天任何时候都可以在这里的阴凉处或阳光下散步。东北方向带厅堂的大门廊让人联想到三廊式大教堂。池水倒映着月桂树的深色叶子，在墨绿色的池底还能看到其他堆积的叶子，那些树叶变成了褐色，黏糊糊的，正在腐烂，最近落入的还是红棕色，一堆一堆地粘在一起，呈墨色，这些夏日逝去的时光中薄薄的叶片在半个水池中隐去无痕，水池被天空的倒影填满，云朵明亮耀眼，不过等水面被常春藤灌木丛修剪出锯齿状的剪影后，我们就能分辨出自己的倒影，有些不太清晰，好像我们从镜头前经过，又被飞快地带走。"你要去理发吗？"

柱廊倒塌的墙里的野生樱桃。酸酸的。口腔内壁似乎在收缩、扭动。"你做鬼脸！"她腿上的擦伤干了，小点点形成平行的条痕画出一个不规则的正方形，每个点都是凝固的微小血滴。樱桃男爵夫人。

阿马勒里克将军夫人、德·维里约姆侯爵夫人、威廉、吉列姆、纪尧姆、古阿尔比亚、戈尔比奥、加德尼娅。

个个阴郁，在黑暗中依然坐在黄水仙丝绸扶手椅上，在那儿窃窃私语，刻板严厉，一个个起着古老城市、古旧堡垒的西哥特名字，相互摧毁，黑色的首饰，黑色的面纱，帽子上的别针，尖锐的喙与锋利的爪，在树枝交错成的繁密网络里叽叽喳喳，凄凄惨惨，昏昏暗暗，皱缩的炭黑色眼皮就像盖在眼睛上的一层薄膜，眼睛空洞忧愁，她们隐约有些虚幻，隐约有些不真实，传奇一般。

树叶又在摇晃：仔细观察，能看到每一小滴干涸的血都通过更微小的血滴，有时是通过一条细细的红线，与其他的血滴相连，就像一根打了结的丝线。

虚线的窗格子。

但是变形了，仿佛有人扯住它两个角将它往两个相反的方向拉，平行的明亮光线依然静静覆在天花板上，像画上去似的。而她，像一座山，山上有洞窟、峡谷、岩穴，还有蜿蜒的地下河，这是一种还维系着的化学性质的生命，随着每一次的搏动而涌动……

她的眼中噙着泪水。"我说了""但你知道的，你知道，你知道"。眼睛闪亮，泪水盈眶，悬在睫毛尖，尚未溢出，但已隆起，微微颤抖，毛细现象还是什么，找不到那个词，水晶一般，液体的，而同时眼睛逐渐变宽，逐渐扩大，黑暗的，就像吸水纸上的墨点，吞噬她的脸庞。若我能把它从身上扯掉，灼热的，烧毁我自己，我——

撕碎我。在黑暗中，在寂静中，在粉碎的石膏味里，在悲凄和死亡的气息里，锐利的喙，窃窃私语。某个动物正在腐烂，某只被卡在地板下的老鼠正在分解，散发出一股恶臭。没有任何动静，黑暗，静止，直躺着的身体已经如会呼吸的深色黏土制成的一般，被挖出了一道道沟渠、一条条地道，无头无尾的白色环节动物，唯有平行的手臂沿着身体侧面伸直，倾听着寂静，也就是说，那个家伙下车付车费需要的时间，听到车门砰的一声关上，寂静，接着出租车重新发动，声音越来越大，然后又逐渐减弱，再回到静止的寂静，唯有他的呼吸。

简单的风箱，空气进去又出来，但被污染了，不纯净了。

床单蜿蜒的波浪，织物皱起的表面，通过它的起伏曲折勾勒出这两具躯体的形状。据说男人的位置可以通过身下床单上面的沿身体轴线——也就是说，从长度而言——的一系列平行、压扁、靠拢的褶子辨认出来，女人的位置很光滑，静静散发着一股土地的芬芳。

地面把我抓向它，野蛮地撞上我的额头、膝盖，沾满灰尘的手掌也同样火辣辣的。过了一会儿才沁出血珠。

她对抗粪便疫苗以及被祝圣过的纪念章的盲目信任，迫使我一直在脖子上戴着一块，是她从……"我想念您，我亲爱的朋友，我的祈祷将伴随您的鲁尔德之行，愿您一路顺风，不会太过疲惫。愿圣母玛利亚赐您力量去完成旅行，愿她因您如此强大如此勇敢的信仰而予您恩赐。我衷心地向她请求。"骨瘦如柴。通知信。也许是她叫人把它们拿到床上的，再三地读。锡兰、科伦坡、冰海、新加坡、卡尔斯巴德①、圣布雷万莱潘②、全景图，但是已经没有力气给丝带打结了，或者头脑已经不清醒了，所以混乱一堆。谅山、荷兰海牙、桑给巴尔③、科特雷特④、米兰、塔马塔夫⑤、于泽尔克⑥。

抑或，两人也许在出租车里急切地拥吻，手因欲望而颤抖着。首先，将出现垃圾桶在人行道上拖拽的声响，铲斗车停停走走，清洁工互相叫唤着，留下空罐头的回响，接着是鸟儿——

---

① 美国加利福尼亚州圣迭戈县的一座城市。
② 法国大西洋卢瓦尔省的一个市镇。
③ 坦桑尼亚的一部分。
④ 法国上比利牛斯省的一个市镇。
⑤ 马达加斯加东海岸的一个港口。
⑥ 法国科雷兹省的一个市镇。

自问是几点钟，又并不想知道，不愿开灯，该如何看她或避免看她。能再次辨认出成排的砖块汇聚出逃离的线。

说，要是我找不到除了逃跑以外的其他解决办法——

在出租车停下以前就已相互爱抚，相互摸索，试图用手透过衣服去看，急不可耐，笨拙，激动到颤抖，接着，出租车的声音似乎进入了寂静之中，不像是它离开了，而是寂静如水泥一般把它封起来，将它吞没，鼻子里也有这种黑色的水泥，已然填满静止泥土的肺将其排空，再重新填满。巴黎盆地主要是由沉积的石灰岩构成的土壤。这些沉积物是在最早的土地固化时期，从形成的地壳上通过侵蚀而残留下来的。大部分的钙质岩——其中白垩是最为熟知的——和很多的硅质岩主要是由动物组织构成的：带壳单细胞动物，海绵动物，珊瑚，棘皮动物，软体动物。比如我们现在看到的是石灰岩和泥灰岩，细密……

堆成一个被截了顶的低矮的金字塔，泥土由结块的小土团组成，其中上层部分更透气因而更干燥，开始褪色，在变成黄白色的同时，也变得松散易碎。我听到声响，抬眼望去，飞机上升到耀眼的光芒中。

……层叠，里面包含了小小的腹足纲带薄壳的动物：这里以前很可能是一个风平浪静的湖区，一锅贝壳汤，里面有扇贝、贻贝和腹足纲动物。我们现在看到的是海岸。泥灰岩沙中包含了海胆、菊石、箭石和酸浆贝：深度在增加……

连衣裙下的乳房，连衣裙呈水果色，如桃子一般，鲜绿、玫瑰粉、天鹅绒红色，然后又是鲜绿，再是红色，逐渐转黄，正如果皮一样，而乳尖苍白得几乎没有一丝血色，接着，不过是一个刻在石板上的名字。

而他，甚至没有名字，无名之墓。有人寄来这张明信片，德占期间德国人建造的半圆形的吕齐（默兹省）公墓，上面用骄傲的、冒尖刺的斜体字写着"致我国与他国的亡者"。两根门柱上方都树立着一个漆成黑色的铁制马耳他十字架，围墙用大小不一的多边形石头砌成，接缝明显，整体效果呈碎裂的花纹。前景是疯狂生长的燕麦、禾本植物，余下的则被平静安宁的森林、密密的灌木丛以及几株桦树所包围。铁栅栏后是一棵在坟墓中间生根发芽的橡树，许是一阵微风拂过，橡树的一部分叶子摇晃，每一片叶子都在照片上形成了一个倾斜的模糊的短痕，所有的痕迹都往同一方向，好像绘画的晕线，可以听到鸟儿的鸣啭。

大概疲惫不堪，又或者头脑也——这片墓地混在旅行中的朋友们所寄来的其他平庸无奇的风景明信片中间,这些风景都无关紧要,或许她自己也毫不在意,时间先后有什么重要的? 既然现在一切已经停止,当下被定格,被固定,一切都永远在同一时刻,图像,瞬间,声音,时间的碎片,多重的、繁华的、无穷无尽的世界的碎片,散落在将死之人的床上。

位于海拔 3136 米的戈尔内格拉特-库尔姆酒店是欧洲最高的酒店,它坐落于阿尔卑斯山脉的马特洪峰、布来特峰、罗莎峰等山峦之间。冰川在我们脚下,白雪将我们包围,却不太冷。我们把最好的回忆寄给您。

小个子男人们裸着褐色身体,茂密油腻的头发被编起来或披散着,一个排在一个的后面,赤脚站在满地被割断的茎秆里,地上生着一簇簇叶片植物,没过脚踝。一条短绳上在他们生殖器的高度挂着一个金属锣,与腹部呈直角,一个人拿着一把长步枪,另一个则持着弓,裹着一件酱红色的披风。鼻子扁平,表情沉闷,野蛮原始,臀腹凸起,腰部弯成弓形,缠着一圈破布,他们身后是森林边缘,潮湿暗淡的绿色似乎掺了水,淌着汗。芒族①的音乐。

"明天周二,阿尔芒和玛德莱娜会去乡下接你,再把

---

① 属于越南。

你带回这里。他们每两天去一次乡下。你要是想回去，可以跟他们一起走，不费事。什么都不用带。我会借给你需要的东西。如果你愿意的话，带本书过来吧，可以在有太阳不出门的时候看。很高兴明天跟你见面。"

很高兴。各种邀请。蒂罗尔餐厅。尚蒂伊的赛马。表兄弟中那位写道："我刚登上勃朗峰，在冰川上待了三天两夜，患上了高山病，一根脚趾还被冻伤了。非常开心。阿尔芒——P. S. 我拿到了证书！"歌剧院。梅赛德斯①节……

维琴察市特里西诺·巴斯顿宫②婚礼大厅的一面墙边上靠着一张雕有繁复花纹的乌木长沙发，两边摆放着六把配套的椅子。每侧各有两扇门，顶上是寓言形象的浅浮雕，裹在裙裾中半裸着身躯，被花环、鸟儿和瓶瓮环绕着，火焰饰从仿大理石的瓶瓮里摇曳出来。沙发上方是一张挂毯，挂毯上是一个战士，战士头戴羽饰头盔，肩上披风飘扬，身披甲胄战裙，似乎在做手势邀请港口一个裹着长长纱巾的女人登上挂毯深处灰色的船。在他们身后跟着一列举止高贵的人物。前景是一条猎犬和几个船

---

① 西班牙语中指涉圣母玛利亚。

② 位于意大利，建于 1592 年。

夫,他们在绳索前弯着腰,拄着船桨忙碌,色彩显得暗淡,因为他们位于一棵树干倾斜的棕榈树的阴影里。"我得知亨利被杀害了。我该对您说什么呢? 我一有空就给您写信。目前,我们正处于这场战争最关键的时期之一,但正义的一方定会胜利。我们将为他报仇。向您还有您的母亲致意。勒·马尼安上校。212 区。"

可能恶臭难闻,眼眶内空荡荡的,干瘪的皮肉残片还贴在贝齐略①牛头骨上几个地方,这些牛头骨在荒草丛生的坟头上,被摆放在几根支柱撑起的树枝编物里,像里拉竖琴一样的黑色长角指向天空或倾斜着。

白色的桨船,向后倾斜的黄色烟囱,在身后静谧的湖面上留下一波波蜷曲的尾流,湖鸥翱翔,落在与水面齐平的地方,又向上飞起,静止不动。往返于洛桑和埃维昂②之间的渡船,也有绕湖环行的。我多希望——

头戴花边女帽的潘波③女人站在岩石上,一只手搭在眼睛上方像一个帽檐,仔细观察着地平线,外海的风猛烈地刮着,把她身后的裙褶吹得哗哗响。文字说明:她在

———————

① 马达加斯加岛高地的一个种族。

② 法国萨瓦省东北部的温泉小镇,以其矿泉水依云(Evian,与小镇同名但译法不同)而出名。

③ 法国阿摩尔滨海省的一个市镇。

等候那个冰岛人①。我们在普洛马纳赫②周边待两个月。

我多想——

这一时期，这短短的两年，是她把它们寄了出去；那时的她体验着何等的幻梦，何等不真实的狂喜——相信自己看到了她，她的面容仿佛那些圣女的痴狂面容，皮肉饱满，眼睛抬起，丰满的脖子向后仰，挤出几道褶子，梦游一般，安详平和，进入永恒的姿态，永恒的喜乐，以及无声的永恒的高潮里，无法触及，在奢华的装饰前，在郁郁葱葱的森林前，在繁华的城市前，就像这些华丽得令人喘不过气来的一堆堆花朵，是面容苍白的修女堆积在黄金和大理石构造的圣坛、圣体龛周围的——仿佛她身体里的某个东西（她的命运，她的欲望，某种神秘的宿命）将她献给了这些盛大场景，这些鲜花绿植的盛况：这种喜庆似乎是那些文明、那些气候的荒诞的对立体，出于一种矫情，死亡被狂热激烈的奢华包围着：这些生长在腐烂的泥沼之中有毒的巨大花朵，或是茨冈人的艳丽服装，化了妆的茨冈人一边奔跑，一边把铁钩或绑着饰带的剑插入野兽

---

① 此处的冰岛人是指出海至冰岛捕鱼的布列塔尼人，在布列塔尼地区被称为"冰岛人"。
② 法国布列塔尼地区的一个乡村港口。

的肋部，而她一边欣赏，一边大吃大嚼着烤焙过的杏仁和难以消化的肉桂巧克力，后来，是这个——

在她临终的床前竖立的祭坛，为了装点祭坛（而疾病和金钱问题使她节约用度，小心翼翼，近乎悭吝），在一种混合着虔诚与骄傲的心理驱使下，她遣人购买了花店的所有货品，包括这些玫瑰、这些海芋（带着就像是一位等待专区区长光临家中的女主人那般浅薄傲慢的骄傲说，她在家中迎接上帝），一位牧师来到祭坛做弥撒，她发着烧，瘦骨嶙峋，上半身靠一堆枕头勉强支撑着，靠眼睛跟随着，更确切地说是用眼睛贪婪地盯着，眼睛一如既往睁得圆圆的，空空的，但病痛让它们充满了猛禽眼神中的那种毫无怜悯的、惊恐害怕的冷酷，仿佛这时的她已全然变为（鼻子不再是鼻子，变成了喙，眼珠野性，皮肉被咬噬被灼烧）那些被围猎、被虐待、陷入恐慌的动物中的一个，在宛如新娘床饰的奢华花边靠垫上，在充斥了整个房间的令人头晕的花香和大蜡烛的蜡油味中气喘吁吁，房间里的家具是桃花心木和乌木的，地毯上装饰着玫瑰花环，在她和他一起离开，去出海出洋之前，这个房间曾是他们的婚房。

她可能照过的镜子。在她的小梳妆台或写字台前一动不动，再次阅读最后收到的那张明信片，披散着头发，穿着晨衣,好像德鲁伊教的女祭司,在灯罩下粉色的灯光里摆着一种略带戏剧性的姿势,一条腿向后弯,像她曾见过的女演员们做的那样。何不把这面镜子跟五斗橱一起卖了?"——这类家具,如今住小公寓的人已经没法——"说着"您想要哪个——"。说着"凑巧的话,我也不愿——"。一并卖掉那些枝形大烛台,得到另一沓用铜板雕刻出来的红衣主教,抑或另一沓戴着假发套的家伙,又或者另一沓在战斗之夜沉思的将军,出神地看着四蹄僵硬竖起、堆积成山的死马。穷人慈祥的老爷爷。穷人淡淡的、固有的、不可抹灭的汗酸味,淡色叶子固有的味道,现在在黑暗中发臭的寓意性装饰的味道,肠道内正在消化附加的数字符号的味道。她润湿铅笔头,重新计算总额,纠正错误,在旧数字上反复写了几遍新数字,铅笔尖在纸上凿出了一条铅灰色的沟,笨头笨脑的 8 由一个朝下的三角形和一个模糊的梨形轮廓相接组成,用钉子刻在胸脯上,冰冷的乳房现在一动不动。

一切都被停止,被固定住,时间也被固定住。要是有人在这时照张相的话,就能看到我们两个清清楚楚地面对面站在这节车厢的一侧,其他人(拿着酒瓶来来去去的士兵们、当当响的急躁的行李车,还有那个穿黑色长裤的胖女人)在车厢侧面只留下了模糊的痕迹,就像那个荷兰人的脑袋。我自问我们在那里已经多久了。泪湖。在某一刻，我说："你想让我去买些报纸吗?"她依然一动不动，无法开口说话，也许是害怕嗓音将她背，又或是甚至没有听到，唯有眼睛……

动人的皱纹。

独眼巨人的声音，巴塞罗那快车，但不直达，要在波尔沃①换车，轨道间距不同。

胃里塞满了炸火腿和邓迪果酱，站在舷梯上，用双筒望远镜凝望，探索搜寻生命的迹象。大海和丘陵带之间淡黄色的城市，港口、码头、豪华的淡黄色石头建筑，以及无尽的荒凉街道，宛如蜜枣盒或糖渍水果盒包装纸上的彩色全景图，宛如狂欢节后，几截彩带还挂在落地街灯和栏杆上，平纹横幅像花彩一样悬在一个个阳台上，被太阳晒得已然褪色不新鲜了，以至现在已经无法辨认出它们身上夸张的文字，首字母缩合词，旧画面，旧糖纸日渐变黄，慢慢失去光彩，变得模糊不清。于是，一切渐渐远去，渐渐模糊，只剩下一阵喧嚣，一些手势，慢慢地，连喧嚣也不再有，一片寂静。一切都放慢速度，仿佛他们在越发厚重、越发沉闷的空气中难以举起手臂，难以挥舞武器，嗓

---

① 西班牙加泰罗尼亚区的一个小镇。

音也变得越发微弱，驼子，饥饿的瘦高个，还有那个戴着眼镜慢条斯理说话的，很快一切都将完全消失，从我身边消逝。

从右数起的第四位芒族乐手，披着一件粉色披风，挂着打击乐器，金属感的音乐在渗出水汽的森林里野蛮炸裂。

她的字写在异国风景的背面，她也是在那面贴上异国情调的邮票，玫瑰色的长方形，花饰和格纹字母环绕成一个椭圆形装饰框，里面呈现的是一座茶褐色的建筑，是摩尔式清真寺或别的什么，一棵棕榈树的树干因叶簇的重压而倾斜在茶褐色天空前，仿佛天空、植物、建筑，这种种一切，均由同一种烧焦的、炽热的黏土或干燥的尘土制作而成，又或是像这张上面有一个戴着殖民头盔、坐在四个黑人肩上的男子。他嗤之以鼻，用一张与我交换了三张，神色庄重严厉，穿着故意显得不修边幅的制服，提着这只形影不离的公文包，在车站月台上装腔作势："我也是从休假回来。"喝得大醉，这是军事传统。

他让其他人继续走，自己则停在报纸杂志的货架前，将右手拿着的几个瓶子塞到左臂下，勉强夹在左臂和身侧之间，在口袋里摸索。封面上有个身穿连体衫、头戴折叠式高顶大礼帽、手拿长烟嘴的女孩。其中一个瓶子滑

434

脱,碎了一地,污渍像不规则的扁平的触角,在月台上形成了星星状的痕迹,宛如黄昏中那些在挡风玻璃上撞得粉身碎骨的昆虫。卖报的女人推着她的滚动货架绕过水洼走了。葡萄酒市场的行价在第二页上,跟漫画在同一页。**她从五楼跳下。**其他人用煤气自杀,还有人伪装成一场意外,在夜里半醒半睡地开错了门,从火车上坠亡,其他人则更喜欢惊世骇俗,选择残酷的方式,例如吞下一瓶漂白水。我们怎能——

他像疯了一样走进房间,我从未见过他这副模样,双手颤抖,一只手上拿着一个小瓶子。

"怎么了?"

"谁给的你这个?"

"什么这个?"

他的手突然伸过去,把小瓶子举到她的鼻子底下,动作如此快,以至我以为他是要揍她。她本能地把头一缩,一半是因为害怕,一半是为了看清他手里拿着的东西,眼睛都成斗鸡眼了,努力调节视线,然后她大概认出来了。"这有什么——"

"谁给你的?"

"但这有什么——"

"我要你回答我,这是谁给你的?"

"一……一个女伴。有什么问题?"他试图说话,但言辞混乱。"这是什么呀?"外祖母问道。他迅速把头转向外祖母,然后又向科里娜瞪去。

"得了,你还要不要我通过中学毕业会考? 你以为人能把这些东西都塞进脑子里,无须——"

"到底发生什么事了?"外祖母问。

我看到他的手里不只有那个小瓶子,还有一个像阿司匹林药管一样的管子。他无法控制地颤抖着双手。

"查理,"外祖母说,"她——"

"这是让你不睡觉的,其他的是安眠的,你是不是——"

"哎哟喂,闹这么大动静,不过就为了这些——大家都用这些啊! 你以为——"

"我禁止你毒害自己,你听到没有? 我不允许你——"

"别这么大喊大叫,我——反正——你以为你是谁!"

他沉默下来,站在她面前,面色憔悴,神情恍惚。

"反正,就是这样,所有人都用,你以为把这些东西都塞进脑子里是很容易的事吗? 反正,爸爸,有什么——"

他不回答,依然在用这种失去理智的疯狂眼神盯着她。

"查理,"外祖母说,"她不会知——"

"知道什么?"科里娜问。

"没什么，"外祖母回答，"你——"

"知道什么？"

"这样可不好，亲爱的，"外祖母说，"这对身体有害，你不该碰这些——"

同样的如泣如诉的声音传到我这里，穿过客厅的门与其他声音混在一起。这种战栗有时传遍它的全身，尽管并没有风吹动，好像它刚睡醒，又像一个熟睡的人在梦中动弹，不自觉地动来动去。靠得最近的枝丫被灯光照亮，叶子好似在黑暗中轻轻颤动的羽毛，椭圆形的小叶片在电灯下蒙上了一层不真实的刺眼的绿色，抖动着，我能感到后面似有一阵喧嚣在错综复杂的树枝里扩散着，蔓延着，仿佛一切都在抖动，摇晃，然后，一切又平静下来。她们以伤感又傲慢的声音在外祖母身边窃窃私语，一个个僵直地坐在黄色扶手椅中，头戴窄边软帽，面孔衰老发黄，保持着王室风范，起着西哥特、中世纪风格的名字，维里约姆、阿马尔里克、古阿尔比亚、头戴窄边软帽的樱桃男爵夫人，谈论着婚约、丧事、开满鲜花的祭坛。她们在展示圣物盒的仪式队伍中重逢，胳膊和手涂抹成肉色，圣物盒上开了一个玻璃窗口，透过它可以看到一截骨头。施洗者圣约翰的头颅被砍下摆在锡盘上。

额头宽阔，智慧的脸上显露出痛苦和受伤的表情，没有脖子,缩在或者说更像是放在他的驼背加鸡胸这两个突起物形成的托盘上,胸脯像鸟的胸骨一样,从下巴下方直接呈斜线凸出,上半身将将高过对折的报纸,一只手伸到一旁,摘下盘子里的一粒葡萄,消失了,然后他们都重新出现,怪异可怕,巨人一般,他们会在那儿焦躁不安,同时说话,眼眶内空荡荡的,鼻子的位置是一个黑洞,嘴巴里没有牙齿,下巴尖溜溜的,鸡一样的脖子上用带血的破布条打了个结,烟草色的连体装在骨骼上飘荡,手臂挥舞着生锈的武器,野蛮凶狠,失望受挫,接着他们将再次消失,隐没,一段时间内还在继续挥动手臂,像缓慢下沉的船上的乘客一般,然后渐渐消失在时间的深处。而我,无能为力地看着他们慢慢被吞没,渐渐变模糊,在大脑中保留住那个画面,那最后一张脸,张开发出最后一声叫喊的那一张嘴,最后一个动作,最后一只挥舞的手臂,不是为了告别或求助,而是在诅咒。如今我独自一人,想着这时如果在卡普里①或索伦托②,会是怎样。

"傻子。"说的是寄给他这张全景图明信片的人。"你知道吗? 他都不敢写上'德·雷谢克男爵夫人',只有'夫

---

① 位于意大利那不勒斯湾南部,索伦托半岛外的一个小岛。
② 意大利南部城镇。

438

人',没有'德'①!"我猜这令她厌恶。而他只是若有所思,只问我他们有什么武器,可能知道自己已经死了,或者已然决定赴死,他自己也举起一把过时的可笑的枪,也许是倾向于这种更加优雅的方式,比一发手枪或吞下——

"反正所有人都这么做,所有人,这是考试,所有人。"

"行,但你不能这么做,就这样。"

"不要喊,别喊了!你是怎么了?别再这样大喊大叫了,你——"

突然,他转身穿过房间,出去了。

"他究竟是怎么了?"科里娜问。她转向外祖母。"是什么让他这样?就这么几个——"

"好啦。"外祖母说。

"是什么——你怎么哭了?"

"我没哭。"

"你没哭吗?"

"你也知道,我一感冒就会流泪。"

"你什么时候感冒的?反正,他有什么……"她跪在外祖母面前。"怎么了,到底怎么了?"

---

① 表示贵族姓氏。

"没什么，"外祖母回答，"来抱抱我吧。"

"但怎——"

"亲爱的，"外祖母说，"以后别再碰这些东西了，它会把你的身体弄垮的。"

"但我半个月后要会考，有时我学习到——到底怎么了？"

"我把手帕放哪儿了？"外祖母说，"我没哭。"

"外祖母，求求你了。"

"去我房间拿条手帕过来，去吧。你知道在哪里，五斗橱的第一个抽屉里。"

"外祖母。"

"快去，亲爱的，去吧，乖一点。"

她重新站起来，望着外祖母，一句话也没说，然后弯腰抱着外祖母。她们在彼此的怀抱中相拥了一会儿，然后她转头离开了。只剩下外祖母和我。我没有动，还在翻看画报，"远东印象——翩翩起舞的日本女人"。右边前排的两个舞女似乎在角斗，弯着腰，面对面，手臂向前伸展，额头上勒着白色头带，其他四个站在左边那个舞女的身后，每个人都把手搭在前面那个人的和服腰带上，每个人都向一旁稍稍侧身，以便看着那两个女摔跤手。和服有条纹的，有大块图案的，还有缀满碎花的，散开的珊瑚色裙裾中间的半明半暗处,是近乎青蓝色的乳房。

那么漂亮?

米兰。布雷拉宫①。曼特尼亚②。圣母哀子像:尸身平躺着,看上去像是被缩短了,一条裹尸布仅仅遮盖到他的腰部,布料的褶皱首先是在他躺着的石板上呈水平走向,然后沿着身体爬升,也就是倾斜地往上,经过平坦的腹部,然后又落下,重新在石板上水平延伸,最后从另一侧纵向垂落。近景中突出的是一对穿洞的赤足,呈 V 形分开,因此看上去,从下腹部开始,下腹稍微鼓起,在生殖器上方勾画出一个轻微的隆起,裹尸布在两腿之间下陷,首先形成一个窄窄的峡谷,然后逐渐变宽,直到接近双脚的地方才落到石板的位置,在两个脚踝之间变得相当宽阔。

感觉到湿润的微弱声音,好像她在吞咽东西一般,我没有抬头,也能听到它在流动,寂静在流淌。不知道该怎么做才能不看见她。科里娜没有再下来。过了一会儿,外祖母叫道:"亲爱的。"

"在呢,外祖母。"

---

① 米兰代表性的绘画馆。
② 意大利帕多瓦派文艺复兴画家。

"你能……"她的嗓音嘶哑了，不再说话。我依旧在听这同样的小小的声音。她坐在窗子边，面容逆着光。这一直是她的扶手椅，她的位置，靠窗坐着，打毛衣，或是读信。

读到"亲爱的妈妈，我们到此地已经有一个小时了。打算午饭后再登陆，因为现在已经是十点钟了，我们四点才再出发。岸边其他地方被兜卖各式东西的商贩和当地的孩子占满了，这些孩子唔哩哇啦叫喊着，给一点钱就从桥上跳下去。我和亨利随信吻你万千。"

岸边。岸边的生活。已经矫揉造作地用航海术语来说话了。有点像行话。也算是内行了。也许带着成为他们同伙的模模糊糊又有点刺激的印象。出于卖弄地估摸着当外祖母给家里人和女伴们读信时能引起的反应……但也许是出于爱。为了以他为中心，与他融合，合二为一，或者说成为与他一样的人，习惯于远洋航行，习惯于一船船蓄着小胡子、得了疟疾的殖民地官员，习惯于他们的帆布上衣和有褶裥的长裤，神气活现，敏感易怒，他们面皮干燥，毛发黑色，好似涉禽鸟类。她半躺在甲板步道的躺椅上，在帐篷的遮阴下无精打采地扇着扇子。讲述着在横渡红海时，一位乘客忘了戴防护帽就走到甲板的阳光底下，结果当场死亡。她的防护帽饰有一条薄纱巾，是墨绿色或粉红色的,随随便便地打了个结。半阖着眼,容光焕发,吃饱喝足。扇着扇子。眼神懒洋洋地跟随那些赤裸的小黑人,他们身体就像豆荚,腰椎过度弯曲,凸起的大肚子向外悬伸着。您想看他们跳水吗?清凉的水花四溅声。他们说有时会有鲨鱼。阴险光滑的影子在透明的灰绿色水下滑动,静止,太阳游移不定,浅黄色斑纹穿过海水在上面交织成网……

"你想让我帮你去找手帕吗?"我问。

"亲爱的,"她说,"你……好的,你真是太好了,谢谢。"

我站起来朝门口走去。

"亲爱的。"她说。

我回过头。

"你能……马上就到上课的时间了。告诉她快该——"

我打开门。

"敲门就行了,不要进去。告诉她时间快到了,她——"

她把自己锁在房间里。我敲了门,却无人回应。

"你为什么不下楼给外祖母送手帕?听着,外祖母说你该去——"

"别烦我。"

"听到了吗?你该——"

"滚你的吧。"

"科里娜。"

"滚啊你，听到了吗，滚，滚！别烦我。你滚吧，你们都让我一个人。"

我在走廊上站了一会儿。能听到闷在枕头里的模糊声音，她可能正躺在床上。我试图转了一两次门把手。"科里娜！"她一言不发。我离开了。只有妈妈能从她那儿得到点回应。但她这时已经病倒了，服用了太多的吗啡，几乎所有时间都在昏睡，无法触及，已经承受了所有的痛苦，现在梦游一般，平和安宁，也许达到了永恒的喜乐，置身于躯干歪斜、交错的棕榈树间，它们如头发一般的枝叶垂在苍白的天空下。顶部呈圆形的苍白群山围出一湾苍白的水。一群脸庞黝黑的人身穿白裤白衬衫，头戴宽宽的帽子，其中右边的两个人用缰绳牵着几头小毛驴站在光影交错的水洼中，在从右数的第二头小毛驴那里贴着一张永恒的侧面像，秃顶，上面饰有皇冠，这一次的侧面像是橄榄绿的，侧面像纪念章被一左一右围在两根竖条里，竖条上面一个从下往上一个从上往下印着标注 POSTAGE①，皇冠有点压到了"塞舌尔"②

---

① 意为"邮政"。
② 位于东部非洲印度洋上的一个群岛国家。

444

这个词。明信片上用红色小号字体印出来的标题在阴影里、在沙滩上、在闪闪发光的植物里延伸。多么幸福,多么梦幻:费利西泰岛①——椰子油——椰子油工厂,背面的字体,在她现在充满愉悦和快感的状态下,与她童贞年代写下的一样冒着尖刺,傲慢僵直,写在了印刷字上(CARTE POSTALE—POST KARTE—POST CARD—TARJETA POSTALE②, Published by Mr. S. S. Ohashi, Seychelles—Printed in Germany③):

亲爱的妈妈:

　　我们在倾盆大雨中到了马胡④。我在某个商人的店铺里间给你写信。这天气真让人觉得可惜,因为中途停留转转会很不错。这里美丽的热带植物令我惊叹不已。我不在这里寄信,据说信会比在迪耶果发得晚。亨利一切都好,和我一起拥吻你。

大雨如注,灰色洪亮的雨点打在棕榈树上,打在乳白

---

① 位于塞舌尔的一个小岛。
② 分别是法语、德语、英语、西班牙语中的"明信片"一词。
③ 意为"明信片,S. S. 大桥先生发行,塞舌尔,德国印刷"。
④ 波利尼西亚的一处地名。

色的海湾里,打在小毛驴和脸庞乌黑的那群人身上,他们衬衫、长裤现在都湿透了,变成了灰色,紧紧贴在细瘦的四肢上,上面淡灰色的褶子像树根的网一样,弯弯曲曲,纵横交错。温热的雨,真遗憾。雨声隆隆,大滴的雨点打在叶子上。她躲在某个商人店里,也许就是卖给她明信片的那个商人,一个叫 S. S. 大桥的黄皮肤先生,看着那个在柜台或桌子一角俯身写信的女人,她肤色雪白的神秘胸部裹在花边里,这个乳房——也许已经怀着我了,在她黑暗的圣体龛内,一种在她身上盘绕的胶状的蝌蚪,硕大的眼睛,蚕一样的脑袋,没有牙齿的嘴巴,以及昆虫一样的软骨额头,我?……

译 后 记

七年之"养"

2022年秋天诺贝尔文学奖得奖名单出来的时候，法国文学界一片哗然，对安妮·埃尔诺（Annie Ernaux）"平实的文字"（l'écriture plate）褒贬不一。我在社交媒体上看到"好事者"搬出另一位法国诺奖获得者，说跟埃尔诺比起来那就是另一个极端。我定睛一看：克洛德·西蒙。

克洛德·西蒙于1985年获得诺贝尔文学奖。这位作家的文字被法国部分出版界人士和读者以"晦涩难懂、混沌不清、矫揉造作"为由拒之门外。在翻译《历史》的过程中，我首先作为读者，也经历了翻译过同一作者另一部作品《三折画》的樊咏梅老师所说的感受：读了一部"假小说"。

那我是如何走过对这本书"读不懂、翻不了、啃下去、熬过来、放不下"的心路历程的呢？这是一个七年之"养"的故事。

心态之培养

这本书的翻译,始于七年前的秋天。当时我已经博士毕业,一边在巴黎一所高校任合同制教师,一边寻找终身教职工作机会。樊咏梅老师是我在苏州大学读本科时期的法语老师,当时正在做克洛德·西蒙的研究和翻译工作,帮着南京大学出版社牵线搭桥问我愿不愿意译《历史》。我本着"积累经验多条路"的心态答应了。

我虽算是业余文学爱好者,但当时对克洛德·西蒙一无所知,并不知道他的写作风格是出了名地晦涩难懂。叙述完全不按时间顺序走,通篇长达一两页的长句,无头无尾,无大小写字母区分,甚至无标点符号,所以找不到句子主语是家常便饭,看不清谓语结构更是屡见不鲜。

紧张。焦虑。硬啃。能有时间坐下来翻译的日子就硬啃三四小时,勉强翻译出一两页。然而还是一再被教学、研究、生活中各种琐事、破事、糟心事打断。到2018年拿到终身教职,工作量直接把我压垮,身体也因为压力出现警示。四百页的书,在翻译到将近三百页的时候,只能跟出版社的沈卫娟老师抱歉说弃译。此书的翻译,只能是今生的一个歉意吧。

没想到到了 2022 年底,责编甘欢欢老师突然联系我说,已经有译者接手完成了剩下的四分之一,《历史》是能有出版的那一天的。惊喜万分。

今年(2023 年)仲夏,责编让我把译稿过一遍。我不再有多年前"积累经验多条路"的心态,也不再有找工作的压力,只想着,有两位编辑老师的支持和接手合译的淑文的帮助,能把这"烂尾楼"建完、建好,便是一种幸运。

法语能力的培养

当年翻得那么吃力,终究还是法语水平不够的原因。到了今年夏天,分别把我自己翻译的部分和淑文翻译的部分一口气校改完,把我们翻译过程中大大小小的错误改正过来,不急躁,不慌张,也是因为重读原作的时候,猛然发现,句子通顺了,意思连贯了。虽然依然是句子长得令人断气,但我读起来没那么费劲儿了。

不免自问,这中间翻译停顿的几年,发生了什么?

几年来的确是一直在学习的。虽然自己是法语本科毕业,但因为太早开始打工,所以法语一直停留在"能用就行"的水平。在法国硕博读的是语言学,写论文并不讲究辞藻华丽丰富,而是更强调逻辑清晰、论证有理,所以法语依然停留在"能把问题说清就行"的水平。

　　直到"新冠"爆发，为了了解全球疫情，订阅了法国报刊，每天读时事新闻评论。阅读的范围很快扩展到各种主题，艺术、电影、科技、教育、历史等。边看边做生词和短语笔记，有空就用中文做综述分享给微信朋友圈的朋友，有机会就跟法国朋友聊读后感。疫情缓和后，出门坐公共交通，能读书就不刷手机，哪怕读得不多、不深、不学术。

　　作为一个外语习得研究人员，我想这三年多的阅读，正是习得研究中经典的"隐性学习"(implict learning)和"附带学习"(incidental learning)的极好例证。

　　这也就是为什么当我重新阅读和校译《历史》的时候，终于不再是一个读两行查五个生词的"学渣"，而是可以顺着作者流淌的文字，沉浸在迷宫般的叙述中。几年前拜读过金桔芳老师翻译的克洛德·西蒙的小说《刺槐树》，也跟樊咏梅老师浅谈过克洛德·西蒙的写作特点，清楚地记得樊老师用"俄罗斯套娃"来形容他的作品。当我的法语能力终于让我可以相对顺畅地阅读《历史》原作的时候，我觉得"套娃"的形容真是再贴切不过了：一个故事套着另一个故事，一个事件套着另一个事件，一个画面套着另一个画面，一个感受套着另一个感受。

为什么克洛德·西蒙可以这么创作？我并不是研究文学的，只能从语言学的角度去做一些猜想。我想西蒙创新性的表述方式与法语本身的特点分不开。首先，加挂式的关系从句允许了长句的无限可能，任何一个名词的所指都可以伸展至新的事件、新的人物或事物关系，以及更细化的时间、地点与过程。另外，现在分词的大量使用一方面在长句中"锁定"了时间，另一方面也留出了无限提前或无限延后核心谓语的空间。这些特点允准了克洛德·西蒙在一个长句中同时叙述很多人、事、物，而且不受时间先后次序的限制，这便是"套娃"的源头。这种叙事方式也让我想到 2016 年的科幻电影《降临》，该电影改编自特德·姜的中篇小说《你一生的故事》(*Story of Your Life*)。电影中的外星人语言被身为语言学家的女主分析为一种非线性语言，电影的呈现方式是外星人通过肢体在一个屏幕上瞬间"喷射"出一个长满枝丫和触角的环形文字。这种非线性的语言打破了人类语言文字顺序规则，无头无尾，无先无后，简单来说也就是主谓宾定状补全部一次呈现，过去、现在、未来也"一言一环以蔽之"。如果做一个不恰当的比喻，克洛德·西蒙笔下的长句，就是《降临》中外星人"喷射"的环。要读懂他的长句，就要去切割每个环，测量每个细枝末节，以我们的认知去重构时间先后。

阅读《历史》法语原作，让我发现了认知与叙事的新的可能。

母语表述能力的培养

翻译不仅仅是要看得懂外语，同样重要的是翻译目的语的表述能力。我并不是中文系毕业，也不是文学专业更不是文学翻译专业出身。但我想我中文表达能力还算不错。一来，是中学和大学期间大量读过翻译成中文的外国文学作品，算是有一定的文化积累；二来，中学期间也算是文学社社长，乱七八糟地锻炼过写作能力；三来，近几年一直在朋友圈写一些综述评论，看过的书，看过的电影和纪录片，看过的画展，虽然只是娱乐，但也是练习。而最重要的，我想还是得益于我是语言学教研人员，在翻译的过程中，我斟字酌句，因为这几年对汉语近义词的教学研究和对信息结构的思考，都让我明白，换一个字，换一个语序，都会造成句子语义信息大大小小的变化。我会去想，克洛德·西蒙那么多冗长繁复的嵌套情境式的描述，作为读者脑中接收到的是什么样的画面信息，而这些信息作为一个中文母语者，又会怎样去传达。

艺术欣赏和创作能力的培养

克洛德·西蒙本人同时也是一位摄影师。《历史》最特别之处,在我看来,在于他讲述的叙事者父母漫长的婚约,是一沓打乱了年代和地点的明信片。他对来自世界各地的明信片进行画面式的描写,并设想了每个画面的前景与后续。也就是说,这些明信片上展现的旧照片,到了克洛德·西蒙的笔下,不再是静止的画面,而是浮现出镜头定格之前与之后的情景。如果再做一个不恰当的比喻,这就好似《哈利·波特》系列小说和电影中《预言家日报》上的照片,这些照片呈现的不是时间线上的单一切片,而是持续好几秒甚至更久的时间。当然,也可以说,这就是苹果手机 live photo(实况照片)效果。开个玩笑,如果说他的文字就像是《降临》中外星人的语言一样,无头无尾,过去与未来同时呈现,那他是否也与那位语言学家一样,通过掌握这种语言,拥有了同时回顾过去和预见未来的能力,所以他看到了苹果手机实况照片和《预言家日报》照片,并借鉴到了《历史》当中?

克洛德·西蒙同时还是一位油画家,所以他的画面描写也是一位画家的视角。这些年,我一直在坚持画画,写生、旅行手绘、肖像、漫画、插画，虽然只是爱好，但也还是有点进步，慢慢地可以做到更好地构图，也更能够画出心中所想。同时尽可能地了解艺术史，参观各种美术展览，了解各种画派的历史与代表作，也因此得以更好地了解对克洛德·西蒙进行文学创作影响颇深的立体派绘画（毕加索是代表人物之一）。所以当我读到克洛德·西蒙对每一张明信片的描述，我基本能想象到原图，而谷歌图片还能帮我找到这些原图，以便我对比原文与翻译。

结　语

回顾过往，一个法语系毕业的学渣，一个非专业的文学与美术爱好者，一个永远的"大学生"，以七年之"养"，终于完成了这本书的翻译工作。感谢法语老师樊咏梅、出版社编辑老师沈卫娟和甘欢欢的信任与耐心，感谢合译者唐淑文的相助，感谢这些年我朋友圈杂文与图画的读者，是你们成就了一个非专业的人，专心做了一件事。这件事也许做得既不完美也不完满，但终究是七年来我能做到的最好水平了。写下这篇译后记，也是衷心希望，尽管克洛德·西蒙吓跑了那么多法语读者，但通过我作为读者与译者的双重经历，这位诺奖获得者的《历史》，经过我的诠释，能得到中文读者的认可与青睐，并由此获得一种全新的阅读体验和发现一种新的叙事可能。

于昕悦

2023 年 11 月 6 日于巴黎郊外家中